新 潮 文 庫

女たち三百人の裏切りの書

古川日出男著

新 潮 社 版

11839

女たち三百人の裏切りの書

女人たち

護摩は邸内いっぱいに立ち籠めている。焚き入れられた芥子が臭う。それを三人の女がそれぞれに嗅いでいる。一人は、褥にいる。一人は、間仕切りの几帳の向こう側にきちんと膝を揃えて座している。一人はしきりと立ち働いている。だが三人とも嗅いでいる。

三様に嗅いでいる。

齢もそれぞれだ。病褥にある女は二十一歳。端座している女は十五歳。几帳のそちら側とこちら側とを往き来する女は二十九歳。身分も違った。もっとも高い者が病み、あたかも死に瀕していて、もっとも低い者が座す。

そうであれば中位の者に光を当てるのが、まずは妥当となるだろう。

名は千鳥。しかしちどりと呼ばれるのが常だったから、この物語は女をちどりと呼ぶ。ちどりは既婚だったが、すでに夫とは死別した。その後に宮仕えに入った。麗景殿の女御の女房となり、宣旨までは務めないにしても、その女房集団の筆頭である。麗景殿の女御より一番の信頼を寄せられていた。才を買われていた。そして、そのちどりの主（あるじ）の異母妹が褥にいる女だった。

　こちらは紫苑（しおん）の君（きみ）と呼ばれる。

　ここは紫苑の君の邸宅である。三条東洞院（ひがしのとういん）に構えられている。むろん紫苑の君には君その人に奉仕する女房たちが大勢あったが、ちどりは、君の姉上より遣わされているのだった。加持祈禱（かじきとう）のための実際的な手配を任されて、いわば全権を委ねられて、ここにいるのだった。邸内にある紫苑の君付きの女房たちは、みな、ちどりが采配しているといってよい。

　では、病褥の――几帳の――向こう側に座した若い娘は誰か。

　名はうすき。淡黄とも淡君とも解釈されるが、他人（ひと）はただ「うすき」と呼ぶだけだ。だから、物語はその名前にうすきを採る。出生以来、この公家の邸（やしき）になじんでいる。なぜならば紫苑の君の乳母（めのと）の子供が、このうすきだったから。

　これら三人の女が芥子臭をそれぞれに嗅いでいる。

　すでに二昼夜も修法（ずほう）がつづいている。

　母屋（もや）に通じる透渡殿（すきわたどの）の板が軋んだ。ちどりが、男を出迎えた。二藍（ふたあい）の直衣（のうし）に同色の袴、打出（うちだ）しの太刀（たち）も佩（は）いている。

「中将様」と、ちどりが言った。

男はうむとばかりにうなずいた。

男は、近衛府の中将建明。近衛府は内裏の警固を担う役所であって、左右の二つがあり、建明は右近の中将である。その位階は三位。従者たる随身たちは侍所に控えさせて――あるいは車宿に――ここに一人、上がってきていた。

「紫苑殿の様子はどうか」と、建明は言った。

「依然、人心地をうしなっておられます」

「経緯を述べよ」

「おとついに物の怪の一体め、二体めと祓われました」

「うむ」

「さらに昨日、三体め、四体めが。けさ方には五体めも。しかし、君の、病悩はいまだ已みませんで――」

「なんと。調伏されぬ六体めがいるのか」

「阿闍梨様も、この邪霊はあまりに強いと」

十二人もの僧の輪番で不断の読経はあった。鉦は打ち鳴らされた。修法の壇は築かれ、明王は安置され、菓子は供えられ、護摩が焼かれた。護摩は、たっぷり焚かれた。ちどりには皆目意味の取れぬ陀羅尼がつぎつぎ誦されて、けさ方以降、僧たちの声は嗄れている。

が、なお褥の紫苑の君は呻いた。

寝汗に溺れ、苦しんだ。

憑いている物の怪が去らないのだ。幾体かは降伏(ごうぶく)させられたが、なおまだいるのだ。

そして怨霊たちに病悩を味わわされる紫苑の君こそ、三位中将建明が愛人である。

「こちらへ」ちどりが案内した。

強烈に芥子が臭った。几帳があった。几帳の向こう側には衾(ふすま)をひき掛けた紫苑の君がいる。いるはずだった。六尺の黒髪を後ろに結んでいる。あるいは畳二枚の空間に、広げているはずだった。しかし視認しうるのは、まずはこちら側である。ちどりに導かれ、建明は僧侶の多数なるを目の当たりにする。数珠(ずず)を、鳴らすように回している。独鈷(とっこ)を、怨嗟(えんさ)の打破を意図して握る。皆がみな、その口を動かして大音声(だいおんじょう)を繰り出している。それから端座した少女がいる。いるのだ、見様によっては几帳を護るかのようにそれを背にして座ったうすきが。

十五歳のうすきが。

うすきは何をしているのか。

待っていた。主人の物憑きを代理するために待っていた。憑坐(よりまし)である。病人から物の怪を「移す」ために用意された人間が、憑坐である。病気治しの験者(げんじゃ)——たとえば僧侶——は、この憑坐に正体を名乗らせてから退散させる。たいていは童子や婦女が憑坐役を務めた。昨日一昨日とうすきの前にも何人もいたのだ。この家に仕えていて、一体めから四体めまでの物の怪たちを移された年少者たちが、女童が。けさ方には五人めも。それら七つ八つから十一ばかりまでの齢の憑坐は、みな裏返った悲鳴をあげ、顫え、怨念をわめき散らし、いずれも正体を明かしてから祓われた。狐狸がいたし死霊がいた。執念深い生霊も。しかしまだいるのだ。

それをうすきは待っている。

聖がおのれに「移す」のを待っている。

うすきこそは、囮なのだ。

このことを三位中将建明が看て取る。ちどりは建明が看て取ったことを認めるし、几帳の向こう側の紫苑の君の呻きも、これを感知しているであろう建明の心も認める。言わずもがな待機するうすきの姿は――その緊張ともども――丸々と認めている。ちどりは視線をうすきに注いでいる。と、少女のその紅い唇から息が洩れた。息には音が伴っていた。長い長い吐息が「うううう」と母音を奏ではじめた。じきに畜生の唸り声に変じた。

「何か」と言ったのは阿闍梨だった。

「うー、うー」がうすきの応えだった。

「何者か」と阿闍梨は続けた。

返事はない。少女の髪がふり乱された。双眸が隠れて、代わりに赤々とした唇から涎が垂れる。しかし糸は引かず、ぽたりぽたりと落ちる。建明が気圧されたかのように半歩後退り、この圧力にちどりも圧された。この場の一の聖である阿闍梨が、詰問する。読経がさらに強まる。昂まった波濤である。尋問が二度三度続き、うすきの頭髪が左右に上に下に、蓬乱を起こす。

その髪の乱れるたびに芥子の薫りが攪拌される。と、獣類の唸りじみた声がいきなり変じた。人間のものに。

「何者かと詰るのか」

「――顕われおった」阿闍梨が言う。

「詰るのならば答えよう。しかし坊主ども、いや阿闍梨殿とその伴僧衆、しばし退られよ。して、中将殿」

憑坐の少女に、いきなり名指されて若き公達は身構える。

「三位中将殿とその側の者は、否、病み苦しむこの女の秘密を守れる側仕えはしばし耳を藉せ。よいな。この女のために」

ちどりが、ただちに対応した。僧侶たちに退出を願い、紫苑の君付きであった女房たちには屛風一双を用意させた後、やはり退らせ、急ぎ屛風をぐるりと立てて几帳の前を囲む。この内側にいるのはちどりと中将建明と几帳の前にいる少女――に憑いている何か――。さらに几帳の向こう側には、建明の愛人たる紫苑の君が臥せる。

支度が調うと、少女に乗り移った物の怪が言った。女の声で。人類の女の、しかし幼さ若さとは無縁の成熟した声で。

「再び問え」

憑坐の目はひたと建明に据えられている。

「貴様、偽わらずに答えるか」

「答えるから問え」

右近の中将建明は、そこで詰問した。

「言え。事もあろうに我が愛する女に憑いて害する貴様は、何奴だ」

「人さ」

「死霊か」

「人の死霊ですとも。それも女人のね」

「いかなる怨みを持って顕われた」

「この俗世に流布する物語の贋ものぶりに。書き改められていることの怨めしさに」

「身罷る前は女人であったというならば、名を言え」

「越後の守の藤原為時が女、また右衛門の権佐である藤原宣孝が妻、そして大弐の三位こと賢子の母である、私すなわち藤式部。また世人の呼ぶところ、――紫式部」

建明は息を呑み、囮としてそれを憑かせたうすきは﨟長けて笑い、ちどりが瞳を細め、几帳のあちらでは臥せる紫苑の君が咳きにも似た音をほのかに洩らした。

芥子臭が濃い。

武士たち

黄金の通う道がある。その黄金は砂のような状態をしている。すなわち「砂金」。もちろん、金が、それ自体で道を往き交いはしない。「砂金」は運ばれていた。人の手がこれを運んでいた。実際には役馬が担うのだが。一隊には駿馬も少なからず混じる。しかしそれらは兵馬であって、厳封された袋づめの金を運搬することはない。載せるのを許すのは、人間、それも大小の二刀を佩いて二十数本の矢をさした箙を負い、情勢に応じては鎧装束をまとう武士たちに限られた。

そうした武士たちは、何人もいる。

この一行は大勢である。

歩む速度はまず、役馬が決めた。これに合わせて武士たちの従者——主人格に二人か三人は随いた——が武具その他の調度品を担いながら、たったっと進んだ。地面に足をつけて。物運びに携わらない雑用の係も数々いる。こうした供を勘定に入れて、一行はやはり大勢である。また、歩むこの道は大道である。

これは奥の大道と呼びならわされている。奥とは奥州の奥、奥州とは陸奥の国のことだが時には陸奥と出羽の二国を指しもして、漠然と白河の関の以北を示した。それでは役馬に「砂金」を担わせる武士たちのこの一行は、どの所にいるのか。これは事実、白河の関のいまだ北だった。奥の大道は、出立よりこの方、ずっと笠卒塔婆の道でもあった。一町ごとに笠卒塔婆が建つ。それは街道としての整備を物語っていた。しかも角柱の卒塔婆の、その柱頭の笠——笠をかぶった仏龕には、金色の阿弥陀仏が図かれてもいた。尊い像が。

金色、すなわち彩りが黄金である。

いずれの笠卒塔婆もそうだ。

この卒塔婆道のお終いが白河の関ならば、始まりはどこか。外ケ浜だった。津軽の湾に面している。では外ケ浜と白河の関の、中間地点はどこか。中尊寺だった。平泉の中尊寺だった。とするならば、外ケ浜は決してこの卒塔婆道の始点ではない。中尊寺から見て白河の関も外ケ浜もそのどちらも終点なのだ。

そして白河の関のいまだ北にいる武士たちの一行は、どこを目途に進むのか。

そのまま東山道に入り、東国から畿内へ。否、畿内は当面避けられるのだが、西をめざしはする。すなわち奥州から南に下り、西に進むのだ。

その途々、奇妙なことをする。

すでに陸奥の国を出る前からしているのだが、同じことを奥州以南あるいは以西の諸国でもする。

それはこんな行為である。

街道には三十里ごとに駅があるから、界隈の寺には寄る。しかし寺院にばかり詣でるのではない。宿や市で情報を仕入れて、その土地の古社にも寄る。神々に奉拝するわけだが、この武士集団の行なうところ、たとえば坂東武者たちの戦勝祈願とは様子が違った。何かを納めている。宮人たちに話を付けて、武具をそれぞれの本殿に奉納している。いわゆる神宝として。話がまとまらない時は、例の奥州特産の金が、「砂金」が効いた。僅かの量でも効いたし、少量で効果がないのならば武威で脅せばよかった。あるいは謀り、斬りもした。さて、そうまでして神社に奉安される――神宝と化される――ものは何か。さきに武具といったが、種類は限定されている。

刀剣である。

しかも柄頭の屈曲する、特徴的な、奇妙な、刀剣である。

鞘越しにも、直刀であることと、刀身の幅広さが知れる。

柄頭のその形を他に擬するならば、早蕨となる。芽を出したばかりの、巻いた、春の蕨。この刀を振るう者はその蕨を握るのだ。

が、それは実戦で振るうための刀剣ではない。神宝として蔵(しま)われるための刀剣である。しかも一振(ひとふ)り一振り、装飾は明白に異なっていた。これはこれであり、それはそれである。握りは早蕨で共通していても、部分部分に変異がある。もちろん一社には一振りのみが奉納される。

武士たちはこの刀剣を「まつろわぬ刀」と呼ぶ。しかし、その呼称を他者(ひと)には明かしはしない。

武士たちは奥の大道に黄金を通わせ、笠卒塔婆の金色の阿弥陀仏を一町ごとに目にし続けて、奥州を——奥羽(おうう)三国を——出る。

武士たちは東国の街道にも匿(かく)した金を通わせるのだが、同様に秘匿した刀をも通わせる。つぎつぎと諸国の古社に「まつろわぬ刀」を納めて、それぞれの本殿に秘めさせようとする。

この行為はぜんたい何か。

海賊(うみぬすびと)たち

その子供は二度誕生する。

一度めは舟の上で。二度めは島の上で。

男童である。わたつみの陽光に灼かれて全身の膚という膚が黒い。髻を結ばぬ垂れ髪——男子の童形の証し——も艶やかに黒い。しかしこれは本当に子供と呼べるか。年齢から判ずるのならば違った。この正月の元日に一歳加わり、なにしろもう齢十五なのだ、童子の範疇にはない。にもかかわらず長髪である。言うまでもなく烏帽子はない。こうして童形を誇示し、また同時にその名もいまだ幼名を保っていた。丸、がお終いに添えられている。

子供の名前は由見丸である。

目鼻立ちは整い、頭のほうは歪つだった。後ろ側がころりと異様に大きい。これは「何か大きなものを秘めている」形だと目された。母親はひじょうに難産だったが、理由は無論この後頭部の寸法と形状にあった。由見丸が二度めの誕生を島の上で迎えることになる訳もまた、ここに存する。

しかし、まずは一度めの誕生だ。場面の概略はこうである。母親がどうにか赤子を放り出す、と、この刹那にもう、これは並みの赤子ではないわい、これを択ばずにはおれぬわい、と産婆を交えて判断される。以来、由見丸は陸では寝ない。決して寝させてもらえない。「陸上で夢を見ること、罷りならぬ」と命じられて——。みどり子の由見丸が命じられたのだし、その母親が命じられたのだった。そして、これを厳命したのは氏族である。

ぜんたい、由見丸の氏族とは何か。

西国の内海に根を張る賊党だった。世上に知られる瀬戸内の海賊衆だった。ただし淡路の国から播磨、備前備中備後、さらには長門まで、また南海道側の讃岐から伊予、そして鎮西の豊前豊後の国々にて挟まれ四方を画されるこの内海は、単一の賊の氏族に牛耳られうる境域ではない。しかも荒々しい灘がある、全国に著名な灘が六つはある、瀬戸は数知れず、これは俗説三千ともいわれる大小多様な島々がここに溢れているためである。すると、根を張った盗賊集団というのも音に聞こえたものだけで六つ七つ、果ては九つ十となる。難所揃いの内海は、是、割拠する賊党を養ってしまうのだ。東西南北各々の「海域」ごとに。

一つひとつの集団はたいがい同族意識を有する。

それでは活動する「海域」を異にするこれらの間に、いわゆる協約はあるか。

――あった。同盟が結ばれる例は滅多に見られないが協約ならばあった。しかも往古から現在に至る習俗としてあった。利なき衝突を避けるための智慧としてか、潰しあわぬための智慧としてか、いつしか出来して存在していた。

由見丸はそのために舟の上にて生まれたのだ、そもそも。

産褥を、陸上ならぬ海上に用意するのはたやすい。孕み女がいて、これが陣の痛みを訴えたとする。と、その時点で、寝床をしつらえた特製の舟に移動させればよい。舫を解き、わたつみに漕ぎ出させればよい。産婆付きのこの舟で、あとは分娩を待つ。そして後産はといえば海水に食わせた。由見丸の時もそうだった。この、頭部の後ろ側がやたら大きくて、産道をしばし閊えさせた赤子の胞衣は、滞るどころか反対にするりと滑らかに出て来、海に棄てられた。ただちに由見丸の母親と産婆たちは、この胞衣に幾種類もの魚たちが群がり、ついばむのを目撃する。

後産は、海を支配するものに捧げられたのだし、大小の魚たちは皆その遣いである。

ここまでは由見丸以外の赤子も同様に計らわれる――習俗として。が、頭のその異様さを以て「択ぶこと」が決定された由見丸は、ここから、さらに移される。さらに特製の舟船に移動させられる。母親ともども。それどころか家人ともども、乳母ともども。ヤ船と呼ばれる。このヤは屋であり家であり、また矢である。屋根が葺かれて厨がしつらえられて、もちろん米櫃が置かれ、雨、すなわち真水を溜める桶が支度された水上の「屋敷」として工作された。また武装していた。矢倉を持っていた。これがヤに護られるヤである。

由見丸の生い育つヤ船である。

地面には建たないこの住居に、嬰児の由見丸は置き据えられ、暮らし、肥立つ。家はつねに波間に漂っているも同然で、由見丸は揺られてすやすや眠る。眠ってよい。揺すられてすやすや寝てよいのだし、夢見に落ちてもよいのだ。そこは陸ではないのだから。

睡眠も夢見もひと組のもの、一向むさぼられて構わない。

やがて嬰児由見丸は這う。

由見丸は立つ。

歩く。

三歳で、地面の「歩き初め」の儀が持たれる。本正月の間にだ。初めてヤ船から下りる。しかし陸上に一刻いようが二刻いようが、またヤ船には戻る。土の上で寝て、夢を見ることは罷りならぬからだ。ほんの転た寝も許されないから監視の目はゆき届いた。しかし「歩き初め」以後はほぼ毎日欠かさずヤ船から下りて地べたを歩いた——そこが島であろうと、あるいは海と拮抗する側、山陽道の某国の郷なり何なりであろうと——。さらに、じき走った。走れと言われたし転べと言われた。病かぬように足腰を鍛えて、柔弱さとは無縁であれ。しかし寝るな。うとうとも寝るな。不用意に土に触れながら夢寐に遊んだとなれば、由見丸、ぬしは終わりだわい。

氏族がまるごと、こう言った。

海水に触れ揺れる住居にだけ触れながら由見丸は眠りをむさぼるのだったし夢々を食むのだった。

ヤ船は波間に上下し左右し、わたつみに抱かれた。

由見丸の夢がわたつみに抱かれた。

五歳になる。

さらに七歳になり、九歳になる。

ほとんど無病で育ち、美しい歯も煌(きら)めかせはじめ、だが頭(つむり)の形は変わらない。後ろ側にころりと張り出していて、その特徴を失わない。やはり何かを内蔵しているのだ、常人にはないものを秘めているのだ、その「大きさ」を穢(けが)してはならない、陸に棲まう妖魅鬼神に汚瀆(おとく)させてはならない、毫(ごう)も。こうした判断で由見丸は「屋敷」のヤ船に留め置かれ、夢寐をヤ船に警固され、視点を変えるならばヤ船の上のみに眠ることで見る夢の種は海より蒔かれつづけた。海に、由見丸の眠りは、孕まされつづけたのだ。そうして十一歳になる、十三歳になる、いまだ由見丸は失態を仕出かさず、身の上に凶変を得ることもない。由見丸は、瀬戸内のそこに根を張る賊党たちの、その習俗(ならわし)の主役の一人、に近づく。

十四歳の大晦日、由見丸は無事無難である。

丑(うし)の刻(こく)と寅(とら)の刻の境を越える。翌(あく)る年となる。

齢(よわい)十五の少年がすこやかにここにある。

しかも海に孕まされつづけた、譬(たと)えるならば臨月の胎児(はらご)だ。あとは二度めの誕生を見るだけ、周囲はこれを待つだけ。晦(つごもり)は、闇夜だったから、望月(もちづき)までは十五の昼と夜。その前々日の払暁にヤ船は沖に出た。しかも七艘の舟が護衛についた。船団を成して、内海──瀬戸内海──から外に出た。

外にあるのは外海である。外海にもさまざまな種類がある。穴門(あなと)から西に抜ければ、壱岐(いき)と対馬(つしま)、さらに高麗人たちの国から唐土(もろこし)に渡れる海もある。しかしそこまでは行かない。いずれにしても物語はその外海のありか等の細々(こまごま)としたところは語らない。物語にすら、洩らしてはならぬ秘密があるのだ。なぜか。その島が、俗人禁足の島だからである。ヤ船の船団のめざす島が。

由見丸が二度めの誕生を迎える、その島が。

到着する場面の概略はこうである。まずは島影が神(かみ)さびたものとして現われる。それは冂(さかい)の一字に似て目撃され、見るからに当たり前の島ではない。その島の形(なり)は。それが、冂、の形状を成すのは断崖が四囲に削ぎ立っているためである。しかし露出した岩膚の色彩ばかりが灰色に黒にと映えるのではない。冂、の最上部は濃緑(こみどり)の色で飾られている。そこには樹木が繁茂するのだ。すなわち、この冂の島は森を冠(かぶ)るのだ。由見丸は、起居する大型のヤ船から護衛の一艘に乗り移る。軽舟だ。こうした軽舟が三艘、いっせいに島に寄せる。余すところのない峻嶮なる断崖のその威容の内にも、しかし僅かばかりの浦はある。これが人間の上陸を許す。──ここで地を踏んだのは由見丸を数に入れて十八人の男。いかにこの冂の島が巨岩三昧であるかは、立てばわかった。仰ぎ見る由見丸たちの視界には、異形の、あるいは奇瑞の巌ばかりがある。次いで登り口が現われる。勾配急な登りの径である。この径の「口」に四人が控える。残る十四人が処どころで足下に酒を献げながら歩む、時には猿じみた登攀をする、たがいに手を貸し借りあう。この行程のお終いは眼よりも先に皮膚で感取され、すなわち湿りけが変わる、空気が温い、大方の風は已んでしまった。十四人が揃って、凪だ、と判ずる瞬間が訪れる。すると一行の期待に応えるがごとく森が展ける。――由見丸たちは冂の島の最上部に達したのだ。

これは森の門口である。この「口」には二人が控える。それからも一人、また一人とその森の径の処どころに逗まる老若の男がある。由見丸はといえば決して足を止めない。踏みとどまらず進みつづけて、この途上、奇しい景観が現出する。径の側辺に臨むのが枯木のみとなる。しかも巨樹の林の形様は成している。死骨の白さを連想させるが厳かな美も有している。この地に到達するまでに由見丸たちの一行は七人、――さらに三人が高々と弓をふりかざしながらここで待機の構えに入り、一行はわずか四人に減る。

森は様相を刻々変える。葛草がある。その這いひろがりと滴りが枯木群の簾となり、白骨の色調を覆い隠す。じきに森は濃緑をその彩りの基調に戻して森らしい森に還るが、変相はしている。円形の葉が掌のように裂ける椰子が叢がった。海岸部からは相当離れ、しかも海抜において遠ざかっているのに犬枇杷が繁り、実をつけていた。姥百合があり花を開かせていて、木通があった。百合類には球の根があるから、これらはみな食物である。山の幸である。ところで由見丸たち一行の中には、背に、籠に、海の幸を携えている者もいる。魚数尾を。

献魚である。

献、すなわち極上の海の幸が献げられるのだ。

冂の島の、古えの社のその門口に。もちろん島の地面への献酒といっしょに。酒はこの時、大盤振舞となった。たまりを作るほど地べたを濡らした。それにしても、これは社か。巨岩が二つ、いや三つ、そこに板戸がある。塞いでいるのだとはわかるが粗末で即席すぎて、その表面のあちこちに蕈までが生えている。しかし、献げられる酒と魚があるのだから、この組み上げられた岩座と板戸こそは社殿とその入り門の扉なのだと、この物語は断じる。

社なのだ。社の門口なのだ。――この「口」で三人が控える。由見丸は含まれていない。控えた三人は不寝番となる。いや、冂の島に上陸した人間は十八人いて、由見丸以外はよって計十七人と数えられるわけだが、この十七人が斉しく不寝番となる。警固のためだった。何者を護るのかといえば、由見丸をだった。もっと正確には「夢寐にある由見丸を」だった。

由見丸はこれから、眠る。

眠るために進む。独り進む。

蕈すら発生させた板戸に手を置いて、由見丸はこれを開けた。社殿の封を解いていた。

それから譬えとしての殿内に上がる。暗いし廊(ろう)のように狭い。床には板。じきに板は消えるが由見丸は迷わず前進する。両の足裏が伝える感触を信ずるならば、石肌が地面に露(あら)わにあり、平らかで、奥に導いている。ために歩調は緩めずともよい。しかし両眼はぐうと開いた、光の欠如への不安から。

歩き、歩いた。

すると抜けた。由見丸は、上方から降り注ぐ明かりに晒された。が、この日光は弱い。真上からしか届かず、しかも時刻は夕暮れに近い、そもそも太陽は真上になかった。観察すると、これは谷底の雰囲気を具(そな)えた場所である。冂の島の最上部の、その森の谷底。もちろん谷底ではない――四方を大岩に囲まれた、これは岩場の洞(うろ)である。これは天然の祭壇以外の、いかなるものでもない。

由見丸は辿り着いたのだ。

地表にはいろいろと古めいた形代(かたしろ)が転がっている。半ば土に埋もれてもいるが、しかし何を象(かたど)っているかはどれも一目でわかる。あるいは多数の舟であり、あるいは多数の馬である。石を素材としている。これらも大昔の、千古の石なのだと見通される。何十もの石製の形代に混じって、光輝を持った玉もあった。硬玉――光沢のある翡翠(ひすい)――に碧玉(へきぎょく)、瑪瑙(めのう)に水晶。これらの玉は湾曲し、いわば勾玉(まがたま)なのだが、おおむね普通に語られるところの勾玉とは違った。石製の形代群と同じように象る対象が歴然とあり、どうやらそれは歯だった。

その歯の勾玉を、一つ、由見丸は拾った。

瑪瑙だった。赤褐色と乳色の白が彩なす縞がある。美しい。掌中に収まる瑪瑙の歯だった。が、人の歯の何倍も大きい。

拾う行為はそのまま択ぶ行為に通じた。由見丸は選択したのだった。それから由見丸は、谷底じみたその岩場の洞、往古の祭壇のその地面のあちこちに散らばった枝木の類いを集め、一カ所に敷いて、そこに横臥した。まだ瞼は伏せない。黄昏が、暗闇になり、星々が頭上にいっせいに瞬きはじめて、まだ瞼は閉じない。天然祭壇のその四囲の大岩は大空を方形に狭く区切った。これを由見丸は仰いでいる。背は丸めた。体熱を逃がさぬように膝をゆるく抱えもした。瑪瑙製の歯はといえば、握っていた。

それから黄色い光が来た。

月明かりが注ぎ出した。谷底を思わせるそこにも。しかも霽れた満月の光だった。

ついに由見丸は目を閉じ、しばし溢れる光量を感じながら、しかしついに由見丸は寝入った。島の地面で、――罷りならぬとされてきた陸の上で。由見丸はそうやって十五歳のこの日までの自分を死に至らせる眠りに就いた。

冷えるはずの睦月の夜に、そこは冷えない。

地表に積み重なったような仄かな暖気があった。

由見丸は身動ぎしない。

右方の側頭部が敷き物の木片を通して地面に接している。

天空の光源——満月から見下ろせば片側ばかりが歪つにころりとしていたはずだ。由見丸の頭は。

ずっと保護されてきたのだった。放り出された赤子であった瞬間以来の、日ごと夜ごとに見られた五千の夢、切れ端をも数えるならば五万の夢がたしかにあったはずだが、その一つとして毫も穢されなかった。地上で眠りをむさぼることがなかったから、たしかに水上で守護されつづけた。その夢見る由見丸の頭は無垢のままに並ならぬ大きさを保ってきたのだ。

では、土に触れたにも等しいこの今、何を見るか。

初めての「陸上の夢」は、何に真実接触するのか。

由見丸は、身動ぎしない。

方形に切り取られている狭い大空の、その内側でも、夜間、月が動いたし星々も動いた。位置を変えた。

しかし由見丸は横臥した時の体勢を崩さない。むしろ総身の丸まり方を緊密にしている。無意識に——たぶん無意識に——両膝をぎゅうと屈曲させている。稚い子供の姿に戻っていたし、それ以前の、孕み女であった母親の腹の内にでも収まり直したかのごとき丸い姿勢に還っている。

それから夜が明け離れる。

由見丸は瞼を開く。右左の二つを同時に。

由見丸は門の島の上で覚醒した。

ちぢめた膝を解き、片腕をついて身を起こして、背中を伸ばす。ぽろぽろと剝がれ落ちる樹枝がある。由見丸の髪が乱れている。その童形の、長い、艶やかな黒髪が蓬のありさまを呈している。眉から睫毛にかかった額髪の下で、らん、と双瞳が光って、しかし由見丸は物を言わない。言わない。じつに昨日の上陸からこの方、由見丸はひと言も口を利いていない。禁じられていた。無言無声が、この少年に課されていた。

だがこの絶対の禁止も問われれば解ける。答えなければならぬがゆえに。

それでは、由見丸は、いつ問われるのか。

由見丸の頭が重い。なみなみと重い。泥水か薬水かを強引に固めて、耳の穴から注ぎ入れて、それが再び溶けたように。しかし単純に重石を詰められたようにも感じられる。いつものころりが、ごろり、とした。いずれにしても重量感として抱え込んだものの実体は把握しきれない。

寝床を離れる。一夜の寝床から起ち、次いでその、千古の祭壇の岩座そのものから発つ。ここからの場面の概略を約めて語ればこうである。社の門口という「口」で由見丸は不寝番の三人に迎えられる。終夜あの白骨の枯木の林に待機していた三人に迎えられる。それから一人、一人、一人、一人、また一人。森の門口という「口」で二人に迎えられて、由見丸たちは十四人の一行となる。昨日には登攀を強いられもした勾配急な径を今度は下り、登り口であったものを今度は出口に変えて、その「口」を抜ける。

この間、由見丸とこれに合流する男たちの内で交わされる挨拶はない。

挨拶は一つもない。

すなわち口はひと言も利かれず、仲間内の情景は無言無声である。

それから、また、この物語が語り落としてはならぬことがもう一点。由見丸はあの瑪瑙の玉を掌中に持ち、手放してはいない。あの、人の歯を幾倍かした寸法の異な勾玉――歯形の玉――を。

三つめの「口」を出て、そこから先は海辺である。幻妙奇怪にして奇瑞の巌を誇示している、あの稀少な浦の波打ち際である。そこでは由見丸たち十四人の一行を、最初に控えた四人の男たちが迎えて当然である。

しかし、男たちはいない。女人たちがいる。

女など誰も上陸していないしそれが禁制でもある島に女人たちがいる。

しかし本物の女ではない。これは白衣をまとって変身した四人の男たちでしかない。

それぞれに仮面を掛けている。

その一つひとつが女なのだ。

可憐な少女の面。

妙齢の美女の面。

赭ら顔で笑った老女の面。

両目をぎょろりとさせる鬼女の面。

四者四様の、女面揃いなのだった。

さながら幻術とも思わせた。しかも背景を具備していた。女面たちは海原を背に立っているのではなかった。そこに、横一文字に張られた深紅の布がある。まるで宙に架けられているように見え、「標」を作っている。布はその両端を、それぞれ一本ずつの小樹に括り留められている。もともと生えていたものではない、昨日の内にこの島の浦部のどこかで伐採されて、瑞々しい青葉ともども立てられた。繁る青があり、「標」となる赤布が横に伸びて海を隠し、そして白衣の女面たち——少女、美女、老女、鬼女——が不動に佇んで由見丸たちを迎えるのだった。

否、迎えられたのは由見丸だけだった。

「口」より下りてきた他の十三人は、迎える側の儀式に加わっていた。由見丸の後方で、それが証拠に、手を打ち鳴らす。

パン。

パパン。

と手拍子をとる。

由見丸の真後ろにはこの手拍き(てばた)があって、前方には、女面たちがいる。どの面も木製、口唇は彫り(え)込まれていて、幼なかろうと老醜していようと動かない。が、その動かない口唇から声が出る。四人の「口」から声が洩れる。四人は、手拍きにあわせて声を編み、最初、これは神歌(かみうた)である。呻吟のようなものが抑揚を形作る。歌の渦が作られる。単調に、単調に、時間をかけて。

日が昇る。

とうに顔を出していた太陽が、もっと、もっとと昇り、日の光が強まる。

由見丸は目を細める——無意識にか、無意識ではないのか——両の瞼をともに伏せている、それからはっとして開いた。

するとただちに問う者がある。由見丸の真正面に。深紅の「標」を背景にした女面たちの一人、老女の口から問いかけが発せられる。

「こりゃあ」と、まず言う。

木彫りの口唇は動いてはいないが、しゃべっている。

「こりゃあ、こりゃあ、由見丸」と言う。

その言い回しは手拍子と神歌双方の調子に見事に嵌まった。歌唱として乗せられていた。

「ハガタのミタマを、ぬしは得たか」

「歯形の玉を、おれは拾いました」

「よおし、よし」と老女が言う。

すでに由見丸は無言無声に違反している。問われたから答えたのだった。とうとう。拾得者であることを証して後、ここから問答にどっと入り込む。

「目を覚ましたか」

「覚ましました」

「寝入っておったのか」

「寝ていました」

「あらあ」と、少女が言った。

もちろん仮面の口は動かないが、しゃべった。

「あら、あらあ、神歌が凪（な）ぎそうね。じき――」

「もうじき、歌は凪ぎ、問答ばかりに」と鬼女が引き取る。

「しかし手拍きは、已（や）まぬでしょうよ」と美女が続けて、すると神歌を唄っている女面はいまや一人もいない。しかし単調な歌の渦は打ち鳴らされる手拍子とともに残りつづけて、むしろ陽光と同様に順々強まりもする。昴まりもする。

そのような場に由見丸は投げ入れられている。問答の場に——席に——。

「あらあ、あら、由見丸。ぬしはここで寝ていたのかしら。それとも、まるきりここでとは違ったのかしら」

「歯形の玉を、拾い得た社(やしろ)の奥殿(おくどの)で、おれは、一夜、寝ていた」と由見丸は言葉を選びながら、少女に回答する。掌中にある当の瑪瑙のそれと相談でもするかのように手指の筋(すじ)に力を込める。ただし瑪瑙の勾玉は右のほうに握っていたのだが、むしろ左手を力ませた。

「さて、さあて、さて、由見丸」と引き継いだのは美女だった。その麗わしい顔(おもて)に反して、あまりに声は野太い。壮年の男の音色でしかない。

「一夜の眠りには一夜の夢見があったのかねえ」

由見丸は黙る。

掌が汗ばむ。右手側が。

頭がさらにごろりと重い気がする。

その重量感が答えを抽(ひ)き出す。

「あった」と、由見丸は美女に言う。

真後ろの十三人分の揃いの手拍子が、パン、と鳴り、パパン、と鳴り、また、パン、と——。

「よいわ」と鬼女。

「よい」と老女。

「よいぞ」と美女。

「よいわねえ」と少女。

一つめの関門を由見丸は抜けた。

「ほおう」

と鬼女が言った。

「ほう、ほおう、ほおう」

と鬼女が言った。

「由見丸、しからばその夢見にこそ目を凝らすがいい。ぬしはしっかと、しっかと閲(けみ)するがいい。わかるだろうが、由見丸。それが一等最初の陸(おか)の夢であると、もしかしたら賜(たまわ)った御(おん)夢、御霊夢かもしれぬと、わかるだろうが。水上にあらずにな、波にたゆたわずにな、賦(わ)け与えられた御夢かもしれぬと、わかるだろうが。ほう、ほおう、ぬしは眼(まなこ)をぎょろつかすなよ。さて訊き出そうか。その夢見に、ぬしは、聞いたか、発したか。口にされるものを聞き届け、口に出されるものを出してみたか。すなわち耳に届けられる言の葉はあり、御耳にお届けせんとする言の葉はあったのか、なかったのか」

声の存在が問われた。

無言にて眠りに就き、無声にて床より起きた由見丸のその一夜の夢に、しかし満ちる声はあったのか、交わされている言葉があったのかどうかが問い寄られた。

由見丸の重い頭が、ごろり、と応答した。

口では説明のできぬ夢というのがある。これは只の感触、または感触の塊というのでしかない。これを把握しようとする時、人はみな、考える。考えて輪郭を与える。たちまち夢のその感触は無傷ではいられないはめになる。考えているものは「言の葉」であり、説明を試みようと思いついたその刹那から、夢は、さまざまな言辞を貼付されるからだ。すなわち夢は、想い起こされて釈こうとした場合にどころか、想い起こされる対象と目された瞬間から言葉をむさぼる。ただちに言葉は、夢の実体さながらのものと化すのだ。声の類いに溢れ、送り送られる思念の類いに溢れる。

すなわち由見丸のなみなみと重い頭には、夢の記憶としての言葉が溢れる。

それがごろり、ごろりと転ぶ。

「あった」と、由見丸は鬼女に言う。

「よいわ」

「よい」

「よいぞ」

「よいわねえ」

由見丸はもっと続ける。

「聞こえたし、言った。おれの耳は聞いたんだし、おれは、おれはたしかに言った」

「その口を動かしたな」と鬼女。

「ただし夢路（ゆめじ）で動かしたのよね。その口はその口にあらず、あの口」と少女。

「ぬしは夢路で、口を利いたわ」と老女。

「ぬしは問うたのだ、御夢で」と鬼女が引き取る。「問うたのだし、聞いたのだ。ぬしは問答したんじゃわい」

「問答、問答」と唄うように、美女。

四人の女面たちとの問答の場——問答の席——にあって、いま由見丸は、さらに内側の問答を掘り起こされた。夢裏での問答に目を向けさせられた。すると、問いごとがあるし答えがある。求められても答えがある。

「ぬしは話したな」と老女が言い、

「それから御応（いら）えを得たのでしょう」と少女が言う。

「ぬしの耳が聞いたのだから、あった」と鬼女が言い、

「あった御返事は人のもの、それとも人ではない尊いものかしら」と美女が質問する。

するると、求められても答えがある。

二者のうちの一つを択べばよい。

「声は、尊い。御応えだ」後者を選択して由見丸は回答した。

「然り、然り」と鬼女が言った。

「そもそも夢とは深秘のもの」

「神変不思議がもたらすもの」

「真の霊夢となれば、是然り、然り」

「すると神霊に会うたか」と一巡して鬼女がまた問いかけた。

答えは二つしかない。邂逅したのかしなかったのか。

「御応えをこの耳で聞いたのだから、おれは会った」

「この耳は夢路のあの耳よ」と少女が訂正した。

「会うたのは夢路の目じゃわい」と老女も訂した。

「で、ぬしがその夢寐で出会うた御霊とは、呪する鬼神なの、そうではないの」と即座に美女が答えを求めた。

求められる回答は由見丸にあったたし、そもそも言葉をむさぼった当の夢が答えはじめていた。その夢が鬼神を顕ち現わせたか否かと択ばせれば、答えは後者。妖しい禍いは夢そのものが欲したがらない。すると先夜、顕現した御霊とは祝福する神。

「そうではない、呪したりしない。その反対だ、祝う」と由見丸は言った。

「祝う」と鬼女が鸚鵡返しに答えた。

「ぬしを祝う」老女が続けて、

「ぬしは祝われた」と美女。

「あの耳を以て聞き、あの口で以て話す由見丸が、あの目で祝福する御神とお会いしたわ」と少女が断じきった。

「よい」

「よい」

「よいわ」

ふいに無言が落ち、パン、パパン、の拍子だけが響いた。延々と響いていたのだし、そこからも続いた。

二つめの関門を由見丸は抜けた。

「夢路で水は飲んだか」と鬼女が言った。

「のどの渇きに責められなかったとしたら、飲んだはずだが、さて飲んだか」と老女。

「飲んだ」と由見丸は答えた。由見丸のその夢が答えた。飢えにも渇きにも責め苛まれた憶えはない。

「甘かったかい。鹹映ゆかったかい」美女が訊いた。

「鹹映ゆかったら干上がるのどになりそうなものだけれど、どうなの」と少女。

「甘かったな」

「すなわち海の水ではない」鬼女が断じた。

「島の水だな」由見丸自身が回答した。

「この島の甘露」と美女が言い、

「それを霊夢にて味おうた」と老女が言い、

「そうした御霊夢を賜ったのね、御神から」と少女が引き継いでまとめた。

「じかに」と由見丸が言った。

「サカイの神」

「この島の」

「サカイの島の」

「ぬしはその神と目えて」

「あの口で問い、あの耳で御応えを頂戴し」

「そもそもあの目で御邂逅を引き受けて」

「しかも一度めの陸の夢で」

「今生に生まれ落ちてよりこの方、無垢を保った立派な頭に、この御夢を入れて」

「入れて、注いで」

「注いで、詰めて――」

言葉がどんどん授けられた。寝覚めた時には実体を摑めないでいた夢は、それらの言葉でどんどん彫琢された。由見丸の夢自体がそれらの言葉をどんどんむさぼった。がつがつと喰らった。輪郭は獲得され、骨格は嵌め込まれた。夢は、由見丸に、サカイの神と目えたのだと言った。夢は、由見丸に、その語らいを想い返せるだろうと言った。夢は、由見丸に、その神はこの夢に宿ったのだぞと言った。

「おれの夢にサカイの神は御宿りした」由見丸がこう言った。

「一度たりとも海上を離れて夢見ることのなかった男の子に」と言い直したのは鬼女だった。

「おれにサカイの神は宿った」

由見丸が言い、第三の関門が突破された。手拍子が止む。一人二人散けたが、ほぼ斉しく止み、それから白衣の女面のうちの少女がつーっと動いた。布の赤色を背景にして動いて、懐からは短刀を引き抜いており、これを「標」の布めがけて閃かせた。――一閃し、すると布は斬られる。横一文字に張られていた深紅の布が斬られて闢く。海への道が開けた。

由見丸は一柱の神をその頭の内に入れて生まれ直した。しかしここから、幼名を改めることもなければ童形も変えない。由見丸は由見丸であり、しかし瀬戸内海の賊党間の往古からの協約そのものでもある神である。今後は、いつ何時でも陸上で寝る。

蝦夷たち

島々は瀬戸内にだけあるのではない。ここを根城にする賊党たちにだけ知られて外海に点在するのでもない。そもそもその外海が、一つどころか複数ある。この日の本の東西南北にある。この日の本、この本朝は、その又の名を「大八州」とする。聖数たる八には古来、淡路に四国、隠岐、九州、壱岐、対馬、佐渡、そして大倭豊秋津島すなわち本州の八島が宛てられたが、たんに多い島の謂いでもある。多島の国家それが日の本であって、この本朝に帰属しない国々は是すなわち異朝である。

島々は外海のいずれにもある——東にも西にも南にも北にも。

が、本朝に属しながら、人がその存在を忘れてしまった島もある。当代の、大多数の人々が。

物語は忘れていない。

この物語は、山陰道のはるか沖つ海にあり、まさに絶海の孤島にして、その内側には逆山を擁し、ゆえに「逆山の逆島」と呼びならわされた異な島を忘却に追いやったりなどしてはいない。

この島は隠岐ではないが、しかしこの遠国(おんごく)の歴史的役割と同様、流罪とは係わる。成り立ちそのものが遠流(おんる)と関係する――。

説明のためには幾百の歳月をさかのぼる必要がある。また、本朝があれば道理として異朝があることを再度言う必要がある。異朝の代表に、隣(とな)ったところでは高麗がある。ここに以前樹(う)ち立てられていた王朝は新羅(しらぎ)である。それと本朝史上もっとも影響大なるところは震旦(しんたん)に他ならず、ここは唐土(もろこし)と通称されるが今や唐なる王朝はない。同地に建てられた国家は宋である。さて、海賊というのは瀬戸内海にだけ蔓延(はびこ)るのではない。二、三百年さかのぼれば、滅亡した異朝である新羅にもいた。たとえば貞観(じょうがん)十一年、博多の津(つ)――この日の本でも三本指に入る重要津――がこれら異人の賊党たちに襲われ、豊前(ぶぜん)の国の年貢絹と年貢綿が掠奪された。たとえば寛平(かんぴょう)六年、同系の新羅の海賊は四十五艘もの大軍で対馬の国を奸犯(かんぱん)した。そして新羅以外にも海賊という輩(やから)は宿るのだった。時代の下った寛仁(かんにん)三年、対馬と壱岐と筑前という三カ国が大規模な侵寇(しんこう)を受けた。これを刀伊(とい)入寇という。その刀伊とは、では――ぜんたい何者か。

トイは、高麗語で夷狄(いてき)を意味した。

トイは、ならば新羅の後継とも目(もく)される高麗の内部の凶徒たちではない、筋道として。高麗人から、夷狄、すなわち「本朝外の野蛮人」と蔑(さげす)み称(よ)ばれているのだから、高麗のその国境の外にある。

この刀伊の正体とは女真人だった。いわゆる広義の唐土には宋の北方の地に遼なる王朝が建てられていたが、この遼に服属する形で、自らの王朝は持たずに遼の東側に群れ居るのが女真だった。遼の東方にして、高麗の北方、大王朝の宋から見れば北東の地――。そうした沿海地にあって、必然、海とも交わるのが女真人だった。そして夷狄視という宿命を背負いながら、事実一部が狼藉に及ぶ。

新羅人たちの海賊であれ刀伊たちのそれであれ、侵寇してきた本朝外の匪党はみな、史書や貴顕の日記類の記録に当たるかぎり、追捕令によって撃退されるか捕縛されるかした。多弁を弄するまでもないが記録に留められない事件奸犯は多々ある。そして、これら異朝人と見做される賊党たちの末はどうなったのか。戦闘中に戮された輩は、それでよい。問題となるのは召し捕られた海賊、生き存えているそれらである。すでに承和九年という大昔に、新羅人の帰化は禁止されていた。朝廷の基本方針は、以来、「追い返す」だった。が、いったん虜囚とした重悪の異人たちを、おめおめ舟船まで手配して帰国の途に就かせられるはずがない。ならば首を斬り落とすか。全員、即刻斬罪に処するか。それもまた通交というか外交の局面に障りをもたらすし、当世の政の慣例にない。だとしたら虜囚はただただ持て余されるだけか。利用価値はないのか。

そこで登場するのが逆島である。

山陰道の沖合い遥かなる、あの逆山を擁した逆島である。遠流の中の最遠流として。僻遠のこの孤島に異人たちの虜囚はみな、流された。

ところで逆山とはそもそも何なのか。

島は、いわゆる溶岩台地だった。焼け山の古い伝承も残る。だが通常の「火山」の痕跡はない。ないどころか、奇怪なカルデラを形成していた。台地のある箇所から陥没が始まり、ぽこりと空洞が埋め込まれるのだ。逆さの、虚ろの山が嵌め込まれたかの如く。しかし実態としては、穴の底はずいぶんと平らかで、むしろ広々と均されていて、墾られた平野にも似る。事実、草木が生え、墾田もあり、牧もあって牛馬がいる。馬のほうが数多い。小家が大半だが人家もあり、必然、村がある。そしてこの空洞、——虚ろな逆山はいっきに凹んでいるから、穴の底のほうから見れば断崖絶壁に囲繞されているのだと説ける。内側に降り立ったならば容易には出られないのだと敷衍して説ける。

しかし村はあるのだ。

これが異朝に属していた海賊の、それら海賊たちの末裔の混住する村であり、だがしかし、単純な牢獄ではない。なんとなれば、この村では異人の匹夫たちに本朝人の女がかつて与えられて、まずは胤が絶やされぬように計らわれたのだし、しかも甲冑そして刀剣、弓箭の所有が許されていた。それどころか馬を訓練し、軍馬のように育て上げるのが許されていた。

この穴底を出ることは許されていなかった。

これが逆山の村である。

そして逆山は、そのまま逆島に擁されている。

その逆島には実のところ二種類の異人集団がいた。新羅人の裔と女真人の後裔と、というのではなかった。それらの系統はとうに雑じっている、逆山のほうの村の起源からは今や幾百の歳月が流れていたのだから。島には、他にも村があるのだ。そして、そちらにもまた異人集団がいるのだ。

だがこの集団は、外海を渡って来たのではなかった。

この物語は再び外海の定義を問う。それは日の本の東西南北にあると解説する。この本朝、この大八州の四方に。そして、――そして本朝内に夷狄はいたか。歴史をひもといてみれば、いた。すなわち現在は本朝に統べられる土地だと見做されるが、以前には異朝の領土であったところが、大八州のどこかにあった。その八州を淡路はじめ八つの島に宛えば、大倭豊秋津島すなわち本州の北部が、これだった。北の蛮夷がいたのである。当代に言う陸奥の国や出羽の国には「本朝外の野蛮人」が盤踞していたのである。

蔑称して蝦夷という。

朝廷の征服戦争があり、順々に蝦夷たちは隷属していった。帰化もした。在地にとどまることを許されない集団もあった。これらは「内国移配」された。本朝内の諸国に強制移住させられるのである。逃亡も叛乱もしづらい島が選ばれることもあり、たとえばこの逆島がそうだった。

しかし、逆島に移配されて隔たることを強いられても、逆山の穴底に鎖されるまでには至らなかった。

港を持ち、内地との交わりが絶たれることのない海端に開けた村にいたのだし、これは村というより町と称してもよかった。規模の点では、妥当だった。ただし往来はあってもその往来に牛車の轍などない。便利だからと男女ともに足半などの藁草履を履きはしても、男で烏帽子をかけている者は稀である。多数派が異人集団であったゆえ――。

すなわちいま一方の異人集団、移配された蝦夷たちの裔であったゆえ。

この者たちも具足を揃えることや佩刀を許されていた。

この者たちは逆山の底に開かれた村とは常時さし隔てられていたが、しかし、そこに降りる術は知っていた。事実、定期的に降りた。出陣の支度をして。

この島は、畿内の、大寺院の所領となっていた。荘園との扱いで。

内々では「兵荘園」と呼ばれていた。

この逆島は、内実をうちあければ殺人の上手たちを養う島なのだ。この荘園が産するのは、一人当千の兵である。

宇治その一

後世の人よ。あなたたち後世の人々よ。死せる者が中有に迷う期間とは、俗に四十九日が最大なのだと伝えられている。これを過ぎればみな来世に生まれ変わるのだと教えられている。しかし考えてみよ。多少は疑いをさし挿んでみよ。だとしたらなぜ死後幾年もの亡霊が祟るのか。幾十年経ち幾百年経ち、それでも御霊会で以て鎮められなければならない怨霊がいるのか。道真公は祟る神となった。それから天神とされたではないか。

後世の人よ——。

衆生として生まれ、死に、そして次に再び生まれるまでのこの中有とは、七七日の四十九日には限られぬ。これを篤と心得よ。

この道、この中有の道は長いぞ。

我が身は、まあ乾闥婆とでも言おうか、ここを獄と感じるのが常だ。

それにしても、私の、この口調は！　生前は人目を羞じて生きるのが習いでもあったのに。しばしば「紫式部トイフ人ハ、内気ナリ」と評されたのに。だが中有では羞恥など焼尽された。たとえば、私は百年も前に死んでいるのかもしれないと惟てみよ。たとえば、たとえば、死歿してからもこの世間というものの動向がわかるのだと考えてみよ。
乾闥婆の身であろうとも耐えがたき事柄は耐えがたい。ましてや存命であった頃の私が
書いたこともない十帖または十三帖が、私が書いたと噂されるのであっては！
含羞はおのずと焼き尽くされて当然だと、あなたたちも察しが付こう。
ああ、あなたたちよ、後世の人々よ――。

私は流布本の、何もかも贋ものだと詰るのではない。私、藤式部があの光源氏の物語の続篇なるを書かなかったと申し立てるのではない。事実、試みた。試みたとは「書いた」ということだ。それが十三帖と考えられるのであれ十帖と考えられるのであれ、世に知られるのは宇治十帖である。巷間言われるところの宇治十帖である。そして世人が呼ぶところの著者たる私、紫式部は、たしかに正篇に対する続篇を著わした。

舞台を宇治とした。

こう言い換えてもよい。その続篇では、隠れ里めいた宇治の地こそを主役に据えた、と――。

後世の人々よ。光源氏の物語の何たるかを、あなたたちは概ね知る。だから私が書いたそれを「源氏の物語」とも「光源氏の物語」とも呼び、時には「紫の物語」とも呼びならわすのだろう。そこでは主役は、光る君たる源氏だし、この君と恋愛する女人たちの筆頭が紫の上だった。光る君は親王であったが、源姓を受けて臣籍に下り、それが

ゆえに**光源氏**となった。この源氏が、栄達する、ついには位人臣を極める、しかし晩年には因果の小車がめぐるのを見る。女君たちとの恋愛の、応報だ。これが私の書いたこと。これが私の書いた正篇。主役が、源氏の某かといえば、名はない。実名はないが、私が藤式部であるように仮名を名と換えたまで。

ここまではよい。

ここまでの巻々は、何ら問題を持たない。光る君の雲隠れで幕を閉じ、一つの決着をつけている。私は書き切ったと言い切れる。しかし私は思ったのだ。しかし、——しかし女人たちはどうした、と私は思ったのだ。私は、まことに、女人たちを描き切れたのか。

そこで私は続篇に手を着けた。

舞台を宇治とした。京の都からは離した。なんとなれば宇治は、憂し、に通ずるから。

憂し、と、私はそれを思ったのだ。

そうして書き上げたのだが、これは世人の期待に添わなかったのだろう。当たり前だな。私はそもそも雲隠の巻というのは書かなかった。光源氏の死を見据えるような謹みなき真似はしなかった。そして続篇に移るや、**魅力のない男君**たちと、たとえば、たとえば、恋愛に煩いもするし煩いもしない人として描き切られた女人たちを登場させた。そして舞台を宇治に据えたのだ。

憂し、に。

これが誰の期待に応えたのかと問えば、応えなかったのだろう。ああ——。

あなたたちよ、後世の人々よ。

書き換えられた巻々ばかりが流布している。

改竄されたものが宇治十帖と見做されている。

終(しま)いには別人の作が、別人の作が！

これに私が耐えられると思うか。

これなる事態に、辛抱が可能だと思うか。

否。可能ならず！

私の怨念はここにある。私、藤式部の瞋恚(しんい)はここに燃え、ゆえに羞恥を焼き滅ぼしたのだ。ゆえにあの女に憑いて、祟ったのだ。ははは、病悩をもたらし煩悶させた！　そして、ついには書かせようとしたのだが、その力があの女にはない。そして、憑坐(よりまし)に追い移されたのだが、ほほう、この少女子(おとめご)は実にその舌、滑らかではないか。それ相応の力を具備する。ならば語らせるか。このままこれに語らせるか。

語らせようとも。

物語らせましょうとも。読むよりも易(やす)く、仮名(けみよう)、また通り名はその冒頭から人物たちの名と換えて。私は、そうだ、死して百有余年の間に流布してしまった贋ものの諸本が、巷間の人々に滲透させた通り名をも利用する。たとえば、浮舟。

さあ、それでいいか。

あなたたちよ。

後世の人々よ――。

いいですね。

まずは、光、隠れておしまいになった後。

二人の女人がいて、この二人は姉妹である。さらにいま一方の女人がいて、この三人めこそは浮舟である。が、三人めの登場は遥か先となる。浮舟が要の人物としてその顔を出すには、まだ少なくはない時間がかかる。待たれよ。一人めと二人めに相当な言葉を費さねば、三人めは意味を持っては現われないのだから。

それでは語り尽くさんとの構えでいこう。

二人の女人、――この姉妹には父がいる。

この父親が、親王です。

ただし当代の親王というのとは違った。そもそも物語がどの帝の御代のものなのかをあなたたちは知る術がない。知りうる由がないのだし、これはこれで障りはない。肝腎な事柄というのは、そもそも他にあるのです。たとえば、この親王、この姉妹の父親がいまや世間から忘却されているという事実。また、そこには確たる理由があるという背景。こうした事柄はじきに私が説明します。まずは改めて、あなたたちが把握している事柄というのを強調しよう。

この親王には、御息女は、二人、ある。

二人は、ともに、美相を具える。

だが姫君たちはあっても、親王にはこれらの母親である妻がない。親王はその北の方を、若姫君を授った直後にうしなった。流れとしては、産褥で死んだも同然のこと。ただし実際は異なる。その北の方は安産だった、それなのに床上げを待たずに病に斃れてしまった。

深愛する北の方を亡くし、親王は悲歎にかき暮れる。

それゆえに、以降、後妻は娶らない。

それゆえに、以降、姉姫君と若姫君を溺愛する。御息女たちは、形見であったから。

また、それゆえに徹底してこの世を儚み、以降、毎日を勤行に励んで生きるようになる。

読経する。念仏する。もちろん出家を望む。が、これは相矛盾する念いです。御息女たちに舐犢の愛は注ぎたい、しかし二人の身をそうやって慮れば慮るほど、仏門に入るなどは到底叶わない。抛り出せるものではない。この葛藤の内にただただ資産が減る、屋敷が荒れる。

しかしそれは、目に見えるところでの荒廃だけを拾い出せばそうだということ。

豊かさもあるのです。情愛のみが拵えうる類いの豊潤が。親王は、姉姫君には琵琶を手引きし、若姫君には箏すなわち十三絃の琴を教えていた。親王は、もともと雅楽寮からその道の達人たちを招き、これを音楽の導としていたため、その腕前は当人からして名手の域に達していた。この親王から、実父ならではの濃やかな密な指導を受けるのだから、二人の姫君はどちらも上達著しい。姉姫君は撥音に達ける。若姫君は爪音に関して、斯ようになる。

ところで親王の姉姫君を、ここからは大君で通そう。

対する若姫君は中の君の名で通す。

この二人、大君と中の君が合奏するとなるや、表向きは荒んだ邸宅にも豊饒さが満ちるのだ。

さて姉妹には名らしきものが付いた。ならば父親も同様に待遇われてよい。父は、

――そう、八の宮である。

世間から忘れ去られた親王が八の宮である。

そして、そこには訳があるのです。

説きましょう。八の宮は政（まつりごと）における敗者だった、と。しかしこれは大仰な言い方だ。なにしろこの人に率先された謀議は一つもない、ただ単に巻き込まれた、——容赦を加えないで言うならば「駒にされた」のです。ある春宮（とうぐう）を廃して、この人をこそ春宮に据えようとの一勢力の企みがあり、これが不首尾に終わった——。

ただただ、それだけです。

それだけだが、疎んじられる。宜（むべ）なるかな。

以来、八の宮は政治に揮（ふる）える威の一切とは無縁となるのです。

しかし敗者の側に八の宮が置かれたのならば、勝利した側というのがこの闘争（あらそい）にはあって、そちらは宮中の威勢を手に入れたという話になる。実際そうだった。八の宮は、生まれが八番めの親王であったのだから、兄が七人は数えられる。その一人に、臣籍に降下した人物がいた。賜ったのは源姓。

源氏です。

あなたたちは察したでしょう。八の宮に勝利した兄とは、かの光源氏です。

母親はもちろん同じではない。八の宮を産んだのは某（なにがし）大臣の女（むすめ）であって、桐壺（きりつぼ）の更衣（こうい）ではない。それと、母親違いの光源氏が八の宮に勝利したとの言い種（いいぐさ）もあまり正確ではない。八の宮は確かに敗（やぶ）れた側にはいたけれども、「駒にされた」だけだから。しかし、重要なのは、この一件を契機にして光源氏とその一門が宮中にて躍進したということ。

一門が――。

よもやあなたたちは失念してはいないでしょう。光源氏の物語の、これは正篇ではない。そちらの主役であった光る君は、十幾年の昔に薨っているのです。ですから続篇の中には登場しない。しかし一門はいます。光源氏の子息子女たちが遺されていて、孫がいます。女は中宮となり、親王内親王たちを産んでいる。そうです、威勢を独り占めしているのです。

こうした続篇の世界に、宮中政治からは見限られた八の宮という昔日の親王がいる。そして八の宮には二人の姫君、どちらも美貌を誇る大君と中の君がいる。豊饒さはなみな培われている、音楽で以て。しかし楽の音の華やぎは決して人の眼に映りはしない。映るのは、――荒みゆく資産。ひと歳ひと歳ごとにもたらされる零落。しかも悲運は限度、限界を見せない。ある時、うら寂れていた屋敷が焼け落ちるに至る。火事に遭ったのです。おおかた火付けでしょう。京の都では珍しいものでもない。これは、まあ、往時の都ではということですが。

さて、洛中の邸宅は灰燼に帰してしまった。

しかし別荘があった。

これが宇治にあった。

ならば手段はただ一つ、家族でそちらに移るしかない。

この新たな住居を「風雅な山荘」と見ることは、可能不可能を問うならば、可能である。かたわらを宇治川が流れている。竹や柴で編んだ仕掛けの網場が、そう、網代がほど近い。しばしば氷魚が揚がっている。雅やかな趣きがあると言えば、そう、ある。だが二人の姫君ともどもに転地した八の宮が詠むのは、たとえば、たとえば、こうした歌である——。

見し人も宿も煙になりにしをなにとてわが身消え残りけん

生涯最愛の女であった北の方を想い、焼失し果ててしまった洛内の家屋敷を想い、この歌は非常にさみしい。宇治の地に転居を遂げて、これを勢みにと八の宮の道心は深まるばかりである。ああ、憂し、と。

世は憂しと。

道心のあるところ導師あり。ここに一人の阿闍梨が登場する。この阿闍梨、宇治の山寺に住んでいる。稀有の学識を具えている。世評も高い。しかしながら宮廷の政治というものに拘うのを厭い、出仕をしたがらない。ただし譲位された帝、すなわち院とは親しい交わりがある。

この院は、冷泉院です。

阿闍梨は、山に籠っている境涯ではあったが音楽に理解もある。八の宮はいつしか、この山寺の聖から仏典を教授され、腹蔵なき会話をする間柄となってゆく。近づけば近づくほどに徳の高さをそうと感得させるのがこの阿闍梨であり、一方、阿闍梨の側も八の宮の人柄に感心すること頻り、その、心一つに仏道をこそ望み願う姿勢をおおいに褒めた。

これは当人以外を前にしても、口に出して賛したのだった。

たとえば、冷泉院の御前で。

その日、阿闍梨は宇治から都に上がった。冷泉院の御所に参り、経文を講じるなどした。ついで八の宮の為人を語って聞かせた。さて、冷泉院とは誰か。この人物もまた光源氏の弟君です。それどころか八の宮の弟君でもあり、八の宮は冷泉院の、そう、兄の一人です。しかし、これは嘘です。嘘であることを正篇の作者である私は知っているし、読者も知っている。冷泉院は、光源氏の、片親違いの弟君などではないのです。冷泉院は、その外見において、光源氏に生き写しなのです。

冷泉院は光源氏の父親の、御子息でした。

しかし事実は違う。

光源氏の父親の天皇には、藤壺（ふじつぼ）の中宮がいた。継母です。この藤壺が、光源氏の実母の、桐壺の更衣に生き写しだった。

そこで光源氏は、この女人に恋愛した。

父親である天皇の、妻である人に。

それからただならぬことをした。ただならぬ間柄となった。

私はそれを書いた。

しかし因果の応報も書いた。私は、書いたぞ。

妻である女人が自分のではない種を宿し身籠ったとしたら。眉目（みめ）よい若者（わこうど）の、そちらの血を継いだことが明らかな男児を産み落としたとしたら——。

それでも、その子供を、父親たちは公に継嗣（けいし）として扱わねばならない。実の子として。

さあ、冷泉院は光源氏の弟君ではない、との解説が始まった場面に戻りましょう。宇治から参上した阿闍梨がいて、これが八の宮の為人（ひととなり）を話題にした。しかしこの場面には、あと一人が居合わせるのです。まだ年若い貴顕です。二十歳（はたち）です。光源氏の一門でもあります。いえ、一門であるどころか、光源氏その人の御子息なのです。

名は、薫（かおる）で通しましょう。

もちろんこの「薫」とは薫香のそれに通ずる。そして香りというものもまた、人の眼（まなこ）には映らない華美を有した類い。そう、この点では音楽に等しい。この点で音楽と薫香は相通ずる。しかも、薫香は、ほら聞くとも言うでしょうが。香を聞く、聞香をする、と。

この「薫」の義に由来する薫が、いよいよ物語に登場します。

いえ、――これから私が登場させるのだったが。

薫は、かの光源氏の晩年の子供だと目されている。宮中では実際そのように処遇されている。しかし本人の心裡はどうか。漠然と怪しんではいないか。何かが腑に落ちていないのではないか。母親は、どうして早くに尼姿となってしまったのか。年若くに。どうして、どうして曖昧なる煩悶が、物心ついてから始終付きまとって離れないのか――。

著者の私はその答えを持っている。

薫本人は持ちえず、憂悶している。

そう、薫もまた、憂し、と。

しかし当人がどう生まれを怪しもうとも、たとえば冷泉院からは大切に可愛がられた。甥として、幼き頃より。冷泉院の后の宮からも同様に情愛を注がれた。こうしたなりゆきで、薫は、院の御所にはしばしば伺候した。

ゆえに居合わせている。この場にも。

阿闍梨が、八の宮の仏道への精進ぶりは、これこれ、と物語る。

冷泉院は、

「そうだね。評判というのは伝え聞いている。洛中の若い公達（きんだち）らにあっては、宮を、『俗聖（ぞくひじり）』と冷やかしもする習いだというが」

と答えた。

「出家のお志は、じゅうぶんに高くあられるのです」

「それでは、なぜ」

「妙齢の御姉妹（きょうだい）となる姫君方がいらっしゃるのです。この方々をお見捨てになり、俗世との縁を切るなど到底できぬのです」

「ああ、そう」

「しかも、姫君方はお二人なのですが——」

「ああ、二人」

「姉姫君も若姫君も、琵琶あるいは箏を弾奏なさると、まこと素晴らしい。拙僧の宇治の山寺へは、時にその合奏の音（ね）が川波と響き合って聞こえてきまして、巧まずながらも是（これ）、まるで極楽の音曲（おんぎょく）です」

「阿闍梨殿が極楽と譬えるだなんて。おい、薫、どう思う」

「どうも」と言ったのは薫です。

「私は興味しんしんだね。私は、その八の宮の姫君方というのを、手許にひき取って世話したいとも感じるよ」

「結構でございますが」

「薫は違うのか」

「私はむしろ、そのぞ――」

「俗聖」

と言って、冷泉院は咲った。

「なるほど。薫は、女性よりも父宮のほうに関心を抱いてしまうのだね。不思議な若者もあったものだ」

「そうでしょうか」と薫は、神妙に弁じ出します。「いったい俗界にありながら、かように仏の御教えの学問を深められるとは、どのような宮様であらせられましょう。私は、むしろ切に、こちらの宮様にお会いしたい、親交を深められたらと望むのです」

「ほほう」

と声を洩らしたのは、阿闍梨です。殊勝だと思ったのでしょう。

さて高僧をも感心させた薫とは、どのように描写されて然るべき人物なのか。繰り返しになるけれども、――そして繰り返したほうが理解に易いだろうけれども、その性情はひと言、厭世的。おのれの生まれに関しての不鮮明な疑念を拭い切れず、憂し、と感じつづけざるをえず、早くにこんな歌を詠んだ。

　おぼつかな誰に問はまし如何にして始めも果ても知らぬ我が身ぞ

悶えている。陰鬱な性(しょう)がある。だからなのだ。わずか二十歳の若輩でありながら異性よりも経文に心惹かれること、むしろ多々。しばしば、遁世(とんせい)したい、仏弟子の生活に入りたいと願う。真剣にこいねがう。常々うち沈み、にもかかわらず宮中での立場はといえば栄華を極め、なにしろ光源氏の末子であるから勢いは旺(さか)ん、夕霧という名前の齢(とし)の離れた兄君は右大臣に即(つ)いていて、薫自身もすでに中将の位に叙されていた。そして、人物を語るのに必要ないまひとつの面、性情に対しての容姿面はどうか。

　雅やかである。

　薫のほうは構わずとも、異性にはおおいにもて栄(は)やされる。

しかし、性情の陰気に対置される華やぎは、実のところ眉目(みめ)にはない。

容貌(かおかたち)にはないのです。

内面に比較される華麗さは具わっているのだが、外面のこの要素は見られないのです。

　嗅がれるし、聞かれる。

　そうだ、一心に聞香される。

　薫は、この薫の中将は、生まれながらにして神秘の芳香をまとっている。体臭なのだが、えも言われぬ匂いだと受け止められている。驚異、と感得されている。人の手を介した薫物（たきもの）とは質を異にした。庭々の花の枝も、この人の袖が触れただけで天上界の生物（はえもの）と化すが如し。ゆえに薫の中将は、その名、薫なのである。

そのような通り名なのである。

ほら、名前は薫香に由来しました。

しかし、なんと特異な人物であることよ。あなたたち後世の人々よ、この続篇を書き、今ここに語り直している作者の私も、そう思うぞ。

阿闍梨が、薫と八の宮を取り次いだ。阿闍梨の仲立ちは奏功して、都の薫と宇治に居（きょ）する八の宮は文通をするようになった。薫は、八の宮の教えを乞いたかったのだし、実際に乞う。手紙に続いては、じかの対面。薫はついに宇治の地を訪ねる。

いやいや、これは何という土地か。その山の景も、その川の景も、二十歳の薫を種々（くさぐさ）に驚かせる。

「おお、宮様、ここは」

と言ったのが薫である。

「ご想像より何倍も、物寂しい土地だと感じていらっしゃるのでしょうな。中将の君よ」

と、応答したのが八の宮です。

「表に出ておりませんでも、宇治川のあの流れが――」

「屋敷内でも、はい」

「その、耳を聾しますね」

「風も、なに、強かですぞ」

「ええ。川風は轟き渡るかのようです」

「なかなかどうして、物思いにも耽られぬありさま」

「昼がこうだとして、宮様、それでは夜のほうの具合は――」

「憂し」と八の宮が断じます。

夜は夜で、風の吹き通しが凄まじい、と解説される前に、もう薫は深い感銘を受けています。――この憂悶の山里で、宮様は朝な夕なに経を読誦され、仏道を究めようとなされているのか！　ほとんど落雷めいた、それは衝撃です。しかし撃たれ終われば、ふと疑問も頭をもたげる。――おや、宮様にはお二人も姫があったのでは。しかし、ここは、ここは女性にそれ相応の愛わしさ優しさを涵養しうる土地であろうか。むずかしいのではないか。

薫は眉をひそめ、憂慮します。

そう、憂えた。

「憂し」と口に出したが、これは八の宮の言葉を復唱したわけではありませんでした。憂しと思えば、何かが心惹かれる。憂しと思えば、その憂慮の対象の、妙齢であると

いう二人の姉妹に会ってみたい、文を交わしてみたいとも心動かされる。その二人とは、

大君。

それから中の君。

ほら、女人たちは現われた。

しかしまだ現われない。薫の眼前に登場してはいない。そして、薫はやはり特異な人だ。関心が行ったとおのれで気付いた途端に、これではまるで好き者のようではないか、と少々羞じる。私は、――私は尋常一様の男ではない。宮様より御指導を賜れればよい。尊きその人生の歩み方にまぢかに触れられるのであれば、それで――。他には望みなどない、と薫はたちまち結論を出す。また、宮様のお気の毒な暮らしぶりは私がご援助さしあげよう、と断を下す。

こうして最初の対面から、一年、二年が過ぎ、三年ばかり――。

薫はいまだ、大君にも中の君にも目えていない。

しかし満たされている。優婆塞すなわち俗人のまま仏道に帰依する者としての心得をとくと八の宮に学び、御教えへの造詣の深さに感動し、心満たされている。宇治通いをひたすら続けながら、それでも二人の姫君とは交流せず、ようするに薫はこの女人たちを物語に登場させないでいるのだ。しかし、姉妹の環境というのは変容させられている。折々、薫は八の宮のその住居に贈り物を届けていて、また、この薫に倣ってか冷泉院も

年に幾度かは金品を贈っていたから、くだんの「風雅な山荘」は実に風雅だと見做すことがやすやす可能となる。

公務が多忙になると、薫は、宇治の八の宮との交際は手紙のやりとりだけに留める。しかたがない。薫はなんといっても中将なのだ。しかし多事の毎日がうち続いて宇治が遠退けば遠退くほど、薫はそこが恋しい。

そんな、三年めのある秋の末です。

薫は、しばらく伺えずにいすぎたなと思う。すぐにも訪ねたい、との念いが昂じる。いっぽうで八の宮は、「やれやれ。どうにも網代にかかる波音がうるさい。今年もまた、そうした時季となった。これでは念仏行にも集中できぬわい」と言って、あの阿闍梨の山寺の堂に移ってしまった。「七日間籠る」と言い置いて。

薫は、夜、皎々たる有明の月が昇り出した時刻に京の都を発つ。供の人数は極力抑えて。すなわち微行でした。車は出さずに馬に乗る。

何人かが馬に。

山間に入ると霧がもやもやと立ちこめて、次第にいや増す。凄まじいありさまです。風も吹き競い木の葉が落ちる。薫は、心細いのだが、これはこれで「憂し」とばかりに趣きを感じてしまう。そこで一首。

山おろしに堪へぬ木の葉の露よりもあやなくもろき我が涙かな

薫の着用している狩衣が夜露にたっぷり濡れた。さて、忍んでいる薫の一行だが、いかに用心しても目立つものがある。いや、目立つというのは嘘。——目には立たない。薫が、あの、えも言われぬ芳香を四方に散らしてしまって、それが山に、柴垣の径に、村邑の家々に漂い入り、鄙の下人たちを驚歎させないでは済まなかったという仕儀。これは、だから、目には立たなかった。同種の驚きは、後、薫その人をも見舞う。これまた目覚ましいのに、がしかし、眼は一つも必要とせぬもの——。

さよう、楽の音です。

初めは、薫の耳に、これはいかなる種類の楽器だとも判然としません。

しかし八の宮の山荘のほど近きに来てから、耳に立ちはじめたのは事実。

すると、これは、名人と言われる宮様の御琴かしら、と薫は思います。

だが琴ではない。

やあ、これは琵琶だよ、と薫は悟ります。

すると楽人は、何者ということかしら。

馬と人から成る一行は山荘の門を入ります。

と、箏の響きがそこに混じった。十三絃です。

ああ、それでは、さては——。

この時、薫たちは忍んではいたのですが、宿直の男が気配を探り当てて、出てきました。太刀を佩帯した武者です。見知り顔であり、粛々と挨拶がある。ただいま八の宮は、参籠にて、阿闍梨の山寺に移動している由、即座に伝えられる。そして武者は、山寺のほうへ報せをやりましょうか、と薫に訊ねます。

「その御籠りの行には、日限があるのだってね。だとしたら、お邪魔はいけないよ」

と薫は答える。

「それでも、ああ、ねえ、無駄足で帰るというのもねえ」

「お辛かろうと察します」

と面馴れした武者は薫に返します。

「うん、そうなんだ。こんなにも、ほら、露にだってびっちょり濡れて参上したわけでね。惨めだが、志したところは立派でしょう。それを、そうそう、こちらの姫君方にでもわかってもらい、『あら、それは不憫な』とでもお言葉をもらえたら、慰めにはなるか」

「では、そのようにお伝えしましょう」

「伝えるの」

「お取り次ぎいたします」

「ちょっと待って」

「何でしょう」

「耳をすまして」

「耳を――」

「聞こえるね、合奏が」と薫は言います。「うん、これは噂に聞いていた合奏だね。お二人の、姫君方の。私はもうちょっと、いやちょっとと言わず長々と、これを味わっていたい。阿闍梨様も、極楽の音曲(おんぎょく)うんぬんと評されてらっした。それで、どう――」

「どうとは、何でしょうか」

と武者が困惑します。

「何でしょうかって、あれだよ」

「はて」

「物蔭だよ。身をひそめられる場所にきまっているでしょう。教えてほしい」

「物蔭を――」

「大丈夫、大丈夫。私は決して好色さで知られる男ではないよ。このことを、否定はしないだろうが」

「もちろんしませぬとも」

「では、手引きしてくれ」

宿直の武者は、諾います。竹を編んだ透垣に薫を案内します。言わずもがな、薫のみをです。随身たちは西の渡殿に招いて、ここで、武者当人が接待することにします。

こうして、――薫はただ一人。

とうとう大君と中の君を目にします。そして、この場面にてやっと、姉妹をこの物語に請じ入れるのです。

さて、薫は私の説明を聞いていない。薫は、この宇治の物語に登場する人物の一人にすぎないのだから、作者の私が先刻あなたたちに、大君は琵琶に達けただの、中の君はもっぱら箏をものにしただの、そうやって説いた一切合切を知らない。だから、この隙見の場面で、二人が得意な楽器をとりかえて戯れていても、それでどちらがどうだと誤解することはなかった。大君が箏を奏でていた。中の君が琵琶を弾いて愉しんでいた。が、その前に。薫がその両の眼に認めたのは、夜空の月を眺めるために簾を少し巻き上げた座敷である。その座敷にいる女たちである。大半は八の宮の姫君たちに仕えるために控えた女房たちで、形は貧しいし寒そうでもあった。童女もいた。それから、これとはまるで違う楽人を薫は認めたのだ。麗わしい二人の女性を薫の目は発見したのだ。

すると、以後、薫はこの二人しか見ない。しかし、どちらがどちらなのか。どちらが姉姫君で、どちらが若姫君なのか。これを判断する材料を、薫は耳から得ようとするし、月光の援けを借りて、再び目で得ようとする。有明の月は厚い雲に隠されていたのだが、しかし雲の帯はみな流れた。さーっと月は顔を出した。と、楽人の一人は言ったのだ。「この琵琶の撥で、扇を用いるのではなくとも、月を招き寄せることができるのですね」と——。続いていま一方が言ったのだ。「まあ、それは愉快。『入り日を呼ぶ撥』という古い伝承とも全然違った思い付きね。面白い、面白い」と——。この応酬を、薫は聞いたのだった。そして見ていたのだった。月明かりは姉妹の面立ちをともに鮮やかに照らしている。——なんと、なんと優美な風情なのか。そして、会話のありかたや顔にうかがえる高貴さの相から、大君のほうを姉ではないかと想像した。箏を奏でるのが姉ではないかと推断した。大君を、ちゃんと大君だと判断したのだ。それから薫は、動揺した。こんな山里に、人の目からは隠された美姫たちが暮らしているなどというのは、まるで物語だ、と動揺した。宮廷で女房たちが読み耽る昔物語そのままじゃないか、と、私の語るこの宇治の物語ちゅうの人物にすぎない薫が指摘していた。

　あなたたちよ。あなたたち後世の人々よ。これは私、藤式部が書いたこと。あの光源氏の物語の続篇として、生前、すでに私が著わしたこと。それを私は語り直している。

書かずに、ここにいる憑坐（よりまし）の口を通して、ひたすら物語り直している。

では、少々急ごう。

薫はいつまでも覗き見を続けられたのではなかった。

座敷の簾は下ろされてしまった。

しかたがない、と薫は思うし、しかも方策はあった。

あの宿直の武者に、「それではきちんと挨拶をさしあげよう」と言えばすんだ。また、西の渡殿にいた供の者たちには、都に使いを走らせて、あちらより車を出させよ、とも命じた。

この後に、とうとう、薫は大君と言葉を交わすことになる。声を交わしあうことになる。父宮が留守である以上、中将という来客にはどちらかが応じるしかない、と、結局は大君がその役を引き受ける。ただし、まともな応待ではない。まず以て気転を利かせられる若い女房がいない。「どうしましょう、どうしましょう」と全員が慌（あしら）てふためいてしまって、薫は敷物一つ出してもらえない。何もかもが田舎びた待遇で、薫はもちろん御簾（みす）の外である。

そして、その御簾の向こう側から、大君は初めての声を薫に届けたのだ。

「何もわからない女たちばかりなので」

と言った。

「何でもわかっているかのようなお返事も、いたしかねるのです」

と続けた。

その声には品があり、また、その声は今にも消え入りそうだった。

薫は、この時、思った。——まぢかで耳にすれば、かようなお声か、と。薫は、そのように心動かされながら、しかし表向きは凛と応じた。

「私はうわついた人間ではありませんよ。父宮様より、この私、薫の中将がいかなる男かは平生から聞き及んでいるのではありませんか。なのに、どうですか。この待遇(あしらい)はまるで、私が世間並みの『出来心』を持った若者でもあるかのよう。とんだ誤解です。私はですね、尊敬する宮様の御息女であられるあなたと、友情を深めたいとの一心で、ここに、こうして参ったのですよ」

この言舌(ごんぜつ)は大君を羞じ入らせるばかり。

返す言葉がない。

大君は声を、もっと、消え入らせてしまうのです。

しかし助け舟は来る。そこから物語は回る。では、その舟なるものを登場させましょう。老女房です。この老いた女性(にょしょう)は部屋に下がって寝ていたのですが、至急のことであるからと起こされて参り来た。この女だけが、八の宮の山荘では物慣れていた。たぶん以前は上流の暮らしに親しんでいたのであろう、と、ただちに薫にも理解させた。

「まあ、なんという。こんな失礼なお席！」

とこの老女は言いました。

「ぜひとも御簾の内へお通ししなければ。若い人たちは駄目ですねえ」

と言ったのですが、これは他の女房連への批判(あてつけ)です。老女は実(げ)に、ずけずけしています。そして薫に、こう申し述べます。

「お訪ねくださったこと、深く深く感謝しております。本当にこちらの姫様方も全くご同様の想いなのですけれども、そうとは声に挙(あ)げにくいのです。この非礼をば、お詫びいたします」

こうして、場を、大君そして前に出て物言うことはなかった中の君からこの老女は引き取ったのです。

が、それからがおかしいのです。

薫が怪しんでしまうほどに奇矯――。

老女房は、薫の、その全身より放散されている天然霊妙な薫香を嗅ぎ、いや、専心して聞いて、ああ、この人はやはり薫の中将その人であると深々認めるや、いきなり泣き入った。

ほろほろと涙を落とした。

異様です。しかし訳はあるのです。

事情は多少、本人の口からも語られます。この老いたる女人の名前は弁の君。現在より二十余年の昔に右衛門の督の位にあって夭逝した貴人の、乳母の娘。こうした素姓も説かれます。そして、弁の君は、今では鬼籍に入って久しいその右衛門の督の臨終のありさまなどを薫に説き出すのです。その右衛門の督の、悲恋をほんの少しばかり匂わせるように物語り、さらに、その右衛門の督の遺言めいたものにも触れるのです。

すると、薫は、予感している。

ここに何かがあると予感している。

しかし予感にとどまっている。言えるのは、どうぞ遠慮はせず打ち明けてください、程度のこと。そして弁の君の問わず語りはといえば、あたかも夢幻のよう。断片的で、あたかも巫女が口を開いているかの如く幻惑的。薫はこの年、二十二。そして、そう――。

さすがに話の急所というのは人前では語られない。

さすがにずうずうしい弁の君も口を噤んでいる。

だが薫は、薫の中将その人だけは、何事がいま解き明かされようとしているのかを十全に予感した。

さて鐘が鳴ります。

山寺の鐘です。ごうんごうんと。

もう夜が明けるのです。

帰らねばなりません。薫は、さすがに辞さねばならない。弁の君には「そのうちに続きを」と頼む。再会を約する。都からはもう牛車が来ている。召し換え用の直衣も届けられている。薫は、それまで着ていた狩衣はあの宿直人にやる。武者に。——そこには薫の「あの匂い」というのがたっぷりと染みついている。

発つ前に、姫君方とは歌をとり交わした。

橋姫の心をくみて高瀬さす棹のしづくに袖ぞ濡れぬる

と、薫は文にこう詠んだ。柴を刈り積んだ舟の往き交う宇治川を眺めながら、その宇治の著名な橋を護る女神の橋姫に、美しい姫、を懸けて。

これに応えて硯で墨を摩ったのは姉妹の上のほう、すなわち大君で、

さしかへる宇治の川長朝夕のしづくや袖を朽たし果つらん

が返歌でした。川長を、渡し守を、見事な筆跡で詠んでいる。その美しい書きぶりは薫の予期するところを超えていて、薫は心惹かれる。しかし、しかし、この宇治の一夜

において薫が真実心を動かされ、捕らえられたのは、あの老女。あの弁の君の途絶した語りのほうなのです。

たとえばあなたたちは、薫という男君（おとこぎみ）の為人（ひととなり）をだんだんわかってきているでしょう。たとえばあなたたちは、この光源氏の物語の続篇に、他に登場する男君はいないのかと訝しみ出してもいるでしょう。いないのか、いるのか。

います。

兵部卿（ひょうぶきょう）の宮（みや）です。

しかもこの人物もまた、かの光源氏の一門なのです。

年の頃は薫と同じ。母親が中宮であって、今上帝（きんじょうてい）の三の宮でした。当代の親王です。

母親は、明石の中宮と称される女人、これは光源氏の女（むすめ）です。

すなわち兵部卿の宮は、光源氏の孫だ。

この男君は、多情さで以て世間を騒がせている。

あちらこちらで恋を漁っている。光源氏の孫だ。ただし、無責任を絵に描いたような交情しかしないが——。

それでも世人が目（もく）するままの「光源氏の血胤」だ。

容貌（かおかたち）はどうか。

薫の中将と同じ程度に艶やかである。この時代においては甲乙つけがたい美麗さと評判をとっている。しかしこの時代とは、どの帝の御代なのか。わかるまい。あなたたちは、わかるまい。それでよいのだ、あなたたち後世の人々よ。さて、兵部卿の宮は光源氏の孫であり、薫の中将は光源氏の子である。容姿の面でも肩を並べる。性情はおおいに異なる。兵部卿の宮は、世を捨てたいなど仮初めにも思ったことがない。そも普通の若者には出家の願望などないのだ。なのに尋常一様ではない薫の中将がきちんと女人たちにもて栄やされている。このことが兵部卿の宮には不満である。なにゆえ「現世に執着を得たくない」と経文に手をのばしてばかりいる中将が、自分と同じように注目を集めるのか。兵部卿の宮は、どうにも得心が行かない。

しかし、一点、わかる要素がある。目には見えないのだが外面に具わる、あの、玉質がある。

すなわち薫香――。

そこで兵部卿の宮は対抗策を講ずる。生まれながらの芳香がまとわれていない体ならば、後天的に具えさせればよい。朝夕、人工の薫物を衣服に焚きしめてしまえばよい。神秘の薫香に比肩しうるよう、あらゆる調合が試されている。その調合法には世に言う梅花あり、菊花あり。落葉もあり、黒方もあり。しかも種々の秘術で製された。

「なにしろ薫の中将には、負けられないのだよ」

と言ったのが、兵部卿の宮だ。

こうして兵部卿の宮もまた特異な人物となる。人の手を介した薫香ばかりを芬々と放散させて、たちまち世間一般からの呼び名が変わる。

その通称、匂兵部卿の宮。

約めて、匂の宮。

これがこの宇治の物語に登場する主要な男君のうちの一人です。この時代に時めいているのは、これら光源氏の後胤、「薫る」中将と「匂う」宮なのです。だがしかし、その性陰鬱なる薫には匂の宮が好敵手だとの意識はない。時おりはこの親王の対抗心を頬笑ましくも馬鹿げたものだと感じ、からかいたいと考えもします。妬ましがらせたら、これはちょっと愉快だろう、と。

そこで、薫は、匂の宮に語るのです。

「匂の宮様、そういえば、宮様には物語のような夢がありましたね」

と。

「物語のような夢とは、なんだい」

と匂の宮は問い返します。

「憧憬ですよ。ほら、昔物語のような。ここいらの女房たちが読み耽る作り物語にならば、描かれている類いの――」

「類いの、なんだい。薫は何のことを言っているんだろう」

「美姫たちがですね、人目につかない山里に、隠されて暮らしているのです。ほら、憧れませぬか」

「ああ、それは前々から思っているねえ。お前にも話したかな、薫」

「いま一度、どうぞ」

「うん。世間には知られていない山奥に美しい女でも住んでいて、これと恋愛でもできたら、さぞ面白いだろうね」

「住んではおりますよ」

それから薫が、語ります。宇治での一夜、その隙見の体験。薫は、あえて八の宮のあの姫君たちのことを伝えるのです。しかも誇張を交えます。物蔭から覗いた容色は、ああだった、こうだった。弾奏していた音楽は、ああだった、こうだった。これぞ作り物語めいた脚色です。譬えがきらきらしい。あんの如く匂の宮は妬みます。

「その、姉妹のどちらかからの返歌の、その文、どうして私に見せてくれなかったの」

「そんな、責めないでください」

と薫は内心戯れながら応じます。

「あなた様だって、私にこれまで恋の手紙を見せてくれたことなど、ないでしょうに」

「ちょっと薫はつれない」

「何を何を」

「理想的な女たちだという気がしてきたなあ」

「私もね、驚いたのですよ。八の宮様のところにいらっしゃるのだから、もっと堅い感じの方々であろうと僻見を持っていたものですから。それがあれほどの瑕なき物腰とは」

「うん、たまらないものがある」

とうとう匂の宮は、その強い関心を隠さずに言葉にします。

薫は、してやったり、と思うのです。

当代の親王である匂の宮は、説明するまでもない、その身分柄気軽に遠出をするなど叶わない。ですから、さらにもどかしがるだろう、と薫は思うのです。

「じゃあ、薫、もっと二人の様子を探って、私に知らせておくれよ」

「あなた様は私の性格をご存じない」

と、薫は返します。

「そんなふうに深入りして、私が女性に執着してしまっては、仏道は遠ざかるばかりでしょう。致しかねます」

「本当にお前は『俗聖』の弟子なんだなあ。薫。でも、どうでしょうね。何をいかほどまで貫けるか。恋の道というものは魔道だよ」

最後には匂の宮が笑います。

十月、その五日か六日頃に薫は再び宇治を訪ねます。

肝腎なところに的を絞ろう。

八の宮はすでに山籠りを終えている。薫をおおいに歓迎する。宇治ならではの料理、山里らしい佳肴でもてなす。その後、山から例の阿闍梨を招び、これら主客で夜通し宗教を談じあう。明け方に、薫はふと、前回のあの月夜の出来事を想い起こして、「許されるならば、珍らしい楽の音に触れたいものです」と八の宮に乞う。すると、八の宮は、わずかに一曲だけ琴を奏でる。琴、すなわち七絃の琴を。姫君たち、――すなわち大君と中の君は、父親から「弾いてみるのもよいでしょう」と勧められても固辞する。薫は遠まわしに大君か中の君の登場を促したのだが、物語のここではまだ登場しない。しかし話題には上る。

八の宮が、「十三絃のほうの手筋はですね、ええ、宇治川のこの波音と合わせて稽古しているのですが」と言う。

それから八の宮は、そっと憂慮を口にする。

八の宮は、「仮に私が物故したら、あの娘たちはどうなるのだろう。いかな末路を辿るのだろう」と憂いを口にする。

いかにも、憂し、憂し――、と。

薫は、すると即座に「正式の後見(うしろみ)というのではありませんけれども、私が変わらず援助いたしましょう。宮様に約します」と応答している。

八の宮はこれを受け容れる。

そして夜が明け離れて、八の宮が常日頃の勤行に入る、この折りに薫はあの老女房と面会する。弁の君に。再び弁の君は、詳(つまび)らかに説き出す。今度は人前ではなかったから、右衛門の督のその話の急所にも迫る。弁の君の一族が、右衛門の督に傅(かしず)いていたのだった。弁の君の母親がその人物の乳母だったからこそ、まぢかに見ていたのだった。許されるはずもない人妻との恋、その恋の捕虜(とりこ)となる右衛門の督、ここから生じる懊悩、その憂いが募るあまりに臥し、しまいには頓死する。――死！

危篤はいかなる様子だったか。

そして夜昼側(そば)に付いていた弁の君に、いかなる遺言が托されたか。

これらを詳細に物語り了(お)えると、弁の君はある品物を薫に渡した。

引き渡したのです。

巻き合わせた古い紙が縫い込んである、布の、袋です。

黴臭い。

それゆえにですが、薫には直覚がある。これは形見だ、との――。

帰京します。袋の、封を解きます。あったのは五つ六つの手紙だ。それらは女人からの返書だった。しかし男のほうが出そうとして書いた五枚六枚の檀紙もある。そこには、——あなたが出家なさって尼姿に変わったのが悲しい、と記されている。和歌もあって、——生まれ落ちた御子は立派なところで育てられているが、と前置きし、

命あらばそれとも見まし人知れぬ岩根にとめし松の生ひ末

と詠まれている。不義の子の成長を想い、また、じき絶え入る儚い自分の人生を詠っているとしか読めない。

これが薫の実の父親のいわば遺書です。結局、一切を憂いの眼を以て見通したのです。——そうだ、私はやはり世間的に父親とされているあの人の息子ではない。私はその血胤などでは、なかったのだ。若死にした右衛門の督　某とやらの遺児にすぎない。

薫は直覚しています。

それから翌る年の二月があり、七月がある。だがその前に、この年に、薫が齢二十三に達し、匂の宮は二十四、そして八の宮が重い厄年に当たる齢になったことを註しておきましょう。また、女君たちのこともある。宇治の二人の姫君ですが、大君が二十五で、

中の君が二十三。

そろそろ私は女人たちを出したいと思う。

私が出すしかないだろう。

ために男君たちはひとまず措きたいところだが、そうは行かぬのが物語だ。さあ、二月、その二十日頃に、八の宮が何かに気付いた。宇治川の、こちらの岸に八の宮の山荘が建つとすれば、あちらの岸にも歴とした貴人の別荘がある。以前は光源氏の持ち物だった。今はその長子にして薫の兄、夕霧の右大臣がうけ継いで所有している。どうやらそこで、管絃の遊びが催されているようなのだった。網代の仕掛けられた水面を渡り、なんとも雅な楽の音が、おお、追風に促されて届けられる。数種類の絃の楽器と吹物のみならず、ああ、鼓もある。

「これは素晴らしい」

と、八の宮が感興唆られるままに呟く。

「冴え冴えと、しみじみと、優雅な」

と言う。

「そして川を挟んで聞いても、見事にずっと華がある。これぞ宴だ。ああ、私が――、先立つ時代の親王であった私がこうした盛宴から遠ざかって久しい。世を捨てた身の上であるのだから致し方ないとは思うが、しかし――」

ここで八の宮は、心をじわりと掻き乱します。

「大君はどうか」

と言います。また、

「中の君にとっては、どうであるのか」

とも言います。

「あの娘たちは、いま対岸で開かれているような優美な遊びには一度も、ただの一度も触れず、この憂いの山里に埋もれて朽ちるばかり。それでよいのであろうか。私は、正しい運命（さだめ）をあの娘たちに与えているのか」

それから八の宮は、一首詠みます。

山風に霞吹きとく声はあれど隔てて見ゆるをちの白波

目も綾（あや）な草仮名の筆跡でしたためて、夜が明け渡るとともに、これを右大臣の別荘側に届けさせます。

すると返事がある。

をちこちの汀（みぎは）に波は隔つともなほ吹き通へ宇治の川風

この返り書を八の宮の山荘に届けたのは、薫でした。しかも返歌を詠んだのは右大臣ではない、なんと匂の宮です。その経緯はこうです。匂の宮は、初瀬の御寺への参詣を企てた。大勢の上達部をひき連れて、宇治の地に中宿りした。したというかさせた。「夕霧の右大臣の別荘があるから、そこでどうだ」と強く願って。そして、本来ならば右大臣が匂の宮を迎えて饗応するのが当然だったけれども、この右大臣はちょうど物忌、代わって弟の薫がその役を務めることに相成った。これらの事態は、薫を感心させている。さもありなんでしょう。当代の親王であることは匂の宮の足枷であったはず。その立場上の不利を、逆に「利用する」策を匂の宮は見出していたのですから。そして音楽の遊びを催し、その華やかさで八の宮の注意を惹き、ついには便りをもらい、これに返信することによって自らの存在を主張した。

が、そこまでです。

やはり当世にやんごとない親王である匂の宮は、居所をそう軽々変えられぬ。舟に乗り、宇治川を渡り、出歩いたりはできぬ。これが身分というものの実相です。

このことで匂の宮は、悔しがっている。

匂の宮は、薫に返事を届けさせるしかない。どうにも薫が羨しい。

その薫は管絃に造詣のある公達幾人か伴って、八の宮のもとに参上、すると風趣あふるる饗応を受けます。準備されていたのです。八の宮その人の箏を聞かせてもらいもする。さすが、評判の名人なるかな。薫は横笛を取り出して、合奏も始まり、自然、宮中さながらの煌びやかな活気がその屋敷じゅうに充溢します。

しかし、匂の宮に、つぎの策はあった。

初瀬詣での随伴としてきた可憐な殿上童を使いに立てて、姫君たちに宛てる歌を贈ってきたのです。

山桜にほふあたりに訪ね来て同じ挿頭を折りてけるかな

こうして匂の宮は「私がこの場面に存在しているのだよ」と強烈に主張します。これが女人たちを、物語の前景に押し出すのです。歌は、大君と中の君の姉妹に宛てられていたのですから。

さて二人はともに慌てる。ために、こうした会話を交わす。

「まあ、困ったわ」

これが大君の第一声です。

「こんなお文をいただいて、どうしましょう」

というのが中の君の第一声です。

「そうね、どうしましょうか」

と姉姫君は返します。

「そんな。お姉様、ご助言なすって」

「いいなすってとは、あまりに頼りすぎではないの。中の君」

「私よりもお姉様のほうが年長ですもの」

「それは、そうね」

「そうでしょう」

「きっとお返事しなければならぬでしょうね」

「お返事。それはお歌でしょうか」

「お歌を詠んだりしてね」

「それではお姉様が」

「あら、無理よ」

「なぜなのです」

「だって、殿方にお返事だなんて、はしたない、いいえ、はしたない」

「そうですわ。だから、はしたないのですよ」

「何がですか、中の君」

「お返歌とか——」

「それでは、お返しはしないのですね」

「でも、それも失礼ですね」

「失礼だと思うのね、中の君」

「ええ、そのように思いますわ。お姉様」

「しかも『失礼だ』と言ったのね」

「私、言いましたわ」

「じゃあ、あなたが書くのがよろしくてよ」

こうして中の君が、返歌を詠むことになる。それは、こうでした――。


挿頭（かざし）折る花のたよりに山がつの垣根を過ぎぬ春の旅人

その筆跡は、麗しかったのです。父親の八の宮のものとは異なり、いかにも貴女らしい手です。しかも歌としても優秀です。このように感じたのは受け取った側です。このように評価したのは、もちろん返書を届けられた男君、匂の宮です。

ここで、確認しましょう。

これが光源氏の物語の紛（まが）いもない続篇であることを復習（さら）いましょう。光源氏の孫が匂の宮だ。光源氏の子が薫だ。光源氏の弟、――御腹違（おんはらちが）いの弟君が八の宮だ。その御息女たちが大君と中の君なのだから、これら二人の女人は光源氏の姪御であられる。さて、嘘が一つ混じった。この嘘が薫の憂愁をさらに深めさせている。

二月の出来事のつぎは七月。

が、その前に、こんな場面もある。

これは男君たちの交わす会話だ。

「いやあ、薫、実に昔物語そのままだったね」

と、帰京後のいずれかの時点で匂の宮が言った。

「楽しそうですね」

と薫は返した。

「それは楽しいよ。だって当然じゃないか。宇治には、あのように『隠された美姫たち』がいたのだからね。理想的だし、たまらないよ！」

「そうですか、宮様」

「なんだか薫は不満げだね」

「そんなことはありません」

「あのね、薫、その返し文がね、まさに恋愛の情緒に溢れだしそうだったんだ」

「よもや――」

「冗談です」

「私だってね、駆け引きがないのは嫌だから。しかし返事を寄越さないというのでもない」

「親王でもからかいますよ。ねえ、いきなり靡いたりしたら安っぽい女性でしょう。

「からかったのですか、匂の宮様は」

「どのお返事でしょうか」

と、薫は不審がって質問する。

「あれからも私は、あの初瀬詣での中宿りの後にもね、宇治には便りを届けているんだな。ああ、お前を取り次ぎ役にしないで、すまないね。これは失敬した」

「失敬ですとも」

「そして返事がね、ちょくちょくあるよ」

「私には初耳なのですが」

「黙っていたからね」

「どうして」

と薫は食い下がります。

「たまにはお前につれない私というのも、いい趣向じゃないか。ねえ薫」

匂の宮は高らかに笑います。そして言い添える――。

「筆跡がね、いつも一人の女性のものに限られているのだけれど、あれはどちらの手蹟なのだろうなあ。姉かしら妹かしら」

「さあ」としか薫は答えません。

それから七月の出来事です。この月、薫は除目にて中納言に昇る。公務はいよいよ厳しい。だが薫の精神を占める多忙さは公ごとに限らない。あなたたちは、察しが付くでしょう。薫が宮廷内外でこの昇任の如き厚遇を受けているのは、薫が光源氏の後胤だとされているから。この現実が薫には厭わしい。しかも実父の右衛門の督某の罪というのは二重に憂慮される。まず、私が不義の子である、と薫は考えます。光源氏の正妻とも目されていた母親を出家に追い込んだ姦通の子だ。是すなわち、「光る君」であった御人の、その顔に暗闇色の泥を塗った子供なのだ。しかし、――最大の罪障というのは実父にある。この右衛門の督某は、死後、いかほどの刑罰に科せられているであろうか。罪人とはいえ父は父、これは軽減してやらねば。いま現世にある息子として、懇ろにこの某を供養してやらねば。薫は、これを、衷心から思った。そのために薫は、さらなる毎日の勤行に励みたいと心より念じた。もっと仏道を究めねば――、と。他にも憂いはあった。おのれの出生の、いわば烏羽玉色の秘密を説き明かしてくれた弁の君、これも終生その口が堅い、とは限らぬ。思わず口が滑るだの、いやいや、耄碌して末年はやたら口が軽いだの、ありえない事態ではない。こちらも面倒を見なければ。当面は宇治の八の宮様のお屋敷にもろもろ要り用の品々を贈り、気遣いを示しつづけなければ。いや、そもそも宇治を直接に訪問するのが第一である。

薫は、時間を捻り出した。この七月。

そして宇治の山荘の主人は、もちろん薫を大歓迎した。

平生にも増しての款待だった。

「久しゅうしております、宮様」

と薫は挨拶します。

「これは中納言の君よ」

と八の宮は返します。

「ご昇進の儀、まことにめでたいですな」

「そのようなお言葉を頂戴して、痛み入ります。しかしながら――」

「しかし、なんですかな」

「どう申せばよいのか」

「具体的なご懸念でもおありか」

「まさか。栄達は栄達です。悦ばしいのです。だが優婆塞の宮様ならば、ご共感いただけるのではありませんか。『立身出世』なる人並みの望みが、私にはないのだということと。求道の志ゆえに具わらないのだということ。私は、さよう、この昇任も俗世への執着を増させるばかりだと多少ならず困惑しております」

「なるほど」

と八の宮は言います。そして双眸には薫の中納言の翳った面差しをまっすぐに捉えている。その顔、いつもの厭世的な美貌がさらに曇りを足し添えている。

「お志よりさらに遠ざかるのではないかとのご不安、この私には確かに了解できましたぞ。なるほど」

こう言い了えると八の宮は口を閉ざすのですが、そこからの無言が長い。この間が長すぎて、不審を感じるのは薫のほう。思わず「宮様、いかがせん」と問いかけます。

応じて、八の宮が言うに、

「そうした類いの未練――、すなわちこの世への執心ですがな、これは私にも相通ずるものなのですよ」

「とおっしゃいますと」

薫は八の宮の面差しを観察し返して言う。実に翳っている。身体的な窶れというのもまた歴然と滲んでいる。現今ただちに病きそうな気配です。只事ではない。

「中納言の君」

「はい」

「一つの予感が私を囚えておる」

「おお、予感――」

「しかしこれを詳述はすまい。私が思うのは、私はそろそろ得度すべきではないかということだ。真実、ひたすら仏道ばかりを望むべきだと感ずる。だが心細いのだ」

「それは」

「わかりますか」

「つまり、それは」

「以前にもご相談しただろうが」

「それは、大君と中の君の、つまり、行く末のことでありますね」

「いかにも」

八の宮はひと言で断じました。この八の宮の胸中を語りましょう。まず、当年は八の宮の重い厄年です。これが無視できない。種々の憂惧がそこから生じている。——命数に関する不安感、娘たちへの気掛かり。いったい、私が世を去ってしまったとしたら、あの二人の姉妹はどうなるのだ、と八の宮は考えます。私は、厄年の齢であるからこそ修行にもっと勤しまねばならない。しかし同じ厄年であるからこそ、亡き後に出来しうる事態に備えなければならない。私は、それゆえ、匂の宮様からの御消息にきちんと返事を書かせていた！　むろん私はあの宮様の、「好色家だ」との御噂は聞き及んでいる。だが御文には熱意が溢れ、礼を失せぬ交渉をしようとの御配慮が看取される。さればこれを擲つのは得策ではない。たとえば恋文には転じないいい程度のお返事はさしあげねば。

たとえば、たとえば、そうしなければ！　私は、あの娘たちに命じた！　私は、大君か中の君かのいずれか一方が返り書はなさい、まあ時々でいいがね、と忠告した！　これは、私の、親心だった。この親心に応えたのは、姉妹の下のほうだった。中の君が常に返事をしたためて、他方、大君はこうした懸想の戯れには距離を置いている。あの姉は、慎重だ、と八の宮は思い廻らして、匂の宮様相手のこうした手配だけでは安堵の息も吐けぬわ、と惟ます。それから、そうです、八の宮は思い当たるのです、――私が亡き数に入ったら、その時はしかし、この中納言の君がいる、と。――以前にこの若者は、娘たちの後ろ楯になることを約した、と。

私が、この世を去んだならば、と。死――、それを具体的に思って八の宮の顔色はさらに颯と蒼褪めます。二重の心細さから、その息、たえだえとなります。

この八の宮に、薫は、正面に対座している。

だから薫は言うのです。

「私はお約束を違えませぬよ。本式の後見役にはならないまでも、姫君様お二人のお世話、ずうっと致しましょう」

「中納言の君、おお」

「宮様」

「薫の中納言の君」

「ために八の宮様、ご安心を。ひとまずのご放念を」

「さてもさても」

と八の宮は応じます。そして、それだけではない。一に、自分はこれから仏間に行く、読経に勤しむと言い、二に、その前に娘たちと薫とを御簾越しにでも引き合わせてと言い、そこからは若い者同士に任せると言った。

退室直前には、こう詠んだ。


　我なくて草の庵は荒れぬともこのひと言は枯れじとぞ思ふ

歿後にも姫君たちの面倒を見るとの薫の言葉を、信じたのです。これに対して薫、

　いかならん世にか枯れせん長き世の契り結べる草の庵は

と返歌する。すなわち援助を確約したのです。八の宮はしかと薫の君に托せたと安堵して泣き、当の薫もまた姉妹の父親に「交際というものを許された」と知る。

しかし肝腎なところを見落としてはならない。聞き落とし、嗅ぎ落としてはならない。

あなたたちよ、薫は婿になると誓約したのではない。依然としてこの男君は、女性への関心は好ましいとは言えないだろうと感じている。そうした感情は仏道修行を邪魔するであろうと考えている。ああ、何たる！　しまいには、薫は、まあ事を急ぐこともないだろう、時間を費して関係をゆるゆる深めればよい、と決めるのだ。この点で、薫という人物は信頼できたものではない。が、薫だけか。

後世の人よ、あなたたち後世の人々よ。あなたたちは八の宮も信用してはならないのだ。この人物は揺れている。心が右左に振れすぎている。大君と中の君を、嫁がせる嫁がせないと思案に暮れること自体が、御仏の道に悖るのだと思うところもあって羞じている。

しかも、秋は深ける。

では、そこからを語ろう。

語りましょう。

右と左とに振れる、と私は言った。しかし八の宮にあっては当然だったか。あなたたちは八の宮の渾名を憶えているでしょう。それは「俗聖」でした。俗であると同時に聖でもあるのだから、両極があるのは当たり前。これが、ある時は主張する者と反駁する者になり、ある時はさらに意見する者とその意見を超越する者になる。相容れることはない。しかも年頭からの厭な予感という奴が、——これは解説するまでもない、「厄年すなわち死がまぢかい」との惧れだったけれども、秋が深まれば高まり、葛藤をば昂じさせて、すると、どうなったか。

俗の八の宮が言った。——娘たちの将来をおもんぱかったこと、これぞ親の鑑。あっぱれ！

この賞揚を聖の八の宮が即下に否んだ。——私は、どうやら、羞恥の極みともなる遺言に拘泥したぞ。俗物だ俗物だ。ああ、羞にまみれた！

これに反論する俗の八の宮。

たちまち声高に続く聖の八の宮。

また俗のほうの語り。

今度は聖。

その果てに、俗が、続いては次のように物言ったのです。——そもそも娘たちとは何者だ。あの亡き最愛の女の忘れ形見である。中の君を産するや失せた北の方の、そう、遺児たちである。これがゆえに私は溺愛した。そのような娘二人をそもそも誰かに所有されることが、おお、厭わしいぞ！

この刹那に、八の宮の心は片端に揺れ切りました。

それから調和する地点に戻る。

次いで聖の言動と俗のそれとが一時に起きる。

八の宮はまたもあの阿闍梨の山寺に行き、念仏三昧に過ごすことにします。その参籠の直前に大君、中の君を呼び付けて、これは実に唐突だったのですが、訓戒します。

「いいかね、いつか別れは来る」

「なんでしょう」

と大君は言います。

「なんなのでしょう」

と中の君も言います。

「私たちの、なんなのでしょう、お父様」

「私たちのだよ」

と少々訝しみながら大君が問います。

「この父子の別れだ。それが訪れる」

「まあ」

「そんな」

より惘然とした声を出したのは中の君です。

そこから八の宮は、ひと息に語ります。

「死ぬということを私は言っていて、この父でも永逝するのだと言っていて、しかしこれこそ人の定めだ、だから、聞きなさい、そうなった時に男君たちの甘言になぞ乗ったりしてはならない、軽率な結婚というものは、これは、これは絶対にしては駄目だ、無益に恋愛をするのならばいっそここに残りなさい、この宇治に、ここで一生を終えるとの心持ちになれば、是すなわち、生涯嫁がずにということだが、それはそれで善き覚悟になるかもしれないんだよ」

と、戒めます。

「そんな、お父様」

先に応じたのは中の君です。口調には怨めしさが滲んでいないわけでもありません。

「そうですね、お父様」

と応じたのは大君で、こちらは次のように続けました。

「もちろん承知しましたわ。それがそれで善き覚悟、善き分別となるのであれば」

大君は実に凛然としていました。

そして八の宮は山に上り、堂に入り、結局下山はしませんでした。専心する行の最中に感冒の類いに罹ってしまい、病褥に就いたのみならず、そのまま薨じてしまわれたのです。

こうして、この年の九月になる前に、物語は主要な一人の人物を失う。すると二十五歳と二十三歳の女君たちが孤児として残ることになり、また、二十四歳の男君である匂の宮、二十三歳の薫はもちろん物語にとどまる。

男君たちと女君たちとは、直接に交わらざるをえない状態に置かれる。順に語りましょう。女君たちはひと組にして。それから男君たちのうちの、薫、そして匂の宮。

大君と中の君は悲痛のどん底にあります。父親の死に目にも会えなかった。また、例の山寺の阿闍梨は「亡骸との対面というのは、この世に無駄な執着を作るだけのものであるから、拙僧としては云々」と言って、八の宮の遺体を見ることも禁じられた。あまりに哀れです。

同じ哀痛と衝撃は薫にもあります。その死は、予感の片鱗はきちんと示されていたにしても突然すぎました。薫の中納言はその仏道の導き手を失った。――しかし、とそこで薫は思います。――私の衝撃など、一体、どれほどだというのか。姫君たちを想え。いかに辛いか。いかに心もとないか。そして、その二人の姫君の後見は誰だ。この私、この中納言ではないか。されば庇護せよ。仏事もしっかりと指図せよ！　薫は、弔慰の手紙を書きます。弔死の物品は阿闍梨の山寺へも、大君と中の君の山荘にも贈ります。あの弁の君にも心づけをして、誦経も世話します。あらゆることに力を貸したと説いてよい。なにせ薫は後ろ楯である、保護者である、宇治の姫君たちのそれが薫でしたから。

匂の宮はどうでしょう。弔慰の手紙は匂の宮も届けました。それも一度ならず、何度も。京の都から使いの者の馬を走らせました。しかし、姫君たちは返事をしません。したい、と思わないのです。

いっぽうで薫には復していません。これは感謝ゆえです。この中納言の君がいなければ、いかんともしがたい事態だった。それを二人の女人は重々承知しているからです。が、それ以外は歎き悲しみにひたすら沈むばかり——。

孤児の身となった大君と中の君は、匂の宮からの、その、艶やかにすぎる見舞いの文などは目を通す気分にもなれないのです。

すると、匂の宮は、まず初め、薫に対してと自分に対しての態度の違いを怨みます。あんのじようです。

それから、八の宮の四十九日の忌が明けるや否や、これまでにない長い、長い消息を書き綴ります。とても力がこもっています。添えられた和歌は、こう——。

牡鹿鳴く秋の山里いかならん小萩が露のかかる夕暮れ

長文の消息ぜんたいが、二人の姫君たちの冷淡すぎる待遇が責められてしまうような内容です。これは、さすがに打ち捨ててはおけない。大君も思いましたし中の君も思いました。口に出してそうと言ったのは、年長の大君のほうでしたが。

「まあ。これにはお返事しなければ」

中の君もうなずいて、

「そうですわね、お姉様。しなければ」

と言います。

「じゃあ、しなさいな」

「あら」

「あらとは何」

「また私になってしまうの」

「いつもあなたでしょう。中の君」

「だから、それは、お姉様が命じて――」

「命じてなどいません。助言をしたのよ」

「ええ、確かにお口添えでした。でしたけれども」

と呟くや、途端に黙り、それから無言（しじま）のままに泣き崩れます。慌てた大君、

「どうしたの。どうしたのでしょう、あなたは」

「だってお姉様。だって、だって」

「だっていの続きを言いなさい」

「私たちはお父様のご臨終にも立ち会えず――」

ここで大君が納得します。

ただひと言、

「不幸せね」

と洩らします。すると中の君、

「薄幸です」

こう嗚咽とともに言うのです。

そこで大君は、「私が書きましょうね」と引き取って、このような返歌を詠みました。

　涙のみ霧ふたがれる山里は籬(まがき)に鹿ぞもろ声に鳴く

これは、この宇治の山里の垣根のそばでは鹿が、私たちと声を揃えて泣いています、と書いたのです。

この返り書(かえりぶみ)を届けられて、匂の宮がその目を惹かれたのは、筆の跡です。麗しい女人の手蹟(て)なのですが、いつものそれではない。――さては、と匂の宮は察します。――大人びているし、嗜みを感じるし、これは姉のほうか。

匂の宮という人物は、なにしろ率直ですから、ここは薫に訊ねてみました。

「薫、どうなんだろう」

「それでは少々、そのお文を拝見してよいですか」

「いやだよ、お前」

「あなた様は、私にご質問なさりながら、なんですか」

「なんですかもないよ。私のだもの」

「それは、そうです」

「お前のじゃない」

「それもその通りですが、確認はできませんよ。無理です」

「いや、待って。説明しよう」

「説明ですか」

「普段よりも風雅な詠みっぷりだね」

「なるほど」

「そして年上らしいところがある」

「ああ、なるほど。だとしたら──」

「大君のほうなんだろうか」

「宮様」と薫は、遺憾の限りという声音で言います。「私に問わずとも、よろしいのでは」

「でも、同意見かどうかを知りたかったから」

「そうですか」

「その大君かもしれない女だけれど、その後も手紙を送ったんだけれどね」

「匂の宮様が、そんな早々に、返し文を」

「うん。そう」

「いかがでした」

「もう返歌がないよ。梨の礫だ。でもね、お前、いいんだよ。これで今まで文通していたのが年若い中の君だと見定められた。つまりね、私が懸想していたのは妹のほうだったわけ。そこで薫、お前に折り入っての頼みがあるの」

「難題なのではありませんか」

と、薫は怪しんで言う。

「困らせることはあるかもしれないけれど、困った頼みではないよ。だって薫は、あの宇治の女君二人の、後見も同然なんでしょう。私はそう聞いたよ」

「それは、そうです」

「ねえ、中の君のことを、きちんと仲立ちしなさい」

薫は断われない。

ここで少し、物語に口を挟もう。作者の私が口を挟もう。薫は、婿になることには積極的でなかったはずだ。むしろ女性に関心を持つまいとしていたはずだ。しかし薫は想像する。父、八の宮が交際を許した美姫たちが、たとえば、誰か他の男の求婚に応えでもしたら、それは愉快ではない気がする。たとえば、たとえば、一人だけならいざ知らず、大君と中の君の二人ともに誰か他の男と恋愛を成就させてしまったならば、これは口惜しくてたまらない気がする。これはもう、確実に——。

そんな思いを抱えて、薫は宇治に向かう。

宇治の、その屋敷を、訪う。

用件があっての訪問である。薫は、几帳越しに大君と言葉を交わす。匂の宮が中の君に想いを寄せていることを話す。そして、匂の宮様は世間の噂ほど色好みではないのです、と釈明する。ひたすら情熱的な御方でして、もしこちらに、そのおつもりあれば、私が取り持ってさしあげられますが。薫はこのように言ったのだが、しかし事は急かない。まるで急かない。ああ、宇治のこのお屋敷はいまだに喪に服している、ああ、時間はたっぷりかけるのが相応しい——。

そこで薫は、何度か宇治に通う。

雪の降る歳末も。

さらに時が経過して、翌る夏も。

すでに二十五歳の人物は二十六歳となり、二十三歳の人物は二十四歳となった。夏のこの訪問は俄だったと説こう。薫は西側の廂の間に通される。姉妹の姫君たちは仏前にいたようだったが、居間へ立ち退きはじめた。と、薫は気づいた。襖に穴が開いている。そう、この西廂のその箇所に穴があることを、薫は、ずいぶんと以前から認識していた。修繕しなければと思っていたから。それを弁の君に命じなければと考えていたから。いまは思っていない。

薫は穴を覗いた。

視界に一人の姫君が映る。愛らしい貌をしている。薫は、息が洩れそうになる。が、洩らしてなるものか。それから二人めの姫君、これが遅れて視界に現われる。その容姿にすでに思慮深さが顕われている。最初の女人と言葉を交わし、その端々でこちらが姉だとわかる。薫は、――大君だ、と思う。――ああ、やっと御簾に透ける影ではないものを拝めたぞ。大君は、黒い袷のひと襲ねを着ていた。優美だった。大君は、その手に経文を持っていた。紫色した紙の経文だった。大君の、その手は痩せていて、艶めかしかった。妹のほう、すなわち中の君の可憐さを遥かに凌駕する、と薫には思えた。

薫はこの時、心揺れた。喪服姿のその大君を覗き見て、むしろその心、揺れ切った。

女人たち

「憂し」とうすきが言った。

しかしこれを十五歳のその娘だと、うすきという名の娘だと認知させるどのような雰囲気も、この場にはない。

ここには当のうすきを勘定に入れて、女が三人と男が一人いる。場は、閉じた状態にされている。屏風一双がそのために囲んでいる。かつ内側にもさらなる仕切りが設えられている。几帳である。その手前側にうすきがいて、右近の中将建明とちどりがおり、几帳の向こう側にはちどりが臨時の側仕えをする紫苑の君がいる。これは病褥にある。だが、その物病みの姫君であってもうすきが物語るのを聞いている。が、果たして物語るのはうすきなのか。

そのように考えることは可能なのだ。

唯一の男に焦点をあわせるのならば、この男には不可能だった。中将建明は、うすきが単なる憑坐だと了解し、その口を藉りて紫式部が語っていると合点している。語り手自身が名乗るところの「藤式部」が。なにしろ、それはそこにいる。真正面、建明に対座する場所にいて、うすきは歴然と紫式部の顔をしている。﨟長けた物腰、端々に溢れ出る威厳、いや物語りの才覚。しかもその才は魔性の力に援護されている、と建明に感じられる。そもそもこの憑坐は、今、何歳だと言えるのか。その身は齢十四か、十五、六か。そこに百有余年とも陳じられた中有での歳月が加算され、また紫式部の――藤式部の――行年というのが加算されるのか。そして、その身、ここに現前する生身の艶はどうだ。狂気が華を添えているに等しい。詞を吐く唇は依然として紅々、髪の縺れ方は異様な情趣を具え、容色はむしろ優れたぞ。

なんと、と中将建明は驚歎する、俺はこれに魅入られているのか――。

芥子が薫る。

たっぷりと護摩に焚き入れられた芥子が猛烈に薫る。そうだった、と建明は心づく、ここには至極現実的な御修法のそれしかないのだった。物語ちゅうの、あの、薫とかいった男君の、あの、中将の位から中納言にやすやす昇進した光源氏の子もどきが放散するという、霊妙不可思議な薫香はないのだ。実在しない。

それでは、いるのは。

容色といえば、俺の愛人のそれが何より大事ではないか。

この刹那、やっと中将建明は勘づいた。それまで、場は、紫式部の語りに満ちていた。ひと瞬きの間も已まず、光源氏の物語の続篇だというそれは紡がれていたのだ。おそらく一時か一時半か。しかし最前の「憂し」のひと言の後に訪れたのは――。

無言。

建明は片膝立つ。「紙燭」とちどりに命ずる。そうして灯りを取り寄せて、几帳の向こう側に回り、病床の愛人を照らす。

衾を掛け臥していて、そしてその顔は。顔艶は。

少し、よい。

「殿」と言ったのはちどりだった。まだ直接にお声はかけぬようにと制していた。病臥の人は病臥の人、強いて応答させるのは時期尚早、と。

それら言外の諫めを察し兼ねる建明ではなかった。

立ち戻り、戻りながら考えている。俺の愛人に取り憑き病悩の根源となっていた邪気、その物の怪が、今ではこのほうに憑いている。この少女の憑坐に乗り移らされている。

すると、そのまま進めば、紫苑殿は平癒するか。それが道理ということか——。

が、その物の怪の声が、几帳のこちら側で迎える。無言をつっと破って、建明を。

「快復は当たり前の仕儀」とうすきが言った。すなわち口を藉りる紫式部が。

「ほざけ。怨霊め」と建明。

「しかし私はその女より修法験力にて引き離されはしたが、祓われてはいない」

「それは」と口を挟んだのはちどりだった。

今度は建明が幽かな挙措一つでちどりを制する。

「確かに祓われてはおらんな、貴様。で、どうなる」

「どうなる、と中将殿は私に訊ねたのか」

「そうだ。俺は貴様に、これからどうなるのか、どうするのかと訊ねた」

「済ますことを済まさなければ、まず、決して調伏（ちょうぶく）はされぬだろうな」

「それは威（おど）しか」

「ただ単に事実を述べたまで」

「そうして、祓われ切らぬかぎりはまた顕（あら）われて、またもや同様に紫苑殿に憑く」

「中将殿はそうとうに怜悧（れいり）だとお見受けした。これならば官位のさらなる昇進もほぼ疑いなく見込めるか。なあ三位（さんみ）中将殿」

「霊（すだま）が俺を褒め殺すかよ」

「どうしてどうして。しかし近衛（このえ）の中将殿よ、さらに利口者であるかも少々は確めたい。私は、どうしてあの女に憑いたか。なにゆえ選んだか。また私、この藤式部は、これからどうするのか。中将殿が先刻まさに訊ねたように、私はこれから何をするのか。したいのか」

二つめの答えは即座に見通された。建明に、直感された。

しかし一つめに窮した。

すると、このことを見兼ねたのか、ちどりが助け舟を出した。

「殿に問わずとも。意気揚々『利口者だ』とばかりに答える人は、それほど聡明だとは言えぬでしょう。それに、卑しい私でも後のほうの答えはわかります。あなたは、これを本にしたいのでしょう。きちんと書き取らせて、これを源氏の物語の、続篇の本ものとして世に弘めたいのでしょう。憎き贋ものを駆逐したいのではありませんか」

「貴様、そうか」と建明は言う。

「ほかに故があるか」と答えが返る。

「そして、『書ける人だ』と思って初めに紫苑殿に目を着けたと――」

「そうであり、そうではない。しかし近衛の中将殿が怜悧極まりないのは真実だな。いずれにしてもあの女は書けるほどではなかった。貶めているのではないぞ。女人であるか男子であるかを問わず、人には人それぞれの器としてのありようがある。才能の器だ。そしてあの女には、当代でもっとも私、藤式部に憑かれるに相応しい欲心がある。何を所望しているか、説こうか。中将殿を栄達させるに足る物品を手に入れたいと欲しているのだ。例を挙げれば、そのような珍稀の巻帙を」

「巻帙――。本か」

「例を挙げるならば本だった。この欲心を掘り当てたのは私だよ。だから私は、物の怪として顕われて憑いたのだし、祟った！」

「おのれ」

「殿」と再びちどりが抑えとどめる。

「ぬ」と口を噤む建明。

「本にすれば、よいのですね」

どこか諭すようにちどりは言った。

「ああ、よい」

「それは、つまり、立派な冊子本でしょうか」

「糸綴じの冊子となれば、ああ、とてもよい」

「作れます」

建明がちどりを見る。ちどりも、建明に一瞥を返す。

「私は、今そちらのお口から語られた物語、全て憶えております。原稿は書けましょう。これを下書きとし、能書家に清書を依頼もできましょう。また、色とりどりの紙も支度できれば――」

「料紙だな」と建明。

「はい」とちどり。「見事な書き写し用の料紙を揃えれば、見事な書冊はもう仕上がるのは必至。整える作業、綴じる作業、みな私とこの家のもので致しましょう」

「本当に作るか。作れるか」と、建明でもちどりでもない者が言った。

今度はちどりがさっと建明に視線を送る。

「作れるとも」と建明は即答していた。

「ああ、作業してみよ。成し遂げられなければ、またあの女に乗り移って煩悶させるまで」

「貴様！」

「しかし作れれば」と憑坐、うすきの口は言葉を継ぎつづけた。「それは中将殿の役に立つ。私は単なる有相無相（うぞうむぞう）の怨霊の常として、中将殿の深愛する女性（にょしょう）を苦しめているのではないのだから」

「言えるものだな」

「言えるとも。私はあの女の望みを満たすだけだと、言えるとも」

「本がそれだと」

「続篇の本が」

「源氏の物語の続篇の」

「光源氏の物語の、掏（す）り替えられる以前の続篇の」

「で――」

「何か。三位中将殿」

「いまの話の続きはどうなるのだ。辛気臭い薫とやらが、喪服姿の大君（おおいぎみ）を覗いた場面の、その後は」

「ここまでを冊子本に仕上げたら、語るさ。またこの娘に憑いてね」

言うが早いか、倒れた。

うすきが板の間に倒れ臥した。

武士(もののふ)たち

さて神はいるか。

それに答える前に物語は説き明かさねばならない。この物語は、言っておかねばならない。神とは何か、と。すでに神仏が混淆して久しいが、それでも神祇(じんぎ)信仰と仏教とを強いて分離させるようなことは容易(たやす)い。すると、この問いには学者ならずとも回答できる。

神とは神仏のうちの一方だ。

すなわち神とは仏ではないものだ。

この物語は、神仏はいると断じる。なんとなれば神仏を信仰している人類(ひと)ばかりがこの物語には登場するのだし——獣類(けだもの)の信教に関しては問われない——、その信仰心は実際に人々を動かしているのだし人々の暮らしを規定しているのだし、その信仰心の否定は、ならば、その人々の実在を否(いな)む結果にしかならないからだ。

神仏はいない、と断じる時、神仏がいることを前提としている社会は崩れる。

しかし、その社会は、現に存る。

物語の内側にも外側にも。歴史上の幻影ではないのだ。

ゆえに「神仏はいる」と断じられる。

ならば、結論として、——神はいる。

神と仏の違いは何か。

古い存在が神であり新しい存在が仏である。

この日の本に初めからいたのが神であり、外から渡来したのが仏である。いわゆる仏教公伝を「いつのことであったか」と録した史書類もある。本朝外より後から現われた仏は、実に、たちまち大八州じゅうを席捲する。その帰着するところに神仏混淆がある。たとえば神前で、今や、平気で読経が行なわれる。剰え神に菩薩号がつけられる。神社のその境内に神宮寺——別当寺、宮寺——が建てられる。また、その逆も。もろもろの寺が地霊を鎮めるための鎮守社を持つ。

が、それでも神仏は分離可能である。

本質が異なるからだった。

まずは神。さきほど挙げた鎮守社の例にもあるように、神にはつねに「鎮める」という特色が出る。鎮めるためにあり、鎮められるためにある。鎮めなければしばしば祟る

——。

仏は祟らない。

仏は、これに帰依する者に、全面的な救済と安定を与える。慈、すなわち衆生に「楽を与える」ことと、悲、すなわち「苦を除く」ことが仏の本質である。慈悲。

仏が祟ることはない。

しかし世界には、この現世には、充ち満ちた禍いがすでにあるのだ。

たとえば旱魃は絶えない。この日照りは何者が起こしているのか。

あるいは苛烈すぎる風雨。そうした颱風の類いは何者がもたらすのか。

神である。むろん、神である。

雷火が出来する。大地が大揺れに揺れる。

その落雷も神である。地震もまた神の為業である。

すなわち「憤る」存在が神である。鎮めなければならない。鎮めなければ怖ろしい。

そこから大いなる畏怖が生じるのだ。そして、神のほうが古い、仏よりも古いのだ。この日本、この多島の国家に初めからいたのだ。海を、それも外海を渡ってきた新参者の救済者とはそこが決定的に異なる。

神は古いし、暴ぶる。

このことを、この物語中のこの時代の人間たちは当たり前に了解している。語るまでもないことだが。
　しかし単なる了解と、真に弁えることとは違う――。
一人の男が、新たに登場する。この物語に。京の都にいるのだが奥州と繋がっている。男の名前は犬百。また金屋犬百とも呼ばれる。商いをしているがゆえの号である。それも黄金を扱う商売である。商売のための拠点は五条にあった。しかし今はそこにはいない。大内裏の何町か北、すなわち洛外にいる。犬百のさらなる異名は金売り偉奴人である。こちらのほうが実名に近い。そして「百」の由縁ともなる名まで記せば、奥偉奴人百成。

　が、百成などとは呼ばれない。

　京の都では。

　犬百こそが通ずる名前である。

　洛外にして洛北のそこは、築地塀で囲われている、ずいぶん宏大な敷地である。厩舎がある。高屋が具わる。牛車がある。牛飼い童たちがいる。馬場も設けられている。そこを一頭の葦毛の馬が駆けた。止まった。荒い呼吸をした。下を向いた。その葦毛の右側に立ち、その尖った三角の右の耳に、犬百はなにやら囁きかけていた。

「いいぞ。いいぞ。いやあ、お前は、貢馬とするには最高級品だ」

　犬百の鼻梁は高い。それが容貌の、なんといっても第一の特徴である。その高い鼻が馬の耳の孔に埋まりそうだ。

「なあ、この、立派な馬体。僕が屈むに及ばん。丈は八寸か。何奴が見ても駿馬ちゅうの駿馬——」

馬高というのは四尺が定尺。この標準を越した大きさから、一寸、二寸等と表わされる。八寸はまさに名馬に他ならない。

こうした大柄な馬は北方の特産として知られた。北、すなわち白河の関以北の。すなわち奥州の。

この時代の騎馬武者たちは、たとえば東国西国の騎馬武者たちは、このような大型の馬種に涎を垂らす。

が、葦毛はたとえば、坂東の武士の棟梁に貢がれるのではない。伊勢なり河内なりの武門の名士某に貢納されるのではない。犬百は馬の耳に囁きつづけた。

「関白殿もさぞや歓ばれるであろう」

と。

それから、にいっと笑って言い添える。

「おい、雨が俄かに降ろうと風が矢庭に吹こうと雷が近処に落ちようと銅鑼が咫尺の間で鳴らされようと、間違っても関白殿をふり落とすなよ。我が身が献上品だということを、お前、葦毛のお前、一時も失念するまいぞ」

と言ってから、馬の耳にふうっと呼気を注ぎ込んだ。

馬は太い首を動かす。頭を。

犬百はもっと笑みを深めて、葦毛の鬣を撫でた。

「そうだ」と囁きの声音から一転、普通の声量に変えて語る。「お前こそが人脈の繋ぎ、奥州の特異な産物の、お前がまさに人脈の羈だわい」

これに応えて、馬はしゅうしゅう息を吐いた。

慌てる様とは異なる気色で――。

会話だった。犬百は、このように異類の生物と会話をした。それからその葦毛は、馬丁に預ける。

犬百の年齢は、およそ三十前後か。

多少読めないところがある。高い鼻梁と張り出した頬骨のせいか。そうした顔容がどこか異人種を感じさせるためか。だが全体には整っている。むしろ京風だと思わせる要素もある。

馬場の端まで行った。折烏帽子をかけた、狩衣姿の二人の武士が犬百を迎えた。佩刀している。

「来い」

と犬百が声をかけた。明らかに犬百のほうが目上、格上であると双方の態度でわかる。

武士たちは黙礼してから従った。

高屋の一つに入る。警固の人間が錠を解き、扉を開いた。明かりは窓から採られていた。屋内を歩みながら、犬百は、供のように随行する二人から妙にひっそりとした報告を受ける。

「そうか」

「はい」と武士の一人。

「そうか。そうか」

「はい」と、いま一人の武士。

「こちらの算段通りに珍宝は捧げられている——」と犬百。

「信濃（しなの）の国でも」

「美濃（みの）に至る街道筋でも」

「東山道は間然するところがない、とな。だが飛騨（ひだ）に岐（わか）れた一班はどうかな。報（しら）せはどうかな」

「報せは、よろしいです」

「よろしい、かあ」

「路次は無事であります」

謎めかして武士が答える。

犬百は満足げに肯んずる。

「そうか。そうか、ならば飛州の名神も」と口にしてから、眉間にすーっと皺を寄せて間を持ち、「こちらの選り抜いた少数の、古い、飛州の名神も」と言い換えて続ける。「奉納は、容れたのだな。それぞれの本殿にそれぞれ、あの神宝を、秘めて、容れたのだな。全く、よろしいぞ。これらは僕には全く、朗報である。さて近江の湖は」

「湖は」と武士の一方。

「無難に」と武士の他方。

湖、との言葉で、犬百は琵琶湖を話題に挙げていた。

犬百が歩みを止める。

もっと詳細を、と促している素振りにも見えるし、高屋のそこに用があるのだ、と暗に示しているのだとも感じられる。

長櫃が四つ五つ蔵われているそこ――。

「大津を発ちました」

一人の武士がひそやかに報告した。

「塩津を指しました」

いま一人が続けた。

「つまり湖上は渡れたのだと」と犬百。「つまり無事に」

ばしている。

「その街道筋です」

「ここからは北陸道です」

「そうか。そうか」

「はい」

「そうか」

「はい」

「そして一等初めに指されるのは――」と言ったのは犬百だった。長櫃の一つに手をのばしている。

「それは、敦賀の津にございます」と武士が答える。先取って。

「万事が順調となれば」といま一人が補う。

「ならぬことはないな」

断じて、犬百はその声調だけで嗤った。

「報せは他にもな、僕のところにな、種々届いているからな。補佑の一班はこれまた時宜を得て平泉を出で立った。出羽の国をめざし、最上川の舟運を使い、それから袖ノ浦を発つはずだ。坂田の湊だな。順当にここを発航すれば、あとはやはり、順当に敦賀で待っていようよ。存分に新たな金を屋形船に積み、きっちりと待ち控えていようよ。そして合流を果たせば、あとは海路で若狭の国か、または丹後」

犬百はその長櫃、その大型の匣を動かす。蓋を外していた。そして視線を上げずに、

「そこからは早、山陰道だなあ」

と二人の武士に言った。

「ええ。順調であればですが」

「さらに少々の手間も時間もかかりますが」

「手間とは何だ」犬百が問う。

「たとえば敦賀の津の政所が」

「かの地の刀禰どもには悪評もありまして」

役所、役人の存在が言及された。

「けれども砂金があるだろうが」

事もなげに犬百が言った。

「鼻薬として効かない砂金はないだろうが。僕は金屋犬百だぞ」

犬百は目を、顔を上げた。長櫃から。と同時に手も上げていた。両手で、その匣に納められていたものを捧げ持っていた。武具の一種だった。それも刀だった。それも柄頭の形状が特徴的な、あの刀剣だった。そこは、くるくると巻いた春の蕨に似ているのだ。握りの部分の端が早蕨を象っているのだ。それこそが、諸国の古社に——ある謀りを以て——奉納されている刀剣である。より正確に言えば、それら神宝と化する刀剣の

同類である。この奉安にじかに携わる武士たちの間での、秘められた呼称は「まつろわぬ刀」。そして、この名を、犬百がまさにこの場で口にする。

「この一振(ひとふ)りを見ろ。このまつろわぬ刀を。僕の特製だぞ。煌(きら)めいているだろうが。飾りに金箔を使ったからな。柄頭の、ほれ、ここに金塊を象嵌したからな。いい拵(こしら)えだろうが。これで、まつろわぬ刀も、燦然とした容(すがた)となる。出番は、どうか、いつになるかな。なあ——」

少しだけ鞘から抜いた。

幅広の刀身が覗いて、ぎろりと無言(しじま)を響かせた。

錆びはない。古さがない。

「これが」と犬百は言う。「蝦夷(えみし)の刀だからな。蝦夷、すなわち朝廷から見ての北の——北方の蛮夷(ばんい)の。今でこそそこは陸奥(むつ)の国であり出羽の国であり、奥州人はいちおう本朝人だが、それ以前は、そうではなかった。北方のそこは、化外(けがい)。王化の及んでいないそこの民は、化外の民。それ即(すなわ)ち蝦夷。実際に異人だな。異人だから異なる刀を持ち、異なる風貌を持った。その貌(かたち)は蔑まれて、その刀は服従しなかった。叛(さか)らった。まつろわぬ——」

鞘を、ちゃん、と鳴らして閉じる。

「古い話だ」

と犬百は言った。

「いまや生粋の蝦夷など絶えたに等しい。奥州内でも。だが、面白いものだな、俘囚というのがいる。朝廷に早々に帰順した、擄の蝦夷が、そうした生粋の蝦夷たちの裔がいる。さて、山陰道。山陰道だった。そこに俘囚は、移配されていたりはしないか。俘囚たちの末流が発見されたりはしないものか。こういうことを考えるのがまた、僕には面白い。手掛かり足掛かりの掘り起こしが僕には面白い。さて沖合いにならば、山陰道の遥か沖合いならば、島が」

と言って、犬百は黙った。

黙ったが、にんまり笑った。

燦々と柄頭の金色の飾りを煌めかせている、まつろわぬ刀を愛でるように撫でた。葦毛の名馬を先刻撫でたように。

「島をな」

ぽつりと犬百は言う。

「荘園にしている、寺をな」

笑みをどんどん深めて言う。

「見極めたわけでな。そこの上人に僕はじき、会うぞ。まあ悪僧だが」

悪僧と犬百は言った。悪僧とは武芸を練っている僧、仏法保護のために戦闘にも勤める僧の謂いである。寺院外にあってもまた、懐中に刀剣を呑む。

この物語は、初め、仏は祟らないと説明した。仏の本質は慈悲であると説いた。いかにも、仏はそうである。しかし、仏に帰仰する者がそうであるとは限らない。僧侶は人間であり、人間が慈悲をつらぬいているとは限らない。

が、神が祟ることには変わらない。

「まつろわぬ。まつろわぬ。まつろわぬ」と犬百は三度繰り返した。

海賊たち

一歳の乳呑み児が十歳になるにはそれ相応の歳月というものを要する。生まれ落ちた年に誰もが一歳、そして十年めに達したところで十歳となる。考えてみるがよい。わずか十月なり、はたまた十日なりで十歳に生い育つ人類はいない。いるとするならばこれは化物の類いであって、すなわち単なる異類に他ならない。

だが、断じてよいものか――。

たとえば「単なる」異類だと、断じてよいものか。

それから、異例はあるのだとも考えられないか。たとえば今生において、二度、生まれ落ちる人間がいるのだとしたならばどうか。この人間の再度の誕生からの肥立ちは、当然のように前回のそれに勝るのではないか。

ましてこの二度めの場合に、生まれ落ちた朝からすっかり物心がついているのだとしたら。

数えて十日めに齢十となるのも容易だろう。

そしてこの異例を証し立てている人間が由見丸である。二度めの誕生から十日で、もちろん齢十五には達していたし、見た目では超えてもいた。十六か十七か、否、二十か——。

毅然とした風体を、具え出したためである。

毅然であり、凜然ともしていて、ある種の厳かさを育みつつもある。それも日ごとに。だとしたら、たとえば数えて十月めには、この由見丸は齢幾つに達するのか。

ここで最初の疑問に返る。由見丸は妖魅鬼神の類いか。由見丸がもともと所属する氏族の間にあっては、決してそうした「単なる」異類ではない。その性質に妖もなければ鬼もない一柱の神として、由見丸は扱われる。由見丸は神として接遇されるのだ。また、由見丸が所属している氏族もそこに属している西国の習俗の世界では、由見丸は神であると同時にもっと観念的なものとしても扱われる。西国の、その内海、瀬戸内海というところに割拠している盗賊集団の間で、由見丸はそのように扱われる。

第一に由見丸は、海賊たちの目からすれば、当代に数十柱いる神々のうちの一柱である。

第二に由見丸は、その、一柱の神であるからこそなのだが、勢力範囲の海域を異にしている現代の海賊たちに共用されている協約そのものである。

由見丸は、協約として遇されている。

神であれ協約であれ、そうしたものに年齢を問うのは愚かだ。よって西国の内海の海賊たちは、由見丸の異様な成長を気にもとめない。

この物語は、由見丸が協約として遇されていることの実際に関しては、のちに語る。

まず語らなければならないのは、それでは当の由見丸は二度めの誕生からの成育をどう考えているか、ということだ。

実は由見丸は――由見丸こそが――年齢ということを一等意識した。

肥立ちを意識した。

なにしろ神の成長は由見丸の目でもって逐一観察されたのだから。

が、それを観察したのは目であって目ではない。

由見丸は夢路において目撃したのである。

夢を知覚するものは目でありながら目ではない。

俗人禁足の外海の島、あのサカイの島から戻って以来、由見丸の夢は神変の記録となった。サカイの島の、その陸の上で為された夢――御夢――と、および神――サカイの神――の彫琢はすでにこの物語は詳細に説いた。御夢から御神は導かれて、サカイの神は由見丸に注がれたのだった。その頭に、その頭が見聞きするものに。具体的には、夢路に知覚するものに。じきにこれは夢路より溢れる。それ以降、由見丸は傍目にも年齢を増す。毅然に、凛然に、また厳然と――。しかし、まずは二日めだ。再度の誕生より数えて二日め。何が彫琢されたのか。

何が、神として、磨かれたのか。

最初から十五歳の風体として顕われた存在が、だった。

しかし乳呑み児そのままにこれは喃語しか口にできなかった。

ああ、と言い、うう、と言い、ええ、と言い、ばあ、と言った。

翌る三日めには、ここに片言が混じった。

「サカイ」

と聞こえた。

「サカイ。サカイ」

との呟きに聞こえた。泡粒のようにこの隻句が立ち混じるのだった。

四日めの夢路では、片言隻句の体はそのままに、その双眸がやたら爛々と物言った。

さらに翌る陸上の夜、これは口もとの喃語と双瞳の饒舌さはそのままに、黒々とした棘の髪をひゅうひゅう言わせて多弁さを足した。六日めには、踊った。するとこれは四肢で語った。七日め、魚鱗を食む歯を見せびらかすかのように示しながら、舌先を過剰に回して支度を調え、ついに八日め、十五歳の人さながらに物言った。だが九日めには無言を守り切り、その無音だけで吠えて、そうしてとうとう神としてのこれの彫琢は万全に済んだのだ。

あとは、ひたすらこれは神である。

新月を経過して神である。

さらに満月を経て神である。

二度めの晦と三度めの満月に到って神である。

神のように物言う齢十五の人類であり齢十五のように物言う一柱の海神として、これはいる。

由見丸の夜ごとの夢路にいる。

この夢にもいる。むろん。

この——。

水干を着ている。その平絹の着物は、開けられている。大肌脱ぎだ。すると彫り物が見て取れる。その胸に鮮やかな刺青があるのが認められる。そうやって視認しているのは由見丸の、夢の知覚用の目だが。ようするに目とはいえない目だが。しかし判然と視認される、——「あれだ」と。刺青は、あれなのだ。歯なのだ。いや歯ではない。勾玉なのだ。いや普通(ありがち)の勾玉ではない。人間の歯を象(かたど)っている形状の勾玉なのだ。由見丸はそんな勾玉を、瑪瑙(めのう)製で乳色と赤褐色の縞模様をした勾玉を、持っている。つね日頃から携行していて、具体的には首に掛けている。いまも掛けているはずだ。この夢を見させている床(とこ)にある只今の瞬間も、外してはいないのだから胸板にのるか、首回りにあるはずだ。その、歯形の玉が。歯形の御玉(みたま)が。

しかし夢見る本体のほうの由見丸は、それを胸板に、彫(え)りつけたりはしていない。

なのに**これ**にはある。

神の膚(はだえ)には刺青としてある。

そもそも皮膚に宿っている。

そして**これ**は額が大きい。

神の額は突き出している。

その頭(つむり)の前方に、ころり、と突き出している。歪(いび)つに出張っている。そんな、ころり、を後頭部に持っているのは由見丸だ。しかし神は前頭部を隆起させた、破格に。

ころり——。

その下に、庇(ひさし)の陰になったような状態(ありさま)で双瞳がある。

そのために、そこにある目は見えない。

双(ふた)つとも見えない。

幾度となく由見丸と目が合っているのに、見えない。

だがこれが誰を真似ているかはわかった。

人形のようにこれが肖せている相手は、考えずとも初めから理解されていた。たとえば神のその、ころり、と双瞳の周りにあるのは蓬髪だった。十五歳でありながら童形をした由見丸と同じように、艶やかで黒い、髻を結ばぬ長い髪頭だった。由見丸は、鏡の類いは水鏡しか覗いた例しがないのだが、それでもわかった、わかっていた。ころりがあり、ころりがある。頭の前方にあって、後方にある。すなわち逆しま——。逆しまのおれだ、夢路にいるこれは、と由見丸はわかっていた。たぶん面立ちも、ほとんど全部おれだ、とわかった。

「それで」と言ったのは、由見丸のほうではなかった。

開いたのは神の口だった。

烏羽玉の闇色をした双瞳の下で、口唇が動いた。

それで——。

「それで」と由見丸が反復する。「手なんだよ」

「それで、手」

「お前の手」

由見丸はぞんざいに神に言う。

すると神は、右側の手の甲を由見丸のほうに向けながら、すーっと顔の前に持ち上げる。

夢に顕現しているサカイの神の、その面輪(おもわ)の半分が隠れる。

「ほら」と由見丸は、どうしてだか勝ち誇ったように言ってしまう。「長いんじゃないか。おれのより」

「この手がか」と指摘されて、神。

「前々から気になってたんだよ」

「嘘だな」

「嘘」

「前々からのものか」

そう言って神は、今度は、左の手の甲を同じように顔の前に持ち上げた。

そこにずれが生じている。

左右の、肘から先の長(たけ)に食い違いが——。

「わかるか」と神。

「左手が短い」

「短いというのは、お前の勘違いだ」

「それじゃあ——」

「左手は正しい」

「ああ。そういうことか」

「そうだ」

と言って神は、右手のほうの甲を翻す。その掌が由見丸に向けられる。

「それが長いんだ」由見丸は答えた。

「さすがはお前はおれだ。優秀だ」

「じゃあ右手は、それは、どう正しくないんだ」

「成長しすぎだな」

「育ったってことか」

「十八だよ」

「ジュウハチ」

「齢が」

「齢が十八」

「そうだ。正しいほうは十五なのにな」

「十五歳なのはおれだ」

「お前だよ」ぴしゃりと神は言った。それから——「しかし育ちの早すぎる右の腕が、十八歳になっちまった」

「ほら」

「どうした」

「それをおれは、言おうとしたんだ。前から気になっていたから」

「嘘なんだよ。それは」

神のその音吐が、両目と同様の翳った色調を帯びる。

由見丸は、この刹那、ああ神だ、おれに御宿りしたサカイの神だと思う。

背筋に苔か鱗がびっしり生える感覚に襲われた。

夢路の内側だったから、実際に少しは生えた――。

「だって今晩、十八に生い育ったんだからな」

「今晩」と辛うじて由見丸は反復する。

「そうだぞ、お前」

「そうだったんだ」

「明晩には注意しろ」

「どうして」

「この右手か、それとも諸足か、そういうのが齢二十になっているかもしれないだろ。見ろ」

やにわに情景が変わった。

海がサカイの神と由見丸の間にあった。

そのはざまの空間にだけ海があって、そのことは、漂ってきた舟船で示されるのだった。

一艘だけではなかった。

しかし由見丸は——目とはいえない由見丸の目は——幾艘なのかを数えられない。

波音がした。轟々とした。

それらの舟船が卑小な寸法でありすぎて、数えられない。

神と由見丸の対峙しているそのはざまの空間にあるのだから、言ってみれば宙に浮いているのだ。しかし海面も見える、だから航行している。ある一艘にはきちんと船枻がある、左右の船梁に渡した板が。水手たちがいる、櫓を手にしている。漕いでいる。苦しそうな呻き声まで洩れている。頑丈な組船も見受けられた。横木でもって通常の二艘の刳り船が繋がれて「一隻」となり、その甲板の面積を誇るが、これは相対的な描写であって実物の組船はやはり小さい。卑小でありすぎる、そして梶取はといえば侏儒だった。そもそもあらゆる乗員たちが侏儒だった。しかし忙しなく立ち働いている。艀がうようよと往来している。これだけ軽舟が行られるのだから浪は静かだ。遊女を乗せる小端舟が漕ぎわたるのも、見えた。きっと入江が近い。あるいはここが入江だ。きっと湊が近い。岩礁が顔を出している。漁網の切れ端がそこにかかっている。由見丸は本能的に水脈を探ろうとし、それから侏儒である遊女に心を奪われ、するとこの女人から放散される匂いを嗅いだ、嗅げた、やはり寸法の小さな薫香だと思う。匂いでありながら卑小だ。と感じ取るやいなや、それはたちまち潮海の臭気に変わる、切り替わる。見ると、遊女は人形となっている。それも精製した塩で練り固めたような、白い人形に変化している。そこに、ふっと、干魚の臭いが混入する。そこに、さらに、酢と醬、それから瑞々しい海藻類の臭気までが混じる。さまざまな匂いが殺到した。と、これらの情景が流動する。

流動する。

波濤が起きている。

起こしたのは、誰かだ。

誰かとは、由見丸が対峙する存在だ。

そのはざまの一方の極だ。

神は手をのばしていた。

あの右手を前に。

突き出していた。

そして船を一艘、摑んでいた。

網代帆を具えている唐船らしき巨船を。卑小な巨船。

「こうして抓める」と言った。

「本当だ」と由見丸は答えた。

「右手でだぞ」と神は言った。

「長いほうで、だな」

「そうだ。お前はやっぱり聡い。お前はやっぱりおれだ」

「齢十八なら、そこまでのばして、抓める」

「十五じゃあ無理だな」

「そして齢二十なら」

「もっとだ。ずんとのびる」と言って、神はその網代帆の巨船を解放し、その途端、どれもこれも侏儒の水手たちがきーきー鳴いた。

波濤が続いた。

神が、海を、かき回した。

「お前はおれだろう」

「お前は、おれの内部にいる。御宿りしている」

御と敬語を使いながら由見丸は依然、ぞんざいだった。

「さて、この夢路に海があるな」

「ある」と由見丸は答える。

「お前は現のほうでは、海にはいないな」

「夢見の最中なんだから、きっと陸だろう」

「そうだ。お前は遊女屋で寝ている。町のな、あの湊町のな、軒を連ねたやつの一つにな。払いは客が持った」

「おれの客が」

「神の客が。サカイの神の御利益にあずかりたい船客が」

「おれの客が神の客だ」

「お前の客が海神の客だ」

「お前がおれだ、やっぱり」と由見丸は神の言を復唱している。

「水が陸だし陸が水だ」

「なんだか謎かけだな。『ミズがオカだしオカがミズだ』――」

「違うな。謎かけっていうのはこういうことを言うんだ」

「どういうことを言うんだ」

「『じきコッカの意味も釈かれる』――」

「コッカ」

「これが釈かれる。そのためにお前がいておれがいる。身体のなかに身体がある。そしてお前はおれなんだから、お前はすなわち生身の神だ」

「その言葉は、おれ、聞いたな」

「生身の神、と」

「違う、違う。その前の」

「前の、なんだ」

「なんだった」

「喚(よ)び起こせ。喚べ」

「いい」

「コッカ」

「それを、どこかで、お前は聞いたのか。現(うつつ)のどこかで」

「おれは、どこかで、それを聞いたな。耳に入れた。この夢路じゃないところで」

「意味はじきに判然とする」

「するのか」

「しなければ、お前がしろ。お前がおれだから」と神は由見丸に語った。

サカイの神は由見丸に語った。宣言するように。

それから情景が消えた。

海が消えた。

筵(むしろ)がある。竹編みの——。

「生身の」と遅れて由見丸が反復した。

「お前」と神が言った。「字（あざな）を付けるか」

「おれに」

「ああ。新たに名乗る名を」

「由見丸は由見丸で変わらない。しかし冠（かぶ）せる神名とかをな」

「そんなものがあるのかよ」

「あるさ。所領が海のおれにはあるさ。それは」

と神は囁き、由見丸は耳に聞いた。

だが目が覚めた、そこで。

すると憶えていなかった。

そしてまた覚醒すると由見丸は、その現（うつつ）の世界での神だった。そのように処遇された。神だからこそ米や宋銭（そうせん）で謝礼を支払う客がいた。納受するのは元締め連だったが、それ以外のもろもろの便宜も図られた。船舶の、湊町での、風待ちやら潮待ちやらを強いられた際の宿の確保や、その宿賃の払いが当然そうだった。これが遊女屋での夜泊（よどま）りに代わってもそうだった。

さて神がいる。由見丸という神がいる。

神が遊女と寝る。その現身（うつそみ）は十五歳、しかし十七か十八の年頃だろうと目（もく）された。その四肢、胸板、陰部を撫でられて目された。十五よりは年嵩だと。

神が朝を迎える。湊町の朝である。鳶がその空にいる。旋る。神はといえば、地に足をつけている。陸上にいた。すると年齢は十九にも二十にも見えた。毅然としているがゆえに。凛然としているがゆえに、その風体が。

神が舟船に乗る。たちまち十五歳に十五歳を足したようになる。この神は厳かに。しかし三十ではない。人類の足し算が軋みをあげる。

神は舟船に乗る。あらゆる海船に乗る。神はもうヤ船にはいない。由見丸はもうヤ船では暮らしていない。陸上で夢を見ることをこそ期待されたから。実際、あらゆる舟船は由見丸を乗せ、風待ち潮待ちだからと下ろし、乗せ、飲料水と食糧を補給しなければならないからと入港して、下ろした。乗船。下船。乗船。下船。水に陸が続き陸に水が続いた。夢路に現実が続き現実に夢路が——。

神が西に、東にと往き来する。

その内海航路を。

瀬戸内海を。

神を襲う一派はない。

神は航行自由である。

これだ。これこそが神が協約として遇されていることの理由なのだと、この物語は説こう。西国のその内海に、多数の武装勢力がいて、それぞれの勢力——にして氏族——はそれぞれの活動する海域を異にしている。すると、ただちにうかがい知れるのだが、ある勢力が本来みずからのものとは異なる海域に乗り出すと、それだけで衝突の危険を孕む。そこは、古来、群雄割拠のありさまなのだ。海賊たちが、それぞれに陣取っている状態なのだ。それでは紛争の出来をいかに回避するか。

　出帆する船に神を乗せればよいのだ。

他の氏族の海域に立ち入る航海では、神を相乗りさせればよいのだ。

神を添乗させた船舶は、許される。どのように許されるのかと言えば、いかなる海域から海域に移動しても咎められずに許容される。どの海域に根を張る盗賊集団も神ばかりは容赦するのだ。そしてこれは、お互いに、のことである。神を相乗りさせた他氏族の船を許し、神を相乗りさせて自氏族の船を許してもらう。すなわち是、協約。

無意味に潰しあわないための智慧だった。

　しかし有効に機能しなければ協約たりえない。

よって神は複数名が必要とされる。事実、数十名がこの時代に現存する。神であるのだから数十柱と言い直さなければならない。そしてその一柱が由見丸である。しかしながら数十柱はどれも同じサカイの神である。

協約は往古からある。

神たちは誕生して、死ぬ。交替する。つねに数十柱いる。

この状況が永続するかに思われた。しかし百年ほど前から、ある展開が生じた。神を添乗させれば「無条件に、あらゆる海域を」航行できるのだから、海賊たち以外もこれを利用したがった。そうすればいいかなる海賊からも襲われない。やはり百年二百年を遡るが、通行料の名目で、塩、米、豆、大麦、布、銅銭を巻きあげる大海賊もあったが、これも免れる。人命は絶対に守られる。

よいことではないか。

大変によいことではないか。

ここに需要が生まれ、西国のその内海の、あちらの海賊が応じ、こちらの海賊も応じと、ぽつりぽつり供給がなされた。むろん代償は要った。一般の舟船が「神を雇う」のだから、支払わなければならない礼物というのが、当然あった。が、それは問題視されない。

安全が購えるのだから、よいではないか。

そもそも通行料を徴収されるよりも、ずっとよい。

しまいに、瀬戸内海の海賊たちはみな応じて、元締め連も生まれた。

神を派遣するのである。

神に客を割りふるのである。

謝儀（しゃぎ）は、協約を知る諸氏族の間で分配された。

この百年で、神は雇える神になった。

無事の船旅を海賊たち以外にも約する神となった。

人船（ひとぶね）、すなわち客船など狂喜である。神さえ相乗れば、その内海はまさに全域が往来可能——。

これだ。こうした理由（わけ）があるから由見丸はまたもや湊町から登船するのだ。すると、由見丸のその風体は何歳に見えるか。十五歳に十五歳を足しても三十歳にはならないのだとは、もう説いた。この物語は、もっと誠実な説明をしよう。この物語が正確に加算してみよう。

十五足す十五、足す神の齢（よわい）。

これが海上の由見丸である。

船は出航した。ある定められた海域（うみ）に、由見丸は招（よ）ばれていた。由見丸は来訪を乞われていた。この物語は航海の様子をこまごまと説きはしない。それは由見丸の日常でしかないからだ。非日常こそが十分に言葉を費して語るに価する。では、非日常とはなんだったか。

馬だ。

馬は、陸上を走る獣類である。

それが海にいた。

海上にいた。

もちろん水面には立てないから船上にいた。

馬の船団があったのだ。そこに。投錨して。

そして艀(はしけ)が何艘か着岸している、島に。

島の船着きのほうに。その島が、海城(うみじろ)だった。海城と呼びならわされている、要塞化した島だった。海城それじたいは由見丸には非日常ではない。ほとんどの海賊がほとんどの根城の海域(うみ)に、これを持ったからだ。たいてい小島だった。そのほうが防備等を固めやすい。ここも小島だった。そしてその全島が砦と化していた。土塁、それから石積みも投入しての曲輪(くるわ)。それも二(に)の曲輪まで設けられている。物見(ものみ)。その櫓(やぐら)には三名が立ち、みな、背にはたっぷりと矢をさした箙(えびら)を帯びているのが輪郭でわかる。遠目にしてすでに示威的である。

この海城にこそ由見丸は招かれた。

が、招かれた一番手というのではない。

来訪者ということであったら、すでに先客がある。由見丸は二番手なのだ。

二番手だからこそ、由見丸はその非日常——馬を見た。

海上にいる馬たちを見た。

投錨している馬の船団のほんの近傍（かたわら）を通過して、目撃した。

厩（うまや）だ、と由見丸は目撃した。

板囲いがある。屋根がある。当たり前の屋形の代わりの厩舎――。

たっぷりの飼い葉も積まれているのか。

馬たちの足下には敷き藁もあるのか。

それら二点を想像しながら、由見丸は、それまでの船から迎えに来た軽舟に乗り移った。海城からの迎え舟に。

船着きには兵（つわもの）たちがいた。

この海城に常置されている、甲冑姿の――略式の鎧である腹巻（はらまき）は必ず着用していて大小の二刀を佩（は）いた武装の人間たちが。

そんな人間たちが、由見丸を案内する。

水干（すいかん）の胸を開（はだ）けて首飾り様とした勾玉を示した由見丸を、案内する。

勾玉は瑪瑙製である。勾玉は歯形をしている。

御玉（みたま）である。

由見丸は神である。

海城とは、そこに陸（おか）を持ちながらも**海上の頂きにあるもの**なのだ。

その城の、いわば本丸に案内される。主（あるじ）の居館に――。

すると主は由見丸を待ち受けている。しかしながら囲碁を打っている。

一番手としてこの海城を訪れていた者もまた由見丸を待ち受けている。しかしながら、碁を打っている。

主とはすなわちこの海域(うみ)に跳梁する海賊の、その氏族の長である。長者である。

これと対局している来訪者――一番手の来訪者にして十中八九はあの馬の船団の持ち主であろう人物は、これまた長者である。否、長者でありそうだと由見丸の目(み)には看られる。看取される、歴々然と武家の統率者めく風情だったから。しかし戦陣の装いではない、もちろん。

この場面においては直垂(ひたたれ)姿で棋戦に臨む男にすぎない。

しかしこの赤地の錦(にしき)の直垂を着た男と、それから海賊たちの長と、どちらも勝負には没頭していない。

それが明々白々としていた、由見丸の目に。

いまだ庭先にいる由見丸の目に。

城主は由見丸を招いたのだったが、一番手の来訪者もまた招来していたのだと、もう由見丸には把捉されていた。

なにしろ先に由見丸に対して口をきいたのは、海城の主をさしおいて一番手のそちらのほうだったのだ。

「そなた上がられよ」と庭前に立つ由見丸に――ねんごろに礼を尽くした語調で――言った。「サカイの御神よ、上がられよ。奉告(ほうこく)がある」

「おれに」とだけ由見丸は応えて、あとは無言で求めに従った。

その母屋(もや)の対局の間(ま)に、上がる。

この神は。

盤面を見下ろしもした。――着座する前の一刹那だが。

「こちらは、射芸の達人ぞ」と濁声(だみごえ)で言ったのは城主だった。一番手の男を紹介していた、神に。「この西国一の、達人ぞ」

「しかし碁打ちはな」その言(げん)を受けて男は、武士(もののふ)は笑った。

年の頃は四十から四十半ばか。

生やした髭に豪気がある。

「囲碁にも兵法だな。それが要る」と言った。

「軍(いくさ)のための謀(たばか)り、と」さらに城主が、海賊たちのその長がぼそぼそ応じる。

「戦略」

「ほう、戦略と」

「さて」

一番手のその声の方向が変わった。じかに由見丸に語る口調(それ)になった。

「そなたは幾つであろうか」

「おれ」

「そうだ。御神よ」

「二つだ」

由見丸は回答した。そう答えてから、なぜか我知らずにいっと笑ってしまった。子供の笑みではなかった。神霊の不気味さがあった。

「二つとは、つまり、赤子の年配か」

「違う」

と言い切って、苦い食物を嚼むように口元を歪める。すると表情に翳りが顕つ。

「手だ」

由見丸が右手を持ち上げる。

「腕だな」

「この手が、二つだ。齢は十五だと思うだろう。だが十八にもなっている。十五で十八だったら、おれは幾つだ」

「それで二つか」

「そうだ」

「なんと正直な。サカイの御神よ」

「じき齢二十にもなるぞ」

そう言って、由見丸は手をのばす。その右腕を矢庭にのばす。対話する相手の武士に突き出して――。

警衛の兵の何名かが、ぬ、と色めき立つ。同じ一間にいる一人二人が片膝立つ。椿事か、と。

しかし当の武士、武士たちの長者であろう直垂上下の人物は、いきなりからから笑った。

由見丸が宙にある何か、を握った。

架空の何かを握り潰した。

そして手をひっ込める。何事もなかったかのように。表情の翳りも消した。

「二つ。二つな。サカイの御神よ」と武士は、いまだ哄笑の尾をその声音にひかせながら、つぶやいた。

「きっと一つになるさ」と由見丸は言った。

予言に聞こえた。

武士の顔色がさっと変わり、ひと瞬きふた瞬きかけて、また戻った。

そして視線を由見丸から外す。

囲碁の盤面に移す。

対局中のところに戻して、見据える。

「他のサカイの御神にも——」と男は言ったが、これは盤面に語っているかのようだった。あるいは碁石のどれかに。「すでに、お目通りを許されてな」

由見丸は黙っている。

次の言葉を待っている。

「まあ、こういう申し方はあれだが、サカイの御神々に面会したわけだ。必要があってな」

「何人だ」

「すでに御十柱」

「おれは」

「そなたが十柱め」

「それで」

ここで唐突に口を挟むのは、この海城の主だった。いつのまにか対局者として、真っ当に、武士の長と同様にその盤面を凝視している。

「すなわち碁打ちには戦略、と」濁声が言った。

そして由見丸を無視してしばしの声だけの対局があった。どちらも凝然と盤上に視点を定めながら。

「まず、あやつら坂東武者の動向がある」

「東の、坂東八ヵ国の」

「これが一」

「一」と濁声が返す。石は打たない。

「続いて奥州に、どうにも奇しい動きがある」

『あるのだ』と、貴殿言ったな」

「ある。これが二」

「二」やはり海賊の長は石を打たない。

「すると西国はどうするのか」

「西国は」

「我ら西国はどうするのか。三」

「これが、三」

海賊は、石を打った。

ぱしりと音がした。

ふう、と対局する武士が息を洩らした。

そして指を出し──。

打たれたその碁石を抓もうとする素振りを見せるが、抓まない。代わりに宙を握った。

空のそこを握り潰した。それから再び、からから、からからと哄笑してから、節をつけて唄うように次の言葉を吐いた。

「一の東国、二の奥州、三の、これ、三の西国。これが日の本、これが日の本、いまの現のこの本朝のありさまよ。映えわたるはずがこの国家の、一二の三」

由見丸の頭が、この時、打たれた。

なぜだか打たれた。国家と聞いて。

後ろ側に、ころり、と張り出したそれが打たれたから、由見丸は口を開いていた。

「それで、神がほしいのか」と。

この時、武士は黙った。はっと気圧されたように押し黙った。濁声の海賊はもう黙っていた。サカイの神が何たるかをより知る存在だから、耳を欹てていた。

「おれがほしいのか」と由見丸は言った。

それから、

「おれじゃないのがほしいのか」と言った。

神が言った。

これに武士が、「御神よ」と応じた。

「なんだ、モノノフ」

「そなたのお名前は、いかに」

すると由見丸は即答する。由見丸は、神名を冠せて即答する。由見丸は思い出している。字を。

「海道由見丸」と言った。「あるいは海道の門太。門太由見丸。この名乗りがわかるか。おれの夢はおれの身中で、脹らみあがるぞ」

蝦夷たち

奥州があり東国があり西国がある。その前に畿内がある。これらが日の本のその本州、大倭豊秋津島をわけている。東と西と、それから奥と、そして内とに。大雑把に分割している。

内がすなわち畿内である。名がそのまま示す。

畿内には数々の仏寺がある。名立たる大寺院がある。それら大寺院には大寺院ならではの勢力が有されている。たとえば悪僧が。仏法保護のために戦闘に勝ろうとする荒法師たちが、その集団が。悪僧は、蜂起する。しばしば蜂起する。主張を押しとおすために畿内にあって行動を起こし、京の都をおびやかす。

悪僧は、しばしば袈裟で頭をつつむ。顔をつつむ。両眼だけを覗かせる。これを裏頭の装いという。

この扮装ならば「誰が誰であるのか」の正体を匿せる。

悪僧はしばしば兵仗を帯する。長柄の湾刀類であることが多い。すなわち武装している。すなわち悪僧とは法師武者である。が、それは当然だ。この物語はもう悪僧とは戦闘に勝ろうとするのだと説いたのだから。そして、大寺院に擁される勢力だとも説いた。そうした大寺院は畿内にあるのだと説いた。

しかしながら、内があれば外があるのだとはこの章では説いていない。

説いてはいないのだが、それは物語が忘れているということではない。

なぜならば、内海があれば外海がある、と、以前執拗に説いたからだ。

そしてこうも説明したからだ。その島を、当代の大多数の人々が忘れたが、物語は忘れていない――と。

山陰道の沖つ海にある。

絶海の孤島である。

逆山の逆島である。

そして、その逆島がどうしたのか。寺領だったのだ。畿内にある大寺院の所領だったのだ。それも荘園という扱いだったのだ。

だから荘司がいる。

現地、すなわちこの島における荘園管理者が。

荘司はいま本所（ほんじょ）の寺から来た人間を案内している。

寺から来たのだからこれは僧侶である。

頭髪はない。もちろん坊主である。

ふとりじしである。しかし単なる肥満体というのではない。盛り上がった筋肉があちこちにある。そして、ふとりじしのこの僧侶に長刀（なぎなた）を持たせたならば、裏頭の装いをさせたならば、まさにあれとして目に映ずるだろうとこの物語は説こう。

あれとして、と説いて、再び逆島を説こう。

これは内に対しての外に属する。

逆島は俘囚（ふしゅう）の島である。

かつまた俘囚ばかりを異人視せずに、より多様な――雑多な――異人集団に溢れた島である。

史実としてここは出所をも異（い）にする外土（がいど）の虜囚たち、さまざまな異朝の海賊たちを受け容れた。畿内という、本朝のその内から見ての最遠流（さいおんる）の島として。

さて俘囚とは、当代よりも四、五百年の昔に朝廷に服属した蝦夷（えみし）の呼称である。

すると、ここには内に対しての奥が混ざる。

それが山陰道の沖合いという外にあった。

そのような場所に、僧侶は来ていた。

ふとりじしの男は来ていた。年の頃は四十。

いま荘司に案内されていた。

逆島は溶岩台地である。そのどこに男は案内されていたのか。高きところである。それも見晴らしのきいた台（うてな）である。穴道（あなみち）を抜けてそこに来た。道は、結果としては断崖絶壁を貫いていた。導かれたのだった、荘司に、男は。そして鳥瞰できる高台に立った。

何を鳥瞰しているのか。

「穴」である。凹地である。

囲繞（いにょう）されている――四方を断崖に、絶壁に。

それじたいがカルデラであるところの「穴」である。巨大に陥没している。

見下ろした底は深い。

しかし底は、平らかである。

いわば屹（そばだ）った岩壁に囲繞された平原である。

しかし逃げ場のない平原である。

逃げ場がない。

だからこそその穴底には異人集団が鎖（とざ）されている。

そのような土地に、本所の大寺院より遣わされてきた男は、何を見ているのか。人々を見ている。米粒ほどの大きさとまでは言わないが、遠く離れて小さき人々を。

平原を往きつ戻りつしている人々を。

馬々を見ている。それも軍馬として調練された馬々を。

蹄の音がする。それは、逆山、その虚ろの山という奇怪な地形のために上空にまでカラカラ響いた。ちょうど僧侶のその男の、足の下何尺かのところまで。それを男は聞きとった。すなわち男は、何かを聞きもしていた。

しかし全体としては見ていた。

男は、戦闘を見ていたのである。

詳細はうかがえない。たとえば甲冑姿はわかる。太刀もわかる。弓箭もわかる。しかしそれら異朝人たちの、夷顔までは視認は叶わない。それは、新羅人の末裔としての特徴は残しているだろう。女真人の後裔たる徴しはあるだろう。しかし雑じっているだろう。本朝人の雑種と化しているだろう。これらが一つの軍団である。

さらに、もう一軍団。

俘囚たちが出陣していた。

すなわち蝦夷たちが。

これは、何か。

これは、祭りである。

年に一度の、実戦の祭りである。

双方の死者が、これはどちらかの軍団の死者がということだが、その軍団の総数の十分の一に達すれば、止む。

そうした合戦の祭りである。

それぞれに勝者のみを生き残らせ、代々さらに強靭さを累ねさせるための、しきたりである。戦術もまた有効であったもののみが相伝される。

「さあて」とその台から鳥瞰しながら男が言った。導いてきた荘司に言った。「いかほどの殺人の上手が、今歳は育ったのであろうか。とくと見物しよう」

すると荘司が、この、ふとりじしの僧侶に答える。

「今年は豊作でございます」

宇治その二

後世の人よ。

あなたたち後世の人々よ。

私が何者なのか、とはまさか問うまい。こうして再び口を開きはじめたのが誰か、などとはあなたたちはよもや尋ねまい。私はむろん藤式部である。すなわち世人が称するところの紫式部である。どうだ、あなたたち後世の人々よ、正直に答えぬか。こうして私が顕われるのを待っていた、と――。再度、私がこの憑坐を通じて語り出すのを待望していた、と――。

今宵も聞き手は三人だな。

あの三人だ。

で、そこなる三位中将殿。ほれ、中将殿は待っていただろうが。ご自身が「辛気臭い薫とやら」と評した男君の、その後の話を待ち望んでいただろうが。痺れを切らして待っておったはず。おお、そうして、いかにも痺れは切れた。私は相済まぬと言いましょう。

だが同時に、私はめでたいとも言いましょう。

再び私が顕われたことに。ここに。

この少女子に憑き直して――。

すなわち、これこそは冊子本が作出されたことの証左だ。

光源氏の物語のその続篇は、本にされた。

糸綴じの冊子となり、私、藤式部を作者とする本ものが誕生した。

まずは一帖。

そこの女、中将殿の側に控えるそこの女が、前の晩に説いたはずだ。「本ものとは、贋ものを駆逐するのだ」と。ああ、女よ、実に言い得て妙だ。しかるに女よ、そなたは宮仕えをする女房と見受けた。相違あるまい。なぁに、私もそうだったのだよ。源氏の物語の著者であるこの藤式部もまた、存命の折りには同様の女房勤めをしていたのだよ。かつ、内裏にあがることになった訳の筆頭が、すでに半ばほども書き進められていた物語の評判であった。

源氏の物語だ、光源氏の。

光る君の。

しかし、光、隠れておしまいになった後。

そこから続篇が始まるのだ。しかも本ものは当世にこそ息を吹き込まれる。私は確かに検めたぞ、その料紙も、その装幀も！　ああ、美麗であることよ。見事であることよ。作者としてこの藤式部は満ち足りる。いずれこの一帖が、十帖の大冊に生い育つのか。はたまた十二帖、十三帖の大巻となるか。それとも以前の夜の物語があのまま一帖分に纏めあげられた展開を勘案すれば、贋ものどもよりも遥かに約まった「宇治七帖」にでも仕上がるか。

はてさて、いかに巷間に滲み入るのか。この当世の。

いずれにしろ感慨は深い。深々と深いからこそ、乾闥婆の身の私もこの憑坐に再び憑いた。憑き直したわ――。

では、待たせ過ぎの場面より接ごう。「辛気臭い薫とやら」いう男君の、その後です。

しかし、——しかしながら男君がどうしたというのでしょうか。私は告げたはず。この本ものの宇治の一帖めの巻頭で、三人の女人がいるのだと宣言したはず。まさかお忘れではあるまい。中将殿も女房殿も、そして中将殿の愛人にして几帳の向こう側の褥にいる乱心地の姫君も。そうだ、ここにも聞き手は三人いて、よもやお忘れではあるまいて。

物語の女人たちは三人。

このうち人口に膾炙する登場人物は、浮舟。

だが、初めには二人しかいないのだ。その二人は姉妹なのだ。

姉が大君。

妹のほうが中の君。

この二人が最初にいる。そう、女君たちが先にいて、そこに男君たちが絡むのです。

この順番を違えてはならない。

よろしい。それでは進みましょう。否、「辛気臭い薫とやら」に戻りましょう。この、男君は二十四歳、また、位は中納言です。薫の中納言は、先の場面で何をしたか。襖の穴から覗きました、姉妹を。すると避けに避けてきた恋愛感情というものが薫に憑いたのです。なにしろ、隙見こそは千載一遇の好機だと、これは誰にも否定できないでしょう。人を恋慕に落とす穴こそが隙見の穴。さて、薫はどの女性に惹かれたのでしょうか。どちらの美姫に。

より喪服が映えるほうでした。
黒い袷のひと襲ねを着用していた大君のほうでした。
しかも大君は、その手に、紫紙の経文まで持っていて、これも映えた。
まさに鈍色の喪服姿の女王です。
で、どうなったのか。
時間が過ぎるのです。夏が秋になり、すると八の宮の一周忌が近づいた。

仏事にはさまざまな用意が要る。薫は、八の宮の二人の遺子の後ろ楯ですから、この大半を援けます。自身でも宇治に出かけてきます。それどころか山荘に一泊もしました。薫は大君と中の君の庇護者なのですし、匂の宮から「山里に隠された美姫」であるところの中の君との仲立ちも頼まれておりますから、さまざまに問題がない。とはいえ、それは嘘です。薫には大君に対する恋情というのが芽生えてしまっていました。それでは宇治の山荘に来泊したその二日間に、この女君と男君の間には何事が生じたでしょうか。順に語るよりも、まずは訪いの一日めの昼と二日めの朝に、贈り合われたふた組の歌を紹介しましょう。それら自体に、顚末を物語らせます。

最初のひと組、

　総角に長き契りを結びこめ同じところに縒りも合はなん

これが薫です。対して大君が詠むのは、

　貫きもあへずもろき涙の玉の緒に長き契りをいかが結ばん

そして次が、再び薫の一首で――。

　山里のあはれ知らるる声々にとり集めたる朝ぼらけかな

これに答えられた大君の一首。

　鳥の音も聞こえぬ山と思ひしを世の憂きことは尋ねきにけり

憂きこと、と言われています。憂鬱が舞い込んできたのだと。ああ、憂し。薫という男君よ、憂し！　以上の贈答から明らかなようにこの二人の男女の距離はついぞ縮まっておりません。いったい、なにゆえに――。

そこから参りましょう。薫の中納言はこの宇治滞在中、老女房である弁の君に何度か愚痴をこぼしておりますから、その対話を採りあげてみましょう。

「ねえ弁の君、なかなかに酷い仕打ちなのだよ」

「何がなかなかなのでございますか」

「歌の、その返し方がだね、なかなかに冷酷なのだよ」

「御和歌でございますか」

「ご名答。なにしろ私がだね、あの御簾の飾り紐の総角に寄せて、こう――『末長い契りをあなたと結びたいものです』と詠んだら」

「お待ちください」

「なんだ」

「そのあなた様とは、どなた様でいらっしゃいますの」

「大君だけど」

「まあ、すると」

「うん。私も、妻帯はするまいとの密かな誓いを、うっちゃったのだよ」

「この家にお仕えする弁やその他の女房連には、たいそうな吉報でございます」

「そうだろう。だろうとも。弁の君もそう思うだろうとも。なのにね、あの人の返歌といったら。事もあろうに涙の玉に託つけてだね、『糸では貫けるものじゃ、ありません。

長い契りなど結べるものじゃ、ございませぬ』と、こうだよ！　どうしたのだろうなあ」

「それは、やはり」

「やはり、なんだろう」

「年長者として、妹君のご面倒を見ねばとの念いが先立って」

「先立って、なんだろう」

「それならば私がやっているでしょう」

「まずはそちらの縁組みが一等肝要、と、こう勘えておられるのでは」

「薫の中納言様がですか」

「匂兵部卿の宮様の、ほら、恋の取り次ぎを私がしていたでしょう」

「ああ、匂の宮様の――」

「どうしてそこで言葉尻を濁すの」

「あれらのお手紙、たとえ始終いただきましても、どうしても戯れ事と映りますそうです」

「誰の。どなたの目に」

「大君と、それから中の君その人もそうですかねえ」

「匂の宮様は真剣だよ」

「そうですかねえ」

「実に誠意ある求婚者だと見做して結構なのだよ。保証しますよ、——等々のことどもを私は大君にもちゃんとご説明さしあげたのだが」

「ああ、まあ」

「しかし聞く耳という耳がないのだから往生ものだね。どうやら亡き御父上の八の宮様が、ご遺訓を与えでもしたようだ。それについては、弁は知っていますか」

「弁は、知らないですねえ」

「そうですか」

「そもそも弁は、中の君がぶじ匂の宮様と添われて、さらに大君が薫様に結ばれますことをこそ最上至極と考えておりますからねえ。そうすればこの屋敷もご援助でいっぱい、どの女房ども喜悦に入りますよ」

「そうだろう、そうだろう。且つ、それこそ八の宮様が私に、ご息女お二方の後見のようになれと、命じてくださった展開の正しき発露じゃないか。そうは思わないかい、弁の君」

「思いはしますが」

「しますが、なんだい」

「仄めかしだけでは、恋の成就というのは、ちょっと」

ずけずけと言います。

この進言は効いたでしょうか、効かなかったでしょうか。結論から申し上げますと、その宵、薫が大君と添い臥したことは事実です。しかし、これが尋常一様ではない。

どういうことか。

大君は、まだ喪服を着ていたのだ、とこう申しましょう。

八の宮が逝かれてからの宇治の山荘の主は、大君です。姉妹の片割れたる中の君に対して年長でもありますから。仏事の準備を進めてくれた薫の中納言をその晩もてなすのも、必定、大君です。これは否応なしの責務です。大君は、仏間と客室のあいだの戸を開けさせてひと続きの間とし、簾と屏風を隔てに置いて薫と世間話に興じました。

興じました、と語りましたが、さほど打ちとけてはいない。

なにしろ薫は、隙あらば意中を訴えようとする。

だが大君には、亡き父宮の遺言がある。

そう、あの、――無益に恋愛をしてはならない、との。

軽はずみな結婚はしてはならない、との。

この訓戒を大君は、八の宮の在世に凜然と受け容れていた。

受け容れるのに躊躇ったのは、妹、中の君のほうだった。

遺訓。それを大君は失念はしないし、そも忘れるつもりが毛頭ない。

宇治邸の主として薫の話し相手を務める大君ですが、断乎、この男君に距離を置いている。その「距離」を形にしたものが屏風等の障害物です。また、当たり前ながら女房たちも近間に控えさせた。仏像にもしっかり大殿油の灯を当てた。

そして、いかような会話が交わされたのかと説けば、たとえば、

「薫様のご親切、つねづね感謝いたしております」

と大君が言い、

「感謝は大変ありがたいのですがね。感謝は」

と薫が応じ、

「他には、何か」

と大君が問うと、これに薫が、

「まあいろいろと」

答えて黙る始末。気まずさの回避に話題を転じて、すると、またしても匂の宮を持ち出したり、あなたには聡明になってほしいのですと大君を窘めてしまったり。実のない話柄ばかりを繰るのです。要するに、「やんごとない匂の宮に、中の君を添わせよ」と執拗に迫る。

すると大君が、

「それもまあ、そうではありますね」

と遂に言った。

「おお。お考えに容れてくださいますか」

「中の君はこの私よりも年少、すなわち前途がありますからね。高貴な方とのご縁組みもあるいはよいのかも」

「よいです」

「かもしれませぬね。私も今やこの家の主人、その立場からつらつら惟るに、どなた様にか中の君を差しあげたいとも欲し出しました」

「おお」

「これは保護者の念いでもありましてね。そういったわけで、薫様」

「はい、大君」

「あなた様はいかがですの」

「何がでしょうか」

「中の君にご関心は、ございませぬの」

薫は絶句します。

それから懸命に問いただします。

「あなた、待ちなさい」

「私は、待っておりますが。お答えを」

「ぜんたい何を勧めているのだ」

「お薦めしているのはわが妹です」

「ええ、それはわかっていますよ」

「その中の君を、どうご説明申し上げましょうか、つまり、人並みに縁付かせようかしら、と」

「――怨めしい」

「まあ、ご怨(えん)じまするの」

「この中納言めは、幾たびも幾たびも、匂の宮様のその情熱、その誠意をお伝えしてきた。なのに、事もあろうに」

「あろうに何でございましょう」

「いや、その」

「その、何でございましょう」

「困る」

「宮様のお申し込みを棒にふるという類いのことでしたら、いまだ内諾もしておりませぬことを思い出していただけましたら。それに、それにでございます。私はあなた様を無上の殿方ともご信頼申し上げておりますからこそ、こうも提案いたしたのです」

「どう提案したのです」

「中の君を、と」

「まいったなあ」

「そんな。ご不満に思われるだなんて」

「不満というのは誤解です」

「そうであれば」

「大変にありがたいと、そうは思うのです」

「ありがたさの他に、何か」

「まあいろいろと」

会話がぴたりと詰まります。

無言が生じます。

その間に、大君がはたと勘づきます。近場に配していたはずの女房たちの気配がない。試しに「これ」と言ってみるが、下がっている。みな、退出してしまっている。実のところ、宇治邸の女房は一人残らず弁の君と同様に「大君は薫の中納言と夫婦として結ばれるとよい」と願っていますから、気を利かして退いたのです。のみならず局住みの細殿に戻って寝入ってしまっています。

大君は案じます。——誰もこの私を護ってはいないではないか。

いやな予感がする。

奥に入ろう。

「あなた様、それでは」

と薫に挨拶しました。

驚いたのは挨拶をされた側です。

「いかなる事が『それでは』でしょうか」

「お話は、また明朝にでも承れればと思います。今宵のところはこれにて」

「ちょっと待って」

この瞬間です。

この、ちょっと、と言った刹那です。

何事かが駆動された。

あの弁の君の進言、仄めかしただけでは恋の成就というのは、ちょっと云々、が鮮やかに喚(よ)び起こされていた。

あの、ずけずけとした忠言が——。

「ここで奥に入られたら」

と薫は続けていた。

「あなたに消えられたら、私は」

と薫は口走っていた。

「とても堪えられない！」

障害物を薫は除いた。

除いたのです。屏風を押しあけて。

御簾の内側に侵入していた。

すると、視界に入った、艶なる大君が。

墨染めの喪服にその身を包んだ、美姫が。

そしてまた同時に、その一間に安置されている仏像の、高灯台にともされている様が。

大君はどうしたか。

たじろいでいる。

かろうじて細声を出した、囁いた。

「なんという為さりよう――」

薫はすっかり魅了されている。

薫は、そこに喪服姿の麗人がいて、それと御仏とが揃っている様相に、まずは陶然となり、その陶酔境から順に生真面目な囁きを、自持に満ちた囁きを、しまいには勝ち誇るような囁きを、と繰り出した。

「どの為さりようを難ずるのですか」

と初めに言った。

「私は、仏の御前で誓えますよ。むりやりに恣にはしないと。この女性をと」

と力強く言った。

「軽薄な人物であるはずがないのだ。この薫の中納言は。私は、あなたのお気持ちというのを待ち明かせるのですよ。さあ、ご信用なさい」

それから薫は、仏像との間には几帳を置き、そうしておいて薫は、大君のその側に、添い臥す。薫は、仏前に供えられた樒などの香を嗅ぎ、さらに恍惚に蕩ける。薫は、そこに自身の五体から放たれる霊妙な芳香が立ち交じるのを誇りとする。

そして薫は、ただ語らいのような時間を持つだけで、思いを遂げようとはしなかった。

「忌明けまで待てますからね」

薫は笑みまでたたえて言った。

「あなたのお心が緩むまで。男女として契らずとも」

添いながら、言った。

やがて払暁の光が寝所に射す。

この時、大君は悲しかった。憂し。

喪が明ければ薫は宇治を再訪する。八の宮の一年間の喪が明ければ、この父親に死に別れた姉妹は喪服を脱ぐ。ただし、ただちに平服には戻らない。習わしとして軽服の小袿、すなわち薄鈍の色彩をまとう。姉は二十六歳、妹は二十四歳。そして、この姉の大君は察知している。父親の喪が明ければ必ず、薫は宇治を再訪する。

大君は、その妹、中の君を観察する。

ほとんど他人の視線で眺める。すると、その美相はたしかに瑞々しい。梳かれた髪、丈なす黒髪が小袿姿に映えわたっている。

これより先、女人たちの場面がある。

「盛りね」

大君がそう口にする。

「お姉様、何が盛りですの」

中の君は尋ねる。しかしながら、姉の目が先刻からずっと自分に注がれていたことには気づいている。

「あなたが盛りなの」

と姉は答える。

「意味がわかりませんわ」

「その若やぎを女の盛りというのよ」

「まあ、そんな——」

「本当よ」

「お姉様ったら、褒めそやして」

「褒めてはいても、そやしてはいないわ。私はね、中の君、人様の目で評価しただけ」

「それって、他人行儀ということでもあるのでしょう」

「違うわ」

姉は否定する。そして、

「他人ではなしに殿方の視線(まなざし)よ」

と言い添える。

「まあ、恥ずかしい」

「その含羞(はじらい)が可憐だわ。私、あなたの女盛りには何人(なんぴと)だって惹かれてしまうと思うの」

「そんなこと、あるわけないでしょう。だって魅力において優(まさ)るのはお姉様ですもの。お姉様は真(まこと)に才色兼備ですもの」

「あのね、中の君」

「はい、なんですの」

「私では足りないのよ」

「足りない、とおっしゃいまして」

「そうよ。私では意を満たせない。足りないのよ」

中の君は怪訝に思うしかない。中の君は首を傾げる以外にない。

お姉様は、何をおっしゃっているのかしら。

再び大君が口を開く。

「ねえ中の君」

「なんでしょう、お姉様」

「私は、あなたの後見になりたいわ」

またもや真意を測りかねる発言に、中の君は首を傾げた。

そして薫は、薫の中納言は来る。ここからは男君も交えた場面もあるが、しかし、おもんぱかり展開を読み、行動するのは大君である。この一人の女性である。薫は、むやみに弁の君と親しい。あの老女房の、屋敷内での力というのに頼っている。魂胆がある。それがわかる。大君は「けしからぬこと」が謀られていると確信して、備える。あんのじょう、その晩、弁の君は薫を寝所に手引きする。多数の女房たちも協力したに違いない。そこは大君の寝所だが、ふだんから大君は妹とひとところで寝んでいる。つまり中の君もいっしょにいる。その麗容の妹は、眠り入っている。風が強く吹いていて蔀戸が音を立てている。こっそりと人を導き入れるには、都合がいい、丁度いい、そう大君が推し測る。すると衣擦れがする、幽かな足音がする。薫だ。大君は起きあがり、そして、行動する。そっと物陰に隠れてしまい、待つ。

薫が、そこに娘盛りの中の君を見出して、歓んで契るのを。

こうして大君は裏切った。肉親の女性と庇護者の男性を。

とりわけ肉親の、その優愛する妹を。

仕組んで。

そう、ここに一人の女が裏切ったのです。

魂胆には魂胆返しをと思い定めて。一人の女が裏切ったのです。この裏切りはいかなる結末をもたらすでしょうか。どのような対価の支払いを大君に求めるでしょうか。見てみましょう。計算違いの一つめは、薫がその中の君とも関係を持たなかったことです。もう少々口を濁らせずに申しあげますと、薫は情交を遂げなかった。宮様の怨みを買うような破廉恥は、私は致しかねるよ。これが薫の言い分です。また、中の君にも言い分があります。お姉様は、私の怨みを買いましてよ、というものです。閨の身代わりにされたのだというその現実、目を覚ましたというか覚醒を促された時には寝所に男君がいて、いたというか引き入れられていて、驚き、おののき、羞じ、しかも相手はお終いまで語らいしかなさらない。底なしに淡白なありさまで、明け方には去ってしまわれた。こうした全体が忌々しい所業です。それから計算違いの二つめ、これは薫が後日、報復のような謀りに出たことです。薫は、中の君とあの匂の宮とにさっさと関係を持たせてしまうのです。彼岸の末日、薫は匂の宮を内密に都から連れ出します。この日はご承知のとおり結婚の吉日です。二人とも微行(しのび)ではありますが、人目に立つといえばまあ立っています。実際には人の鼻に立っています。匂の宮は人工の薫香を燻(た)きしめ、いっぽうの薫は天然の馨香(けいこう)を放散しておりますから。似ているといえば似ている、同一といえば同一です。まるでただお一方しかその宇治の屋敷を訪れなかったかのようです。そして薫は、大君に面会を申し入れて閉ざされた襖(ふすま)越しに怨み言などをあれこれ言い、その隙に、匂の宮があらかじめ薫の算段しておいた手順に従って中の君の寝所に入ってしまう。かつ、情交を遂げるのです。

　こうして匂の宮と中の君は結婚してしまった。

後朝(きぬぎぬ)の手紙も贈られた。

第二の夜の訪れもあった。

中の君は、匂の宮が以前の薫と同様に闖入(ちんにゅう)してきたのも姉の計策だろうと憤り、初夜には怨めしさをつのらせていたのですが、しかし第二の夜には、「とはいえ共寝はすてきなものね」との思いに傾き出します。

　とうとう新婚の三日め、この夜も匂の宮が通ってくれば正式に婿になります。ただ、そのためには、三日夜(みかよ)の儀として祝いの餅が要ります。あまり要領はわからないながら、それは屋敷の主人である大君が指示して用意させます。さてその他の物事は、と頭を悩ませていると、薫から援助の品々が届きます。酒肴があり御衣櫃もある。単衣の袖には歌もあります。

小夜衣きてなれきとは言はずとも恨言ばかりはかけずしもあらじ

なにやら薫は嚇しています。

これに対して大君、

隔てなき心ばかりは通ふとも馴れし袖とはかけじとぞ思ふ

と答えて、返し文を届けます。薫は、大君はもはや妹と自分との間を取り持つことが叶わないのだから、こちらに靡くだろうと考えていたのですが、大君は拒みます。そして、匂の宮はといえば、その晩も宇治を訪れます。ぶじに婿入りです。

大君は、これに賭ける。

二重なりの計算違いではありましたが、こうなってしまったことに賭ける。中の君は、必ずやこの結婚で幸いを得るのだと自身に言い聞かせ、そして亡き八の宮に成り代わっての、後見役を務める自分もまた幸いなのだと言い聞かせる。

「これでよかったのだ。当家は万々歳です。これでよかったのです」とつぶやいている。

しかし不安はないのか。

ないわけがないのです。あったからこそ、匂の宮を妹の婿に迎えるのを承諾せずにいたのです。当代の帝の三の宮、この匂兵部卿の宮といったら、世評はいわずもがな「好色漢」です。多情の人として知られています。その浮気性が春の蟲たちのようにうごめきだしたら、どうなるのか。婿は、通いつづけてくれなければなりません。ここで計算違いが、――三つめの計算違いが生じたらどうなってしまうのだろうか。憂慮は、ああ、もちろんあったのです。憂し！　この憂慮が現実化しないようにと念じつづける大君でしたが、それゆえに視野が狭まり、いま一つの事態に気づけません。不測です。

匂の宮の身分柄というのが、確かな実感としては捉え切れていない。親王なのです。もちろん大君の御父宮も往年の親王だった。しかしこの人は、生前早くに世間から忘れられていた。匂の宮はそうではない。母親が明石の中宮であって、すなわち光源氏の女、おまけに中宮と帝とは御代が改まる際にはこの匂の宮を春宮に据えようと内々に話しておられる。さらにさらに、明石の中宮の兄君であるところの人物、いまや一の上の官職にのぼった夕霧の左大臣にも思惑があります。自分の六の君の婿にこの匂の宮を迎えたいと願っているのです。これは、姫君を匂の宮の正室にしたいということです、もちろん。

さて夕霧の左大臣とは薫の兄です。

宮中では、そうです。

明石の中宮とは薫の姉です。

そこに匂の宮も含めて、みな、光源氏の一門です。

権家のうちでのみ進む事態がある。匂の宮は、いずれ形を調えて中の君を宇治から京に移したいとは考えているのですが、適当な邸宅がない。なにしろ母親である中宮の目も夕霧の左大臣の目も避けなければならない。だから唯一の方策は頻繁に宇治のあの山荘に通って愛情を濃やかに示すことなのですが、そこがそれ、当代の親王という身分柄「頻繁に」は叶わない。叶わないどころか、中宮も左大臣も軽々しく出歩けないようにと宮中の面々に沙汰します。

こうした事態を、大君はわかっているか。

大君のその視野に、この事態は映っているか。

映っていません。どうにも恋愛など信じられぬものですから、ああ、匂の宮様は世の中の噂どおりに不実なのでは、婿様としても不実なのではと憂懼するばかりです。その心中、憂し。本当は、計算違いの三つめとは夕霧の左大臣家の干渉なぞにあるのに、筋を違えて気を揉んでいる。ああ、不安で不安で、仕方がない！

そんな折りの十月、薫が、宇治での紅葉狩りを匂の宮に勧めます。表向きは、

「匂の宮様、ずいぶんお悩み深いご様子。ここは私が一計を案じましょう。口実は紅葉見としてしまえばよいのですよ。そのような催しである、と。私もむろん同行いたしますし、しかし随身は少々にして、内輪で。そして中宿りを、姫君方のお屋敷に——」

との手筈ですが、薫にはいま一つの心頼みもあり、

「『中の君のもとに匂の宮が通いつめる気配がない、これはなんたることか』と悩み深そうな大君のために、私が尽力したとなれば、いよいよ靡かなかった心も靡き出そう」

と考えています。この胸算用に拠って、薫は大君と中の君の山荘に酒肴も送れば人手もさしむけます。大君は、女房たちに指図して座敷を掃除させ、庭の岩蔭に積もった紅葉の朽ち葉も掃かせます。

ところがです。

内輪だけの微行のお遊びになど、ならないのです。

予定の人数を、出立の時点から越えます。左大臣家の宰相の中将、これは夕霧の子息ですが、この上達部が供に加わります。もちろん夕霧が匂の宮の素行を見張らせようというのです。さらに遅れて、中宮の沙汰を受けた衛門の督が宇治川の岸で合流します。この衛門の督もまた左大臣家の者で、宰相の中将の兄です。しかも引き連れた殿上人の数といったら！　たちまち大宴会が開けるほどです。匂の宮と薫は、人々の騒ぎが静まった頃合に姫君たちのところへ忍んでゆこうと図っていたのですが、静まるどころか宴

は酣になるばかり、みな遊び明かします。あろうことか翌る朝には、予定外となる殿上人の第三陣が「中宮様のお言葉を受けまして、われわれ、お迎えにあがりました」と現われました。中宮付きの大夫とその他大勢です。匂の宮は、癪に障ります。ただちには都へ戻る気にはなれませんが、とはいえ中の君のもとへ行くのも不可能。ええいとばかりに大宴会の一行はもっと呑みます。

その宴席で詠まれた歌はといえば、宰相の中将が、

いつぞやも花の盛りに一目見し木のもとさへや秋は寂しき

薫が、

桜こそ思ひ知らすれ咲き匂ふ花も紅葉もつねならぬ世を

衛門の督が、

いづこより秋はゆきけん山里の紅葉のかげは過ぎ憂きものを

中宮付きの大夫が、

　見し人もなき山里の岩垣に心長くも這へる葛かな

そして匂の宮が、

　秋果てて寂しさまさる木のもとを吹きなすぐしそ峰の松風

　こう詠んで涙ぐみます。もちろん中の君を想ってです。しかしそんな涙はかたわらにいる人間以外には見えません。そして、中の君にしても大君にしても側にはいない。だからといって遠く離れているというのでもないのです。京の都と宇治ほど隔りはない。同じ紅葉の山里にいる。宇治川を挟んで対岸にいる。それなのに、来ない。来ないどころか立ち去りだします。その気配が先駆けの者の声でわかります。

なんたること――。

款待の準備をしていたのに、寄らない――。

もう帰ってしまわれる――。

「それでは、中の君は匂の宮様に棄てられたのね」と独り言ちます。大君がです。「やはり、とうとう、棄てられたのね。そうだったのね」

それではこの悲劇の発端はなんだったのだろう、と大君は考えます。そして、私だ、と気づきます。私の罪深さの他に、ないではないか。それが一つめの計算違いをもたらし二つめの計算違いをもたらし、憂慮していた三つめのそれをもたらした。憂し、憂し、ああ、憂し！

いっそ死んでしまいたい。

大君は食事も摂れないようになります。病きます。

あなたたちよ。

あなたたち後世の人々よ。後世の三人の聞き手よ。いい、ここに物病みに臥した姫君が現われた。ここに、物語に。

想い描くがよい。美しい女人だぞ。烏羽玉色の髪をしている。ほとんど六尺はあろうかという黒髪だ。それを後ろに結んでいる。結ぶか広げるかして、褥にいる。そうだ、衾は掛けている。

病褥の女人だ。

さて聞き手の、三人のあなたたちよ。まずは中将殿よ。それから宮仕えの女房殿よ。やすやす想い描けたのではないか、お二人は。むしろ「それは物語ではない」とまで思えたのではないか。

しかし、取り違えるな。これは——。

物語だ。

いま一人の聞き手よ。残る一人の、乱心地の姫君よ。この女人のことがわかるとまで思ったのではないか。褥にいて病み苦しんでいるとするならば、それは自分さながらだと思ったのではないか。

過つな。

思い違いだ。

たとえば烏羽玉の黒髪をしているにしても、その髪がほぼ六尺あり、しかも同等の美相を具えて、同じように病悩が已まないのだと感じたとしても、大君はあなたではない。なぜならば大君には物の怪は憑いていない。病んでいるのは怨霊や狐狸類、あるいは生霊のせいではないのだ。しかるに、女、あなたには憑いている。

この私というものが取り憑いている。

これは決定的な相違だぞ。

しかし対処というのはさほど変わらない。確かに物の怪の仕業となる患いではないのだから憑坐は不要だ。いま現在、私がその口を藉りているような少女子の類いはな。ははは！　だがそれ以外はどうだ。加持祈禱は要る。もちろん必要だ。宇治の山寺からは阿闍梨が呼ばれた。あの阿闍梨だぞ、はは！　すると陀羅尼が唱えられる。すると護摩が、宇治のその邸内いっぱいに立ち籠める。焚き入れられているのは芥子だ。

ほら、臭う。

臭わないか。

あなたたちは三人とも、嗅げるのではないか。その猛烈な芥子臭を。

そして上達部の三位中将殿よ。

愛する女人が病いたとならば、これを看護したいと欲するのではないか。

ああ、そうだ。物語でもいい。物語でも——。

物語でも男君が欲した。

薫が。

十一月に入っても恢復の芽しがない。弁の君は薫に、そもそも菓子一つさえも召しあがらないのだ、と言う。

同じ頃、あの阿闍梨が夢を見る。

八の宮の顕つ霊夢を見る。

その夢路に現われた八の宮は、「いまだ現の世に執着あり、往生は叶わず」と語らって、俗体のままでいる。なんと、浄土に移れていない。

そこで常不軽の行を阿闍梨は弟子の五、六人に勤めさせる。これらの者は法華経の常不軽菩薩品にある二十四字の偈を唱えながら、家々の門にいちいち額ずいた。宇治のその界隈の村里はもちろんのこと、京の市中まで巡り歩いた。

仏の御教えはまさに慈悲であることの発現だと見えた。

が、それでも大君の衰弱は已まない。当然だった、なにしろ噂を二つ耳に入れていた。どちらも中の君の婿に関した事柄で、まずは忍び歩きの度が過ぎると帝に咎められて、匂の宮が御所内での暮らしを強制されている、との由。次いで夕霧の左大臣のかの六の君と匂の宮の縁組みは、年内にも周囲の者が取り決めてしまうだろう、との由。これで六の君こそは北の方と相成る。中の君は軽んじられる。事によると女房扱いの側妻か。

もはや望みが絶たれた。

いや、唯一の望みとは絶え入ること。

大君はこのように思い固めていた。

そうであるのだから法華経がいかに邸内に充ち満ちようとも、夜居に詰めた十二人の僧が不断の読経に励もうとも甲斐はない。

効験は頼めるはずもないのだが薫は御修法や読経をさせている。

薫は見舞っている。

半日一日のそれではない。宇治のそこに数日籠るようにして見舞っている。

薫は看病がしたいのだ。

しかも几帳の内側にいた。そちら側に。

死の床に臥している思い人を薫は看護したいのだ。

手を取った。

大君は呼吸もたえだえだった。

見つめた。

大君は、病篤いその時にあっても大いに羞恥したが、しかしじっと堪えた。この期に及んで拒んでは、死後に「あの女は最後まで強情だった、思いやりが皆無に等しかった」と思い出されてしまうだろう。死後に、評判が悪くなる。それを気にした。だから堪えた。

「ああ、あなた」

と薫は言った。

大君は声も出ない。

「もう、あなたの声も聞けない」

と薫は言った。大君の腕が細い。それが白い着物姿から覗いた。なよなよと細い。まるで中身のない雛人形のようで、薫にはどうにも愛おしい。髪の毛はといえば、艶々と枕からこぼれ落ちている。この命が消えるのか。これはあまりにも惜しい。

薫は看病に専心する。

が、かえすがえす説明しますが、甲斐はない。

ないのです。そして、あったのは次のような臨終の対話です。

「この俗世に私だけを残すのですね。私だけをここに残して、逝くのですね。ああ、なんという悲しさだ。そうなったら、私はどうしたらいいのでしょうか。生きながら深山をさまよえばいいのでしょうか。そうなったら、おおそうだ、残される妹君はどうしたらいいのでしょうか。中の君はいかに」

「妹は」

「おお、ものを言った！」

「どうなるの」

「どうも、何も」

「頼みたいの」

「私、薫中納言に、中の君をですか。後見をですか」

「そうでないと未練が。この世に執着を置いてしまう」

「歎いているのですね、あなたは。大君、あなたは無常を歎いているのですよ。なんということだ。今ならばあなたは私とともにそれを歎けるのです。ですから――」

しかし対話はすでに了わっています。

大君の口には喘鳴しかない。

苦悶の場面はしばし続いて、それから大君は、植物などの見る見る枯れるのにも似て絶え入ります。

さあ、これが結末です。裏切った女はどうなるのか。魂胆には魂胆返しと思い定めて行動し、そして、信頼に背いた女はどうなったのか。

死んだのです。

その死を、どう判断したらいいものかは私は語らない。私は、ですが少し描写を足す。薫です。薫は大君の亡骸に灯りを近づける。大君の、その顔に見入る。眠っているだけだとしか感じられない。綺麗だ、あまりに美しい。そう思うのです。これを虫の脱け殻のようにしてでも取っておきたい。永久に自分の手もとに置いて、眺めていたい――。しかし、もちろん、それは望むべくもありません。ですから薫は、葬送の手配を急いだのです。むしろ、さっさと亡骸を荼毘に付したのです。

さて、そうして。

ここに死者が生まれた。私の語る作中人物が歿して灰になり骨になり、消えた。だが消えたのか。私は、一度ならず説いたはずだ、この宇治の物語には三人の女人が登場するのだと。この宇治の、憂しの――。そのうちの一人が早欠けた。しかし、本当にそのように捉えてしまってよいのか。作中に死者が誕生した、すると、そこからは中有に迷う霊も生まれるのではないか。いいや、生まれるのだ。それを私は請け合おう。なぜならば、この私、藤式部も同じ道にあるのだからな。中有の道に迷う霊魂なのだからな。で、その魄霊はどうなるのだ。物語という現の世を離れた大君の霊は、どうなるのだ。

もはやその者の居所は、作中にはないのだぞ。

女人たち

「ははは！」とうすきが哄笑した。

そしてうすき以外の三人は――。

聞き手たちは思わず知らず見回した。周囲にその視線を走らせた。霊はどこにいるのかと探したのだった。右近の中将建明はそうした。とっさに片膝を立てたほどだった。太刀に、片腕をのばしたほどだった。あたかも大君の霊魂が新たなる邪霊として紫苑の君に憑いてしまうのを案じて。その反応は、道理にあうかあわないかを問えばあわない。だが建明のみの反射的な行動というのでも、ない。ちどりもそうしている。ちどりは、一瞬間、蒼白となって眼を泳がせた。あきらかな狼狽だった。それもこんな成り行きなぞは予期していなかったという体の。さらに紫苑の君も、これは几帳の向こう側でのことだが、枕に載せた頭ごと両の眼を動かしていた。顔艶は多少とも健やかに復していたのに、また喪った。驚愕ゆえにだった。語り手から「同じように物病みに臥しているのだ」と描写された物語内の人物が、あろうことか世を終えて、しかも霊魂と変じて作中より脱け出たと示唆されて、だとしたら大君というのは私に重なりに来たのかと恐懼して。その反応は、愛人である三位中将建明の反応と通ずる。同様に理屈で考えれば、おかしい。

それに、そこまで恐怖する必要はなかったのだ。

そこまで大君と自分とを同一視することはなかった。考えてみればそもそも年齢も違う。その宇治の物語の死者となった姫君は、行年は二十六。対して紫苑の君は二十一である。

ずいぶんと違う。

むしろこの場面にいる三人の女のうちでは、ちどりが一等近い。

麗景殿の女御に仕えるこの女房は、二十九歳である。

ただし結婚の経験もあれば、死に別れた相手というのが他ならぬ亭主であって、これらの点は大君に相対する。

うすきはどうか。

うすきは十五歳であって、とても大君には擬せられない。

おまけに怨霊を移らされた憑坐のうすきは、紫式部の行年と中有の旅路での歳月を加算されているのだから、今、十五歳だとも見做されない。「はは!」と高笑いを続けた。

この場を鎮めようとしたのはちどりだった。

「紙に――」と言った。

うすきはにやついている。

「紙になります、殿」

「む」と唸り声にて応じたのは建明だった。

「語られた物事は紙になりますし、紙になれば物語として封じられますので」

「本か」

「はい」

「冊子本になればか。二帖めの」

「そのための陸奥紙も、中将様にご用意いただきまして」

「俺が運びをつけたのだから知っている。そうだろうが」

「さようでございます。こちらの三条のお屋敷、またも造本のための工房といたしまして、今晩の語りも疾々と糸綴じに。寅の刻より以降はみなで作業に掛かりまして、宇治の物語は封印を――」

「そう言ったのではないぞ」

自制を滲ませて建明は囁いた。

「宇治の物語の、二帖めを——」とちどり。

「違うだろうが」

「憂しの物語の——」

「こいつは、この物の怪は、封じられない霊が誕生すると言ったのだ」

「言いましたでしょうか」ちどりが苦渋の声音で応じた。

「聞かなかったのか」

「私は、聞きましたでしょうか」

「そのように貴様は断じたな、式部」

名前が呼ばれた。

中将建明はうすきを瞠目して、しかしうすきではない人物の名前を口にした。

「ひいっ」との、山猿の啼声じみたものが見つめられた憑坐の返事だった。

「そうであろうが。式部、答えんか」

するとうすきは——。

痴れ笑いの表情を凝り固まらせて顔容に張り付けたまま、白目を剝いた。ひと刹那ふた刹那。それから卒倒した。

そして、どうなったのか。

憑坐の少女子が板の間に倒れ込んで、その後の展開は。

うすきはそもそも紫苑の君の乳母の子供である。よって邸内から退出するということはない。住んでいるのだ、ここに。ただし母屋からは退がる。心神喪失のその身を何名かの男手で搬ばれて、対の屋へ引き退けられた。それは一の対、すなわち東の対である。家丁、子女の類いがここに起居している。廂の間の、畳敷きとなっているところへ昏絶するうすきは寝かせられた。うすきは、乳母の子供だという事実をさらにおし広げて説明すれば、紫苑の君の乳姉妹である。うすきの実母が――その同じ胸乳が――二人を授乳し養育した。うすきには、また、六つ年長の兄がいて、これぞ紫苑の君の同い年、ゆえに乳兄弟ちゅうの乳兄弟として家人の頭とも目されている。また、うすきの同胞はこの兄一人ではない。ただし怨霊に憑かれるのはうすきだけである。天然の憑坐といおうか、邪鬼邪霊をそこまで移してしまうのは。

だがその邪霊は一時、離れた。

紫式部の霊は。

するとここにいるうすきは、物語の語り手ではない。あるいはこうも言い換えられるだろう。式部に紡がれる物語はここにはないと。ここで物語を紡いでいるのはこの物語である。千鳥という名前の女をちどりと呼び、淡黄でも淡君でもよかった女をうすきと呼ぶ、この物語である。

そしてこの物語は、うすきは三度変身するのだと要言しよう。

一度めの変身は妖しさを纏った。臈長ける魔性の艶、狂おしさ、けたたましい笑み声を纏った。しかし憑き物は——紫式部は——去った。してみると容相はいかにも変じている。ただし、これを二度めの変身とは言えぬ。うすきは、戻ったのである。この物語がいまだ描出していなかった素のうすきに戻ったのである。その齢、十五のうすきに。

とはいえ顔は蒼褪めている。

虚脱の、異様なひ弱さを見せている。

目もと口もとには痲痺らしきものがある。

毛髪は落ちついた。あの蓬乱の体はない、それどころか誰かの手が梳いてやってもいた。櫛の跡が残り、さらに整髪用水の泔がきらりきらり、所々で照っていた。

照らしているのは月あかりだ。

簀子から洩れて射している。

煌々とした強さは具えない。なぜならば、中天にあるのはまだ三、四日頃の月だった。

愛でるのに相応しいとは言えない。月見には適さない夜だった。

しかし人の判断する適不適にかかわらず月光は射す。

簀子には高欄の影も映じた。

うすきの顔に血の色がさす。

ここからのうすきが、うすきである。第一の変身以前のうすきである。うすきは、じき瞼を開いた。痲痺はとけたのだ。口もとも、唸り声ひとつ発さず緊さをすでに抜いている。

そのうすきの目を、物語は描き出そう。

瞳の色合いがなんとはなしに薄い。黒々としていない。池の水面を想わせる。礫を投げ入れたならば揺れるだろう、と想像させる。

それも黒に。

灰色に。

蒼に。

と順に。これが素のうすきである。眉目は整っている。だが頰に脹よかさが足りない。上品であるとはとても言えないし、むしろ野性的に過ぎる。さて、その素のうすきが上半身を起こした。しばし、じっとした。呼吸もしていないのではないか、との風情で。あるいはまた、月あかりをその五体に満たしているのではないか、との様相で。喪失した生気を、その三、四日頃の月の光でおぎなおうと試みているのではないか、とも看て取れる。

だが、それらは実際に何者かが目撃していれば、だ。

実際には看て取る者などいなかった。

ここから先にうすきの第二の変身はある。うすきは、起きあがる、簀子のあいだを脱け出る、そして縁を下へ。庭のほうから雑舎に回り、そこへ片時だけ立ち寄る。それから再び現われる。

すると身を窶している。

着ているものが男装束なのだ。水干と小袴、萎烏帽子。ほら、うすきは変身した。これが二度め。

この物語は、うすきに三度めまでの変身があると約した。そこまでの場面を追う。水干姿となったうすきは邸外に出、往来に立ち、そこでわあっという喧鬧に包まれたかというと包まれず、それは夜が深けきっているからである。うすきは、網代車の一つにも会わず、あるいは無人の車を運んでいる牛飼い童にも出会わず、乏しい灯影を見ながら大路小路を流す。芥火には集う輩もあったが、うすきが求めた人影ではない。辻々を観察して、じき、発見する。その闇色の輪郭だけでも筋骨隆々だとわかる男たち、得物を手にした男たち。中天にある三、四日頃の月は賞するには相応しくはなかったが、しかし、こうした新月にこそ適した所業もあった。盗みである。

盗人たちは朱雀大路の西に入る。右京に。うすきはそれを追跡している。当然ながらひっそりとした歩みだったが、距離は近い。それを証すように鼻まで利いた、何人かの賊からは血臭もした。大方斬ってきたのだ。裂き、弓を射てきたのだ。収獲物が何かまで見極められる荷もあった。こうした状況を、男装しているとはいえうすきが怖じていないのかといえば、いなかった。うすきは、自分ならば襲われない、と確信している。いざという時には烏帽子をとればよい、その冠り物を脱ぎ、男ではないのだと示せばよい、さらに、女だから襲うに足るという相手ではないことをわからせればよい、弱々しい月あかりではあったが、それに顔を照らさせて――。

北に藪原がある。南に町屋がある。崩れかかった築地がある。それから屋根のつぶれ落ちた門があってこの内側には何軒もの小屋が並んでいる。そこの敷地に、盗人たちは入った。うすきは最後までは盗賊衆を尾けずに、一つめの小屋で足をとめた。

壁に蜘蛛の這う小屋の前で。佇んだ。

その後に三度めの変身がはじまる。この変身はうすきに男装束を解かせはしない。何者かを憑かせはしない。霊魂が出現するどころか、生身の腕がある。それが手招きする。おいで、おいで。うすきは小屋の中に入る。すると敷きつめられた莚の上に、いるのだ、一人の少女子が。生身の腕と同様に生身の胴も頭部も持っている。そして、その顔が、うすきである。

ここにうすきが分裂した。

すなわちうすきは二人に変身したのである。

さきに口を開いたのは生き写しのほう――

「あんたは母親の乳を吸った姉さん」

続いて口を開いたのがうすきには見えないうすきのほう――

「あんたは、母様の乳を吸わなかった姉さん」

これらがひと揃いの合図の言葉であったかのように、それから二人はともに微笑した。

そしてうすきが語る。憑坐の時のありさまとは違ったが、物語る。今宵、起きたことを。三条東洞院のあの公家邸でどのような役柄を務め、何を為したのかを。長々とした宇治の物語の二帖めのその要約を物語る。それから、

「次はね、次回の夜にはね、私は分身のいる話を語るのよ。それは死んでしまった姉姫君の形代なのよ。その分身の名前が、浮舟」

「まあ、凄くおもしろそう」

「それは大変に興があるわよ。だって、あんた、そう思うでしょう。この私が生き写しの話をするのだからって、思わないではいられないでしょう」

「いられないわよ、姉さん」

「ああ、そうよ、姉さん」

言葉を交わす二人は厳かだった。

「それでね」

と男装束であるうすきのほうが言った――。

「ええ、何」

「次回の夜にはね、式部はそのままは語らないわ。藤式部はね、用意された筋のほうは裏切るのよ。つまりね、ちどり様を裏切るのよ」

女人たち

ちどりは麗景殿にいる。

内裏の殿舎の、その一つにいる。もともと、ここに局を持った女房である。局は屏風や几帳で画されているだけの拵えだから、幾つもある。しかも一人一室を与えられていない出仕者たちも数に入れれば、局を持った女房は幾十人といる。そこは女人たちの同居空間である。

麗景殿は後宮七殿の一つであって、他には承香殿、常寧殿、貞観殿、宣耀殿、弘徽殿、登花殿がある。さらに後宮五舎と呼ばれるものに昭陽舎、淑景舎、飛香舎、凝華舎、襲芳舎がある。このうち天皇の住む清涼殿に近いのが弘徽殿と飛香舎、よって、身分の高い后妃はこの二つに住居を置いた。飛香舎のまたの名は藤壺である。

麗景殿は弘徽殿に相対して、その東に位置する。母屋の広さは南北に七間、東西に二間。ここにちどりが、女房たちの実際的な筆頭と目されて勤めているのである。肩書きの上の最上位である宣旨には任じられていないものの、主人の女御から第一の信頼を博しているのである。

ただし、それは、帝からもっと寵愛を得られるように道を付けよ、といった類いではない。たしかに女御とは、後宮に置かれるか女官として侍する人間の位階ちゅうに見るならば、中宮の下、更衣の上。要するに、さらに上をうかがえる――が、本当にそんな時勢なのか。女御や更衣があまた侍って、寵を争い、そこからもろもろの悲哀の劇歓びの劇が生まれる時代なのか。

そうではない。

ここにはっきりと物語は断じるが、そのような世ではない。

いずれの御時かと言えば、幼少の帝が続きがちなそれなのだと、こう説かなければならない。こんな御時には後宮の寵愛合戦などは機能しない。今は、光源氏の物語が描き出したのとはまるっきり状況が異なる時代なのだ。それが現代なのだとこの物語は断言しておく。

事実、すでに紫式部のあの霊が陳じていた。私が世を去ってから百有余年もが経っている、云々、と。すでに憑坐の口を通して明言していた。しかも光源氏のその物語は、後宮や大内裏の政治のありようを、作者の生きた時代から五十年百年さかのぼって雛形としている。手本と、種としている。だとしたらその物語とこの物語は二百有余年の隔たりを孕みうるのだ。

しかし、では――どんな時代か。

その説明を物語はしなければならない。この物語は。

しかも端的にしなければならない。物語は歴史書ではないのだから。

現代には院庁（いんのちょう）がある。

院とは、上皇の御所（ごしょ）である。院庁とは、上皇が政務をつかさどる場所である。

すなわち朝廷以外にも国政を担う機関がある。

ここから出される院宣（いんぜん）は、朝廷も逆らえない。

そうなのだ。どうしてだか政（まつりごと）の場所が二つあるのだ。朝政があり院政がある、それが現代なのだ。そうした時勢下、後宮の重要性は当たり前だが半減する。しかも今上（きんじょう）の帝は、女人にはまだまだ愛欲めいた感情を抱かない、抱きようもない幼君。すると寵を得る得ないの争いが生じようもなく、後宮の重要性はさらに低減する。

しかし後宮が閉ざされることはない――なかった。

一方で、院庁には新しい官人たちが生まれる――生まれた。

正規の位階はさておき、上皇の側近たちが数々誕生し、これらが羽振りを利かせている。また、この他に多数誕生するのは武官である。上皇の身辺警固に当たる。院司（いんし）の名称としては、「北面（ほくめん）の武士」。

ちどりは、この時代の、この後宮の、この麗景殿に戻った。

主人の女御の前にまず参じた。この女御は、紫苑の君の異母姉である。物の怪の仕業で病の褥にある、と知らされた妹のために、ちどりを三条東洞院のあの邸宅に遣わしていた。ちどりに、加持祈禱を差配する、強い権限を授けていた。異母姉にして女御の名のもとに。

その主人にちどりは報告した。

ちどりは、調伏の捗り具合は、それなりに上々です、と報告した。

しかしながら邪霊のその正体は、阿闍梨様にも何様にもいまだ見抜けず、――いいえ、中将建明様と、私と、二人だけは憑坐の言にじかに触れてはいるのですが、ですけれどもこれは厳秘に付すよう、その邪霊に結約させられているのです、早まっては明かすなと、――こう報じた。

ちどりの参じた室内には空薫物が漂っていて、三条邸のあの芥子よりも大いに、大いに好ましいとちどりは嗅いだ。

「では、お前」と麗景殿の女御は言った。「今晩からも明晩も、また宜しくお願いしますよ。やはりお前が一等、信頼に足る。こうした折りにもね。それにお前は、妹とは情意投合していたからね」

「もったいないお言葉です」

「以前から通って、頻繁に招ばれもした。ほら、絵合の遊びの前には、お前にばかり何くれと相談していたらしいではないか。それどころか女絵に添える歌というのは、大半お前が詠んでやったとも洩れ聞いています。一度はね、あの教養はさすがに姉上選り抜きの女房殿ねと、この私までが褒め詞を贈られた」

「ああ、忝いばかりで——」

「なにを、なにを。鼻高々ですよ、私は。それは言うまでもないけれども実務に長けることが秀でた女房の条件です、重宝しますからね、そしてちどり、お前もそれには優れています。ただね、私はお前の才を買って出仕してもらったの。私は出自がどうだとか、女房勤めの経験の有無、長短がどうだとかよりも、才女をここに集めたかったの。ここに、この麗景殿に。歌の知識において抽んでたり、理に通じていたり、その他の文才。そうした一流どころを揃えたかったの。そして、ええ、お前は期待に応えている。しかもさらに精進する様子。楽しみでならないわ」

「はい。もちろん」

文才に磨きをかけてゆきます、との含みを持たせてちどりは肯じた。

ちどりは下がった。

ちどりは、賜っている局に戻った。一人で一室の部屋、他人とは同居していない。もちろん麗景殿全体を見渡せば幾十人と起居を同じくしているわけだが、局はまるきり一人の部屋である。もちろん簡易に区切られた部屋だけれども、局は局である。一室である。ちどりは、主人の女御がこの麗景殿に──この時代の、この後宮の、この麗景殿に──当代一、二の才媛ばかりを勤めさせようとしているのだと改めて思いを致した。あるいはここから輩出させようとしているのだと。琢磨（たくま）させることで。競い合わせることで。下賜（かし）された局にいても、周囲の声は聞こえる。あちらの局からの声、こちらからの声、数人同居する局での私語（ささめき）。隔て越しに物音も聞こえる。硯（すずり）の蓋が開けられて、墨がすられる。みな、磨いているのだ、この私がいかに女房の筆頭格と目されても、じき出し抜こうと図っているのだ。どうにかして世間の評判を捥（も）ぎとって──。

そのような企図は、儚（はかな）いわよ、とちどりは口には出さずに言った。

束の間よ。

「だって、私は宮中の女たちのすべてだって」

──裏切ってやるもの、とちどりは言った。その部分は声には出さない。

女人（にょにん）たち

これは歴史書ではない。

しかし真摯に物語っているのだとは確言できる。いずれの御時（おおんとき）にか、いずれの御時にか──。この口上を範としながらも、時代そのものに不誠実になろうとは欲しない。そして、一人、同じことを望む女がここにいる。この物語中の人物としている。紫苑の君だ。

病褥に臥せてはいるが目は見開いている。宇治の物語のあの二帖めの直後に、驚悸から瞼をあげたのと同様に。しかしながら今はその刹那の懼れを反芻しているわけではない。むしろ憑坐役の女、うすきの、その語りの才能に感じ入っている。あれほどに滑らかな舌、あれほど聞き手を衝いて動かす能力。ふり返ると紫苑の君は感歎する、あれが私の乳姉妹なのだ、と。しかし、そのことも紫苑の君はこの瞬間には反芻していない。思い出して嚙み反すのは一帖めが語られ了わった場面のこと、うすきに憑いた霊の言のこと。それは、こうした内容だった。

まず第一に、私には欲がある。

紫式部の怨霊にみごと憑かれるのに相応しい欲心がある。

第二に、私が所望しているのは、建明様が——中将殿と物の怪憑きのうすきは呼びかけた——栄達することに与って力ある物品。

第三に、それは本であろうとの読み。たとえば「珍稀の巻帙」であろうとの見通し。

そしていちばん肝要なのは、こうした霊の言を建明様もお聞きなさったことなのだ。

正しい予言がおこなわれている、と紫苑の君は咀嚼した。この病褥の女は。大いなる書物が生まれて、その力で建明様が世に用いられること、それも、この現代という世に重用されること。ならば新しい展開は含まれなければならない。現代の、現実の感覚というものが宇治の物語に混じってこなければならない。すると必要なのは、武家。

武士（もののふ）たち。

それが入ることで、あの宇治の、憂（う）しの物語はいきおい劇的に。それが入ることで、建明様と新興の輩（やから）を結びつけられ、権勢家をもとの権勢家にと復権させられる物品に。そして私を、最大の貢献者として新しい地位に、建明様の北（きた）の方（かた）のその座へと就（つ）けられるものに。

このような二番手の愛人ではなしに。

正室に。

「私があの人の、北の方になればよいのよ」

病褥の女は声に出す。しかし、病褥の、というのがすでに嘘だった。祟（たた）られていることと、囈言（うわごと）を言っていること、呻き、高熱を発して悶え、苦しみつづけていること、すべて演技だった。共謀する仲間の女たちを得ての演技だった。紫苑の君は、情人を騙していた。しかも恋情の深さゆえにそうしていた。ひと歳（とせ）も前から計画を練り、ついに実行の段に入っていた。

無位無官の人間であっても、院庁（いんのちょう）に仕え、上皇の近臣（きんしん）に登用されれば大いに華やげるという世において——憂き世において、いかに立ち回るか。

たとえば、女人であっても。

じきに三条のこの屋敷には、見舞いが来る。見舞いは女車に乗って訪れる。生絹の下簾を外に垂らした牛車で。それは、大内裏の何町か北の、すなわち洛北の地から訪れる。もちろん女車に乗るのだから来客は男ではない。男ではないというのに、異様なものを携えてきている。

武具を。

それも刀剣を。
美麗な筺に納めて。

その刀剣というのが「風変わりな様である」とは紫苑の君はすでに聞いている。が、どのように毛色が違うのか、近衛の中将であれば必ず随身に持たせるか、自ら佩用しなければならない太刀のように柄に鮫皮をかぶせるのではなしに、さては兎の毛皮の類いでも施しているか。見るまではとんとわからない、と紫苑の君は思った。その一振りを早う、見たい、と紫苑の君は思った。さらに巧妙に愛する中将を騙すために。世の中のすべてを騙すために。

愛のために、さらに紫苑の君は情人をしたたかに裏切る。

宇治その三

今宵も口が利ける。

聖どもに陀羅尼を唱えられ、護摩を焼かれ、芥子を嗅がされ、祓われて憑坐の身に移されてのことだというのに、なんと喜ばしい――。

喜ばしいぞ、私は。

口が利ける。

物語る人間にとって「物語れぬ」ことが如何ほどの苦痛か、思ん量れるか。それこそが中有の闇にあるよりも辛いのだ。あの百有余年もの中有という、獄にあるよりも！

しかしこの乾闥婆は現の世に参れた。みたび、ここに。芥子を嗅いでいるこの鼻、あなたたちを、後世の聞き手のあなたたちをひたと見据えているこの目、そして何よりも、この口。

語れているのだ。

現にしかと響きわたる声音で語れているのだ。この憑坐の少女子の口を以て。声を藉りて。

喜ばしい、喜ばしいぞ。私は、藤式部は。

さて、礼でも述べようか。なんとなれば、私がここに戻るためには続篇のその二帖めが本として成ることが必需だったのだからな。そしてそれは、成ったわけだ。二帖めも誕生した、冊子本に纏まった。そこな女――そこの聞き手の女房殿が、巧いことを言ったな。前の夜に、このように説いていたはずだ。「この屋敷を造本のための工房といたす」と。そうだ、邸内は確かにさように機能した。一流の能書家が招ばれもし、一級の料紙は――それも色変わりの料紙はそこな右近の中将殿が準備した。また、下書きは、女房殿、あなたが非の打ちどころのないものとして支度した。まさに無疵、この私が語った所に一字一句違えていない。すばらしい下書きの原稿だ。これからも一字一句、違えないだろう。この卓才の女房殿ならば。そして清書はつぎつぎ整えられ、綴じられ、またもや美麗な装幀まで！　二帖めだ。ここな工房が迅速に産み落とした本ものの続篇の第二帖。取り決めはきっちりと守られて、ゆえに私はあなたたちの前に、再々登場した。

あなたたち、後世の聞き手たちの前に。

中将殿の前、女房殿の前、それから中将殿の思い人たる病者の姫君の前に。

おお、姫君、病身の姫君――。

私がどこから顕われたのかといえば、そもそも、あなたの欲心からなのだが。

そこに私は取り憑き、そこから私は一時的に祓われて、この娘に乗り移っているだけなのだが。

私という女人、私という女人の死霊は。

おお、今はただの聞き手に回った乱心地の姫君――。

ならば聞きなさい。百有余年も昔に亡き数に入った私、藤式部が、あなたの欲心をこのように解説するのを聞きなさい。あなたも女人だ。その女が、本を欲しい、と欲する。愛執する男のために欲しい、と欲する。珍らかなる巻帙を、できれば本朝一のものを、と欲する。

そうだ、異朝の物語では足りない。それでは珍異であっても、力に欠ける。たとえば震旦の突拍子もない大冊は、それゆえにありふれる。「異朝ノ出自ナラバ、サモアリナン」と解されて、その真の奇異さ珍稀さを薄める。おのずと弱めさせてしまう。

だから本朝の物語でなければならぬ。

そして本朝で一番であることが求められる。

しかし一番とはなんだ。何人が決めるのか。物語合のように誰かが競わせるのか。だがそれでは遊びの場ごとに新作旧作の物語の優劣が変わるように、位が、順位が変わってしまうではないか。そうした次第では困る。すると、ここで、官人には位階があることに照らせばよいとの発想が生じる。六書ある日本紀を帝と親王方とし、すなわち歴史書は臣下としての順番を授けられることがない、とする。問われるのは物語なのだ。物語こそが臣下なのだ。とすると、位人臣を極めている物語というのは、あるか。

太政大臣のような物語は。

最高位のそれは。

あるではないか。この百有余年の間にそうなったものが、あるではないか。

本来の性が謙虚な私には口にするのがはばかられるが、それが「源氏の物語」とも「光源氏の物語」とも、時には「紫の物語」とも呼びならわされる私の著作なのだ。

ああ、あなたたちよ、後世の人々よ――。

紫という色彩は、褥にある姫君よ、そもそもあなたにも縁を持っていたな。

さて、姫君よ――。

女がいる。本を欲しいと女が欲する。それも愛執する男のために、本朝一にして珍らかなる物語書を欲しいのだ、どうにか欲しいのだと女が欲する。そこで私が出番を迎える。この私、この藤式部、世人が呼ぶところの紫式部の、積年の怨み、辛み、耐えがたき心情が出番を迎える。その積年とは、中有の道に迷いながら迷いながらの、百歳を超える年月なのだぞ！

私は、「源氏の物語」の続篇の、本ものを与えに来たのだ。

女に。欲した女に。その欲心に酬いに来たのだ。

おお、病いた姫君——。

紫苑との美称で知られる姫君よ、あなたの欲に謝意を表そう。その欲念こそが、流布する贋ものをうち平らげる。駆除する、押し退ける！　死霊でしかない私と存命するあなたが、なんとまあ豊かな縁で結ばれたことか。必然なのだ。もちろんこれは必然なのだ。そのために三位中将殿、そなたがいて、女房殿、あなたがいる。あなたたちがいる。この現代に「源氏の物語」の本ものの続篇が掘り起こされるというのは、必至の出来事であったのだ——。

よいな。宿縁は人と人のあいだにのみ存するのではない。

物語にもある。むろん、ある。

まして時代は、十指にあまる院司たちをも勢いに乗じさせているのだぞ。院の御所には北面の武士を置き、あれらを近侍させているのだぞ。

さあ、だとしたら、三人めの女はいずこより現われると思うか。

この物語に、だ。

いずこの方角より登場するか。

　顧みるまでもないだろうが、すでに第一と第二の巻々に二人の女が現われていた。姉妹が。大君と中の君が。いやさ、大君のほうは退場したのだったな。その亡骸は茶毘に付されて、作中に残るとしたら埋められた骨仏だけ。そして霊は——霊魂は——ははは！

ひとたび放念するがよい。今生にはおらぬ人物は、やはり今生にはおらぬ。この物語のいい現世には。さて、まずは私の苦痛を解こうか。物語るこの私、藤式部の、「物語れぬ」という苦痛を。これをば優先させてもらおうか。

よいか。

もちろん、よいですね。

あなたたち後世の人々よ。物語は春です。

新春です。年が改まって、中の君は二十五歳。また、薫の中納言も二十五歳。しかし男君は少々後まわしでかまわない。この物語は、女君たちに目を向ける性を持っているのだし、この物語は、宇治の地を主役としているのだから。そして宇治に残っているのは、中の君であって薫でも匂の宮でもない。宇治の山荘からは前々年に八の宮のお姿が消えて、前年には大君が消えました。この寂しさ、もの悲しさ。ですが山里に、まだよいしみある人物はいました。

阿闍梨です。

その学識は京の都にまで届いている、あの阿闍梨です。

新年の挨拶というものを中の君のところへ届けました。これは蕨や土筆などを入れた風流な籠と、添えた手紙でした。山菜に関しては「初物です」と説明しております。そして拙筆の歌も書いてあります。

君にとてあまたの春をつみしかば常を忘れぬ初蕨なり

意想外にも心に沁みる一首でした。毎年、父親の八の宮にはこのように初穂を摘んで贈っていたのだから、との念い。その哀れみの深さ。

これに対して、中の君、

この春は誰にか見せん亡き人のかたみにつめる峰の早蕨

との歌を返します。中の君は、もう、涙をこぼしています。本当に誰にお見せしたらいいのか、これを、これを――、と。父宮はとうにおらず、この春は姉姫君すらいないのです。その心憂いから中の君はわずかに面窶れしていました。それがまた艶な風情でもありました。生前の大君の美しさの質に近づいてもいます。しかしそうしたことを問題とするのは男たちであって、作中の男君たちであって、私たちではない。

私たちは見せてもらいましょう。

阿闍梨からの届け物を、趣きのある籠に盛られたそれらの初穂を観察させてもらいましょう。

なかんずく**それ**を。早蕨を。

悪筆の贈答歌に詠まれたその早蕨を。

宇治山で採られたばかりです。みずみずしい。芽を出し初(そ)めた蕨ならではの、薄緑の色合い、これが蚕(かいこ)の繭糸(まゆいと)めいた白色にやわやわ包まれています。

一本一本、嫋(たお)やかにのびています。

すーっと直伸して、さらに先のほうで巻いています。

拳(こぶし)を握るように巻いているのです。

まだ開かない葉を、あるいは新葉の胎(はらご)を握り込めるように、くるくる巻いているのです。

特徴的な形状です。

早蕨ならではの形です。とくと観察しましょう。ほら、わかるでしょう、想い描けるでしょう、どのような形様(かたちざま)か。当たり前の早蕨、早蕨ならではの早蕨、それが宇治のこの山荘に、食用の初穂として——つまり人の命を存(なが)えさせるものとして——届いた。届けられた。

早蕨の形が。

しかし残念ながら、男君たちは見なかった。

薫も、匂の宮も、見なかった。

宇治にいないのだから、山寺の阿闍梨が贈った早蕨を、中の君から見せてもらえることはなかった、その機会を逸した。

では、これら二人の男は、この新春の場面で、どこにいて、何をしていたのでしょうか。

もちろん都にいて、それも宮中にいて、そして歌を詠みあっていたのです。薫はその手に梅の下枝(しずえ)をひと枝折って持ち、匂の宮のもとを訪れていたのです。匂の宮は、そんな薫の雅(みや)びやかさに感心しつつも競争心を燃やし、

　折る人の心にかよふ花なれや色には出(い)でず下に匂(にほ)へる

と言います。

すると薫は、

　見る人に託言(かごと)よせける花の枝(え)を心してこそ折るべかりけれ

と詠み、ただちに「弱りましたね」と言い添えます。

「何が弱ったの。困ったの」

「だって宮様は、そのようにお勘繰(かんぐ)りなさって」

「ふうん。これって邪推かなあ。だって私は、『薫の下心は匂っているよ』って言っただけじゃないか」

「それを非難(いいがかり)だと申しておるのです。いったいどの女人に対する、いかなる類いの、いつ発生した下心なのですか。私は、宮様、さっきも歌に詠みましたように、妙に勘繰られるのでしたら勘繰られていることをやってしまえばよかったなあ、と思わなくもないわけではないのですよ」

「それが本音だな。薫の」

「違います」

「でもね、もう遅いよ」

「何がどう遅いのですか」

「私の妻の話だよ。宇治に独り残った中の君だよ。私はね、決意した。中の君は京に移します」

「おお――」

「こちらの邸（やしき）に迎えます。あの二条院の西の対（たい）に。母上もやっと折れてくれた。肯（がえん）じて下さった。そもそもね、通おう通おうと思うから通えなかったんだ。婿なのに！　でも、これからはなにくれの一切に煩わされない。薫にだって手は出させない。ふふ」

「出してはおりませんが」

「出してはいないかもしれないけれど、下心がね」

「ありませんが」

「あっても、私に言うわけないでしょう」

「それはそうかもしれませんが」

「やっぱり！」

「ですが宮様、私はそもそも、中の君の御（おん）姉上の、亡き大君ひと筋に思いつめていまして、その、亡き――」

告白を始めるや否や、涙は薫の両目にあふれました。

そうなのです。

大君はいない。この恋人は、失われてしまっている。

魅入られてしまうほど美しかった亡骸を、薫はもちろん保存しておくこともできなかったのです。薫には、何もない。

ただし、中の君の後見（うしろみ）であるという立場は、依然変わりません。これについては今際（いまわ）

の大君に約束もしました。中の君は頼まれたと。

さて、それでは。

匂の宮が意を決して、女人の居所が変転します。中の君は洛中へと移るのです。もちろん中の君付きの女房たちも同伴して二条院のその西の対に上がりますし、かつては大君の側仕えだった女房たちもほぼ全員が行動をともにします。さらに、新たに傭い入れられる若女房やら女童も多数。これらが揃って都へ引越すのです。すると、誰が宇治に残るのでしょうか。この宇治の邸内に、何者があり続けるのでしょうか。

老女房のなかの老女房、あの弁の君は残ります。

弁の君は、大君が世を逝ったことで出家して、尼姿になっています。

弁の尼君です。

孤独にこの宇治の邸宅に居残りつづける悲しさ侘しさを、弁の尼君はこう詠みます。

　さきにたつ涙の川に身を投げば人に後れぬ命ならまし

弁は、大君の生前の調度品なども中の君から譲り受けます。また、留守居役でありますから、薫の訪問というのも今後も幾度か受けます。

それではこの宇治の物語というのは、これ以降、弁の尼君の物語として織られてゆくのでしょうか。

そんなわけはない。

あるものか。

さしあたって、こう考えてみよ。宇治は留守になったのだと。物語の主役である土地が留守になったのだと、このように考えよ。

あなたたちは考えよ。

ほら、中の君は京に移転した。宇治は空っぽだ。そこには収まるべき女人たちがいない。しかし「今はいないのだ」と、そう見做せばよいだけではないのか。いずれは再び収まるのだ、と。

あなたたちよ。あなたたち後世の人々よ。

宇治から離れる宇治の物語を、ここから紡ごう。

しかも私は、それは宇治から洛中に離れるのだとか、そのように一段階離れるだけなのだとかは、約さないでおこう。

そうだ。二段階かもしれない。

それから私は、宇治の物語とは憂しの物語でもあるのだから、この、光源氏の物語の続篇はひたすら物憂さに満ちていれば正統の続篇でありつづけるのだとも、ここに一言しておこう。

ならば、憂し、に戻ればよい。

そう思わせる人物は――。

薫です。

この年の二月から翌る年の四月までの薫を追うとしましょう。すなわち二十五歳から二十六歳となる薫を。まずは齢二十五の年の二月、中の君が京の二条院に引き取られました。薫は、それからひと月ふた月と、匂の宮がすっかり二条院に腰を落ちつけて、仲睦まじい夫婦を演じていることに少々驚きます。後見人としては結構尽くめであると考えながらも、不思議な妬みが萌しています。しかも同時に、ある疑念が起こってきます。中の君は、もしや姉上にその形姿というものが似ているのではないか。いや似てきたのではないか。そもそも二歳の年の差があった姉妹なのだから、もしかしたら待っていれば同じ美相を具えたのではなかろうか。

私は、実のところ中の君と一夜をともに過ごしたことがあるというのに、もしかしたら大変な失態を演じたのではないか。

薫は悔いはじめます。なかったはずの下心が芽生えます。

五月、中の君がどうやら懐妊します。

この頃、匂の宮の母方の伯父、そして薫の兄だと宮中で目されている夕霧の左大臣が、とうとう動きます。そろそろ、よいではないか、と。夕霧の六の君の裳着の儀は、この二月の二十日すぎにはもう済んだ。そろそろ匂の宮に婿入りを願っても、よいではないか、恋路を邪魔したわけでもないのだからよいではないか、との圧力が、妹である中宮にかかります。これを受けて明石の中宮は、息子の親王を説得します。匂の宮はといえば、いやだなあ、それはいやだなあと思いながらも、自らの将来に関わる事柄でもありますから、結局は説き伏せられます。

八月、夕霧の六の君と匂の宮とは結婚します。

三日夜の儀を遂げてから知ったのですが、昼間、初めての明るい光のなかで見る六の君は、容姿端麗でした。これは、——これは愛おしい、と魅せられます。

そして六の君のその身分の高さからいったら当然ですが、世間もこの女性をこそ匂の宮の正室と見做します。

匂の宮の、二条院の西の対への訪れが稀になります。

代わりにたびたび、薫が訪れます。

薫は、中の君を慰めるのです。傷心の中の君を、たびたび見舞うのです。すると「似ている」だの「似てきた」だのの印象は強まるばかりです。御簾越しに対面する時の、その声がそうです。まるっきり大君の声に聞こえます。まいったなあ、と薫は思います。

しかしまいってばかりはいられません。口説きに入ります。簾の下から手も握ります。妊婦でなかったら、たちまち添い臥されて契られそうな勢いでした。

正直、中の君にはたまったものではありません。

確かに匂の宮は「不実だなあ」とは思われます。ですが、だからといって自分も「不実をしたい」わけではないのです。まして、姉の面影が偲ばれるからとの理由で——それだけで——求められても、恋愛の歓びが見出されるはずもない。

この殿方は、何を言い寄っているのか、と不快に思うだけです。

すなわち、憂し。

「薫様」

「なんだい、中の君」

「それほどまでに姉上を想うと、おつらいのですか」

「あなたはそうじゃないの」

「そんな。ひどい」

「だったらおわかりでしょう。察して下さい。私はね、宇治のあの山里に、寺だとか、そこまで立派にせずとも然るべき御堂を建てて、大君の人形を作ったりね、肖像画にも描いたりしてね、供養をしたいとも願うのだよ」

「それは、大変よろしゅうございますが」

「いいだろう」

「ですが、人形は——」

「まあ、身代わりと言うかね」

「人形——」

「どうしたの、中の君」

この時も御簾越しの対話でしたが、薫には、中の君の顔がすうっと紅潮するか、反対に蒼褪(あおざ)めるかしたのが感じ取られました。

「いるのです。亡き姉上に、生き写しの人は」

「人。人って、人形ではなしに」

「この夏、遠いところから訪ねて来たのです。ええ、女性(にょしょう)です。あのような人、いるとは思わなかった。あのような人、いることが世間に知られれば、お父様の辱(はじ)です。亡きお父様の、きっと——。でも、似ているのです。姉上様に、本当に、そっくりなのです」

「それは、どういうこと」

「どういうことなのでしょう」

「それは、他人ではないということ」

「ご縁はあるのだと思います」

「遠いところから、と言ったね」

「はい」

「では、いずこなの」

「そこまでは話しておりません。ですが——」

「なんだい」

「お父様はお認めになっていなかった、これは事実です」

薫はこの刹那に察しました。大君と中の君の、異母妹がいる。しかもその女人は、姉妹である、と最近名乗り出たばかりである。存在そのものが伏せられていた。そしてこの異母妹は、中の君の目を通して見るに、大君の生き写しである。

中の君のその言葉を額面どおりに受け取るならば、だが。

見るまではわからない、と薫は思う。おのれの目で実際に、実際にうち見るまでは。

九月の二十日すぎ、薫は宇治に赴き、山寺より阿闍梨を招び、宇治のその屋敷を解体して御堂に変えるという相談をする。

この夜、薫は弁の尼君と懇々と語らい、中の君の「ご縁のある人」の訪問譚の真偽を質す。そうした縁者は、いるのか、いないのか。

弁は、実は八の宮の遺児というものはいる、と明かす。それは女であり、今では二十歳ほどにもなっているはず、云々と。かなり詳細に語る。

その年は暮れる。

翌年の二月初め、中の君が出産する。男児である。

その前日に薫は権大納言に昇進している。かつ右大将を兼ねる。

この薫の大納言は、同じ二月の二十日すぎ、帝じきじきの意向で、女二の宮の婿となる。すなわち内親王を正妻とした。

この女二の宮は、小柄で、上品で、美しい。

しかし薫はそれでも大君を忘れない。

そして四月、薫は宇治に出向き、造営されている御堂を見、それから——それから——。

出し衣をした女車が橋を渡ってくる場面に、遇う。

そこに乗っているのは誰なのか。

薫は、「それは誰なのか」と尋ねさせる。すると東国の訛りを持った男が答えて、

「前任の常陸の介様の姫君で、初瀬詣での帰りです」

それだ、と薫は思った。それが求めていた女人だ。

どこかで覗かねば。顔を確かめねば。

いずこから女人は来たのか。

大勢の東男たちを随伴にしているのですから、東国からです。

では、その女人の名は。

浮舟です。もちろん浮舟です。

ああ、私は——。

私はやっと、ここに来た。三人めの女を物語れるところに。

では、あなたたちよ、聞き手のあなたたちよ、私、藤式部はこの大君の形代であるとしか形容しようがない女人の、まずは出生から物語ろう。

聞け。後世のあなたたち。


子が生まれ落ちるためには親が要る。浮舟は、大君と中の君の異腹の妹であり、八の宮の遺児であると、すでに弁の尼君にもこの物語にも断じられているのだから、父はこの人である。八の宮である。しかし母は誰なのか。これを説明するためには一度はこの憑坐の口を通して語られたものを、再度物語る必要が出る。かように試みると、——おやおや、不思議が生じる。語られ了えられていた物事と物事の間に、新たに顔を顕わすものがあるのだ。

これゆえに、物語は、一度めの語りと二度めの語りとでは同じとならない。

証し立てるために中の君の誕生の場面にまで逆戻ろう。

すでに説かれたところを謹直に繰り返す。当時、八の宮はその北の方を深く愛していた。が、この女性は二人めの子供である中の君を産んだ直後に亡き人となった。床上げを待たずに、病に斃れたのだった。八の宮はただただ悲歎にかき暮れた。八の宮は、後妻は娶らなかった。八の宮はこの世を儚み、毎日を勤行に励んで生き、出家をも望んだ。やがては心ない世人から「俗聖」と渾名されもする、道心深い人物になった。ゆえに薫が心惹かれた。

さて、これらの説明にはひと欠片も虚偽はない。

しかし、これらの説明には間隙がある。

そこに未知のものが顔を出すのだ。

よいか。たしかに八の宮は、その奥方の死を歎き悲しんだ。たしかに八の宮は、誰かを後妻にすわらせるということがなかった。生涯なかった。いかにも——いかにもその通り。しかしながら、この二つの物事の間は、単に語られていないだけなのだとも見做しうる。

間だ。

間隙があるのだ。

だとしたら、そこを覗いてみればよい。

そう、隙見(すきみ)をするのです。

あなたたちよ、あなたたち後世の人々よ。隙見こそが千載一遇の好機なのです。物語の不思議に触れる手段(てだて)としても。

さあ、覗きます。

すると、どうでしょう。

八の宮が見えます。その北の方をうしなったばかりの八の宮です。歎き悲しみ、苦しみ悶えています。北の方はいわば急逝でした。なにしろ出産そのものは安らかだった。心配されていたような次第はなかった。なのに、その産褥からの床払いも終えぬうちに、病歿した。寝耳に水とはこれです。八の宮は「ああ、ああ――」と呻いています。悶え苦しみ、悲しみ歎き、何かを求めています。

隙見しながら、聞きましょう。

「どうして生き返らぬのだ。お前よ、北の方よ」と言っています。

「あのように疾(くる)しんで逝ってしまって、そのまま消え失せるとは、なんなのだ。お前よ」と踠(もが)き足掻(あが)き言っています。

その身悶えは、覗いている私たちにも正視に耐えぬほどです。

耳も塞いでしまいたいほどです。

しかし、それでは二度めの語りならではの不思議には触れられない。瞼は、しかと開いておかなければならない。すると、何が見えるのか。

八の宮の目が捉えたのと同じ事物が見えます。

まだ宇治の山荘に移る前の住居の、その邸内、溺愛する二人の娘たち、その一人はむろん齢一歳の中の君、こうした北の方の忘れ形見が視界に入り、さらに屋敷に仕える家丁たちや女房たちの姿が見えます。まだ資産を減らしてしまう以前のことですから、邸内には雅さと華やぎもあります。室礼もしっかりしています。どこかで北の方の存命中そのままです。そして北の方の面影を残したのは、大君と中の君という幼い姫君お二人となるはずですが、年端もゆかなすぎて似ているとまでは申せません。わずかに一歳と三歳ですから。八の宮は、生前のままとも見える邸内をさ迷い、窘んで苦しんでさ迷い、でしょうか。それでは誰も似ていないのでしょうか。もはやその邸内に面影はないのと、探し当てました。面影をです。

「おお、お前よ、お前よ」と言ったのです。これを女房の一人に言ったのです。「ここにいたのだね、お前よ」

上臈の女房でした。それもそのはず、北の方と血が繋がっていたために身分が高いのです。

北の方を、見様によっては髣髴とさせました。それもそのはず、北の方の姪御だったのです。だから親王様に嫁した北の方に仕えていたのです。

そして、板の間にこの上﨟を押し倒す八の宮の目には、見様によっては髣髴とさせる云々よりも全く酷似して見えたのです。これはもう、生き写しというか「その女」だったのです。

だとしたら私たちも、そのように見なければなりません。この関係の始まりを、覗いている者に特有の目で、八の宮のそれと完璧に呼吸を合わせて見なければなりません。

ほら、始まった――。

壁囲いの塗籠の間にひき込んで、契りが始まった――。

八の宮は歓んでいる。八の宮は随喜の涙を流している。八の宮は「ああ、ああ――」と呻いている。

八の宮はすっかり穽に落ちている。

そうなのです。面影の通ずる人間は危険なのです。

こうして出来した関係は、秘事です。八の宮にも、道理に基づいた判断力はありました。「北の方は逝ったのだ」と識り、「この女房は血縁であるだけなのだ」と弁えている。その上で心をかけるとの仕儀となりました。ただし、狂おしい情愛は尽きずにあって、添い臥す時には「ああ、お前。ああ、お前よ――」と想う。すなわちこの女房を、北の方の形代だと認識し、人目を忍んで情けをかけたのです。

さて、北の方とこの女房とを八の宮が同一人物ではないと弁別できるようになったのですから、私たち隙見する者たちも、同じようにこの女房を一人の女人として見ることが叶います。名は、何でしょうか。中将の君です。兄の官職にちなんでこの女房名は付けられていました。中将の君は、叔母の死後、わが身に起きていることの意味を十全に理解していました。当初より、――困ったこと、本当に困ったこと――、と思っていました。もちろん女房職の若い娘としては、家の主人に可愛がられるのは災難ではありませんから、この点を気に病みはしません。しかしながら、年の近かった叔母の人形さながらに寝所で扱われるのはいかがなものか。いただけないのではないか。が、穽は中将の君の側にもあったのです。やすやすと嵌まる類いの陥穽があったのです。なんとなれば、それが恋愛なのです。

八の宮に、

「ああ、お前よ」

と言われれば、

「それは私のことでございますね」

としおらしく訊き返し、

「言うに及ばずだよ、お前よ」

と答えられれば、

「いつまでもお慕い申し上げております、宮様」

とけなげに応じてしまう。これらが悉皆、恋と呼ばれるものの為す術だったのです。

人目を忍び、忍んで、結ばれた関係は三年、四年と続きました。この間に大君は六歳、七歳となって中の君は四歳、五歳と生い育ちました。次いで中将の君の下腹というのがひと回り、ふた回りと脹らみました。こちらも生い育ったのでした。そうなのです、中将の君は八の宮の子供を妊んで、やがてこれを産んだのです。時に大君が八歳にして中の君が六歳、この二人の異腹の妹は呱々の声をあげたのです。

ほら、生まれました。

浮舟です。

この世に浮舟が生を享けた。

浮舟の母とは、中将の君だったのです。

そしてこの報せを受けた八の宮は、何を感じたのか。

これを語る前に、ほんの少々寄り道をして大君と中の君に触れましょう。齢八つと齢六つの姫君方は、このように成長する以前とではいかなる点が違いましたでしょうか。たとえば齢三つと齢一つの時分には、この姉妹は母親の面影を顔立ちに映し出してはおりませんでした。しかし、現在はどうなのか。

似ているのです。

似通っているのです。

二人とも、実に亡き北の方似だと見て取れるのです。

「おお、これは、これは――」

と父たる八の宮は胸打たれていました。

「これは、何を措いても手塩にかけたいぞ！」

と感に堪えないで口にしました。

大君と中の君、この二人こそは深愛した北の方の紛うことなき形見であって、撫で傅かなければならないのは論を俟たない。

と、そこに密かに浮舟誕生の報せです。

これを受けた八の宮は、何を感じたでしょうか。

辱です。

自らが自らを断罪するような、恥辱です。

錯覚が崩れたのだとも言えます。要するに、中将の君がただの「妻の形代」であるうちはよかった。妻は一人で子は二人であると、こう思い違いをしていればいられた。しかし、その形代が子を生して数に加算というものが行なわれたとなれば、軋みが走る。この五年越しの妄想に、錯覚にです。亡き北の方は三人めの女など産まなかったのだし、すなわち浮舟は我が子ではない、ありえないのだし、すなわち浮舟を産した中将の君は、もはや「妻の形代」でもなんでもない。

八の宮は、こうして率直に驚き入ります。

「信じられぬ。信じられぬぞ。私は、正気ではない道を歩んでおったのか。別言すれば、情欲の道を。おお、煩悩外道！」

そして、恥辱だ、との結論を出したのです。

劣情こそは鬼魅邪神の為業と断じて念仏しました。経巻を紐解きました。そうなのです、ここからなのです。ここから、八の宮は真剣に勤行に励むようになったのです。「辱！」と自らを裁断して、もちろん俗界に倦みましたし、だからこそ遁世したい、ぜひ出家したいと願い出しました。

言わずもがな、中将の君への態度は一変させました。

浮舟を、我が子なりと認知はしません。

その冷淡さ――。

ああ、八の宮よ、憂し！

そうなのだ、あなたたちよ。

あなたたちよ。後世の人々よ。

これは憂しの物語である。ただ一つの挿話を二度語ることによって、未知の物事に顔を出させている憂しの物語である。私はいま、浮舟の出生に的を絞って、舞台は洛中に置いたままでいる。依然、宇治に据えられてはいない。私、藤式部はあなたたちに宣(せん)するのだが、これより先はさらに洛中からも離れよう。ここから二段階めに入って遠ざかろう。宇治から京の都は遠い、だが、もっともっと脱離(だつり)するのだ。

私は三人めの女人(にょにん)とともに、これを物語ろう。

いまさら「それは誰か」の説明は要るまい。

浮舟だ。

この、八の宮の、庶出の子。

いや、子供だとは認められていないのだ。

父親にこの事実は承認されず、というよりも拒(にく)まれた。厄介払いだ。

おのれの罪障の証しが「これ」だと、そう、悪まれたのだ。

では、こうした父親の構えを子の浮舟はいかように感受したか。かいつまんで話せば、しなかった。年端も行かなすぎて感受しようがなかったのだ。それに八の宮が浮舟の顔を見に来たという例(ため)しもない。一回もだ。このことに関しては、私は、残念であったと口を挟もう。なんとなれば、気づいたかもしれないではないか。「これ」であるところの赤子、その赤子の面容が、同じように乳母(めのと)より乳を授かっている時分の大君と、薄気味悪いほどに似通っていると、ただちに了解したかもしれないではないか。

すると、看破したかもしれないのだ。八の宮が。

もしや「これ」は大君の形代となるのか、と——。

あるいは次のように言い換えてもよい。

「これ」はもしや大君の、七つ違いの分身ではないのか——。

それがわかれば新しい迷妄に八の宮が嵌まった可能性もある。つまり、こうだ。大君と中の君がいて、それから浮舟がいる。しかし、だからといって三人いるわけではない。二人なのだ。

子は二人なのだ。

そして妻が一人。

こう錯覚しつづけられたかも、と私は思うのだ。

しかし、しかしあなたたちよ。私が思って何になる。八の宮は、しなかったものはしなかった。浮舟の顔を一回も、ただの一度たりとも見に来なかった。認知しなかった。だとしたらどうするか。いかなる手段(てだて)をとればよいのか。そちら側が来ないのだから、こちら側が行(い)くしかない。説明にだ。ただし、浮舟は幼なすぎて独り歩きはできない。行(い)けない。下がっていた実家から、中将の君が、赤子は乳母に托して参じた。八の宮に直接、「乳呑み児(ちのみご)の現況はこれこれ、こうなのですよ」と説いた。

もちろん室内には八の宮と中将の君しかいなかった。

浮舟を子として認めるならば、父である男と母である女しかいなかった。

他には、ただ、大殿油の灯が揺れていた。

「中将よ」

と八の宮は言った。

「はい、宮様」

と中将の君は応じた。

「私はな」

「はい、宮様」

「今はひたすら仏道に専心したいと思っている」

「ご専心、でございますか」

「いずれ聖となるのだ」

「それは――」

「ゆえに、わかったな」

この時だ。

この時なのです。

高灯台に入れた油の火が、急に膨れた。

怪し火(あやび)のようにゆらゆら踊った。

中将の君は、見た。

八の宮の顔付きをだ。それも八の宮の瞳(め)をだ。数年越しの恋人であった男(ひと)の瞳が、自分を罵っている。馬鹿者め、失(う)せろと言っている。無言で痛罵している。

それが灯りに照らし出されている。

ゆらり、ゆらゆら、ゆぅらと。

この時、中将の君は感受したのだった。娘の浮舟が稚(いとけな)さすぎて感受しようがないものを、あまさず感受したのだった。いたたまらなさとして。ひと言、「惨(むご)さ」として。

それから無言の痛罵が、実際の苦々(にがにが)しい声に変わる。

「今後、一切私を煩わせることは罷(まか)りならぬ」

「ですが、宮様」

「ならぬ」

「――御子(おこ)で、あられるのですよ、――」

「聞こえないようだな、中将。若い身空で早(はや)、耳が遠くなるとは。気の毒に思うぞ」

そして、また無言。

中将の君は、面(おもて)を伏せた。

この時の心中を詠める歌など一首もない。

あなたたちよ、ここからです。

ここからなのだ。母の行動がすなわち子の行動となる。その乳呑み児がもしも感受しうるものならば感受したであろうところを母が感受したのだから、そうなる。稚い浮舟は、その母、中将の君を以て物語を動かす。

女房勤めから中将の君は身を引いた。八の宮邸に以前と同じように仕えることは、そもそも不可能だった。しかし、それは先行きの暗い、孤独な去り方だったというのではない。一人二人どころか十人二十人の女房仲間というのを中将の君は味方に付けたと、こう説いてもよい。同情だ。女房仲間は中将の君を恤れんだのだ。言葉を換えてみようか。女たちは、この裏切られた女を見るに見兼ねたのだ。女人同士だからこそ「それは、わかる」と自然涌きたった憐憫とも言える。ところで八の宮と中将の君のその関係は、内密のものではあったが邸内の家丁たちや女房たちに隠しおおせるものでもなかったと、言わずもがなな事どもを語っておこう。なにしろ交情は、四年五年と続いた。八の宮は、中将の君を妊ませもしたし、中将の君に子を生させもしたし、中将の君を棄てもした。その道理の立たなさに、女房仲間は一人二人どころか十人二十人と中将の君に同情したのだ。

さて同情は活路を拓いた。

八の宮邸に仕える女房たちは、上臈中臈であればもともと門地は立派である。これが縁故の者たちに、たとえば――

「中将の君という、妙齢の女がいる」

「連れ子はあるが、眉目うるわしい」

「血筋というのは大変によい。現に叔母君が親王様の北の方だった」

「そして女房仕えをしていたのだが、いまは下がった」

「心ある公達の誰もが『これと夫婦になりたい』と騒いでいる」

等々、さかんに言い立てた。あなたたちよ、すると何事が出来するか、わかるか。たちまち現実に中将の君の求婚者というのが陸続と現われるのだ。おかしなものだ。ないことを触れ込めば、即、あることになる。中将の君はいまや竹取の物語中のかぐや姫も然り。

いまは昔、竹取の翁という者、ありけり。
野山にまじりて竹を取りつつ、万のことに使いけり。
名をば、さかきの造となん言いける。
その竹の中に、もと光る竹なん、ひと筋ありける。
怪しがりて寄りて見るに、筒の中、光りたり。

それを見れば、三寸ばかりなる人、いと美しうて居たり。

そうなのだ。こうして発見されたかぐや姫も同然だった。あの「物語の祖」のうちの登場人物である美女と。そして、求婚する一人めを拒み、二人めも断わった。三人めも四人めも無下にした。中将の君がだ。するとどうなるのか。すると、さらに熱烈な求婚者が現われるのだ。ひきも切らずに。中将の君のその真の心持ちというのは私にも不明だ。この私、物語る藤式部にも。あなたたちよ、「それはなぜか」と問いたいか。さきほど、中将の君のその心中を表わす歌が詠まれなかったであろう。それの訳といっしょなのだ。想いはこれこれ、こうと固まっていなければ詩歌としての仄めかしすらできぬ。そして、固めるためには夾雑物を除ける必要がある。いまはその途上なのだ。さて、しかし想像はしておきたい。不純な異物を除いてゆけば、想いは順々どうなるのか。想いは、徐り徐りと時間という砥石に研がれる。

研磨されれば、着々、刃にもなる。

刀剣にもなる。一振りの——。

中将の君はもちろん最後には結婚した。驚くほどの高位高官ではないのだが上達部の家筋に連なり、じきに国守に任じられる男と。世人たちは「懸想ぶりが特別だったのだろう」と噂する。男には、財産はあった。男には、妻がいた。しかしすでに亡き数に入っていた。この先妻の腹となる数人の子供がいて、女もいた。男は気位が高かった。その心の構えは今かぐやを射止めたことで擽られていた。射止める、といえば男は恋の道以外でのほうが射芸の達人として知られていた。実際、馬上でも地上でも巧みに弓を引き、後妻となった中将の君もこれを見た。

ところで浮舟だ。

浮舟は、母親がその男の北の方となったのだから、男の子供となった。

浮舟は、男を二人めの父としたのだが、世間的には一人めの父親だった。

この父が国守となる。まずは陸奥の守に任命された。一家揃ってこの地に下向する。そののち、いったん京に戻るが、次には常陸の介に任じられる。これは三介の一つ、承知のように上総と上野と常陸の三国には守は置かれず、介がその代理となるから、事実上の国守である。一家は東に下る。これらの辺地の任国を連続してあてがわれたのは、浮舟の父が弓取りとして世に知られているからである。豪傑だからである。浮舟の母、中将の君はこの歳月の間につぎつぎ夫の子を妊み、産む。五人も六人も——それが浮舟の弟妹である。また、異腹の兄姉も数人いる。このうち前の陸奥の守にして現の常陸の介の血を継がない子供は、一家に浮舟のみ。

そうしてこの春、一家は東国より帰った。浮舟の父親が常陸の介の任期を終えたのだ。そして都上りした。この春とはこの物語の現在の春である。わかるな。薫は二十五歳である。中の君もまた同じ齢である。そして匂の宮がこの中の君を、京の、二条院に移してしまう年である。この年の春、浮舟は東国よりこの物語に現われたのだ。この宇治の物語の、憂しの物語の中心となるべき三人めの女人は。いや、――待て。これは物語の現在ではなかったな。現時点の一つ前の年だった。しかし、よい、そこから始まるのだから。そして、ただちに現在の年に繋がるのだから。まずはあなたたちよ、聞け。薫が二十五歳の時に、中の君が二十五歳のその年に、浮舟は二十歳だった。一家揃って上京していた。そして、そこで騒動が持ち上がった。二十歳の浮舟というのは、たいそうな美姫である。そして前の常陸の介というのは、大国の受領を歴任して頗る羽振りがよい。すると婿入りの希望者が続々現われるのだ。だが順番がある。まずは浮舟の何人かの姉たち、異母姉たちから縁づいた。男たちは、裕福な常陸の前司の婿子になることが一番の目的だから、これらを得て満足する。と、現われるのが左近の少将、年頃は二十二、三の若者、この人が熱心に求婚をはじめた。浮舟が類い稀な美貌だとも仄聞いて、誠心誠意の体で申し込んでくる。

浮舟の母は、つまり中将の君は、この相手を良しとする。

浮舟に文を返させる。それも代筆ではなしに、じかの筆で。

ついに縁組みは八月であると決まる。

と、「浮舟は前の常陸の介の実子ではない。北の方の連れ子である」との話が、初めて婿がねの左近の少将の耳に入る。

懇(ねんご)ろに浮舟を求めていたはずのこの若者は、それは承服しかねると怒る。

そのような実情では世間の聞こえも悪いし、そもそも、きちんと父親の常陸前司に後見(うしろみ)をしてもらえるかが不安だ。最優先の目的が、果たされないではないか！

こうした歎きと顚末は、仲人(なこうど)を通して浮舟の父親の耳に入る。

実は、初めて耳に入る。

実は、この求婚は父親には一切打診がなかった。

浮舟の養父は、こと浮舟に関しては蚊帳(かや)の外に置かれている。中将の君が、それ以外の子供と浮舟とを分けていた。夫の前妻の子供をも分け隔てなしに扱っているというのに、一人浮舟だけはあたかも囲うようにしていた。夫には愉快ではない。そこにこうした事態が持ち上がり、由々しいと思う、小癪(こしゃく)なと思う、浮舟の養父もまた怒る。

左近の少将が、この私の実の娘が欲しいと言うのならば、まだいるぞ！

こうして浮舟の同腹の妹が、もともとの日取りである八月、左近の少将と結婚することとなる。

実際、その日から常陸前司宅に左近の少将は通い出す。

これを受けて、浮舟の母、中将の君は次のように娘に言う。破談された浮舟に言う。

「さて、お前の居場所はこの屋敷内にはなくなりました。誰もが同情する事の次第でしょう。お前は婿がね殿に裏切られたのです。しかも未成年の妹に横取られるようにして。きっと、どなたでもお前を憫れむでしょう。では、手紙を出してみましょう。ほら、この夏、一度ご挨拶させていただいた姉上様にです。まあ、まだ少々は時間を置き、さらに憐憫を涌きたたせてもらってからでよろしいでしょうが。すなわち浮舟よ、お前がもっと惨めだと歴然伝わる段階がよいだろう。そうすれば、いかに先方のお父様がお認めにならなかった姉妹でも、実の妹には情け心を持つでしょう。お前を匿ってくれるはずです。しかも、説き伏せる伝は二重三重にある」

「はい、お母様」と浮舟は答えます。

そう、浮舟は答えたのだ。そして浮舟の姉とは、二条院にいる中の君、その「先方のお父様」とは今は亡き八の宮、さらに中の君の女房連中には元来は八の宮に仕えていて、そのまま大君や中の君の世話係となった者も多いから、実のところ事情を知っている。すでに二十年前に中将の君に同情している。これが味方にならないわけがない。かつて八の宮に裏切られた女性の子が、今度は実に痛ましく婚約者に裏切られたのだ。裏切られた女の裏切られた女、これを助けなければ女人同士の絆はない――。

かくて中の君は説得される。

かくて浮舟は二条院に移る。その西の対の、めだたない、廂の間の北寄りの部屋に。これが東国より上洛した翌る年のこと。中の君が、すでに匂の宮の御子を出産していて、薫が権大納言と右大将に昇進していて、さらに内親王である女二の宮を娶っていて、そこへもってきて初瀬詣での浮舟の一行との邂逅も果たしている四月以降にあった出来事。すなわちこの物語の現在のこと。ほら、繋がった。そして、ここからどうなるのか。秘め隠されて二条院の西の対に二、三人のお付きの女房たちや女童たちといる浮舟を、この邸宅の主、匂の宮が見つけるのだ。

この二十歳の美姫を。

そして、至極当然に、匂の宮は浮舟に言い寄る。この、正体が不明の、要するに謎めいた女人に。

さあ、これで私は物語の三人めの女君が、二人の男君、匂の宮と薫の双方にその存在を知られるまでを語った。

喜ばしい――。

喜ばしいぞ、私は。

この藤式部はな。

すでに「物語れぬ」という苦痛は癒され切ったに等しい。今宵は、だ。しかし、どうなのであろうな。悾かりは本当にないのか。語り手が一つか二つ、物語の宿縁を見落としたということはないのか。そして、その語り手とは誰だったか。

私だ。

では聞き手とは誰だったか。

あなたたちだ。

憶えているか、それとも忘れたか。私、藤式部は人と人とのあいだに存する縁は物語にもあるのだと言った。断じた。が、私は何事に対して、物語の宿縁が、どのようにあると説いただろうな。あなたたちよ、それでは逆戻ろうか。ほら、またも或る場面にまで後ずさるのだ。逆行するのだ。一度は物語られ済みの、それ――。

すると顔を出す。すると、不思議は顔を出す。未知なるものが顕われる。間隙にな。説明と説明との間隙にだ。それでは説明しようか。そのために繰り返そうか。概略は、こうだった。子が生まれるためには親が要る。親には、父と母とがある。父は八の宮である。母はその八の宮邸に仕える上﨟の女房、中将の君である。中将の君は八の宮の亡妻の姪であり、八の宮はこの女房を、亡妻の形代として愛する。子が生まれる。

浮舟である。

父は、この浮舟の父だと認めることを拒む。以降、母が浮舟の行動を決める。あるいは子の浮舟が、母を以て物語を動かす。母が男と結婚し、これが浮舟の第二の父、世間的には第一の父となる。この父はじきに陸奥の国司になり、そののちには常陸の国司に任じられる。一家はこれに併せてみちのくに下り東国に下る。この間に過ぎる歳月は二十年、それから一家が京に戻る。浮舟は、その春に左近の少将に求愛されて、しかしこの話は破談に終わり、しかもこれに因って第二の父から疎まれる。母の勧めから、浮舟は異母姉のもとに身を寄せる。そこで匂の宮に見つかってしまい、口説かれる。

口説かれる、異母姉の夫に。

さあ、あなたたちよ、どうだ。これは誤たぬ梗概だ。嘘偽りなど欠片も混じらない一度めの語りの概略だ。あなたたちよ、聞き手のあなたたちよ、きっと肯じよう。しかし、どうか。そこに間隙はないか。あったのではないか。説明と説明との、間に——。

そこは覗けるぞ。

隙見ができるぞ。

そして、できるのならば、しないとな。

よいですね。もちろん、よいですね。私たちは語り手であり聞き手であり、しかし今や、ともに覗き手。またしても窃視の輩です。さあさあ、何が見えますか。何が覗き見られますか。

一家ですね。

その一家ですね。受領の。

もちろん受領とは、任国に下向した国守の謂い。その受領が、一家の父です。中将の君が、一家の母です。子が、浮舟です。子は何人もいるのですが、私たちの見る子とは浮舟です。そして父の受領は、この場面では陸奥の守です。すなわち——ここは奥州——。

私たちには奥州が見えるのです。

一家が居するのは国府の館。これは多賀城にあります。奥州には他に鎮守府というのもあり、これは胆沢城に置かれています。鎮守、何を鎮めて何より守るのか。夷狄を鎮圧して夷狄より守るのです。あるいは、蝦夷を鎮めて蝦夷より守護するのです、本朝を。夷狄と言おうが蝦夷と言おうが、はたまた蛮夷と言い表わそうがなんでもかまわぬ。が、鎮守府が要であったのは古い時代の話です。「夷」であるものは大概、帰服したのだから。それゆえに浮舟の父たる陸奥の守は、今回の赴任で鎮守府将軍を兼ねてはいません。ただし、押領使は兼任しました。

自ら朝廷に奏して。

こうすれば、帯剣が許されたし、随兵も何十人と伴えたからです。

さて、私は浮舟の父が弓取りだと語り、世評に名高い豪傑だと語った。奥州の国守というのはそうした人物を必要とする職でした。たしかに「夷」が暴威を振るう時世ではありません。が、たとえば蝦夷という種族の血が絶えたのかを問えば、そんなわけはない。その血が途絶しているわけがない。そして、それに加えて、前代よりも縺れる様相もここ奥州にはあったのです。奥州と言うよりも、白河の関以北と言いましょうか。かつては陸奥の一国であり後に奥羽二国に分かれた白河の関以北。そこには新来の武門が根付いていたのです。しかも一つならず。

ここでの新来とは古の時代に対しての、新、の謂い。勢力を根付かせて三十年やら六十年やら、百年が経っています。では、いかにして現われ来ったのか。事実を言えば、これらの父祖は大概が「かつての受領」でした。陸奥の国の、あるいは出羽の国の守です。それが引退後に都にひき揚げず、そこに土着した。一族一門で根を張った。その理由はと言えば、なにしろみちのくが豊かであったからです。

元来、陸奥の国というのは播磨、伊予ほどではないにしても、国守の候補者の目からすると垂涎の大国でした。一つに、黄金を産します。一つに、良馬を産します。夢のような熟国です。出羽も似た類い、ですから国府に居するあいだに地盤をしっかりと築いて、そのまま陸奥なり出羽なりに住みついてしまう元の国守というのが存外多かったのです。その財力とは時にそのまま金力、おまけに時代をさかのぼればさかのぼるほどにみちのくという辺地は「夷」の猖獗を極めていたわけですから、任命される国司も武人揃いだった。兵仗の道に達けた猛者どもです。こういうのが伴類を従えて土着するわけですから、あな恐ろしい。それぞれの所領で蝦夷の血に連なる人間たちをも郎等に変え、血と血を雑ぜもしました。

それが、新来の武門の内実です。

おわかりになりますか。

一門だけではない。また一門があり、さらに一門がある。そして、いずれも武士（もののふ）である。武士の一族一門である。それが出羽の国に勢力を張り、陸奥の国に勢力を張っている。所領争いからこれらの軍勢は合戦もする。いわずもがな私合戦です。しかし咎めはない。朝廷からの討伐令というのは発せられません。どうしてかと言えば、貢賦（こうふ）は怠らなかったからです。

貢（みつ）ぎ物はしかと納める。私闘は繰り返していても。

国府を通じ、官物（かんもつ）として納める。それが有力公卿（くぎょう）に進上されもする。たとえば金（きん）、たとえば馬、たとえば絹、たとえば鷲の羽。

こうした恭順な態度をいずれの武門も持っていたから、土着と私合戦は見逃がされたのです。そして、こうした次第であったから、いまの国守に求められるのは「豪傑であること、在地の武士たちに睨みを利かせられること」だった。

それゆえに浮舟の父だったのです、任じられたのが。

だからこの新任の陸奥の守は、鎮守府将軍を兼ねはしませんが押領使は兼任して、守じしんと郎等を武装させたのです。

さらに赴任時には、こう嘯（うそぶ）きもしました。

あいや
みちのく
奥州よ
おれは歌枕(うたまくら)を見に来たぞい

では私たちは、もっともっと奥州を見ましょう。それと同時にこの奥州の一家を覗き見ましょう。一家の父、陸奥の守に眼(まなこ)を据えれば、併せて何が見えるでしょうか。しかり、合戦です。いましがた解説いたしました武門と武門とが厭(あ)かず覇を競っているのですから。けれども、これを場面として語るのは難しい。なにしろ私は女です。この藤式部という私は、憑坐に降りる霊魂の身になっていても女ですよ。女人(にょにん)に武士たちの合戦の様(さま)など、物語れるものですか。そうでありますから、私は一家の母に目を向ければよい。私たちは子に眼(まなこ)を据えればよい。そして母とは中将の君のこと、子とは浮舟のこと。

さて、併せて何が見えるでしょうか。

併せて何が聞こえるでしょうか。

隙見をしながら、私たちは耳をすましましょう。ほら――。

「浮舟」

「はい、かあさま」

と母。

と子。

「おお、母様と言えたね」

「かあさま」

「もう二歳なのだものね」

「かあさま。かあさま。はい、かあさま」

「もうよいよ」

「はい」

「お聞き。かあさま口は閉ざして」

「はい」

「お前にはじき弟妹ができる」

「そうですの」

「お前の父様が、この弟妹の父様です」

「とおさま」

「この弟妹はね、弟でもよいし妹でもよいのだが、奥州に生まれ育つ人間となります。それは、お前とは、だいぶ違う」

「そうですの」

「そうなのだよ。お前の父様が、真のところはこの弟妹の父様とは違うように、だいぶ違うのだよ」

「とおさま」

と稚い浮舟が答えました。誕生した翌る年のことです。

続いて、それから二年三年の後、

「浮舟」と再び母の中将の君が言いました。

「母様、なんでございましょう」

「伝えたいのだけれどね」

「はい」

「今度はお前の弟に弟妹ができるよ」

「まあ、そうなのですの」

「そうなのだよ。浮舟、お前はどう思う」

「浮舟は、うれしゅうございます」

「そうか」

「私たちの家には、めでとうございます」

「よい言葉だね。お前は年もいかないのに、大層よい言葉が遣えるね。それに加えて奥州の訛りにも染まらない」

「できたのは弟ですの、妹ですの」

「それは、わかりません。産み落としてみるまではわからないのだよ。世間には夢に教え知らされる妊婦（はらみめ）もいるとかいないとか語られるけどね。ところで浮舟――」

「はい、母様」

「お前には年嵩の、兄姉（きょうだい）がいるね」

「兄様たち姉様たちがおられます」

「お前の父様が、これら兄姉の父様です」

「存じております」

「そうだね、承知だね。そして、これら兄姉の母君は、お前の母様ではありません」

「違うのですね」

「ええ、私ではありません。この母はね、お前を産む以前には一度も妊（はら）まず、産まずだったから」

「だいぶ違うのですね」

「そうなのだよ。そして血は、お前のほうがやんごとない」

「父様も違うのですね。だいぶ違うのですね」

「ええ、もちろん。お前の父様は、実のところはお前の父様ではないからね。ああ、お前は幼年であるというのに見事に悧発だね」

と中将の君は褒めました。

そして、それからさらに一年か二年、陸奥の守すなわち一家の父は幾年間かの任期を終了し、しかし尚、その適任者ぶりから国守重任とあいなって、すると新しい母子の会話が、ほら――。

「浮舟」

「はい、母様。なんでございましょう」

「私たちはさらに何年間かをこのみちのくに暮らす。どうだね、お前は、奥州訛りになぞ穢されてはいないか」

「言葉の色がでございますね。どうなのでしょう、そのように濁ったり黒ずんだり、しておりますでしょうか。もしも、母様、お気づきになるところがございましたら、どうぞお教えいただき、正し、叱っていただけたら、この娘はうれしゅうございます」

「叱れないね。どうにも叱る点がない。この母は心からお前を褒めます。そして、ほっと安堵しました。たとえばお前の父様、猛者で知られる陸奥の守殿は、だいぶ無様なあんばいになってきたから。まあ、あの方はこの武門の輩に立ち交じって渉りあうのが務めだから、訛るのも致し方ない仕儀だけれども。ただね、お前の上のほうの兄姉たちが皆だいぶ京言葉を忘れ出しているものだから」

「浮舟は、気をつけます」

「ああ、気をつけるがいいよ。お前はなにしろ一家で唯一、血がやんごとないのだからね」

「血が、貴いのですね」

「父様ゆずりのものがね。つまり、だいぶ違う父様より継いでいるものがね。つまり、受領として陸奥にいるのではない父様の――」

「あの、母様」

「どうした」

「そちらの父様と、母様と、私と、これら三人の血縁も、やはり一家なのでしょうか」

「そうではない」

「そうではないのですか」

「一家にはなれない。やんごとない父親がね、宮様がね、お前を認めないのだから」

「私を、お認めにならない――」

「そう」

「浮舟を」

「『娘にあらず』と拒んだ」

と言うや、母の中将の君は無言に落ちました。

聡敏な子の浮舟も、それに合わせて黙りました。

沈黙に没(しず)み込みながら、母のその両目は、炎(えん)、と燃えあがる灯火のように光りました。

また、揺れました。

やがて――。

「浮舟よ」

と、母の重い口が開かれます。

「浮舟よ。わが愛する女(むすめ)にして、男女(むすこむすめ)のうちでただ一人、やんごとなき血を受ける子よ。私は平生(へいぜい)よりお前を、叱るよりも褒めて育てるようなことができました。それは、浮舟よ、お前がなにしろ聡明に生まれついたからです。そして今は、さあ、叱るのにも褒めるのにも先んじて教えます。私は、お前の母のこの私は、裏切られたのです。恋に裏切られたのだし、恋した男(ひと)に裏切られたのです。そこからの訓(おし)えと戒めというのが、私にはある。それをお前に教えます」

「お願いします、母様」

「お前は私の子であり、しかも私が一等初めに妊んで、産んだ子であり、しかも女(むすめ)です。ですから、私の運勢なり宿業なりというのは、お前の運勢なり宿業なりとなるでしょう。わかるか。お前は裏切られます」

「私は裏切られますか」

「はい。浮舟よ、将来お前は、――お前もまた裏切られるのです」

「それで、母様、訓えと戒めとは」

浮舟は真剣に訊き、これに母の中将の君は、面を伏せることなどなく対峙しました。

「その訓戒とは」

と、言いました。

「お前は裏切らずに、けれども、お前以外の裏切る女たちを用立てるのです。このことは、こうも言い換えられます。裏切る女たちには使いでがあるのだと、お前は早々に学んだほうがよい、と」

「それが、母様、私の修めるべきことなのですね」

「いかにも。それがお前のするべきことなのです。さあ、この母が範を示しましょう」

　奥州で、有力な武門同士が覇を争う時に、これらの土着の武士たちの一族一門はみな、国守には恭順の意を表わす。けっして国府に弓を引くようなことはせず、また謀らず、むしろ揃って国守に阿る。それぞれの一族一門がそうであり、主筋の家長の、その妻子もそうである。妻子、このうちの妻を、中将の君が「もてなしたいから」と国府の館に迎える。親交を深めることが名目で、多賀城まで必ず一度は足を運ばせる。そして実際に昵懇となる。だが、これらの妻同士は敵である。もちろん妻と妻とが顔を合わせることはない。みな、別々の折りに中将の君と交わり、語らい、それぞれにこの「陸奥の守の賢妻」の心腹の友となったのだと考える。しかし、もしかしたら、他家の妻のほうがより懇ろな付き合いをしているのではないかと不安になる。そこで、より親密になろうと画策する。もとより敵である他家の、畏まった仮面の下の「国守に対する叛意」というものを探り出し、また、探り当てられなかったならば捏造し、夫なり夫の補佐役である武人たちにも協力を頼み、罠も張る。そうしておいて、密告する。これは中将の君に言いつけるのである、もちろん。この過程で、さまざまな裏切りがある。数にして、四人の妻が裏切った。

あなたたちよ。

聞きましたね。そして、わかりましたね。四人の女が裏切ったのだ。奥州で。そして、どうなったか。そうした謀りが波瀾をもたらさぬわけがなかろう。あちらの武門が嵌められ、こちらの武門が欺かれた。私合戦はたちまち拍車がかかり、四つの武門が一対一ならぬ一対二だの、二対二だの、三対一だのとなって争った。潰し合いとなった。四つの武門が、三つとなり、二つとなり、敗走しないのは一つだけとなる。

その一つの武門は、疲弊している。

そこに、出羽の国より、ここまでの縺れに縺れた戦さには参加していない武門の軍勢がやってきて、生き残りの一つを叩き潰す。

そうして、どうなったか。

敗北して所領を奪われた武門では、大将の首は獲(と)られましたし、家中一同もまた同様。

妻も、殺されるか、辱(はずかし)めを受ける前に自ら命を絶ちました。

妻たちも。

その四人が。これらの波瀾の渦中に順々と。

ほら、裏切った女は死ぬのです。

奥州だけではありません。中将の君を母とし浮舟を子とする一家は、父、陸奥の守がその二期めを勤めあげると京に戻り、しかし父が常陸の介となることで今度は東国に下るのでしたね。ここでも荒ぶる武門が一つならず七つ八つと根付いています。しかも同族同門に拘らずに「党」を興して連繋してもいます。そして国府で、中将の君がまたもや妻たちをまちまちに招き、もてなすのです。

私は、ここでひとこと言い添えましょう。裏切られたことのある女は、裏切る女に敏感なのだ、と。ほとんど目敏(めざと)いのだ、と。

結局、東国では七人の妻が裏切る。

そして、そうです、また常陸の国内での波瀾があって、みな死にます。

裏切った女は死ぬのです。

そして東国は、常陸に限定してではあったけれども平穏無事に治まる。

そして、後は——。

一家は京に帰るのです。浮舟を子とし、中将の君を母、常陸の介を父とする一家は、その父が勤めあげたところで都上りするのです。常陸でも国司の長を重任しまして、一家がみちのくと東国で過ごした歳月は、一時の京滞在を考えに入れねば二十年近い。すなわち浮舟は二十歳ほど、たいそうな美姫になっていましたから左近の少将より求婚されて、だがこれが大きな問題を生じさせ、母の勧めで異腹の姉たる中の君のところへ身を寄せ、と、その二条院というのは主人が匂の宮でありましたから、この親王に見つけられ、口説かれます。

さあ、語り了わりました。

物語は、二度、こうして口にされたのです。

しかし——。

どこかで手短かに話しすぎましたね。私は。一度めの語りに対して随分と隙見はできたはずですが、どうも私は先に先にと進むことを優先しすぎた。その母と子のまわりで女たちが続々と裏切るのを一気呵成に感得してもらおうと望みすぎた。

そのために語り落としがある。

では、戻りましょうか。そこに。

——戻る。

いや待て。私は戻るとはなんなのかを咀嚼し、あなたたちといっしょに細嚼（さいしゃく）しなければならない。なあ、そうだろうが。この私、藤式部は物語のここなる部分は二度語ったのだ。それが、さらに戻るというのならば、これは二度めの次ではないのか。

三度めではないのか。

なあ、そうだろうが、あなたたちよ。

だとしたら二度めの語りにはなかった不思議が顔を出すことになる。間隙（かんげき）から、その顔を顕（あら）わすことになる。で、それはなんなのだ。知るためには、あなたたちよ、私は戻る。

そして語り手の私が戻るのならば、避ける手立てもないままに聞き手もな。

ほら。

見よ。

陸奥の守がいる。重任した陸奥の守だ。すでにみちのくに居を定めて六年七年になる。

こののちに常陸の介となり、東（あずま）に任国を得る。

だが、肝腎なのはその前だ。

あるいはこれらの説明と説明の間だ。

覗き見よ。

武装した郎等を引き連れているのだが、他にも武士たちを伴っている。誰か。出羽の武門に属する者たちだ。武門の長、その人もいる。騎乗している。これは浮舟の父親である陸奥の守も同じこと。騎馬の軍勢となっている。が、全き武者集団というのではない。修理の職人たちもいる。大工に少工が。

陸奥の守と出羽のその長者と、この二人を先頭に、奥州の要所を回っている。くどくどしい説明は要らないだろうが、出羽の国にその地盤を置いていた武門というのが、いまや隣国の陸奥にも進出した。こちらの、三つ四つの同じ性格の兵勢がすでにみな潰え、出羽のその武門こそが所領を奪っていたのだから。独り勝ちだったのだから。

こうした進出を陸奥の守は許した。

黙認した。だがむろん、国内の所領からの貢調というのは変わらず出させた。納めるものを納めれば黙過するという態度だった。しかし、それだけでない。「ともに国を見て回ろうぞ」とまで言った。

在地の武門が一つであり、この一つとだけ交渉して多賀城にて政務を執っていればよいのならば、これに如くはない、と考えていた。

手を組んでしまえばよいだけだ。

この出羽の一家一門とその眷属にも系図に連なる蝦夷というのはあった。土地を支配するその過程で、あえて「夷(えびす)」の有力者の女(むすめ)を家に迎え、あるいは反対のことを行なうというのがあった。「夷」の伝統というのも承知していた。そこで、出羽から進出してきたその長者は、陸奥の守に助言した。いや、朝廷の威光に対しては恭順であるとの姿勢をとっているのだから、助言というのではなしに進言した。

陸奥国内の神社を巡拝し、そして、「荒れた社(やしろ)をわれらで修復いたしましょう」と申し出た。

「国直(くになお)しか」

「そこから始まります」

云々と、奥州訛りで長者は言った。

鎮国(ちんこく)か、とも陸奥の守は心慮した。

修理のために然(しか)るべき手順を踏んで本殿から神宝(しんぽう)を出す。加修や造営が終われば、また奉納し直す。陸奥の守と出羽の長者の連名で願文(がんもん)を納めもする。しかしこの時、奉(たてまつ)り返さない神宝もある。ほとんど一社に一品、ある。

種類としては武具である。

刀剣である。

しかも、柄頭(つかがしら)の奇妙に折れ曲がった、陸奥の守には見知らぬ種類の太刀(たち)である。

「なんだ、これは。まるで芽を出したばかりの蕨(わらび)だな。この握りは」

「はい、まさしく早蕨です」

「ああ。くるくると巻いておる。しかし、なぜ納め返さぬ。それを、どうするのだ」

「それを、引き継いでよいのです」

「ぬ――」

「それこそ佩いてよいのです。そうすれば襲受したことが証されます」

「何をだ」

「ここをです」

「何者としてだ」

「えびす」

「陸奥のえびすか」

「いかにも。そして、一社より一振りは授けられるでしょうから、私はこれを我が軍勢の精鋭にも佩かせましょう。そのうちの幾人かを、陸奥の守様、あなたの近習として分けましょう」

こう言った。

手は組まれた。

そして、その精鋭という者たちは陸奥の守がのちに常陸の介となり、東国に任地を得た際にも招かれる。同様の近習として招き入れられて、坂東八カ国に数多ある「党」の荒くれどもから常陸の介を警固する。浮舟の父親と奥州の結びつきは断たれず、早蕨の刀は、坂東武者たちを慄かせる、一種の印鑰めいた印となる。

蝦夷たち

二十七人が船上にいる。みな異相だ。頬骨が張り、鼻梁は高い、しかも鼻翼も広い、どう見ても本朝人の顔貌ではない。しかしこれも本朝人なのだ。何百年も前にこの日の本へ帰化していたのだから。にもかかわらず、その古昔からの血は一滴も濁らせずに保っている。別言すれば純血なのだ。これは本朝人でありながら純血種の蝦夷なのだ。

それが戻ってくる。

海路にてこの国に戻ってくる。この国家に。

が、そうした解説は謬りをも含んでいる。その幾百年間もの歳月、これらは本朝の内側にあり続けはしたのだ。ただし、外海に——いわゆる「大八州」からは離れたところに——絶海の孤島に。この島こそは最遠流、すなわち最も重い流罪であるはずの遠流を超えた刑の執行に用いられた。これが適用されたのは異朝からの侵寇者に原則限られて、しかもこの百年余、何人にも適用されずじまいとなっていた。ゆえに忘れられた、その島があり、しかも本朝に属してあるという事実を。この百有余年に——大多数の本朝人から忘れ去られた。よって、さきほどの解説は誤謬はあるがやはり成り立つ。「それが戻ってくる。海路にてこの国家に戻ってくる」――。それ、蝦夷が。二十七人が後(あと)にした離れ島には、これら純血種の蝦夷と鬩(せめ)ぎあう一派もあった。異朝人たちであり、要するに流刑者たちの末裔であり、さらに言い換えれば異朝の海賊どもの末裔である。父祖の出身は新羅(しらぎ)と女真(じょしん)、しかし、とうに血は濁らせた。子孫繁栄用の「本朝人の女」を供されて、交雑し、混血種になりかわっていた。視点の置きどころを変えるならば、本朝人の雑種である。同じように蝦夷たちに対して、視点を変えることはできたか。否。こちらは無垢だった。島には、海端(うみばた)に開けた大規模な村に、少数派として居住する本朝人がおり、また山陰道の本州側から交易や交渉、差配(さはい)に訪れる人間もあったのだが、交雑することは一度もなかった。ここに言う本朝人とは、蝦夷たちとは出自を異にする本朝人である。もともとの本朝人である。それとは血を雑(まじ)えなかった――この、本朝人でありながら純血種の蝦夷である者たちは。

　ところで、本当に一度もなかったのか。

あることはあったし、しかも二度三度どころか、十度や二十度は幾百年間にあっただろう。しかしその後に葬り去られたのだからやはりなかった。一滴でも濁った血統は、親子ごと葬られたから。ここには悲恋があり、悲劇があり、陵辱、復讐、非情の処分がある。そして、それらを伝える昔話はごまんとある。この「ごまんとある」古(いにしえ)語りは何世代にもわたって伝えられて、すなわち同胞間に共有された。受け継がれた——さながら血が濁らずに継ぎ足されるように。

この伝承により、結果として継がれるものは何か。

歴史だ。

実を言えばそのようにして受け継がれるものこそ、歴史なのだ。

ここでは歴史が物語の形を採って代々伝えられている。あるいはこうも言い換えられようか。歴史が、物語という器を憑坐としているのだと。

船には監督者がいるが、二十七人から会話の自由を奪ったりはしていない。もとより二十七人は虜囚ではない。それでは何なのか。二十七人は、納められる年貢なのだ。今年は豊作だったからこそ、こうして二十七人もが船積みされた。この殺人の上手たちが。そして荘園の本所にさしだされようとしている。

監督者は坊主である。

ふとりじしの僧侶である。

島が、寺領であったからだ。この僧侶にも武具は似合いそうだが、しかし二十七人ほどではない。むろん。

では、この物語のこの章段は、二十七人にこそ集中しよう。みな、船上で禁じられているわけではない営みに耽っている。二十七人は打ち語らっている。それも車座になって——さほどの大船ではなかったから輪の形は崩れ、ところどころ膝詰めも生じていたが——、全員で。しかしながら均等な言葉の応酬というのは、実は、ない。それならば誰か一人二人が中心になっているのかと思われようが、実は、中心というのも定まっていない。海路を徹してその語らいは続けられたのだが、座の要の人物というのはつぎつぎ揺蕩った。まさに海上の波に似ていた。

そう、二十七人はいたのだ。船上にその二十七人はいて、みな本朝人の基準に照らせば異な風貌であり、さらに個々人の面つきには眉が濃い薄いだの目尻が上がっている下がっているだの、同様に鼻や口、耳がどうだのといった特徴があって、いわずもがな一人ひとりの名前があった。しかし、それは、小さな名前である。大きな、すなわち大いなる名前に比較すれば取るに足らない。その大の名前とは、蝦夷である。二十七人は総称としての蝦夷なのだ、と、こう説いてよい。

なんとなれば二十七人の誰が語っても、ここでは蝦夷が語っているのだから。蝦夷の歴史を、蝦夷が語っているのだから。「順繰りに」と説明すれば誤謬を含んでしまう順繰りさで、二十七人は昼夜の海路を徹しての語らいにひたった。その古語りに。「口碑」というものの交換、共有に。いま、島を去るのだから——あるいは島より発つ暁となったのだから——確認されなければならなかった。

この一隻の船に歴史を乗せなければならなかったのだ。

「僕たちは石に歳を刻む。季節はいつもひと巡りし、終わったものは始まり直すのだから、そこで一と刻める。ただしだ、僕たちの祖は島に移配されてきた夏だか秋だかに、ただちに大石を掘り出して『一』と刻んだそうな。始まり直す前に『一』と。それは夏だか秋だかで、暑さで僕たちの祖をいたく驚かせた。僕たちの祖がこの一の歳に何人いたのかは不明だ。しかし男たちが半分いて女たちが半分いた。そこが俘囚郷なのだと言われ、海を運ばれ、移り住まされた。暖かい冬が来た」

「海はこの海だ。隔てる海だ」

「島は、もちろん島だ。逆島だ。それが俘囚郷で、その一の歳に暖かい冬が来て、ああ、以来、僕たちは寒い冬を知らないそうな。そうして僕たちの祖は、危うくそれが冬だとは気づかずじまいになるところだった。季節は巡りきらず、終わらないのだから始まり直すこともできないところだった。それで、翌る夏にやっと『二』は刻まれた。石はもうすでに、いまと同じ墓丘に立てられていた。あとで石は、つまり大石は、同じ材質の類いが三本四本と掘り当てられることになる。だって、要り用になったそうな」

「だが一本めには『三十八』までしか刻まれず、二本めでは『七十六』まで刻まれた。そして三本。そして四本」

「七本め。いまや」

「一本めが『三十八』で終わり、二本めが『一』から始まり直して『七十六』で終わって、その二本めの途中まで僕たちには髭があったそうな。それも鬚（あごひげ）四尺と言われるほどの長さだったそうな。もちろん男たちにあったのだし女たちにはなかった。それから女たちが相談してその四尺を切ってやり、剃ってやった。この二本めの途中までの夏は、僕たちの祖には暑すぎ、それはもじゃもじゃのせいなんじゃないかと女たちは考えた。もちろん、女たちにはもじゃもじゃはないけれども、男たちがそれで茹（う）だっているのならば、これを消せば解決するのだと合点（がてん）した。僕たちの血は濁らず、一つだから、男たちが感じることは女たちも感じるわけだ。そうしてその四尺は失われて、夏は耐えられる夏に変わった」

「髭はないか短いほうが、鎧兜をまといやすい」

「逆山（ぎゃくざん）に下りるにはな」

「僕たちは石に歳を刻むのだけれど、その大石の四本め、ちょうど『八十』まで刻まれたこの四本めの一の歳に、僕たちは文身（いれずみ）をやめた。それまでは顔にあったし、胸にあったし、肩にあった。それを僕たちは禁じた。そんなふうに彫らずとも僕たちは豪勇を示せる。このことを僕たちは祖の前で誓ったそうな。それは四本めの一の歳の春——」

「では五本めには」

「その一の歳の春に僕たちは僕たちに固有の結髪（けっぱつ）をやめた。僕たちはずっと、横に右（みぎ）左（ひだり）と髪を小槌（こづち）の形にまとめていたのに。男たちは。それを解いて、髻（もとどり）を結ぶようになった。あるいは面倒ならば、結ばないで垂らし――」

「別の折りにも垂らす。兜を着ける時に」

「いずれにしても出陣に、結うは不要だった」

「だが烏帽子は」

「僕たちはかぶらん」

「ほとんどかぶらんな」

「なのに、いまは」

「かぶっている」

「みな、かぶっているな。僕たちは」

「佩刀をして、烏帽子をかけ、肌に文身は入れず、髭はあっても顎から四尺とはならない。この僕たちが船上にいる」

「で、これは何本めだ」

「七本め」

「幾つめの歳だ」

「僕たちは七本めの四十一の歳に島を出た。たぶん戻ることはないのだそうな。これまでも年貢として納められた僕たちは、一人も帰りはしなかったのだから。ただ、いずれにしても、僕たちはこのために養われているのだそうな。父祖たちの代から大石の柱数にして七本め、ずいぶんと形(なり)を変え、しかし血は一度も濁らせずに、武者としての伎倆(うでまえ)はたぶん一本めの一の歳の祖たちを遥かに上回って。凌いで。そうして、隔ての海を渡り直すのだそうな。まるで冬で終わるものの次に、春より始まり直すものの来るように――」

「しかも豊作の今年は一挙に、二十七人もが」

渡った。

本州、すなわち大倭豊秋津島(おおやまととよあきつしま)に。山陰道のとある湊に。そこで下船して、その下船時は全員、烏帽子をかけていた。一見したところ二十七人が揃って尋常な本朝人に映った――その異相を除けば。それから湊にほど近い寺に行った。逆島を「兵(つわもの)荘園」として領している畿内の大寺院の、末寺だった。馬が用意されていた。二十七人のために二十七頭。世話役の沙弥(しゃみ)と童子(どうじ)たちも一人につき数名ずつが。二十七人のために二十七着の袈裟(けさ)も用意されていた。また、剃髪用の小刀も。受戒のための支度も調(ととの)っていた。二十七人は、この寺で、頭髪を下ろした。二十七人は、もう、どのように結髪する必要もまた事と次第によって烏帽子をかける必要もなかった。得度と同時に受戒して、禿(は)げ頭の法師である。

そして、馬上へ。

その寺より畿内をさすために、馬上へ。

この際に二十七人は袈裟でそれぞれの頭と顔とをつつんだ。二十七人がおのおの双つずつの眼だけを覗かせた。いわゆる裹頭の装いである。広く世に認知されるところの悪僧の恰好、そのものである。するとたちまち二十七人からはあの異相が消えた。たちまち、ほとんど隠された。いまや純血種の蝦夷たちはそのようにはいいい見えない。

山陰道を案内する務めを、監督者、あのふとりじしの僧侶が果たす。こちらは裹頭どころか「わしの威光を見ろ」とばかりに顔をさらしている。従者は数十人、そこには腹巻と小具足姿の武人も混じる。二十七人には二十七人用の、今度は旅中の世話役というのが付いた。なかなかの大人数となった。十七日の後に畿内に入り、しかし京中には滞在はわずか一夜、足をとめずに都の南をさした。

都の南、――南都だ。

北都である京に対して、奈良。

そこに、内々に言うところの「兵荘園」の領家、――本所たる大寺院があった。

この物語は寺院というものが武装することもあるのだと改めて説く。仏は祟らない。仏の本質は慈悲である。しかし、慈悲の集団である寺院は現に武装している。理屈も簡明に付されている。仏法保護、と。もちろん「保護をする」というのだから脅威がある。外側に仏法を脅かす力がある。これを再び簡明に、手短かに説けば、干渉する権力としての国家である。もちろん寺院は国家のために祈禱をする。あるいは国家を動かしている公家たちの、それぞれの氏族のために定められた各宗の各寺院が儀式を行なう。しかしその寺院が、この時代、国家からの自立を図ろうとしている。そうしなければ侵されてしまうのだ。聖域が、その高僧位の人事も含めて朝廷に干犯されてしまうのだ。しかも、この時代――物語の現代――朝廷のみが国政を担うのでもなかった。政の機関は増えていた。院庁なるものがあって、政務をつかさどる上皇がいて、干渉する権力が二重化した。いわば国家が二重化して、その核が暈けた。口を出される側にはたまったものではない。

ところで院庁は、多数の武官を誕生させた。

上皇のその御所を警固するための「北面の武士」というのを設置して、官位にして四位五位、または六位の下臈をこの時代の表舞台に躍出させた。

すなわち武士たちを。

上皇は、おのれ自身のための軍事的基盤を組織したのだ。

もちろん朝廷には近衛府を筆頭とする数々の衛府がある。官兵がいる。衛門府のその官兵を中心とした検非違使がいる。

そう、国家には国家の武力がある。

だとしたら、寺院――なかでも大寺院――が国家内で独立をかちえるためには、必要な措置は明白である。武力を持てばよいのだ。寺院というのが己れ自身のための武力を、軍事力を。仏威にさらに武威を足す。そうすれば——。

寺院もまた権力となる。

それが真の自立である。国家内権力。

二十七人は本所に着いた。荘園からの揚がりとして、本所である南都の大寺院に着いた。そこで消費されるのではなかった。そこで二十七人は、重宝されたし敬われた。二十七人は講師となったのだった。寺院には悪僧たちがすでにごまんといて、たしかに長刀術には凡下の者よりは勝る、弓術も訓練している、組み討ちもする。しかし、年に一度は必ず合戦をして鍛えあっていたわけではない、新羅人や女真人の末裔を相手に、それぞれの首を獲りあい、互いの喉や胸、腹を掻き斬りあっていたわけではない。幾百年間も技術と戦術を高めあってきたわけでは全くないのだ。

二十七人から見て、彼らの何十倍と数を揃えている悪僧たちは、ただの殺人の下手である。

もちろん、例年、年貢として納められてきた先人の蝦夷がいるから、この大寺院に属する悪僧たちは「上手とは何か」をまぢかに見知っていた。だが旧来、逆島から納められた少数の者は騒擾などの折り折りに、ただ先頭に立って闘わされるのが常だった。すなわち真っ先に消耗された。蝦夷たちは馬も巧みに乗りこなせたから、その点でも独自の役割が与えられて、結果、耗らされた。だが今年は違った。豊作の本年、二十七人もいの上手たちの出現は、時代背景——世の趨勢——からの要請もあってこの寺院の高僧たちに考えを改めさせたのだ。

ここに一人当千の兵が二十七名も揃っている。

そして寺の勢いはいま得なければならない。

保護、守りよりも、攻め。

何時でも蜂起できる武力、合戦をなしうる能力を、平生に蓄えておかねばならない。

ならば、堂衆は教育するに如くはない。

こうして武芸寮というのが設立された。その講師となったのが、二十七人。皆がみな異相の二十七人であって、指導にあたっては袈裟は脱がれて具足が鎧われた。指導を受けるのは、もちろん学僧たちではない、すでに堂衆だと述べたように諸堂に属した雑役の坊主たちだった。言い換えるならば、下級僧こそが武芸寮に入った。当然、選抜というのはあった。基本的な資質のない者は「法師武者たる天稟なし」として初めに弾かれた。こののちに二十七の班にふり分けられて切磋琢磨を開始した。

再度、二十七人に集中しよう。

二十七人は、おのおのの班で個別に寮生を教育したのだが、しかし同一のことを学ばせた。

弓箭、これは悪僧たちが「ごまんといる」状態の間は我流に毛が生えた程度だったが、武芸寮入りした堂衆には確実に射れるし射殺せる術として修め直させた。

騎射術も学ばせた。

その前に騎馬術を教えた。

その前に軍馬として使役できる馬をこの寺院に買い求めさせた。百頭、いや、二百頭。駄馬では当を得なかった。新設の馬場は武芸寮の付属とした。

二十七人は、また、おのおの二十七の班で同一の戦術を寮生たちに学ばせた。戦術とは、騎馬の軍団が核を持ち、この中核に対していかに動き、反応すればよいか等である。

また、二十七人は具足も籠手も脛当も揃えさせた。この寺院に購わせた。

二十七人は教えた。組み討ち術には読経も伴った。ここだけが仏法を保護するとの理念を閃かせて、他のところにはなかった。残りは全部、純血種の蝦夷流だった。

二十七のどの班においても。

それから二十七人は、ある朝、ひと所に会した。寺院内に三棟ある金堂のひとつに召し出されていた。そうやって集まってみると、二十七人にはやはり小さな名前などはない。あるのは大のそれ、蝦夷である。蝦夷の一集団として二十七人はその金堂にいた。この一集団以外には二人が立ち交じって接するだけだった。一人は、寺院でもほぼ最高位に近い大徳。いま一人は、寺院外の俗人。

ちなみに二十七人は全員が僧形である。依然、みな禿頭である。二十七人はこの俗人に目を注いだ。一人分の双眸しか持たぬように、斉しく。「商売人だ」と紹介されていた。「黄金を扱う商売人だ」と。それが金堂に似合いなのかどうかとは——金というのが共通するから——二十七人は問わなかった。

代わりに、この場面のこの直前に、二十七人は本尊の脇侍めいた梵天に目を注いでいた。そもそも三尊像しか安置されていない金堂には梵天のその立像はなかったのだが、あった。そして剣を握った像であったはずなのだが、講堂に祀られていた梵天像はそうだったのだが、なかった。なかった。いや、刀剣ならば構えていた。しかしそれが本もののの剣なのだ。実用に足る、実戦のためにも携えうるような新品の剣なのだ。おまけに異形である。まず、拵えにはふんだんに金が使われていた。次いで、形状が妙だった。梵天像に握られているというよりも「手を添えられ、構えているように装われている」と描写するのが正確なのだが、鐔よりも柄よりも下、その柄頭の部分がくるりと屈曲していた。早蕨のように巻いていた。

二十七人は、それに目を注いでいた。それに、そこに。

ただいまは商売人だという俗人に目を注いでいる。一人の男に。年の頃三十といった風体の男に。そして、この人物も顔貌は異相だった。もちろん蝦夷の二十七人ほどではない。しかし鼻柱は尋常な本朝人離れして高い。その頬骨はなかなか特徴的に張り出している。

二十七人は、みな一様に怪しんだ。これは何者なのか。

「はい、金屋にございます。僕が」

と男は応じた。

「犬百殿は」

と高僧が説明を続いだ。男を犬百と名指して。

「奥州の黄金を商っておる、が、奥州産の名馬というのも手配ができる。これは武芸寮にもありがたかろう。むろん、寮とお前たちとを宰領する私にもな」

「いろいろとお手伝いしうるだろうと、僕は思っております。京の都は五条住まいの金屋犬百、又の名を金売り偉奴人、どうぞお見知り置きのほどを」

「そうだ。見知れ」

二十七人が高僧に下知された。

二十七人は見ていたし、犬百の名も顔もそれぞれの心に刻んだ。

それから、ただ一本の視線であるような二十七人分の注視を受けて、犬百は、「ちなみにあちらが」と梵天像を指した。

御仏に無礼は働かぬように、手指は用いずに、顎のわずかな傾きで。

「奥州のほうからのお届け物にございます。まずはご挨拶、ご挨拶――」

金堂には、向きにして東に天窓がある。そこから、朝日が斜めにすーっと射し、あるものを煌めかせている。梵天の喉もとと胸を、異形の刀剣の本もの刃を映えさせて、さらに握りの装飾を。それを二十七人が見る。それを、そこを再度注視する。一本の太い視線で、完全に見知る。

そして、この場面の少し後でもいい、ずっと後でもいい、実際にそのどちらでもあったのだから「いつでも」と言っていい、二十七人は輪になって語らった。輪の形に、車座になって語らった。それは均等な言葉の応酬とはならない打ち語らいであって、古語りであって、にもかかわらず古さとも無縁な、最近なり最新なりの物語であって、そのいいい物語であるがゆえに歴史だった。これら逆島の――あるいは逆島出身の――純血種の蝦夷たちは、物語という器をこそ歴史の憑坐としていたから。そして、憑坐の口を藉りて、このように歴史は語られる。

継がれる。

「僕たちは七本めの石に『四十二』までが刻まれる歳に、もう島にはいない。かつて俘囚郷であった島を出て、本朝の臍のようなここに渡っている。あるいは年貢として移配され直している。ただしだ、そこで僕たちは何もかもを失ってしまったわけではない。再会もする。隔てていた海を越えて、陸路もはるばる南都に、そこで僕たちは思ってもいない刀に見える。その刀は、どう目を凝らしてもあれだと観察されたそうな」

「あれだ」

「あれだ」

「俘囚として朝廷に下る以前の、まつろわなかった祖たちの祖が揮っていたと伝えられている、あれだ」

「僕たちはそれを、島に、一振りだけ持っている。しかし使い物にはならない。刃は錆びていたし、それどころか全体がまるまる腐って形を崩しつつある。でも石室の床にそっと寝かせられているから、僕たちはそれはそれなのだと、特別なあれなのだと見知っているのだ。僕たちで見知っていない者は誰もいないのだ」

「そうだ」

「僕たちは『詣での塚』に参るから、そうだ」

「そもそも僕たちの七本の大石が並べて立てられている墓丘は、そうした古いものを祀る丘だった。石室の墓は何十とあって、いいや、本当の数はいちいちの塚々でさえ形を崩しすぎているから不明なのだけれども、葬られているのは僕たちの渡ってきた祖ばかりなのだそうな。隔ての海をいちばん最初に運ばれてきた男たち女たちだけなのだそうな。そのうちの一人が、いまでは崩れた大骨小骨に副えて、大事に刀剣を供えさせている。これこそ俘囚の長の証しとして、島の外どころかこの国家の外から携えられてきた宝剣なのだそうな。つまり僕たちの、その祖たちの、さらに祖との繋がり——」

「それは、当然、僕たちは断ったわけだ」

「四尺の鬚を棄てたように」

「文身をやめ、独特の結髪をやめたように」

「そもそも朝廷に服従しないということをやめたように」

「だから葬った。島の初代たちの墓に、初代たちとともに。これら『詣での塚』を末裔の僕たちは生涯に何度も詣でる。島を出るまでは。逆島を海路で発ってしまうまでは。いったん発てば、もう詣でられない。それが叶った前例はない」

「しかし」

「ああ、しかし——」

「僕たちは七本めの大石の四十一の歳に、同じ刀が顕われるのをみなで認めた。すると、こういうことになるのだそうな。僕たちは一本めのあの一の歳の、その前に戻ったのだと。それ以前というものに繋がれたのだと。なんと、僕たちは時間を超えたぞ」

切断されたものが戻る。

二つめの歴史が胎動した。

武士たち

この時代の仏教界の一角に金屋犬百は食い込んでいる。宗派の大本山として奈良にあり、強大な武力を擁することで国家内権力たらんとし、とうとう武芸寮というのを設けた寺院に。しかし、南都のこの大寺院への接触は多少前から図られていた。武芸寮の設立うんぬん以前に。

では、この物語のこの章段では、犬百という面妖な人物に集中するためにも少し戻ろう。

犬百は、当代の大多数の人々が逆島の存在を忘却していたのに、それがあると掘り起こしたのだった。俘囚を求めて、かつての蝦夷たちの裔というのを奥州以外の地に求めて、ついに記録から探り当てたのだった。しかも、そこは今では大寺院の所領だった。荘園として扱われていた。この大寺院というのが旧来悪僧の多いことで知られ、しかも、どうやら例年逆島から人間を連れ出していた。しかも一人当千の武者というのを。

ここまで突き止めてから犬百は名高い悪僧に渉りをつけた。悪僧の「名高い」とはすなわち悪名高いということだった。合戦を好み、武勇で以て知られ、だが上人との呼称を誰彼なしに強要して、従者をつねに四十人五十人は連れている。このうちの下人以外はみな、同様に武具を調える悪僧である。

商人であればどこでも出入りできる、というのが犬百の口癖であり信条、持論だった。商才とは、人に「取り入る」才である。おまけに、これもまた犬百の折々口にする持論なのだが、権力を志向する人間なり組織なりのあいだに「金屋嫌い」というのは存在しえない。犬百は、砂金こそをおのれの懐刀に用いて立ち回り、泳ぎ回り、上人からその同輩へ、その上役へと順々食い込んだ。武芸寮の創設もはやばや内部情報の段階で嗅ぎあてた。そこを宰領するのが寺内の何者となるかも。

嗅ぎ出した途端に関係をつけた。

商才とは人に「取り入る」才能だが、商売それ自体は「取り引き」である。取る、引く、そうやって互いの側に益するような交換が理想である。犬百は南都のその大寺院でほとんど最高位にあるのにも近い大徳と交渉を持ち、手持ちの駒というのはまだありますぞと率直に――しかし不敵に――明かし、さらには「僕が思いまするに、大徳様、いまの世には深謀が必要にございますね」と耳打ちした。犬百の商品には、一、奥州名産の金があり、二、奥州名産の駿馬があった。しかしまだありますぞと続くのだった。三、奥州名産の武家というものがあることを犬百は洩らした。これらの武士たちは、勢力としては新興だが実際の武威においては目を瞠らせるものがある、西国や東国、すなわち坂東の一門にも引けをとらない、あまつさえ新興にもかかわらず大いなる由来端緒があって、古さに連なる、奇しくもこの大寺院とも連なる、「たとえば武芸寮の縁起というものには、数百年を遡って連ねられますが」と説いた。口達者にというのではない、むしろ抑制を感じさせる飾らない物言いで。しかも犬百には、示せる根拠もあった。

そうして犬百は、一と二とで商売をし、さらに三でも力を協せる言質を得た。

犬百は、俘囚の所縁である刀剣というものを、まず付け届けた。これもまた奥州名産として——。

付け届けといえば、それは犬百得意の「取り入る」術でもあった。犬百はこの時代の仏教界の一角に、いま解説した手順で食い込んでいたが、しかし狙っていたのは神仏の領域だけではない。政界からも目を離さなかった。たとえば、摂関家への付け届けというのはとうに済んでいた。たとえば、それが馬である。体高が八寸にもなる葦毛の大型馬が、今日もまた関白邸の厩でゆうゆう秣を食んでいる。が、その後も続々付け届けられたかといえば、そうではなかった。節度が保たれた。なんとなれば、犬百は政情を見据えていた。

現関白は、上皇との関係が宜しくない。

院庁で政務をとる上皇との。

だとしたら、その貴人に「取り入る」羈は一本二本でよい。そうすれば、いざ不要となれば切れる。断ち切れる。

もちろん、情勢いかんではひと息に百本余の羈に増やすも——。

このように、仏教界があって政界があって、まさに波瀾含みの現代、犬百は双方を見据えて行動している。このことを少し戻って解説した。それでは物語のこの章段は、さらに犬百に集中するためにも前に進もう。なにしろ、戻って隙見(すきみ)をしていては切りがない。物事と物事の間、すでに語られ了(お)えた場面の間隙(かんげき)を覗き見ては、果てしがないのだということをこの物語は学んでいる。

いま、犬百はいずこか。

南都にはいない。

北都、すなわち京にいる。

それも洛中にいる。

それも車中にいて、牛に牽(ひ)かれて移動している。

三条をさしている。

詳述するならば三条東洞院(ひがしのとういん)である。そこに目途の屋敷がある。

そして、なんと異様なことか、犬百は女車(おんなぐるま)に乗っている。その女車は幾度か同じ屋敷を訪ねているのだが、その時は本ものの女性(にょしょう)しか運ばなかった。

犬百は、そのように女車を擬装に用いて、しかしながら色恋のために忍んでいるのでもない。

車中、犬百は冊子を紐解いている。

その装幀、豪華である。

乗車しながらの読書だが、これは初読ではない。条りによっては目を通すのが三度め、いや四度め――。

先を急ごう。

犬百は着いた。

ここからがまた怪しげで、犬百は帔を垂らした。つまり即席の女装をした。しずしずと歩いた。

前に進もう。

犬百は廂の間よりももっと内に通された。むしろ、密談も叶うほどの奥に通された。そこで屋敷の主人である姫君と対面するのだが、あらぬ疑いは女房連中にも持たれぬように遮蔽物は当然ある。御簾がもちろん垂らされている。主人のほうの側仕えをしている女房はごく少数。――正確には二名だけ。そして、この場面で、本来ならば褥に臥せっていなければならない若い女人は起きている。起きて、御簾越しに犬百と向き合っている。

この場面で、女人は、重病人を演じるのをやめている。

いっぽうの犬百はといえば、商売人であることをやめている。あるいは、表向きは商売人であるというその演技をやめている。ここでは商才は揮わずに、しかし「取り引き」そのものには没頭した。

犬百は言った。

「この第三帖の、刀剣の描写、見事です」

と。

すると長押から垂らされた御簾を透かして返答は即あった。

「実物を見て、書かせたものですから」

「ああ、僕は名前をうかがいましたね。宮仕えの、ちどりという才女でしたか」

「はい。物語をしたためているのは。あれはいまの世の紫式部になろうとしているのです」

「その才媛が風変わりな刀剣の観察というのをしましたか」

「ええ、ここで、お借りした一振りを」

「紫苑殿」と犬百は続けた。正面にいることはいるのだけれども声と影でしかない姫君に。

紫苑の君に。

「よろしければ、この刀剣、ここからは『早蕨の刀』で通されてしまってはどうか。つまり、四帖めからということですが」

「よいかもしれません」

「では、お伝えいただけますか」

「作者に伝えましょう」

「つまりちどりに」

「あれは麗景殿のほうにおります。私の異母姉上に仕えております」

「だからこそ当代一、二を競う文才か。野心もあるようで頼もしい。僕はね、これを求めていたのですよ。つまりね、紫式部による、武士のための『光源氏の物語』なり『紫の物語』なりを。ねえ、紫苑殿――」

「私も紫苑であり、かの物語に連なりうる紫の縁ですよ。私も、そうです、求めていたのです。それに、そうです、私には欲があるのです」

「近衛の中将殿の、ご顕達ですね」

「中将建明様をそのようにしてさしあげられる補佑の書冊を、そうです、求めていたのです」

「それはそれはもう、大いなる本だ」

「私たち二人にはどうやら、本当に利害通ずるところがあるようですね」

「ありますとも」

「ですが、まだ読者が足りない」

「流布(るふ)は、この僕に任せていただければ」

「では安心して」

「中将殿の内裏(うち)でのさらなるご登用に関しましても、事情はつねに最速でお探りいたします」

「そちらも安心して」

「流布は、始めてしまってよろしいですね」

「構いませぬとも。もともと私が本をほしいのですし、あなた様が本をほしいのですし、みなが本をほしいのです。ねえ、奥州の武士(もののふ)がたは、ほしいのでしょう」

「ほしいのです」

「そうでありますね、犬百様」

「はい。そもそも犬とは、密使でございます。姫君。――京はここ三条東洞院の姫君」

利害通ずるという紫苑の君の言葉を犬百は反芻した。すなわち互いに益ある交換(やりとり)。三帖めまでが形になった宇治の、憂(う)しの物語に登場する太刀(たち)を以降は「早蕨の刀」と命名させると約束をとりつけて、しかしその際に「まつろわぬ刀」との異名は口にしなかった。すでに犬百は南都の大寺院に、この、まつろわぬ――早蕨の刀を入れた。付け届けることで、堂々と先方の深謀の一環としても入れた。諸国の古社には相当数を奉納して、しかもまだまだ入れさせている。が、それでも足りない。その足りなさとは、何か。

その足りなさとは、古事めいた根拠、つまり物語なのだと犬百は知っている。犬百こと、奥偉奴人百成は。

ああ、いずれの御時にか――。

海賊たち

さて海賊たちの動向はなにゆえに見落とされているのか。なにゆえに書き落とされ、これほどまでの長きにわたって語り落とされているのか。

由見丸の成長が実にものすさまじいからである。

目覚ましいからである。

その証しは一つ、二つ、三つと描写しうる。

一つは勾玉で。

一つは海城で。

一つは「標」と女たちで。

ならば順番に描いてゆこう。

勾玉ならば、もともと由見丸は所持している。瑪瑙製のものを、首に下げている。玉のその一端には孔があけられているから、そこに、緒、すなわち紐を通して。しかしながらその数が増えている。琥珀の勾玉があり、それは黄の色彩を具え、硬玉のものがあり、これは緑白色を具備し、それ以外に紅水晶製のも碧玉製のも。一種類の素材から一個の勾玉を造形する、との定め事はなかった。たとえば瑪瑙製を挙げただけでも、実際のところ、すでに三個あった。彩なす模様はもちろん違えているのだが、この素材からの造形物ですら三個もあったのだ。そして首飾りに仕立てるための件の緒はといえば、いまや一本では足りない。四本ある。その四本もの緒のおのおのに七もしくは八個の玉が通されている。

吊るされている。賑々と。

その緒の一本ごとに七もしくは八個ある玉のおのおのが残らず歯形である。人類の歯を象る。しかし異類の生やした歯牙であるかのように、寸法は何倍も大きい。

御玉である。

すなわち由見丸は、いまや、ものすさまじい玉の緒でその首から胸先を飾っている。

これを由見丸はいかにして手中にしたか。

言わずもがな、他のサカイの神から譲られることを以て、である。

そして、その譲渡はもっぱら暴力的に為されもして、である。

神に祝われた人間のみが歯形の御玉を預かっている。あの、外海の、俗人禁足の、加えて説明するならば女人禁足の、所在は厳秘に付されて明かされることのない冂の島に上陸した男衆のうちの、極々わずかな人間のみが。当代にそうした「預かった」人間は、数十人いる。神として算えるならば数十柱いる。事実、それらの数十人であるところの数十柱はどれも同じサカイの神である。そこで由見丸は、その数を減らしにかかったのだ。その結果として、勾玉を集めたのだ。戦利品と形容すれば話が早い。神による神々殺しが、この西国の内海で行なわれたのである。――それも一瀉千里という勢いで。

由見丸は他のサカイの神々を、狩った。

「おれが思うに、一人でいいんだよ」と言って。

葬った。つぎつぎと。

そして帰するところ、御玉は譲渡された。

当然ながら抵抗はあった。当然ながら拒まない神は絶無、――一柱も、一人もいなかった。ちなみに「一人」と算えるべき人間としてのサカイの神々を、その外見から描写するならばこうである。麗容の若人がいるが、禿頭の老人もいて、さらには隻眼の四十男、そうした負の特性を有する者を列叙するならば痘痕、眉毛長、五重顎がいた。その様形と出立ちが怪しげなるは半数はいて、頭髪を腰までどころか膝裏あたりまで伸ばしているために「御髪丸」との尊称を得た者、また、女装束をこそ正装とする「白々拍子様」なる異形の醜漢もいた。しかし異形という点では、実のところ、由見丸のその頭に及ぶ者はいなかった。いま現在の由見丸を美醜の視座から説けば、たとえば目鼻立ちは整い、凛としていた。そこに、ころりとした後頭部が付されていた。歪なころり、異様なごろり。これを美醜の観点から描出すれば、——美しい。ひたすら異常に美しい。そして、一点、忘れてはならない厳たる事実がある。サカイの神として択び出された人間は、皆、夢をその頭に蓄える。夢をそこに湛える。すなわち頭部とはそこに夢を注いで満たすための器であり、その寸法は物を言った。しかも、最大の器の所有者は由見丸であると、これは一目瞭然であった。湛えられる夢の総量が違った。

そう、違いすぎたのだ。

差違であれば、さらにある。共通の項目とともに列挙すれば、これらはサカイの神々であるから人の世では永遠に成人せず、幼名を保持し、童形であり、要するに「禿げる」性でなければ長髪で、つぎの点で由見丸と違えた。

由見丸より若い者はいなかった。

もちろん、これは由見丸を仮に齢十五の人間視するならばである。この仮初めの定めを無理押しして持ち出し、引き較べた場合、誰も彼も由見丸より年長けていた。

その年嵩の、拒む神々を、一等頭抜けて年少の神が続々と狩った。

所帯を持っている神も幾人か、幾柱かいた。

由見丸は持っていなかった。

軍勢を揃えている神はいない。

由見丸は揃えている。

そして、ここにこそ決定的な差違は存した。そして、これは同時にあの「夢の総量の決定的な違い」というのに通じた。軍勢は、由見丸の意のままとなる海の賊たちから成り、ただしサカイの神々はいずれも賊党の氏族の出、そうした背景は共通していたが、由見丸の勢力はさらに「いかにも武士」といった輩を加えた。二十四本の矢をさす箙を腰に付ける、太刀を佩く、少なくとも軽武装の腹巻で鎧う、籠手と脛当をする、そうした一装束がさまになっている連中。これらが、矢倉を設えた何十何百艘もの船に分乗する。さらに尋常な海賊とは絶対的に異なるものとして、由見丸の勢力はその船団に馬船も加えていた。名馬駿馬を養う屋形を作り付けた海上の厩舎——。この馬船を用いれば陸の急襲が可能だった。言葉を換えるならば、揃えられた軍勢には人ばかりがいるのではない、鞍具足を調える馬もいる、そして人類か馬類かを問わず「御意」には従う。

名前もあった、これらには。

人呼んでシ衆。

その由来は何か。

船旗に、シ、と大書されているがため。大概の手勢の船が具えるその旗は、平均して横二尺縦二尺五寸の大きさで、そこに一文字、シ、とある。

これを人々は片仮名のシと読んだ。

実際は違った。それは片仮名では——仮名ではなかった。真名だった。

すなわち漢字。その漢字の、構成要素の一つ。

偏だった。

それは三水偏だったのだ。

船旗には片仮名のシならぬ三水が書かれていたのだ。これを掲げる舟船は海道軍に属しているぞ、と宣して。簡明に通知して。ならば海道軍というその由来は何か。

ごく単純である。

神、海道の冂太由見丸の、軍勢——。

そのことを謂っただけである。

これが人呼んでシ衆の、海道軍。

「シ衆で通せやァ」

一柱の神が由見丸に相対して言っていた。

「通すも通さないも」と由見丸は応じていた。「おれはどっちでもいいよ。構わないんだよ」

「構えやァ」とその神は言った。「シとさんずいって、ああ、あああッ、判別しづらいったら！」

「判別とか分別とかそういうの、おれにはどうでもいいことなんだよ」

「周りに迷惑だろうが」

「迷惑」

大変に珍しい考えを聞いたというふうに由見丸は復誦した。

由見丸と対峙するその一柱の神は、蝿を飼っている。ここで再び一柱の神を一人と算えて、物語はいまより人間としての神の外見を描出する。年齢は五十搦み。当然のことだが、譲る——譲られる——以前の勾玉を保持している。首から胸先に下げていて、これは玲瓏と冴える紫水晶製である。が、とりたてて他には特徴のない外観をしている。奇怪な出立ちとも無縁、容面は平々凡々、ことさら美麗でもなければことさら醜悪でもない。具備されるのは年相応の老いらく振りのみ。そして蝿を飼っている。

蝿を。

むらむらと集まる蝿たちを——。

「蝿だ」と由見丸は言った。

「どうかなァ」と相手の神は言った。

「どうかな、だと」

「わしのシ衆とは思わねェか」

「何を言ってるんだ」

「ああ、あれだったか。シ衆じゃなしにさんずい衆だったか。あああッ」

「だからさ、それはどっちだって構わないんだよ」

「それはしかしどうかなァ」

対峙する神は左手を持ち上げる。

おのれの鬢を払う。

親指と塩嘗め指――人差し指――で耳朶をぎゅうと捩じる。

と、蠅たちが急に雲霞のように動き出す。蚊柱じみた隊列を成し、合図した神の背後に顫つ。いつしか百匹以上の蠅がいる。

「蠅が」と由見丸は言った。

「だからァ」と相手が言った。

「蠅じゃないのか」

「判別しろや。青二才の神さんのお前さんが」

耳朶を横にひっぱる。

その合図で群がる蠅たちは痙攣する黒雲と化す。

ひっぱられた耳翼は、次いでひらひらと水中を泳がされるように操られる。

たちまち痙攣する蠅の雲も操られる。その神の頭上、一、二尺あたりから垂れる稲穂状となる。

「わかったよ」と由見丸。

「わかったかァ」

「蝿なのに手下なんだな」

「わしの軍勢とはこれ也」

宣言するや、蝿を飼う神は忍び笑いを洩らした。くつくつ、くつくつ——。ひと頻り笑い終えるや、そして語り出した。

「芸をな、仕込んだわァ」とどこか厳かに言った。「もちろんそのためには、餌だぞ、餌付けが要らァ。お前さんにお前さんの好物があり、安芸の国人に安芸の、伊予の国人に伊予ならではの好物があるように、蝿には蝿の好物がある。腐った貝が好きなんだよ。巻貝、片貝、二枚貝、の、腐り初めの肉と紐とが一等好きなんだよ。他にはな、もっと玉食に位するもんもある。黒鯛の内臓だ。美味そうに集るんだなァ。蛆もわんさか涌いて！ 一目見りゃあお前さんにも分別できるように、こいつらは種類でいったら青蝿だから、わしは雅やかな名を授けてやったよ。この軍勢になァ」

ふいに蝿を飼う神は黙る。

何かを待つ。

しかし由見丸はそれに——相手の期待に——応えない。

「訊けや」痺れを切らして神は言った。

「なんて」と、こちらも同じ神である由見丸が冷ややかに返した。

「その名前はなんでございましょうって、訊け」

「なるほど。じゃあそうしてみようか」と由見丸は言った。「名前、なんだよ」

「わしはなァ、青蝿の類いだからこう名付けたんだなァ」

再び無言に落ち、しかし今回は由見丸が催促を受ける前に合の手を入れた。

「どう名付けたんだ」

「青蝿の葵一族って」

「お見事」と由見丸は褒めた。

すると蝿を飼う神はすこぶる満足げに手で顎を撫ぜた。右手を用いていた。これもまた合図だった。神の、その頭上から稲穂のように垂れる蝿たちの一群は、矢庭に「ここには無数の翅が具備されているぞ」と主張して、それぞれが刹那に一千回もブブブブッと顫わせて、蠢いた。

「わしは夢を見た」と蝿の神は言った。

「どういう夢を」

「誰かが囲碁を打っている」

「碁か」

「憶えがあるだろうが、青二才」

「まあ、あんたがそう指摘するなら、そういうこともあるかもな。葵一族を率いなさった旦那」

「うひいッ」

洩れる声とともに笑みが弾けた。

「シ衆に倣うたら葵衆だし、アの一文字衆だわい。さもなくば草冠の艸衆。さて、ところで憶えはあるじゃとな。愉快！　だとしたら訊かねばならぬが、誰が、いや何奴と何奴が、その碁打ちというのをしとるのか。どこまでわしの夢に顕ちあらわれる儘なのか」

「全部、その儘じゃねえかな」

「夢を保証するのかい」

「それ、おれの夢でもあるんだもの」

「棋戦のそちら側には、武士の長がいてなァ」

「ああ、いるいる」

「やすやす認めるとは、よもや、わしを小馬鹿にしとるのか」

「まさか」

「わしの夢のほうを認めとるのかい」

「もちろん」

「この長、この長者こそは、西国一の武家の棟梁にならんと欲して、碁石をばあちらにこちらにと置いとる――」

「そんなもの、なれるのか」

「お墨付きがないと、なれんなァ」

「どういう墨だよ。蛸のか烏賊のか」

「たとえば院宣」

「それは海の生き物か、山のか」

「京にいる生き物が出す、宣旨だ」

「京」

「その生き物が海賊の追捕というのを容認すれば、これでもう万々歳だ。はっきりと西国一だ、お上に黒々と墨を付けられてなァ。ほれ、繰り返してみよ。海賊追捕の院宣と」

「カイゾォクツイブノインゼェン」

「しかしそのためには、鎮圧される海賊が要るだろ。叛乱する大海賊が要るだろ。そのためには、それを用意せんとならんだろうや」

「なんだかおれには、企みのように聞こえるな」

「そりゃあそうさ。あの天慶の世の逆臣藤原純友このかた、大々的にお上に刃向かう海賊など現われなんだ。それを捏ちあげるんだもの」

「そりゃあ凄え」

「これぞ碁打ちの戦略のその精華なりだな。院の御所で開かれる議定に『例の大海賊、いかに平定すべきか』と上げられるところまで、事を進められるように戦術的に石を打つ。この誅伐を任じられた武士は、公に地位を得る」

「うん、すると」

「すると、なんだ」

「その武士の長が黒幕だ。でもこれって碁の戦さだろうよ。棋戦のそっち側に武家の企みがあるのはわかった。しかし、こっち側のことはどうした」

「それがまた、奇妙な対局だとしか語れんわァ」

「おれは夢を訊いてるんだよ。あんたの夢のことを。おれたちの夢の内容を」

「お前さんが打っとる」

「おれが」

「お前さんが打っとるんだろうが、こちら側では。青二才よォ、憶えがあろうが。この棋戦にはいかさまだけ準備すればいい、大海賊というのも一人二人の賊党の長者に演じさせておけばよいのに、シ衆だかさんずい衆だかの頭と見做されてるのは誰だ。なあ、その頭——世に言うシ頭と見分けられてるのは誰かって話だ。ほれ、その御玉」

蠅を飼う神は、腕は左右のどちらも動かさなかった。

単に一瞥、強力な視線を由見丸の胸もとに与えた。

そこにある、すでに四本の玉の緒。

そこに飾られる、すでに三十個前後の勾玉。

「なあ」と由見丸は言った。

「なんだァ」と蠅の神は返した。

「こういう仔細を知るために、あんたは幾つの夢を見たんだよ。幾十の」

「一度と言うても信じぬだろうし」

「信じないね」

「十度と言うたら多すぎると嗤うか」

「嗤うね」

「どうもなァ、負けは認めるしかないわ。シ頭、シ頭、そのおかしら、到底お前さんの頭のでかさには敵わんと、潔く認めるかァ。同じ夢は見られることがあっても、ちと寸法が違いすぎた。その夢の度外れたでかさ！　これが証左に、ほれ、シ頭のお前さんが従えた軍船という奴！　よもや現にて、ああした悪夢まがいを見るとは――」

「矢倉が、立派だったろ」

「ああしたものを拵えるなど、息を呑んだわ」

「大船には物見も構えさせたしな。でもな、あれ、もともとはヤ船の矢倉から拝借したんだ」

「ヤ船か。懐しい」

「ああ、あんたにも懐しいだろうね。おれたちはみんな、サカイの神となる前はヤ船という住居で波間に眠った。だから、ああ、懐しいだろうね。けれども武者連中の、船端を固めた楯は見たかい。この思い付きは、息を呑んだかい。あれは装いだよ。船それぞれの大鎧小鎧装甲だ。

「しかしお前さんの、夢の、でかさのためではある」

「あるのかな」

「褒められたんだから歓べやァ」

腕が動いた。右、左。翻った。

蝿たちは、蝿のみから成る「蟲の小柱」数本に変じて、流動した。舞い上がった。舞い下りた。ふいに十四ほどだけ神の眉の間を翔んだ。その顔を霞みで覆った。仮に太刀を手にしてこの神に対峙するなら、斬ろうとしても斬れない神、と断じただろう。蝿の神威、と悸れただろう。事実、どこかで神々しい。その蝿を飼う神の両腕の流れに従い、向きを変える——あちらに——こちらに——手綱を引いているようだ。しかし由見丸は、

「やれやれ。蝿の奇瑞か」

とだけ言った。

「青二才」

「なんでしょう、旦那」

「いま一度だけ碁打ちの夢のその話柄に戻ろうや。お前さんに憶えがあって、そもそも夢裡では青二才のお前さんが打っとる夢に戻ろうやァ。幾つの夢をわしが見たのかは語れん。が、しかし、その合計幾度かの夢のうちの一つで、碁盤そのものも見たぞ。これをお前さんは、『そのことも憶えがある』と言えるか。うひひいッ。なにしろ、これなる囲局、でか過ぎてでか過ぎて、さあて、青二才の頭でも及ぶかな」

「その盤の名前は」

「国家」

「コッカ」

「日本六十六カ国をただ一つの本朝たるぞと見据えたところの、国家」

「ところで蠅を手懐けて、葵一族なんて御大層な名前の軍勢にした、理由は」

「蠅は、海にいるか」

「いるだろ」

「いや」

「いないのか」

「船に乗せればいるかもしれん。しかし海には棲まんのだ。島から船まで飛び来たるかもしれん。しかし元来はいかにしても海にはおらんのだ。外海で漂流すれば、見霽かす四方に島影はない、すると蠅は来んのだ。それを、それをだ、つねに手もとにあるものとする。これ、希望なり。つねに群がって涌き生ずるものとする。これ、陸の力を掌中に収めて島々と接続させる、海の神ならではの救いなり」

「そういう理屈か」

「感心しろやァ」

由見丸はとりたてて感銘は受けなかった。

由見丸は停めていた時間を動かした。

単に、真後ろに控えさせていた武者の一隊に合図を送ればよかった。右手をひゅいと動かして。それで万事がたちまち休した。矢は、幾本も幾本も射出された。なかには鏑付きもあってヒュウと鳴った。ビョウビョウと叫きながら走った。だがどの矢も蠅を飼う神の頭部か下半身しか狙わなかった。蠅たちは、狙われたにしろ狙われなかったにしろ、刺されなかった。その神ばかりが射据えられた。一度膝をガクと折り、それから二度膝をガク、ガクリと折り仆れた。それで終わりだった。由見丸は、蠅たちが散るのを待つ。事実散っている。もう三十四もいない。二十四も、十四も。由見丸は歩き出している。先刻まで対峙していた神が、もはや両足で立って対峙はしていないところへ。頽れる死骸となった場所へ。その骸の、胸もとの、征矢には疵つけられなかった紫水晶の勾玉に手をのばし、短刀で緒を、紐を切って、奪った。

また譲り渡されたのだ。

それからこの湊(みなと)が落ちる。蝿を飼っていたがいまでは蝿に去られた神のいた湊が落ち、この神を生み出した氏族の海城が続いて猛襲を喰らう。ここから、由見丸の成長が実(げ)にものすさまじいものであるし、ものすさまじいものであったことの証しの、二つめが描写される。一つめの勾玉に次いだ二番めこそは、海城である。たとえば以下のように算(かぞ)えられる。一城が陥落したのだし二城が陥落したのだし、三城、四城とどっとシ衆が手に落ちたのだ、と。そのたびに海上交通の要衝は、その神、そのシ頭とも通称される一柱の神の手に帰したのだ、と。

再びこの物語は解説しよう。海城(うみじろ)とはなんであったか。土地や人によっては「島城(しまじろ)」とも呼ぶ。その名が体を表わしているように要塞化した島である。こうした海城、あるいは島城を必要とするのは、言(げん)を俟(ま)たないが海上の武装勢力である。そう、海賊衆――。音に聞こえた存在だけでも、西国のこの内海に十は根を下ろしているという賊党である。ありさまとしては、東西南北、東と北は山陽道から東と南は南海道、そして鎮西(ちんぜい)までの間にまさしく群雄割拠した。どの賊党らも、その芯にあるのは一つの氏族、勢力の末端に至るまで同族意識を持っていた。それから勢力の範囲としての「海域(うみ)」を持っていた。その「海域(うみ)」の、一つ二つの根城として要塞化した島を持っていた。

海城である。

概して小島である。

時には鎖し固めた兵たちが群居する。

海の関門と言える場所にある。灘やら瀬戸やらの究極の悪所に。

そこを押さえれば、済むという難所に。

島からの眺望は、概して最高である。

井戸の掘られる島があり、また、飲用の水を湧出させぬ島にあっては近場の陸側に水所が確保されている。

こうした類いの拠点が海城である。賊党めいめいの「海域」に一、二城ある。稀にもっとある。

その賊党めいめいは、内海の東西南北に割拠する。

名のあるものが十はある。

ありさまとしては、こうだった。二度も繰り返したが、こうだった。そして、ありさまとしてはこうだったから、人の智慧がそれを生んだのだ。神。協約そのものであるサカイの神。その誕生は、どの氏族――海賊の母体――であっても同様である。氏族内から択ばれる、赤子が択ばれる、数に上限はない、ただし男の子でなければならない、ヤ船に乗せられる、それぞれの氏族ごとの特徴的な様式を有しながらも目的は同じだし必須の設備は共通しているヤ船に乗せられて、見張られる、呱々の声をあげて以降ずっと監視される、海上でのみ夢見るようにと。

陸では決して眠らぬ子供であるようにと。

だが三歳五歳で事故はある。

七歳九歳で不覚の事態もある。

それらは脱落する。健康を害して落伍する者もある。どうした事情か、殺害される者もある、祟られる者もある、陸上の夢の種たる穢れを強引に蒔かれる男児は多い。妖魅の類いがそうするのだ。「わたつみの神は要らぬ」と——。どの氏族であれ、齢十一は魔の年であった。十中八九は脱落する。

しかし一二は残る。

それらが十三歳十四歳になる。

十五歳になれば、それぞれの氏族が定めるところと天候海況、当人の体調等に照らし、適宜、サカイの島に上陸してよい。そこでも何割かは落伍する。サカイの神を夢に宿せないで。と同時に、サカイの神の夢を宿せないで。なかには海上ならぬ地上で寝るとの初体験の刺激に耐えられず、その衝撃を怺えきれずに夜明け前には落命している者もあった。

しかし残る者は結局、残る。

落伍せずに残る。

これらがそれになる。協約そのもの。神。一時代につねに数十柱が並び存って、どれも等しくサカイの神である者たち。言い換えるならば協約たち。

それが——。

続々狩られ、葬られた。

ほとんど狩られ終えられようとしている勢いであった。

だから海城は陥落するのだ。一城、二城、三城、四城と。否、誤解なきように言い換えれば、一城に二城を足し、その三城に三城を足し、その六城に四城を足して、と。ある氏族の出のサカイの神が一柱、あるいは二柱三柱と屠られるごとに、協約の廃棄は高らかに宣言されて、その神、あるいはそれらの神々の属した氏族の「海域」と海城が攻められるのだ。

にもかかわらず協約の完全破棄というのとは実相が違った。

二重の意味で違った。

まず以て、由見丸の意図というのは単に、神を一柱にすること——である。併存のありさまを劇変させて、「当代に現存するサカイの神は、おれだけ」にしてしまうこと、目的はこれである。すなわち協約は、この一柱だけならば残るのだ。

残るとは何を意味するか。

海賊衆の決裂はないことを意味するし、約束する。予見する。

次いで異なる場面と局面からの協約がある。それこそ盟を同じくするという種類の。これはもともと海城を持った一つの氏族と、そうした城砦は持たない一つの武家との間で結ばれた。後者は、陸に根を張る武門である。また、後者に言わせれば、根というものは地面がなければ下ろせない。しかしこれは海を知らぬ人間の愚かしい見解ではないかと察するだけの慧眼が、後者の長には具わっていた。そもそも海中には甘藻の草原があり、実際に根を張り、水中花を咲かし、障泥烏賊の卵まで多々と実らせるというではないか、と一族郎等を見事に説得できた。豪気あふれる髭面で、射芸においては西国一であると謳われ、齢は四十を越えて壮年に入った武士だった。この人物が、一人の海賊——濁声の持ち主であり一城の主である者と同盟を結んだというのが実態である。

が、そこにとどまらない。

右の解説でわかるように、由見丸のシ衆にこの濁声の賊首の根城は攻められていない。当たり前だ。シ衆の半数以上を構成したのは、初め、この賊首——にして城主——に率いられた氏族だったのだから。また、さらにいま一城、攻められる必要のなかった海城がある。これは由見丸を出した氏族の海城である。シ衆の、あるいは海道軍の頭とは、世に「シ頭」と言われる門太由見丸。出身の氏族を討たんとする必要はなかったし、その謂れもない。海城は攻めるの攻められるの以前に、シ衆側に与してくれればよかった。

そして、シ衆の度外れた圧力を背景に、はなからそうした。

なにしろシ衆には、旗揚げのとっ始めよりすでに武者集団が加勢している。

陸上の。

武門が援助している。ゆえに軍馬満載の船すら編制の内側にある。

共闘しない、というのはできない相談だった。

ここに瀬戸内海の海賊の二勢力の同盟、あるいは合体というのが実質的に果たされてしまった。シ衆は氏族の異なる賊党二つを束ねたのである。表現を換えて説けば、束ねられたものがシ衆なのである。同様のことがその他のうち続いた事局でも言える。この物語はいまに至るまでの解説に、一城が陥落したのだし、二城が陥ちたのだし、シ衆に猛攻されてさらに三城だ四城だとどっと征されたのだと繰り返し描写した。こうして算えた海城に、しかしながら由見丸の出の氏族の一城と、あの濁声の城主が支配する一城を足さないのは粗相である。

忠実で均整な足し算をしなければならない。

まず一城があり、次いで一城があり、そこに陥落組の一城と二城と三城と四城を加えるのだ。早十二城。じつは濁声の持ち主は実弟に統べさせる別の海城も持っていたから、この一城も足して計十三城。

海城があり、海城があり、海城があり――そのどれもがシ衆の根城である。

氏族たちめいめいは落城というのを経験しつつ体験しつつ合体した。シ衆と畢竟共闘した。たちまちシ衆に「呑まれた」のである。一つに束ねられる——束ねられたものがシ衆なのである。じき、これは西国の内海のその歴史始まって以来の事態だと疑う余地なしに判明した。なにしろ、こうした開展を考えた者はいなかった。瀬戸内海史上いなかった。

この開展を、しかしながら、当代の陸のほうに根を張る武門が謀った。ここが脈どころでもある。やはり、海はそれぞれの「海域」に根を下ろした人間たちに、束ねろ、束になれ、とは命じていない。とはいえ働きかけられて、一人が——「海域」を一つ領有した海賊たちの長が乗った。その謀略に、その戦略に乗った。囲碁のようなそれに。

陸の武門は、制海権、と考えていた。

海の賊長は、いずれ瀬戸内の海賊衆の皆乍らがその武家の「軍事力」として動員されることにより、国家権力に確乎と自分らの存在を認められてしまい、官職やら位階やらを得、将来にわたって利も得つづけるという密約を、面白がった。

例の協約がここに生まれている。ゆえに道を同じゅうして碁を打った。かつまた、神は操りうるとみて旗揚げの軍勢に自らの名は、氏は出さなかった。氏をおもてに出さないのは、近い未来に本当にお上から誅伐されたりせぬようにとの用心でもあった。よって一つの「海域」から内海のあちらこちらの「海域」へ、東西南北へと蜂起したのは海道軍。その頭は神名を有した生身の由見丸、海道の冂太由見丸となった。大神その人麾下の軍。

かく濁声の賊長が計図した。海上の一人の賊長が。

陸上の一人の武士の長は、海神の冥助にあずかり、陸の根を水中に張りめぐらすのを「興あり。愉快」とした。

「龍でも顕つか」と豪快に笑った。

シ衆は播磨にも淡路にも讃岐にもと順々造船の拠点を設けてゆき、これで軍勢を拡張もした。巨木を集めるのに一翼を担うのはもちろん陸側の勢力、すなわち武家、そして船大工と船鍛冶を供するのは続々共闘する海側の氏族だった。造船所では広葉樹と針葉樹が絶巧をもって船材として組み合わせて用いられ、軍船の大型化にも貢献し、その素材の混成には手を組む海と陸の象徴も仄見えた。また、陸上の巷では「それは陸地の樹を伐る海神である、巨樹の奉納を望まれる海龍神である、その海道や冂太すなわちサカイの長子やらと字をする人神は」と謳われた。

そして、大海賊が生まれゆく。

そして、船旗が続々立てられる。

そして、書かれた一文字はどれも同じ。

シ。

──シ。

──シ、──シ、シ──。

その三水偏のみが、爆ぜる。

西国のその内海に爆ぜる。海城という海城がその生身の神をおもてに出した大軍に、残りは四城、残りは三城、との猛烈苛烈な勢いで攻められる。実にものすさまじい、これが、これこそが、由見丸の成長記。目覚ましい。

そして、碁打ちの思惑違いが生じゆく。

蜂起した海道軍が他のサカイの神々を狩るのは、塩梅はよかった。由見丸が「大神その人は唯一でよい」との大義名分からその軍勢を御していると目されるのも、大変好ましかった。その由見丸にシ頭との異称が付された展開も。だがシ頭であるその神、由見丸の行動原理が真実そうであって、率いられた大軍のそれもそうであるとなった時、見込み違いは囲碁そのものに影響する。そのものとは、盤上に限られないもの、棋戦まるごと、対局の全容。すなわち局戯のいちばん外枠にも変容をもたらす。思惑が外れだしているとも認知できぬうちに、どうしてだか由見丸もまた打ち手になっている。勝負をする側に回っている──。

海城については具に語られたのだから、由見丸の成長記は三つめの証しの段に進まなければならない。劈頭予告したように、「標」と女たちなるものの描写の段に。が、これは勾玉と海城の双方の勢いというのを藉り、それが余勢を駆って語りはじめられるのが相応しい。さて、ではまずは、勾玉。この一番めの証しを斉しく装身具に様変わりさせる玉の緒は四本あって、その一本一本に七、八個が通されていて、しかも増えた。通されるものも通すものも爾来増えた。さる時点では、紫水晶製の通されるもの――勾玉――が最新の譲渡品、狩られしサカイの神からの戦利品であって、これを供出したのは蝿の軍勢を揃えた五十前後のあの神だった。由見丸はこれを、五本めに通した。通すもの――玉の緒――もその総数に勢いをつけたのだ。

そこに吊るされているのは一様に歯形の御玉である。素材は多様でも。人類の歯である。これらを由見丸は装っている。傍目にはどう映るか。輪を描いている玉の緒は、歯を七枚から八枚剝き出した異形の「口」に見える。そうした曲線に、垂れ下がる紐のほうが受けとられる。由見丸の胸部には、この装身具、この首飾りによって四つの「口」と未完成のいま一つの歯欠けの「口」とが生じるのだ。現出している。そして、いずれの「口」であっても歯は剝き出されているのだから、笑っている。

笑う「口」があるのだ。

それを由見丸は纏っているのだ。

どう眺めても薄ら笑っているか嬉笑しているか嘲笑っているかにしか見えない「口」が四つ。歯欠けも勘定に入れれば五つ。

その五番めの「口」には意思がある。未完成の形(なり)だから、幾枚かの歯を補いたいとの欲がある。欲望がある。「もっとちゃんと笑いたい」と頼んでいる。

乞われたことに由見丸は応える。由見丸は、一枚、二枚、三枚と増やす。多くなるごとに由見丸の力は増した。歯が生え揃い——生え直し——五番めの「口」すら大笑いし出すと、由見丸の勢いは頗(すこぶ)る付きだった。由見丸の、ものすさまじき成長記の二の段、証しのものとしては海城、これもまた甚(はなは)だしいこととなった。サカイの神々が狩り仆(たお)されて数を減らすのに合わせて、算(かぞ)えられる数を増した。シ衆の根城に含まれるものが、さる時点で十三城あったが、これが十四城になる。さらに二城がどっと足される。

すると畢(おわ)る。

西国の、その内海に、落とされていない海城はない。

シ衆が計十六城を所有し、幕は下りた。

そしてサカイの神は、神々はといえば、当代に現存するのは数十柱ではない。

一柱である。

その一柱が、由見丸である。

由見丸という一柱にして、一人である。

十六城もの海城をシ衆が持つ。そのシ衆という大軍勢を由見丸が持つ。シ衆に頭(かしら)として君臨しているから「シ頭(がしら)」なる異称を由見丸が持つ。そのシ頭は人並ならぬ後頭部を、巨大な頭(つむり)を持つ。人ではないのだから当然か。そして人神(ひとがみ)である由見丸は、その頭を俊敏に働かせる。速やかに考える。いったい、いまだ持たざるものは何か、と。

望みという望みでもなかったが、あらゆる「海域(うみ)」の落掌というのは成った。傍(はた)から見ての大望は達成された。

どの「海域(うみ)」にもおれという神がいて、通り、顕(た)ち、渡り、どの「海域(うみ)」にもおれという神しかいない。

サカイの神々というのはもういない。この一柱、おれだけである。唯一柱にして唯一人、そしてこの「海域(うみ)」もあの「海域(うみ)」もその「海域(うみ)」もと一様にシ衆に領された。構図としてはその、いい、一者に領有された。そして――。

これらの「海域(うみ)」と「海域(うみ)」と「海域(うみ)」と「海域(うみ)」、最低に見積もっても十はある領水が、いまだ一つの海となってはいないのはなぜか。

閉じていないからだ。

おれはこの西国に、十以上もの「海域(うみ)」は持つ。

おれは、閉じた一つの海は持っていない。

持たざるもの――。それを由見丸がとうとう意識した。鮮やかに痛烈にその頭(つむり)が意識した。由見丸は、唯一の大神には唯一の大海が要るのだと鮮烈に意志した。ころりとした特大の後頭部が、「でかい神一柱ぶんの『海域』」と望み、それから俯瞰したのである。鳥瞰したのである。聖なる視線を天まで翔けさせてから、下視したのである。すると認識された。それは生み出そうとすれば作せる、と。脹らみに脹らむ夢は同時代人には獲得しえない図を、俯瞰図を獲た。

この物語は、ここで、本朝ではこの時代に至るまで瀬戸内海などなかったのだと説明しなければならない。幾度か瀬戸内海という地名を用いたのは便宜的なもので、それどころか「西国の内海」云々の表現も同様であり、この時代には内海という観念がそもそも存在していなかったのだと詫びながら告白しなければならない。あるいは内海がなかったのだから、これに対置される外海もなかったのだ、とも――。もちろんこの時代の、この現代の本朝人は、西国には海があるという常識は具えている。数々の海があるのだという共通認識を持っている。播磨灘がある。周防灘がある。そして、ここが要点となるのだが、この二つがひと連なりの海であるはずがない。東西に遥かに隔たりすぎているからである。同じように燧灘があり、安芸灘がある。それらを一つだと考えていいはずがあるものか。そうした考え方を持ってしまっては、須磨と赤間関とが同一の土地にある、との理屈――屁理屈――まで捏ねられる。阿呆の所業となる。

よって、内海はない。

一つの海はない。

西国には数々の海が、さよう、「海域(うみ)」が順々あるだけで、一つの大海はなかった。往古からこの当代まで、本朝にそれは存在していなかった。瀬戸内海は。

だが由見丸は発見した。

サカイの神の視線(まなざし)は見出した。

俯瞰図で。

そして、そこからである。十以上もの「海域(うみ)」を束ねて、閉ざして、手に入れる。由見丸に宿った大望とはこれである。存在はしていない一つの大海を誕生させること、瀬戸内海を生むこと。それが現に大海としてあるのだと世の万庶(ばんしょ)、上下貴賤の人々に示すこと。こうした願望を抱いたのである。

その示現(じげん)の方策や、いかに。

それに関して由見丸は悩むに及ばなかった。由見丸の、その頭(つむり)を悩ませるほどの問題ではなかった。想い起こせばよかった。閉ざしている様相、閉じている様相の逆のことを。すなわち「開く」の実相を。喚想しうる体験を由見丸は持っていた。この神、一柱のサカイの神である由見丸にはあった。顧(かえり)みる追念の地とは、堺(さかい)の島。

「開く」ことの有相(うぞう)は、そこに、その時、あった。

深紅(しんく)の布が作った「標(しめ)」があった。宙に架けられた一枚の布が成しているそれがあった。そして、それは斬られた。横一文字に張られた布が斬られて、何かが闢いた。具体的には島から海への道が開いた。否、開かれた。

これが「開く」ことの実相――。

由見丸はそこからさらに喚想する。では「標」を斬ったのは誰か。女面を掛けた男衆、その島に由見丸とともに上陸して、その後に仮面によって女へと化身した男たちのうちの一人である。ならば――、と、由見丸は速やかに答えを見出す。判断を下す。

その時、その島に、現に開かれた「標」があったのだから、その反対に閉じる「標」もある。また、女面たちがそうしたのだから、男面たちが要る。それぞれに男面を掛けて、神歌をおのおのが木彫りの口から編み、問答をする女衆が――。

女たちよ。

そう、女たち。女たち!

要求されているのはいわば斎女である。その地を神域と変える「標」を管掌する女人が求められているのだから、立場は神職、そうして斎き清めて仕える者となる。その「標」に仕えるのだし唯一の大神に仕える。この唯一の大神というのは唯一の大海に坐すのだから、「標」は、一つの島に作られるのでは足りない。

大海の、東西南北に――。

しかも、ただ単に四方の端というのではない、要所要所に――。

この大海の、すべての急所に――。

そうしたものは把握されていた。由見丸に、その海道軍あるいはシ衆に。海上の関門と言うのがふさわしい限りある数の場所。灘やら瀬戸やら、究極の悪所を押さえる島々。それも要塞化した島々。急所とはすなわち、海城のあるところである。別称「島城」とも言う、特別な島々の作られたところである。

そこにさらに「標」を作ればよい。

女たちを配して。

白衣をまとい、男面を掛けた、すなわち仮面を用いて男へと変身した、「標」そのものに仕える清い女たちを配して。

女たち。そう、女たち！

「標」は十六の島に作られる。海城が、算えるならば十六城あるからである。この大海の、東西南北の、要所要所にあるからである。そして、十六の「標」が、閉ざす。東西南北からここを一つの海として封じる。

可視の神事によって、封じているのだぞ、と万人に示しながら――。

これらが実現して、とうとう瀬戸内海は誕生した。

瀬戸内海を生んだのは由見丸である。

瀬戸内海という「西国の内海」に、新しい秩序をもたらしたのが由見丸である。

その全面的な、神霊の秩序。

女たちを求めたのも由見丸である。一つの「標」に少なくとも四人の女たち。十六の「標」があるのだから少なくとも六十四人の女たち。そして一つの「標」に少なくとも一人は武家から出されて仕える女。すなわち武門の出の女たち。

女たち、女たち！

由見丸の率いる軍勢は俗にシ衆と呼ばれ、十六の海城を掌中にし、由見丸という人神(ひとがみ)は俗にシ頭と呼ばれ、十六の開かれることのない「標」を作り、由見丸に配された女衆は俗にシの斎女(さいじょ)と呼ばれ、瀬戸内海という十六の「標」から成る一つの聖域が一つの海域であると顕示した。そのシの斎女たちがいつきめではなしにさいじょと呼びならわされていった過程(ありさま)に、武家の、その姫(ひめみこ)たちの存在が響いていた。言わずと知れたことだが、斎宮(さいぐう)とは伊勢神宮に仕える未婚の内親王などの謂(い)いで、巷ではこれをいつきのみやとは呼ばなかった。さいぐうで通した。斎院(さいいん)とは賀茂神社に仕える同等の階層境遇の同様の存在で、これもいつきのいんとは口にされなかった。さいいんが好まれた。この二つに擬(なぞ)らえられての「斎女(さいじょ)」だった。それら貴人のうちの貴人である少女(おとめ)たちに照らしてよいわけがなかったが、それでも武家の、その名門の家筋の姫君たちが例外なく「標」一つに一人は付いていたのだから、大概の世人からは貴々(あてあて)しいこと限りない。これがさいじょとの呼称にまとまり出す背景である。

しかしながら、どうして一人は付いたのか。

由見丸が任じたからだ。

要求したからだ。

が、——由見丸がそのように任じ、要求したからといって、どうして可能となったのか。

これが碁だからだ。棋戦だからだ。

由見丸が神だからだ。

しかもただ一柱のサカイの神である。当代に一人だけ現存する生身のサカイの神である。胸さきには「口」を——勾玉が生む件の笑う「口」を——五つも六つも具有した神である。神以外に神は殺せない。そして由見丸以外のサカイの神々はこの一人、この一柱に葬り去られてしまっていて、よって何者にも由見丸は殺せない。海神が信奉される人界においては、はや、どうあっても殺せる人間はいない。しかもそうした絶対性は、大海賊が求められたからこそ生まれた。いったい何者が大海賊を求めたのか。西国のあらゆる武家の頂点に立とうと画策する、一人の武士である。すでに最大規模の武門の長にありながら、もっと、もっとと欲し、東国と奥州の動向にも目を光らせている人物である。

国家を見据えている人物である。

由見丸は言った、「標」があってこそ大海賊は生まれるんだよ。

由見丸は言った、大海が生まれ落ちないと大海賊も生まれないんだよ。

由見丸は言った、あんたがたモノノフの大切なお姫様を預って、「標」を世話させることで、この西国を陸からも夢からも束ねる大海が生まれるんだよ。

由見丸は、夢、と言った。

由見丸は言った、これで共闘できるんだよ、とその共闘なる一語は用いずに言った。

由見丸は婉曲に言った、大海賊の誅伐というのをお上に対して演じる時も、これらが人質となっていれば、本当には攻められまい。

裏切れまい、と言わずに言った。

武門の長者は拒めない。これは、碁であり、しかも西国のその武門に事実最大の力を与えようとしている、碁だからである。

もしかしたら国家を与えようとしている局戯だからである。

しかも、すでに、由見丸は瀬戸内海というのを作った。その概念を。国家を地理的に再編した。

夢。夢が指示する。由見丸にだ。由見丸は何歳でもない。神の齢のほうが由見丸を越した。これが意味するところを由見丸も理解できない。しかしある晩に見たもののならば別だ。その夢路は明快に理解できた、曇りがなかった。由見丸は合一したのだ。望んだことを果たしたのだ。その晩の夢見で、由見丸はサカイの神と一つになった。つねに観察し対峙し会話しつづけてきた鏡像と。それは、逆しまの由見丸である。いかなる鏡の次元をも超えた反転像であるから、実物のころりとした後頭部に代わって、歪つに隆起する前頭部を誇っていた。額が、ころり、と破格に出張っていた。その庇じみるころりの陰に目があって、それがゆえに双瞳とも烏羽玉の闇色だった。あるのにない両目だった。さらにこの逆しまの由見丸には、胸板に口が幾つもあった。最初、そこにあるのは歯だけだった。一枚の歯が、刺青として彫られているだけだった。しかし順々増えた。いや、続々増えた。四枚になり五枚になり、それから七枚か八枚に達すると「口」に変じた。その「口」もまた二つ、三つと立て続けに増えた。そして胸部の膚に宿される「口」が四つになる前には、それが果たされた。その合一は果たされた。神が、むんずと由見丸を摑んだのだ。夢路の内側にその神を観察している由見丸の、よくよく考えれば夢の中にはないかもしれない両肩を摑んで、それから衝突してきた。ひん抱くというのではなかった。むしろ頭突きを喰らわせるようであり、生じたのは事実、触突であり、しかし触突する前頭部と前頭部というのはなかった。神の、その鏡像のほうのころりは搗ちあわず、由見丸の眉と眉の奥に、目の奥に、シュウっと納まった。痛み一つ異物感一つもたらさず瞬時に納まり、由見丸のその後頭部のころりと重なるのがわかった。嵌まるのが感得された。

頭と頭が一つになった。

そこで繫がるや、たちまち首、胸、腹、手と足と五体が順々に貼りついていった。重なっていった。しかし頭部以外は融けるような合一で、すうーと由見丸の本体の側に吸収された。頭の感覚だけが別様だった。神の頭は、その逆しまの形状のままで残り、嵌まったことを強かに体感させている。すなわちころりは一つで、それは後頭部であると同時に前頭部で、前頭部の下には眼窩が残り、双つの目が——。

由見丸は跳ね起きた。

跳ね起きて、「ひ」と言った。それから間を置いて、「ひ、ひ。ふ」と言った。

「ふふ」

笑っていた。ほとんど快活に笑んでいた。

「ふ。は、は。ははは!」

愉しげに愉しげに、驚喜していた。

その驚きを、口にもした。

「おれは一つになったか——」

と思わず独語した。

「二つから一つへ——」

それから烏帽子を掛けていない、その、特大の後頭部を搔き撫でた。寝腐れの長髪に指を入れて。仕種としては梳いて。

「しかも、後ろにも目が付いた。ここに。窪みに」と確かめて、言った。「これで前後に双つずつのおれの目かよ。四つの目かよ。さあ、四方はこれで完全に見渡せる。そんなふうに見霽かした至高の夢が、おれには見られるぞ」

至高の夢――。

夢。その夢の指示。由見丸は順繰りに島を渡る。「標」を移動する。十六ある。女たちは、男面をしたものだけで最低六十四人いる。シの斎女たちが、六十四人と、あと少しいる。容姿端整な偉丈夫の面と眉目好い少年の面、にたり顔の古翁の面と顰みづらの鬼神の面、これら四種以外に島によっては笑う老人と対になる笑わぬ老人や、鬼とはならない怪かしの二人衆などが需められたために――土地には土地の伝承があり、需要が、夢がある――結局順々の島渡りを由見丸がはじめた時点で、シの斎女は計七十一人いる。かつての海城であり現在も海城でありながら「標」を張った十六の島々にそれだけいる。いかなる出自かといえば、国別には播磨の女たちに淡路の女たち、長門の女たちに豊前、豊後の女たち、それどころか海を持たぬ内陸の美作の女もいて諸国併せて十七カ国の出の女たち。もちろん一人ひとりに名が具わっていて、るりだの獅子だのあやだの順番に挙げられもするが、しかし物尽しの煩瑣を避けて種別にまとめるならば、花の名前の女たち、鳥の名前の女たち、色彩の名前の女たち、等が続々いる。しかし七十一人に共通して、これらの女人たちには顔がない。シの斎女を務めている限り、仮面は外されず、顔がない。誰もが長い艶々とした黒髪を、面の端から食みださせ靡かせて、白衣の肩に背に胸にとふうわりかけている。その嫋やかさ、そして対蹠的な男面の雄々しさや翁ならではの老醜ぶりや、威勢。それらは七十一人に共通するのだが、しかし、十六人にしか共通しない要素もあった。

少年の面を掛けるのは、十六人である。

この十六人は、全員、武家の出である。

そこが共通した。他の五十五人はしなかった。武家の筋から——例の「人質」として——預けられた斎女でありながら、翁面を掛ける姫君もいた。鬼面をつけさせられる玉女がいた。ただし御幣帛は、十六人も持てば五十五人も持った。すなわちシの斎女たちの全員が奉った。それから顔を持たない七十一人の男面はおのおの世話役の女房たちを持っていた。これは伊勢の斎宮や賀茂の斎院に奉仕する女別当や内侍に類した存在であり、威勢ある家柄の姫君であればその姫、その家にもともと仕える女房たち、家人たちから出された。ちなみに武家を出身としないシの斎女というのは、もちろんシ衆にまとめられる以前の海賊衆の十はある有力氏族から択びだされていた。そこにも奉仕する女房めいた存在というのは当然付いた。侍る女たちというのが当然付いた。一人につき幾人も。

女は多いほうがいい。

そう由見丸の夢が判断する。

女たち。——女たち、女たち！

　ところで陸（おか）のほうに根を張っていた西国のその武門の統率者、例の髭面をした豪勇の、由見丸と盤面を挟んで碁石を打っている武士（もののふ）もまた、自身の姫というのを供していた。わが子を。三人いる妻のうちの中（なか）の妻の、すなわち第二の本妻が腹の、いまだ婿取り前の一女というのをちゃんと差し出していた。すなわち「標」の神職用に。この中の妻の一女には計十八人の世話役が付いてきていた。童（わらわ）たちも数に入れるとそうである。そして、この中の妻の一女がいかなる男面を掛けているのかを描写すれば、少年の面である。

　容顔美麗な若者の面である。

ただし、これを描写できるのは外から眺めているものであって、当人は不可、そのために「標」の島に上陸するや男面を掛けられた女人（にょにん）はこう訊いた。

「わたしはどんなふうに見えるのかしら」

と。

　しかも、

「わたしはどんなふうに見えるのかしら。あなたに」

と、相対するたびにサカイの神に切り出した、麗しい少年面のこのシの斎女は。

「十三だな」

由見丸は回答した。

「十三」

「今日は齢十三の、幼さが勝った男童だな。どこをどうと眺めても、正面から見た眉と目、横から対した鼻と頰、耳、いっさい纏めてその年歯と見える。これよりわずかに上でもなければ下でもない。ぴたり、十三に。そう映っているぞ鞠姫」

「それでは前回よりも四つ若返ったのね」

「そうなるのか」

「復ち返ったとなるのよ」

「そうか」

「そうよ！」

きゃきゃっと声を上げるかのようだった。実際笑いはしたのだが、甲高い少女子の調子には響かなかった。仮面の下で籠り、声変わりの前と直後とを同時に生きる男の子となった。

鞠姫、というのがこの、武門の長者の第二の本妻腹の一女である少年面のシの斎女の名前だった。

そして鞠姫の特徴というか個性とは、男面を着けるシの斎女であるから素顔はないのは当然だが、それと同時に年齢もないということだった。固定されたそれがないということだった。

ゆえに、当人が、

「わたしはどんなふうに見えるのかしら」

と尋ねる時、ここには第二の意味が顕ちあらわれる。わたしが何歳の若い男の子に見えるのか、描写しなさい、との。

つまり由見丸は、つねに同じ問いを問われているのだ。

会うたびに。

そして由見丸は、それに真摯に回答するがゆえに、つねに異なった答えを返しているのだ。

前回は十七だった。前回、この「標」の島に渡ってきた時には――。

「さらに先度には、わたし、十一とも言われましたわ」

「あの折りはじつに童しい顔立ちだった」

「その前は齢十八で」

「凛々しかったな」

「十五だとも断じられ」

「ああ。この正月に十五となった面構えだなと、おれにはきっちり洞察できたよ」

「わたし、この島に上げられて以来、同じ面しか掛けていないのよ。由見丸様」

「それは承知だ、鞠姫」

「なのに今日は十三だと言い、あの節には十七だった、十一だった、十八だったとも言うのね。海道様」

「なぜかそうなるからな」

「わたしが、なるのね」

「そんなふうに見えるからな」

「わたしはそんなふうに見えるのね。あなたに」

「他はそうならない。どの『標』の護り手もそうならない。担われた役回りに定まって動かない。ぴくりとも。すると鞠姫、お前だけは別格の斎女だということになる」

「まあ、海道様。あなた、「太由見丸様」

その「まあ」との感声は艶やかに響いた。しかし、鞠姫の口唇は微動だにしていない。木彫りなのだからむろん動かず、口際を上げもせず下げもせず、朱唇を開いてお歯黒を塗った歯を見せもせず、双つの瞳のどちらもいささかも動かさず、焦点を小揺ぎもさせない。仮面は仮面として、表情は固定している――。

鞠姫がシの斎女のうちで別格だというのは、これはもちろん当然だった。

武家の出で、少年面を掛けている。

少年面を掛けずとも、陸に根を下ろしている諸武家から「標」の祭祀に奉仕するためにと差し出されているのであれば、状況しだいでは海に根を下ろしている諸氏族の、いまでは束ねられたシ衆あるいは海道軍の人質である。

しかも立場として最重要の、最大の人質が鞠姫であることは火を見るよりも明らかである。別格の斎女となるのは至極理にかなう。

が、特別さの由来はそこにはない。

向き合う由見丸が指摘しているのはそうした点ではない。

直截に可変の年齢について言っている。

可塑性のある年齢の印象、年の端の流動性を突き、そうであればこの神——由見丸というサカイの神——にいちばん質が近いと、これは直截に物言いはせずに暗示している。ならば「最上のシの斎女であろう」と、そう仄めかすようなところもあるか。

が、それは何に起因するのか。

声である。

独得の声の、独得の作用である。

鞠姫の、「わたしはどんなふうに見えるのかしら。あなたに」の第一声からして、口にされる文句は毎度同じであるのに、兼ね備えられる抑揚は毎度不可思議を思わせる域で違った。別人にはならないのに、あらゆる感触が別様である、そのことが面妖である、そのことが鞠姫の年齢を変える。鞠姫でありながら素顔はない鞠姫の、しかしそこにある顔の、すなわち男面の、年齢を。すでに由見丸が述べたように他の斎女たちではこうはならない。他の島々の男面の斎女たちや、同じ「標」を祀るこの同じ島のその他の斎女たちでは。

翁であろうと、成熟した偉丈夫であろうと、面には面に托されるおのおのの年回りがある。

いったん七十と映れば七十——。

三十と映れば三十——。

それが次の訪問で劇変するというのはない。

そして、十一歳に見えた年回りが十五歳に、十八歳に見えるというのは、これは劇変である。

七十前後だの三十前後だの、それらの年配の三、四歳の幅とは決定的に違うのだ。

だから、鞠姫は、その他の七十人のシの斎女たちとは決定的に違うのだ。

では、その独得の声のその独得の作用は、そもそも何に起因するのか。

由見丸は奏し方と見ている。声を楽器と譬えるならばその弾じ方と見ている。そうして事実、楽器には近かった。対面した初回から、これが由見丸の覚えた印象だった。美しいが歪つに不安定な声そのものが弾物であり、たとえば十三絃、その細緒の音域はしばしば特徴的に現われる。しかし第六から第十の中の緒もあればもっと低音を奏でる太緒数絃もある。

発声法なのだ。それが不可思議なのだ。

あるいは異様なのだ。あるいは巧妙至極なのだ。

弾かれて浮動するのが鞠姫の声、そこに具わる独得の作用なのだ。

「お前と言葉を交わすのは面白い」と由見丸は言う。

「わたし、褒められているのね！」と鞠姫は返す。

きゃきゃっと歓声を付す。

しかし少女子はいない。いるのは十三歳の男の子である。本日は。

物腰は男には程遠いし、今日が日のこの場面では白衣は纏わずに小袿姿だが。

神を、人神として迎えるために——。

目に見えるものには目に見える最低限の礼を尽くさねばならないのだ。ただし仮面は外さない。上陸して以来、侍女たちというか女房たちに世話される際でもなければ外したことがない。

それが「島に上がり、『標』に仕える」という非日常。

そして、渡り来った大神を迎えるというのは非日常のうちの非日常。

少年面を掛けたまま重ね袿に小袿をうち掛けて着た鞠姫のいるこの場面で、しかし、世話係に付いた例の十八人の女たちはいない。一人も同席していない。

控えている。神を、その神前を穢さぬように――。

揃ってどこかに控えている。

「御神に、じかにお褒めに与かりました」と慇懃に鞠姫は繰り返した。「なんとまあ、大層なものかしら」

「すこぶる大層なものだ」と由見丸は返した。

「ご本人様がおっしゃいますのね」

「稀だからな」

「稀々」

「そうだ。そもそも語らいが難しいんだよ」

「誰と、何の、どうでございます」

「言ってみれば別格ではない斎女との」

「うふふ」

「大概の『標』の護り手たちとの」

「まあ」と、再び艶やかに、鞠姫が返す。

「わけはあるぞ。言葉を交わそうにもしばしば、投げかけた文句が避けられる。躱される。物怖(ものお)じされてだ。気圧(けお)されてだ。みな、男面を掛けているというのに、その面(おもて)を伏せてしまうのさ。で、言葉は避(よ)けられる始末だ」

「鬼神を担う斎女らも、やっぱり面を伏せますの」

「ざらにな。世にも物恐ろしい顰(しか)めの紺青鬼(こんじょうき)が、うつむき続けたりな」

「小胆(しょうたん)!」

「臆病者と鞠姫は思うか」

「思ったり思わなかったり。あなたという生きておられます大神を御前(おまえ)に、引っ込み性(しょう)となるのはわかります。いたしかたなし。けれども道は二つあるでしょう。鬼は鬼、どこまでも鬼らしさを貫徹させるというのが弁(わきま)えられた礼儀だというのがそれ。二つのうちの一方。だとしたら、うつむいてしまってはね。鬼の正道において失敬ね。そうなるのではないかしら。とは申しましても、すでにお答えしましたように、他方もわかります。鬼神であれ翁人(おきなびと)であれ何であれ、その男面の下にいるのは若い女よ。そうでしょう。そうでしょうとも。わたし、生まれ育ちが武家の女人(にょにん)であるのですから、わかりましてよ。わたしたちの族(うから)の娘たちの心情というのは、これ、手にとるように理解できましてよ。察しが付き、共感できましてよ」

「何をしているものなんだ」

「何とは、何を、誰が、どうです」

「お前たちがだよ。つまり海の賊(ぬすびと)なんぞとは違うし漁り人(すなどりびと)とも荘園の使い人(つかいびと)とも主人とも違うモノノフの、その、大切なお姫様(ひいさま)たちがだよ」

「なるほど。わたしたち武家の年若い女人が」

「普段は何をしているものなんだ」

「わたしたちは平常、遊んでおりましてよ」

「遊んでいるだと」

「遊びをしなければなりません」

十三歳の少年の面(おもて)は言った。

口端の形は変えず、表情はいささかも変えず、肌色を寸毫(すんごう)もあらためないで毅然と言った。その顫(ふる)える特徴的な絃(いと)の声で言い放った。

「琴を弾いたり歌を詠んだりしなければなりません。遊びです」と続けた。「それはまあ、雛(ひいな)遊びもありはしますが、稚(いとけな)いうちだけのことです。肝腎なのは管絃の遊びに交われるだけの素養を具えること。そのために、遊びですが習うのです。琴を習い、女手(おんなで)を習う。達筆でなければお返歌などできたものではございませぬ。もちろん、あなたのおっしゃる『お姫様(ひいさま)』のわたしたちは偏継(へんつ)ぎの遊びをいたしますわ。これは遊び、だけれども単純な遊びのはずはないのよ。それをして、憶えるのよ。漢字の旁(つくり)から偏(へん)を言い当てようと健闘して、文字を憶えるのよ。そうすれば絵巻物も愉しめますから。また、女同士で碁も打ちます」

「碁」と由見丸は言った。

「はい。偏継ぎに碁打ち」と鞠姫は返した。「たとえば『毎』との旁を示されたならば、これに人偏で侮る、立心偏で悔いる、木偏で梅、言偏で誨える、雨冠をかぶせれば霉、革偏ならば鞠、三水偏ならば海、とつぎつぎ」

「打つ」

「これも打ちます」

「終いのだけは知ってるぞ。三水。つまりシだな」

「見た目は」

「シ」

「シ衆のシですものね。ええ、海道様」

「なるほど、遊びというのは立派だ」

「そうしなければならないのです。海道様、海道の門太由見丸様。あなたは、わたしの父上と渉っていらっしゃるのでしょう。だとしたらご想像なさって。父上が何になりたいのか。それはです、もちろん西国一の武家の棟梁にですが、そうなるためにも、院の上の恃むところにです」

院、すなわち上皇の名を鞠姫は出した。

「院の上の近臣中の近臣にです。それは、いずれ、昇殿を許されることを視野に入れるに等しいのです。殿上人となり公卿となり、そうした大きな望みを抱いているに等しいのです。だとしたら、その家格にまこと相応しいとされるのはなんですか。嗜みではありませんか。公家衆ら同様の優雅な嗜み、それもわが一門揃っての。伯叔父上がたの家々でもそうですし、父上に仕えてくださる譜代諸家でもそうですが、歌合をしておりますし物語を読んでおりますのよ。庚申の夜の催しをしておりますのよ。どうです、門太由見丸様。ご想像もついたでしょう。父上が、連なる家門の者たちに涵養したいと願っているのは何か。教養ですのよ。特にあなたのおっしゃる武士の『お姫様』たちには、内面の教養ですのよ。わたしたちは、遊ばねばならず、書物を紐解き、作り物語にひたらねばならないのです」

「そうやって生きてきたのか」

「そうやって生い育ってまいりました」

「いまでは斎女か」

「貴々しいからと択ばれての、『標』の斎女ですわ。なんと光栄。それに、こうして男面を掛けつづけておりましても、髪を削げなどと命じられるわけでもありませぬし。いまも、欲しいのは千尋の髪ですわ。公家衆らの姫君がたに並ばねばならないのですもの」

「打っているな」

「打つ――」

「同じものを打っているな。お前が、父上とだよ。おれはそう感じるぞ」

「まあ。わたしのこの男面の後ろには、わたし一人しかおりませぬけれども」

「囲碁は打てると言ったぞ、鞠姫」

「しかし嗜みのお遊戯にすぎないの」

「いやいや、じゅうぶん、言葉一つひとつに碁石がある。そいつが打たれて響いている」

「わたしの」

「だから語らうのが面白い」

「また褒められたわ!」

きゃきゃっ、きゃきゃきゃっと笑った。

それから、

「ところで海道様」

と声音を太緒の弾じるところに変じさせて切り出した。

「なんだ」

「その平生(へいぜい)は遊んでいた武門の出であれそれ以外であれ、わたしたちはここ、『標』の島々で何を護っているのかしら」

「夢だよ」

「夢を」

「おれだよ」

「あなたを」

「おれの夢だよ」

「御神の夢を」

「サカイの神を海龍神だと言う輩もいる。陸の輩がな。なあ、龍には鱗があるぞ」

「それはそれは」

「つまりおれにもあるぞ」

「畏みて畏みて、仕えます」

「つまりおれの夢にもある。それを護ってもらおうとしているのよ」

返事がなかった。

仮面は当然、身動がなかった。

「どうした」と由見丸は訊いた。

稍あって、

「感じ入っておりましたのよ」

と鞠姫は返答した。

「夢に鱗があるのですね。それにわたしたち斎女はお仕えして、お護りもする。なんと――。海道軍というものは、ただの海賊衆の軍(いくさ)ではございませんね。海が道、海が賊(ぬすびと)、その海なる三水偏のひと文字に、さらに鱗が付いている。まるで物語ですわ。わたしたち『お姫様(ひいさま)』がひたらなければならなかった作り物語。そのような様(さま)であることに、感じ入っておりました」

「物語であるということは、なんだ」

「なんだとは、何」

「鱗が付けば物語になるという、それはなんだ」

「条件を問うているのね」と、変わらぬ十三歳の若者顔で鞠姫が言う、女言葉で言う。

「たとえば物語でないのは、この現(うつつ)。この現実やこれを写したもの。作り物語は違います。まだ始まっていないのに始まっていたりする。終わったのに終わらないでいたりする。因果はむろんありますけれども、前の前であるところに後ろがあり、後ろの後ろであるところに前がある。ひたるとはそういうこと。いったん紐解けば、解(ほど)いたものを縛っても物語は続いております。公家衆の物語は、わたしたち武家衆の女たちが読んでも、過分に沁み込んでしまう。わたしたちは公家衆の『お姫様(ひいさま)』になってしまうのです。なれてしまうのです。わたしたちは、そうではないのに！ だから、――だから、わたしたちは『遊ぶべし』と強いられるのではありませんか。絵巻物を愉しみ、絵なき書物を愉しみ、覚えろ、登場人物の公卿が女（むすめ）や宮家の女王（にょおう）になってしまえ、と。そして、それが、鱗です」

「鱗か」

「おそらくは。その力が。おわかりになられましたか」

由見丸は笑った。

わからねえよ、と言った。

それから、高笑（たかえ）みの表情を残したままで言った。

「おれはシが三水と読める程度にしか字が読めねえし、物語の冊子（さつし）や巻子（かんす）なんて手にしたこともねえから、わからねえよ。でも、鱗があるというのはわかった。それで、鞠姫よ、お前たちモノノフの貴（あて）ばんだお姫様（ひいさま）たちよ、お前たちがなりたい人物というのはどんなだ。お前たちがいちばん沁み込む物語の登場人物というのは、どんななんだ」

「人それぞれでございましょう」

「つまり何人もいるのか」

「憧（あくが）れる作中の人物でしたら、何人もおります」

「誰かは挙げてほしいものだな。おれに、このサカイの大神に、挙げてほしいものだな。そうだ、海道の门太ってこの字（あざな）に、海賊衆のその海にちなむ者はないか。ちなんだ名前を持つ人物は。どうだ」

「おります」

「いるのか」

「女人(にょにん)がおります。本朝でも随一の著名な物語に」

「なんという物語だ」

「『源氏の物語』とも『光源氏の物語』とも『紫の物語』とも。いろいろと称されますが、しかし一つの物語です」

「そして、人物というのは。女というのは」

「三水にちなみ、舟船(ふね)にもちなみます。ですから海に、シ衆にちなみます。その女人の名前は浮舟(うきふね)です」

「ウキフネ」

こうして由見丸は浮舟に出邂(であ)った。ここで、この章は、閉じてもよい。海賊たちの動向は徹底して書き込まれ、由見丸の目覚ましさは証されたのだからと、いったん語り了(お)えられてもよい。しかし一点、この物語は語り添える。画龍点睛(がりょうてんせい)のようにその龍に睛(ひとみ)を添える。

由見丸は神だが、夢こそは神だった。

その夢路で由見丸は、前後に四つの目を持った。四方(よも)を見渡せた。

すると由見丸には、わかったのだ。瀬戸内海がある。これはただ一柱にしてただ一人の大神のための、ただ一つの大海である。これは十六の「標」で閉ざされている。だが完璧ではない。ないのだ。夢中で俯瞰することで由見丸にはわかった。鬼門がある。四方とは東西南北のこと。鬼門とはこのうちの東と北の間、艮の方角のこと。そこからは万鬼が出入りする。いかに十六の「標」にて神域を作り、一つの聖域としての瀬戸内海という大海を作ったところで、この凶方に対処しなければ意味がない。ここを鎮めなければ安堵はない。

俯瞰すれば、鳥瞰すれば、簡単にわかることだった。

たとえば古来、この西国の内海の海賊衆がそれぞれに襲ってきた運上米というのは、あるいは塩や豆や大麦というのは、四国の荘園からであろうと九州のそれからであろうと長門から播磨までの山陽道八カ国からであろうと、終着するところは決まっていた。京畿内、あらゆる運上品はつねにここに向かい、数々の「海域」を通っていった。いまでは瀬戸内海という一つの大海に束ねられた面の世界の、東と北の間に至る点の土地にそれはある。川尻の泊。摂津国の川尻のその湊こそは、瀬戸内海のさまざまな海運が一点にまとまり、終わりもするし見様によっては発するところであって、ここから貢納物の米俵その他は淀川を遡った。艜などの川船で遡上した。淀川水系のその河口であるから、淀川の尻であるから、摂津国の川尻は川尻なのである。そして淀川をそのまま東北に東北に、鬼門の方角にと遡れば、そこにあるのは——。

京都。

淀川の起点には淀の津があり、瀬戸内海からの諸物資はここで陸揚げされる。

そして多くは京都に運ばれる。

南都の奈良へも運ばれるが、北都の京にはより多くの、より上質のが運ばれる。

そこに吸いあげられる。

「閉じてはいないぞ」と由見丸は言った。夢寐に言った。「閉じ切ってはいなかったぞ。鬼門か。ならば、そこを封じなければ。斎女が要る」

女人たち

時を十五年遡る。

そこには子供の生まれる場面がある。

女の子である。まだ、名前は授けないでおこう。実際、この場面では授けられないのだから、そうしておこう。

この場面では別様の何かが起きる。

産所は苦痛の声に充ち満ちている。産所には女たちしかいない。じつは出産は終わっている。なのに終わらない。産婦じしんは後産を待っているのだと思っているし——痛みに叫びをあげながら——、この出産の介添えの女たち、さほど経験に富むとは言えない産婆役もその手伝い衆も、同様に考えて胞衣刀を支度している。赤子の臍の緒はすでに、これ、この同じ竹刀で切られていた。産所のその土間には、あちこちに土器の破片が散っている。安産祈願の呪術として。

とても安産には見えない。

待ちもうけても後産が娩出されない。

いや、された。

しかし後産ではなかった。胎盤等の胞衣ではなしに、また赤子だった。二人め。ここでようやっと、安らかさには程遠い産褥の実相が明らかになった。その一人の産婦の胎には二人が宿っていたのである。さきに娩出されていた女の子には、同伴者というのがいたのである。

その二人めも女だった。

産所の介添えたちは、双子の母となった女人を左右後ろからと支えたまま、「今度こそ」とばかりに後産を待つ。主役の姿勢は座り産である。上半身は当世の習いで起こしている。その臥さない上体を手伝い役の女たちが介けているのだ。さまざまな不安——「胞衣が、伺嬰児便餓鬼に喰らわれねばよいが」「その手の亡者が、この産屋にい寄ってきてなければよいが」――そして――「これから産み落とされるのが、まさか三人めの赤子でなければよいのだが」――とあれやこれや恐懼もしつつ。産婦の苦悶は長引いている。そして産婆役はといえば、先ほど取りあげた二人めの子を、急いで抱え、母親の股から退け、頭だの胸だの背だの四肢だのの汚濁を手早く拭きとり、一人めのかたわらに置き、手伝い衆の監督に大急ぎで戻っていた。一人めというのは、二人めが産み落とされたから一人めと判明した嬰児である。こちらも布でサッと拭き清められていて、母胎から下り落ちたばかりだったから顔は圧縮されて蛙面、しかし、そうではあっても二人めと似ていた。酷似するというよりも、一人めと二人めの容顔は同じであった。それが隣り同士に並んでいる。同じ板張りの床に。この一人めと二人めには性差もなかった。すでに描出したようにともに女児だった。そして、違いがあるとすれば生まれた順番のはずだが、これが消えていた。

二人めは、一人めの右か左か、どちらかに並べ置かれたのだ。

しかし右側だったのかその反対の側だったのか。

産婆は急ぎすぎていて、慌てふためきすぎていて、しっかりとは憶えていなかった。

残る女たちは、見ていなかった。目撃も記憶もせず、双子を産んでしまった母親を三方から支え、今度娩出されるのは後産なのか三人めなのかと、さまざまに懼れていたのだ。

産婆はそれを、宥めていたのだ。主役である産婦のことを大慌てで励ましていたのだ。

それから娩出がある。待ちかまえていたそれがある。赤子ではないものの排出がある。尋常な胞衣である。産所の女たちは、斉しくほっとする。三つ子ではなかった！

しかし――。

しかし、双子ではある。

だから青竹製の胞衣刀は計三度ふるわれた。まずは臍の緒を二本切るために。それから三度めの、本来の、後産の始末に。

結果としては、これは難産ではなかった。母体は無事である。土器を打ち壊しての呪術は効いた。

しかし、双子であったことはどうか。

忌々しい。

この現実に、産所にいる女たち全員が困惑した。そして、女たちのうちでも産婆その人は狼狽した。その床に、呱々の声をあげる嬰児が二人いる。性別はどちらも女で、姉と妹がいる。だが、どちらが姉でどちらが妹だったのか。どちらがどちらか――どちら側がどちら側か――。生まれ落ちた順序の喪失は、死活的である。なにしろ、死は直接は与えられないにしろ、棄てられるのは妹である。こちら側には死活に関わる。双子を養育する習慣というのはないのだった。

通例、姉だけが生まれたこととされるのだった。扱いは決定的に異なる。姉は残され、妹は棄てられる。もちろん双子がともに男児であったならば、兄が前者、弟が後者となる。ただし男の子（おのこ）二人のほうが別様の可能性がある。また、男女の双子が生まれたとなれば、概して弟であっても男児のほうが残された。しかし女児が一時（いちどき）に二人というのは、多かった、多すぎた。それに、母親すなわちこの産所の主役の望みとも違った。

この主役の女人は、貴顕の屋敷に勤めている。姫君の乳母（めのと）である。

産んだ子は六つ年長の兄同様、同じ屋敷に仕えさせると考えている。だから内心では、男児がよいと願望した。将来は家人（けにん）として重用される可能性が大いにある男児がよいと。しかし実際に孕まれていたのは所願にもなかった双子であって、それも両方とも女の子（めのこ）であった。

願望したところとは違いすぎた。

面倒は多すぎた。

これらの思いは産所にいる女たち全員に共有されていた。「わかりすぎる」事情だった。いいや、女たちの全員とは言えない。なぜならば、板張りの床に並べ置かれていてどちらが姉でどちらが妹なのか不明の当の双子も、この産所の女たちだったからである。

この二人は数から除かれる。そして、この、おぎゃあおぎゃあと産声でわめいている二人が、これ以降択ばれる側になる。困惑し、狼狽する女たちから、残されるほうを選択される側となる。それは棄てられるほうを選択するのと同義となる。ただし、棄てること、それ自体に実際的な問題はない。責任を問われるのではと泡を食っている産婆にも、ほとんど難儀はない。手蔓があるのだ。ちゃんと、ただちに処置できるような術があるのだ。それがあるからこそこの女は助産の役を任されている。経験そのものは浅くとも。産婆とはすなわち、産所の「出口」を持った女の謂いなのだ。

しかしながら——。

その「出口」を通らないほうの嬰児は、どちらなのか。

どちらが姉となるのか。

手懸かりがない。

そして、あとは偶然である。偶ま一方が泣き疲れて、一瞬口を閉ざす。偶ま産所の女たち全員——当の双子を除いた全員——がこの行きづまりをどう打開すべきかと、示しあわせたわけでもないのに目配せを交わす。この瞬間、大声で泣いているのは一人だけである。大変に元気がよい、と見える。全員の目が惹きつけられている。元気がいいから、まるで、そちらが姉のようだ。まるで。しかし、そう言い出したいのは山々の産婆も、そうは切り出せない。

「さて」

と言い、すると手伝い衆のうちからも、

「ええ」

と声があり、これに産婆がすかさず迎合を打って、

「そう」

と言い、すると産婦その人が、呱泣も高らかな一人を見据えて、

「そうね」

と言ってしまった。

女たちは息を呑んだ。

双子を除いた全員の女たちが、母親当人までも、ただちに息を呑んだ。

そして、すなわち、女たちは承諾した。

女たちはどちらが姉であるかを決めたのである。

言ってみればこの場面はここまでである。取り返しのつかないことは起きた。消失していた順序――生まれた順番――は捏造された。この時、母親には罪悪感があり、産婆には責めを負う気持ちからなる強烈な疚しさがあり、居合わせたその他の女みんなに同様の後ろめたさがあった。気咎めは共有されていた。そして、こうした事実がのちの挿話につながるのである。

さて、双子たちの名前はどうなったか。

一人には七日ばかりで名が付き、一人には幾年か経たないとまともな名は付かなかった。前者が残されるほうとなった女児、すなわち姉である。姉にはただちに母親の乳が付けられて、以降もずっと実母のそれを吸いつづけ、七夜めには名前を授けられたのだった。ただし妹は、そうはゆかぬ。産婆の両腕に渡り、その産所の「出口」を通って、生まれていないこととされた女児のほうは、もちろん産婆に例の心疚しさがあり、伝手(つて)もあるのだから、乳が付けられないという仕儀にはならなかった。母ではないものの乳房は与えられたし、与えられる機会があるごとに必死で、大量に吸った。しかし七夜めの名付けなどなかった。命名されるに足る存在(いのち)だとは誰も思っていなかった。

公平を計ろう。この物語は、先んじて姉に名を授けたりはしないでおこう。つぎの場面でも、まだ。それにつぎの場面では、姉は自らが姉であることを怪しみだすのだ。姉とも呼ばず、この双子の片割れをたんに「母のいる子」と称しておこう。

母のいる子は、喧嘩をする。

これは子供同士の諍(いさか)いである。

この場面は、産所のあの場面から八年ほど歳月を下っていた。

産所での主役は孕み女(はらおんな)、産婦である。娩出される嬰児よりもこの母親である。主役は一人と数えてよい。しかし喧嘩には主役は二人いる。そしてそれぞれの側に背景がある。

たとえば家族と家族。いっぽうの当事者の家族と、他方の家族。

それが事態を拗らせる。

母のいる子の境涯を拗らせる。

その、母のいる子の喧嘩相手は女の子で、ちゃんとした姉とちゃんとした妹がいた。

「お前みたいな双つ児ではない」と言った。「しかもお前は姉ではない」とも。その女の子の、母親もまたあの場面にいた。産所の介添えたちの一人で、例の後ろめたさを共有した女たちの一人で、当時から貴顕の屋敷に仕えていて、その屋敷とはそこで、母のいる子のまさに母親が姫君の乳母として力を揮い、奉公する女房衆を束ねていて、そうした権勢の独占状態は怨みを買っていた。こちらの母親からも買い、幾つかの具体的な事例によって数年来やっかまれていた。「人前で粗末に扱われた」「装束を——襲の色目を——嗤われた」などの類いである。「乳母殿とはいえ、何様か」と思われていた。不満は家庭内で口にされて、比較はわが子とそちらの子とに及び、そちらの子が姫君の乳姉妹として習字に和歌にとそうした手習いも側で教えられるありさまだったから、「そんな優遇になぞ価するものかい。あれは、そもそも双つ児なのだよ」とひそめながらも言葉にしていた。「秘密だよ、秘密。これは辱だらけの秘め事だ。しかもあれは、姉だからといって取られたわけでもないし！　ああ、お前たちのほうが素性は清らかだねえ」と三人いる娘の皆に頻りと語っていた。

この三人のまん中の娘と、母のいる子は衝突したのである。

母のいる子は、引かなかった。

主家に仕える者たちとその家族の間で、当然立場は上なのだから、言い負けるつもりは毫もなかった。相手の女の子を法螺吹きの痴呆呼ばわりした。

これが喧嘩相手を激昂させた。

嘘なものか、虚言なものかと言いつのり、それから双子を産んだ相手の母親というのを口穢く言った。これは、自分の母親のつね日頃の悪口というのを鸚鵡のように真似たのである。すると、かなりの罵りぶりだった。

母のいる子は、負けず、やはり相手の母親を罵倒し返した。

これがただちに罵倒の対象となった女人の、すなわち諍い相手の当の母親の耳に入り、成り行きは急転した。子供同士の喧嘩に大人が干渉して、怒鳴りあいは主役二人の背景だったところに及び、あからさまに母のいる子の、その母親が罵りたてられて、「嘘なものかい！　駄法螺なものかい、なにが！」と真相があばかれ、母のいる子のその母親は主人に注進してこの女を辞めさせ屋敷から一家を立ち退かせ、さすがにそれは横暴ではないかと奉公の活計を断たれた側にこそ同調する女房も出、そのなかには同じようにあの産所の場面にて介添えを務めていた別の女もいて、兎角するうちに「双子であったのは、事実なのだ」と悟らないではいられない事態となった。

母のいる子が。

思ったのだ。これは、本当だと。

だからこそ大騒ぎになっている。

私には妹がいる。きっと、生き写しの妹が。いいえ、妹ではないかもしれない。私のほうが妹なのかもしれない。そうだとしたら、私には姉がいる。

いいえ、私も姉かもしれない。

母のいる子は考える。

母のいる子は、齢(よわい)八つかそこらで、一所懸命に考える。私たちが生まれてきた順番は結局わからないのだ。ということは、私たちは順番になぞ生まれてこなかったのかもしれないのだ。ということは姉と妹みたいな区別はないのだ。ということは結局あちらも姉だし私だって姉なのだ。

それは、どういうことだろう。

考える。

考えると、見えはじめた。

いっしょに誕生する二人が朧(おぼ)ろに見えだした。この世に出る、母親の胎(はら)から出る——まだ「どう」娩出されるかは知らなかったが——その時に、あとも先もなかったのだ。手と手をからめていた、摑みあっていた、足と足をからめていた、ほとんど繋がっていた。そう、いっしょだった。同時――。

もちろん、先んじた指はあっただろう。

先んじた頭の、毛髪の一本二本もあっただろう。

けれども、そんなもの、構うものか！

そして朧ろに見えだすと、体感は蘇ってきた。五体に滲んでいる記憶があった。あるのがわかった。そして母のいる子は、母親にも確認した。確認をとった。私は双つ児だったのね。それはいいの。隠さないでもいいの。でも私は、姉だったのでしょう。それから、あちらも姉だったのでしょう。私は憶えているの。一人めだ二人めだなんてことはなかった、いっしょだったってことを、私は憶えているんだもの。

これは、ある必然から作りだされた物語だった。

その物語を母親は承認した。

つまり求められるがままに承諾した。その通りであったと保証した。もともと、姉か妹かの生まれ順が皆目わからないものを強引に姉と認めた。罪悪感を生涯抱え込むように認めた。それを、今度は「二人とも姉です」と認め直して何が問題だろうか。娘のその、必然、というのは解せた。一点だけでも揺るがない事実を置かねば、つまり姉が妹に転ぶことはないのだと確定せぬことには、稚いこの子に安堵はない。生きる絶対の安堵がない。

こうして、母親が子を産み、その子が物語を生み、その物語を母子が揃って是認した。その先に生じるのは、母のいる子をさらに成長させる機縁である。それを称して空洞という。双子であったのにいま現在は双子ではない、姉のいた人間であり自身もまた姉であったのに、その姉は現前しない、いない。産屋にてあらかじめ失なわれている者、空っぽの者、空洞。これを意識すると、母あるその子は、変わりはじめたのである。これまでも貴人の乳姉妹として、実妹さながらに手習いの機会を与えられていたが、教育はされればされるほど丸々吸収された。空洞が吸収するのである。初め、それは知力の程度がどうのというのとは違った。それから、蓄えられる教養は知力そのものの礎となった。

その母のいる子は、憶える女となった。

思惟する女ともなった。

それでは母のいない子はどうしたか。いかように成長したのか。

時を遡り直す。

また産所に戻る。現在からは十五年前。生まれたのだ。名前を授けられない子が生まれたのだ。そして母のいない子になるのだ。

「出口」を通った。

実母には――あるいは実父や実祖父母にも――育てることは叶わないと判断された嬰

児はそこを通る。要らないと知られるや、産婆たちの腕に抱きかかえられてそこを通る。

「出口」は幾つもある。要らない子供を要るとする筋を複数持っているのが一廉の産婆たちであって、そうした「出口」に渉りが付けられない産婆は、経験が浅かろうが深かろうが結局は産婆未満である。ただし、「出口」には格というのがある。嬰児の側からして好ましいか否かの、その優劣というものが厳としてある。

その産婆は、自らが持っている「出口」候補のうちでは最上のを選択する。

少なくとも七夜は過ごせるし、七カ月は生き存えようし、無病息災の運に恵まれれば三歳にも五歳にも七歳にも長ぜられるだろうところを。

そこは絶えず人手を需めていて、また、棄児拾いは善行だとも目している。

寺である。

そこそこの大寺である。

ここに産婆の手蔓があった。

「粗末にはしないでおくれよ——。この赤子の、出はいいんだよ——」と念を押した。

押された側は、うなずきはした。

子は、「出口」を通り、母のいない子となった。乳は与えられた。哺乳の機会は、頻々にではないがあった。僧坊、それも尼僧たちの坊舎でその子は育てられる。しかし比丘尼がじかに哺育するわけがない、手を掛けるのは俗人の、尼僧たちの身辺の雑用係たちである。だから乳は出たし、出る女を傭えた。

それはその子の母ではない。

哺乳される子供というのも多数いる。そこに。性別は頓着されずに、二、三歳までの子供というのが四十人はいる。

　四十人に名前はない。

　これらは近い将来の人手である。男手、女手である。いまは十把ひと絡げ、歩いて働けるまでに育てばよいと見られている。

母のいない子は、三歳までそこにいる。尼僧たちの坊に。乳呑み児には男もいたが、それ以外は女たち——聖俗の女たちに囲まれて。

いまだ女人たちばかり。

　しかし、一歩を踏みだせば、その境内、その山内は男が基軸の世界である。かりに参詣者が男女同数であっても、詣でられる寺を維持するのは専ら男である。これらは皆がみな法師というのではない。寺には堂衆とも寺人とも称される俗人の男たちがいる。その役回りは尼僧に付いている女たちと同様、しかし規模はより勝る。山内のその全域の清掃から、沙弥——見習い僧——をも含めた出家者全員の食事を用意することまで、あらゆる雑役を担ったから人数は出家者に数倍した。

乳呑み児たちはいずれ、この堂衆あるいは寺人の僕婢となる。

なるようにと、尼僧たちの坊から順々送り出される。

だが女の子であれば事情は少々異なる。寺は、あまり公然とは婢女は持たない。女人は隷属させないのが本筋である。なにしろ仏教には不淫戒もあり、たとえ十以下の女児でもこれが山内をちょろちょろ徘徊していたらたまったものではない。若い沙弥たちを刺激して余りある。

とはいえ、そこそこの大寺であれば、その雑役はなにも寺院内には限られない。派遣される勤めというのもあった。

四歳。そこまで肥立ってから、その、母のいない子は洛内の神社に送り込まれた。仏前ではなしに一転して神前に。この物語の現代、本朝においては神仏は混淆している。神域内にも別当寺が建つ。逆のものも勧請される。神社の境内には神宮寺、寺院の境内には鎮守社――。ありふれた図の、そうした提携を行なっている社があって、そこに遣わされた。

なかなかの大社である。

もちろん単身の派遣ではない。その子よりは古株たちと言おうか、すでに二十余人が寺側から送り込まれて居ついている。

みな女人である。が、年の程には上限がある。十三、十四より上はまず見当たらない。

白布（はくふ）を以て覆面している。両目は出し、しかし鼻より下方は隠した。

これらの女人たちは——これらの女人たちの集団は何か。神前、神域で何を為しているのか。

穢れを払っていた。

そうしたものを除（の）ける労役に就いていた。

神事に携わる人間たちが触れることのできない、もろもろ雑多な穢れの除去に当たっていた。大社の境内からの。なかでも死屍の禁物、すなわち死穢（しえ）は寺院から遣わされてきたこの者たちでないと扱えなかった。処理が不可だった。

神職は絶対的に不浄を忌避するがゆえ——。

ここに神社と寺院のもっとも有効な結節の点、結び目がある。

四歳となったその子は、この結び目を構成するものとなったのである。

その役割をあてがわれた。四歳まで無病で肥立って。

依然、その子には名前がない。

結び目の一団に属するまでは、比丘尼たちの僧坊内では「これ」とか「そこの」と呼ばれていた。用事を言い付けるにも名は不要だった。

母のいない子なのだから、新しい母親なぞも付かない。

神社のその女人集団の古株たち、先輩たちに一切を倣（なら）うばかりである。足手纏いになれば叩かれ蹴られもする。怠けるのは論外。ただし四歳児ではこなせぬこと、六歳七歳にならなければつかぬ体力、九歳以上の知力がなくば処置できぬ事柄などは的確に考慮されていた。その上で結び目となった翌朝から別当寺に香花は手向けた。神前に榊を供えるようなことはむろん許されなかった。これは結び目の全員が許されなかった。十三、四歳より年長の結び目がいない理由は月経にあると説かれたが、その「出血する」という女人特有の穢れは七歳八歳まで具体的には想像できなかった。十一歳の古株が、ある日股の付け根から血を流し、ただちに追い出されるのを見て何かは察した。悟った。それと同時に、この集団は育てばいずれ追いやられ放り出されるところなのだとも悟った。つまり、外にやられて、消されるのだ。

そのことは冷静に理解した。

死穢にはいかなる類いがあったか。神社の境内にも実に多数の屍骸が日常現われた。たとえば野生の鳥獣である。雀に鶯、雁、時鳥、鷹、鴉、それに時には雉に山鳥までその神域内を図らずも死地とした。鶏というのも稀に屍骸で見つかって、おそらくは人家に飼われていたものが迷い込み、不埒にもくたばったのである。獣類であれば鼠のそれは社殿においても見つかり、他は猫にしばしば狐狸。それから犬がいたが、これは野犬である。鶏同様に人に飼われる六畜のうちに入る飼い犬は、その子が見知り聞き知る範囲においては境内に屍をさらした例はなかった。

しかし野の犬であれば別である。

それと、境内を往生所とまではしないが紛れ込むだけの飼い犬ならばざらにいた。

六畜のうちでは他に、牛が紛れ込んだこともあった。これは牛飼いの愚鈍さによる。

が、牛はどうでもいい。

飼い犬も。

野犬だけが、その子、その母のいない子、名前もまだ付かない結び目の子に関係する。

犬は、尨犬だった。

そして、この犬の血統にちなんで、子の名前は付いた。

むく、と。

いや、これでは順序が後先になった。むくはまだむくとは名付けられていない。しかし事の顛末はこうである。迷い込んでいた尨犬の屍骸を発見する。白布で覆面した齢六つの子が境内に発見する。結び目のその若いし幼い女人たちは普段は数人の組となって行動し、広い神域内を三手四手に分かれて仕事を行なっているのだが、この時は子は、独りである。じつは二人、子を先輩とするならば後輩となる女児が結び目の集団に入ってきていて、子に穢れの扱いを倣うようにと同じ組に付けられていたのだが、この場面では二人とも別の年少者向けの雑件に駆りだされていた。そのため、独りきりだった。尨犬の骸は、見たところ死後数刻、固まり切らず、腹はたぷりと出ている。子は、それを単身裏参道側の門前に退けた。あまり物詣での目を汚さぬように路傍の繁みに秘め置いた。

いったん忘れた。そんなふうに中途半端に処分したことを、失念もしてしまったし報告も忘れた。

それで、少しして戻った。三刻は経っていたかもしれない。見ると屍骸は子を産んでいた。六頭もの子犬を。屍骸だと判断したのは間違いだったのだ。それは「瀕死の、ゆき倒れ」の野犬でしかなかったのだ。まだ神前を穢してはいなかった。とはいえ出産に伴う胞衣の類いも穢れだから、それは回避させられたわけだが。

子は、死んでいたのに死んでいなかったもの、と考える。

母のいない子は、いなかったのに生まれている六頭、と考える。

裏の門前の、もっと人目につかない場所に、子は、尨犬の母子を移す。三軒連なりの荒屋の隅に。

母親のほうの命はそれから十日と二日しか保たない。子犬のほうは結局、子が育てる。授乳をどうすればいいか思案し、乳房の垂れた、他の、路上の雌犬を捕獲し、口を押さえ、前肢と後ろ肢をそれぞれ二本ずつ縛り、その腹に六頭の子供らを付けもして。その後、犬狩りの技術は長ける。手招きと贋の餌と、拾ったというか門前の民家から盗んだ籠を利用するようになる。それから、結び目の集団内での自分より弱輩の者を二人、三人と巻き込む。最初は脅し、これを倣わねば駄目だと叩き、それから共犯者として煽て。

子犬たちは乳離れまで育つ。

どれも尨犬である。

そして、いつしか子は、むくと呼ばれ出すのだ。その尨犬たちを役に立たせ、共犯者もさらに四人、五人と増やし、当人が八歳になる頃には「そんなものは犯ではない」と結び目の半数以上に思わせることで、あるいは理解させることで、いっきに状況を変えるのだ。六頭の子犬のうちの四頭は雌で、これらは三頭から六頭をむくの管理下で産み、さらにつぎの代の雌犬たちも。そして、洛中洛外の野良犬どもは時に何を貪ったか。さまざまな禽獣の屍骸であり路上に棄てられた人間の屍骸である。そして、神社はむくが結び目の集団のその一員となってから数年でどのように権勢を伸ばしたか。境内のみならず社頭の、門前の幾つもの大路小路の死穢をも独占的に始末することを宣言し、もともとむくたちを遣わしてきた大寺との提携を俗なる市中にまで拡げると誓い、約しあってである。神社は死屍を利用した。この場合は遺棄される死人というのを梃にした。そして人の屍体を発見するのに野犬以上に有用なものはなかった。重宝する道具は、なかった。

その尨の野犬たちを手懐けているのは独り、むくである。他にも数人が馴らしているが、完全に服従させているのはむくである。

母のいない子のむくである。

さて、母のいる子は八歳ばかりの時分に物語を作った。母親にも承諾される物語を作った。双子がいて、それは同時に生まれたのだという物語。母の胎から産み落とされたのだという物語。だから妹という者はいない、どちらも姉なのだという物語。それでは、自らが双子であることを知らない母のいない子のほうは、同種の物語は作ったか。同種とまでは言えずとも、八歳ばかりの時分に物語は作ったか。

やはり作ったのである。

物語を生んでいたのである。

むくは、私は人の乳を呑んでなど育たなかったという物語を生んだ。あの寺院の、あの尼僧の坊に置かれるには遅すぎた赤子で、乳母たちから授乳される代わりに二歳になるか三歳になるかまで犬の乳を呑んで生き延びていた、と透視した。そうでないはずがあろうものか。野においての強者とは、犬。その乳を授かって、生後七日も七カ月も持ちこたえ、一歳か二歳を経た棄児として拾われて、僧坊の名無しの数十人に加わり、のち、神社に来た。結び目の女人たちの一人となった。この物語は、異様な説得力を周囲にふるった。なかでも結び目の一団の年少者たち、後輩たちには、揺るぎなく作用した。その女の子たちは、むくに、そしてむくに承従する尨犬たちに心酔したのである。

九歳。

むくには殺気が纏われる。犬にも通ずる気配。

十歳。

その神社の、仕える者たちの行為(ふるまい)の、神事の、一切を詳細に観察する。

十一歳。

そもそも初潮が来たら追いやられるのだったと思い出す。消されると。だとしたら、何を待っているんだ、私は。

声をかけると、三人を除いてその他の全員が従うという。この時、結び目の女人たちの総員は二十四人。

よってむくを数に入れた二十一人が、この逃走に従った。尨犬たちは全頭。

大社からも大寺からも、どちらの支配からもむくは脱(ぬ)けた。

同じ十一歳。

疫病(えやみ)が京都を襲う。赤斑瘡(あかもがさ)の流行よりもひどい。おそらくは疱瘡(もがさ)、この判断は翌春には下されるが、渦中の数カ月にはあかだあかではない等は問われない。人々は、ただ、病み罵る。洛中洛外で、人々は、つぎつぎ、ばったり地面に倒れ伏す。罹病から斃(たお)れる。下賤の者だ公卿だとの隔てがない。身分の上中下の分け隔てがない。そのことがむくには面白おかしい。しかし痛快事というわけではない。率いている二十人中の十一人が罹り、死んだ。この頃、むくたちは京中でも荒れた右京を拠点としていた。が、いまでは朱雀大路の左側だ右側だと栄え方が競われることはない。京都は東西南北の全域で、いったん亡んだ。こうなれば寺と神社権力からの逃亡者であったむくたちも、容易に往来に出られる。そして、死屍の始末に当たる。尨犬の力を借りずともあらゆる箇所で人の屍骸には出遇え、そうした死穢を処理したいが如何ともしがたい生者は巷にあふれ、しかしここに、経験豊富で神事の作法にも適うような、白布の覆面をした、九人十人ばかりの年若い女の子衆がいる、現出する、そうした事態に相成った。

むろん死者の備品はむくたちの取り分である。正当に。

上中下のうちの上か中に力を貸せば、むろん、正当な報酬もある。

同じ右京が根城の、盗人たちの一派には、死人の具足装束などを捌いてもらう相談を持ちかけ、太い縁ができる。

左京は三条、東洞院の屋敷から清掃願いが出たと聞き、交渉に向かう。上中下のまさに最上、これならば屍骸一つで犬三十頭人間六人に十日食わせられるだけは毟れるとむくは踏む。

そして、この邸宅の築地の前で、むくは双子というのはなんなのかを知る。

そこにうすきがいた。

物語は、うすきは淡黄だとも淡君だとも一様に意味がとれるが、響きだけのうすきを名前として容れたのだと再び説こう。また、母のいない子にはむくとの名付けが終わっていたのだから、公平を計るには母のいる子のそれは遅すぎた点もあると詫びも入れよう。しかし、この場面で、ここで、二人の女の子は出遇ったのだし、どちらも名前は授けられた。それはそれで完然とする。それはそれで釈明は不要となる。

あとは何か。

足りないのは何か。

時は十五年遡っていた。今はそこから十一年下った。とはいえ、真の今とするには四年が不足している。その歳月を下らなければならない。

いや、しかし——。

現在の会話をここに描けば、下り切ったことを示すには事足りるか。

物語のこの現在の、最新の。

「ねえ、母様の乳を吸わなかった姉さん」とうすきが言う、むくに。

「どうしたの」と生き写しが答える、むくがうすきに。「私の幾十万倍も教育のあるあんた、私の姉さん」

うすきには、確かに、見るからに知性が滲む。

むくには、そして、野性が滲む。

だがそれは四年間の交流を通して授け合いもされている。

力と力が交わし合われている。

「母親の、人の母親の乳を吸った私の姉さん」とむくが言い直す。

「川船衆の賤から接触があったんでしょう」

「あったよ。あんた、うすき」

「淀のほうからあったんでしょう」

「あったよ。どんどんと愉快なことを私に頼んできている。もしかしたら私たちに」

「あんたと私に」

「西国の海賊が」

「いっそ」とうすきは言った。「浮舟の物語を、二人で二つ語ればよいのではないかしら。ああ姉さん、つまりこうなのよ。ここからは二つに岐れる物語にする。私たちが二人いるのだから、かの名高き紫式部は、藤式部は二人になるのよ」

宇治その四

筋は、裏切られているぞ。

この宇治の物語なるものの筋立ては。

さあ、真っ正直になられるがいい。そのような懸念に駆られている御仁はいるか。ここに、おられるか。世に言う「宇治十帖」の筋に照らすに、これはあまりに予想するところと違うのだと憂慮する者はおられるか。しかしだ、それは浅慮というもの。世に知られている「宇治十帖」の筋書きから離れるからこそ、これには価値があるのだろうが。これ、私の語りには。一例挙げようか。前回は武門というのが登場したな。武士たちというのが涌き出したな。そのことに驚きもしたか。昂ぶりもしたか。

それだぞ、あなたたちよ。

後世の人々よ。

その意想外があるからこそ本ものなのだぞ。あなたたち後世の人々よ、驚きとは贋ものに馴れすぎたがためにもたらされている。だがな、「光源氏の物語の続篇は、こうである」とか「こうであらねば」とか、その手の蒙昧を、また頑迷を打ち破るために私は来たのだ。ここに――この現世に――。

今宵もまた。

帰ってきたぞ。

私は裏切るために帰ってきたぞ。

そして、ここな一間におられる三人の聞き手にはこうも告げよう。予想であるとか予期した筋立てであるとか、構想であるとか、そこから幾何か逸れたからといって案ずるな。なんとなれば、ほぉれ、面白みならば活きていたろうが。再び一例を挙げれば、あの「隙見」だ。説かれている場面と場面との間隙を覗き、そこより説かれていない挿話を抽き出す――しかも二度も――いや三度だったか――。あの趣向だ。よい工夫だったではないか、あの「隙見」は。案じて煩うほどの逸脱ではない。

しかし、煩ってもよいのだぞ。

憂慮することにそもそも難はないのだぞ。憂える、そぉれ、ここには重宝すべきものがあろうが。すなわち憂しがあろうが。憂しという情意が。これは宇治の物語に一糸一毫たりと背かぬ。だとしたら憂慮しつづければよい。

さあ、筋が裏切られているからといって案ずるな。

そして案じろ。煩憂しろ。

なんとなれば、これは宇治の物語だ。

宇治だ。これなる土地が主役だった。

宇治だ。これなる土地は留守だった。そこから語りを接がなければならぬ。私の語りは前の回、僻遠の地に離っていった。奥州があった。東国もあったか。それらはむろん宇治ではない。宇治は、そう、留守でありつづけたのだ。そして、そう、待ちつづけていたのだ。何を、と語るのは一言も二言も多いだろう。それよりも奥州を見て、東国を顧みるがよい。描き出された刀もあったとふり返るがよい。早蕨の刀だったな。何人たりとも忘れてはおらぬだろう。私は語った、この早蕨の刀が一種の印鑰めいた印となると語った、そのように語り手の私は予告していた。語り手じしんが直截に予告したのだから的中必至の予言である、こう解せよう。あなたたちが解せよう。

三人の聞き手のあなたたちは感悟していよう。

しかし感悟しているのはあなたたちだけか。三人だけか――。

否！

さあ、私は帰ってきたぞ。藤式部が帰ってきたぞ。しかも私は、常にも増して切望されて帰ってきた。あなたたちよ、三人の聞き手のあなたたちよ、あなたたちのみが望むのではなかった。この乾闥婆を、西方十万億土からは遠く離れて中有の道に迷い、迷いつづける私を、「ここに、近く、側に」と待ち望むのは大勢であった。大勢！　このことで驚き、そして昂ぶるのは今度はこの私だ。同時に寸毫も驚かず、してやったりと肯んずるのもこの私、藤式部だ。そして繰り返される弁舌に新たな光をあてるのも当然私だ。私は、こう説いた。――本が生まれれば、私は再び顕われる、と。わかるな。第一帖となった冊子本が作出されて、そののちに私は憑坐に憑き直した。第二帖と数えられる冊子本が誕生して、再々度私はこの少女子の口を藉りるに至った。弁舌ちゅうの再び、とはそういう謂いだし、顕われる、とは顕現の予示だ。しかしながら、本、はどうだ。本とは、そこな聞き手の女房殿が指図して作られる美麗至極の巻帙に限られたのか。あれらの糸綴じの冊子、第三帖もまた仕上がった工房の拵え品に局限されたか。

否だ。

私は、存外待たせた。ここに再々度に再度を重ねた顕現を果たすのに、すなわちこの少女子の口を藉り目を藉り鼻を藉り耳を藉り、四度顕われ直すのに時間を要した。この人の世の時間をな。そこにはもちろん、その女房殿が——本造りの工房というのを差配する女房殿が——いかなる仔細か、下書きの原稿を揃えるのにやや手間どったとの由もある。なにゆえか、前回そして前々回並みに「一字一句違えない」とするのに難渋したとの仕儀もある。私、藤式部が語ったところに、そう、一字一句違えないとの黙契を守らんとして。推察しうる事情もあるぞ。あれだろう、こな工房製となる滅法見事な書冊は、料紙を準備する当人でもある右近の中将殿に早々に献げられると決定されたからでもあるのだろう。なあ、三位中将殿、女房殿、それと褥の姫君、それらの消息も読めぬ乾闥婆と思ってか。

が、それはそれとして措き、私が繰り返した弁舌だ。本が生まれれば、私は再び顕われる——。この弁舌ちゅうの、本、だ。これが新たに指すところを釈けば、言舌そのものの言い換えも納得されよう。すなわち、——本が適切に増えたならば、その女、藤式部は再び顕われる——。

さて、誰が私をその女呼ばわりしたのだ。

何者だ。

そしてこの何者かは、同じ文句をこうも言い換えるぞ。

——本が適切に増えたならば、その女、藤式部なる作者は再び顕われる——。私を、作者と言ったぞ。すると緒は得られよう。私があなたたち三人を聞き手と呼ぶのは、私がいかにも語り手であるからだ。むろん私は作者でもある。が、私を作者以外に呼びようのない存在とは何者か。すなわち私から見て、聞き手と呼びかけようがない者たちとは何人か。

読者である。

聞かずに、読む者たちである。

そして、その数、三人よりも遥かに多い。そうだ、大勢！　巷間いよいよ本ものは滲み入りだしたのだ。光、隠れておしまいになった、その後のな。続篇のその、本ものがな。料紙や装幀の質を問わず、また、麗筆か粗筆かの手蹟も問わず、さらには筆写の際に間違いがいかほど混入したかも検せず、本ものである物語が増えている。宇治のそれがだ。本朝一の物語書の偽らざる続篇がだ。本！　こうして流布しはじめたのが、本！　これで新たなる解釈は済もう。——本が生まれれば、私は再び顕われる。——本が適切に増えたならば、私、藤式部という作者は再び顕われる。

ほぉれ、この作者を待ち望む一群が、読者だ。

いかにして流通が為されているかの手立ては、私は摑めぬ。私は俗世にはおらぬのだから知らぬし、魄霊の通力をもって読もうとも思わぬ。しかし弘まりはじめたのは察した。第二、第三の造本工房がいずこかに調え置かれているのも察した。なんとなんと、第一帖が何十冊とあるのは当然、第二帖もほとんど同数あって、第三帖も早、多数あるではないか。それらの多数こそが、大勢の読者を生んでいるのだ。そして読者こそが私をその女呼ばわりし、作者と呼ぶのだ。ああ、この読者という名前の面識なき者ども！

さあ耳を傾けよ。あなたたち三人よ、三人の聞き手よ。そう、中将殿に女房殿、そして紫の縁とも見做せる姫君、あなたたちは特別なのだぞ。なんとなれば、この憑坐の少女子を介して私と面識を得ていようが。私は作者であるが、かつまた語り手であろうが。ああ、この異例さよ。あなたたちの特例ぶりよ。しかしあなたたちが私の出現を待望するように、相見知ることのない者たちも私を同様に待ち望むのだ。読者が！　たとえば第三帖のその巻末まで読み、まさに「続きを、その後の展開を」と切望している、読者たちが！

それらがいるからこそ私は顕つ。

帰ってきたぞ。私は待たれに待たれて、今宵、ようよう帰ってきたぞ。

宇治だ。いや、宇治は留守だった。前回の私はどのように留守だと説いたか。そこに収まるべき女人がいないのだ。老いた尼君、かの弁の君ならばいたが、大役を負ってもらうに足る美姫たちが不在なのだ。そして女君なきところ、男君もまた——。

だとしたら出さねば。

出して、宇治に据えねば。

なあ、あなたたちよ、あなたたち後世の人々よ。そうであろうが。私は、人として描き切られる女たちのために憂しの物語に手を染めたのだから。そのために「宇治十帖」と呼ばれる物語をかつて生み、さらに現のこの世での百有余年を経て今、生み直しているのだから。

さて、それでは以降の要の人物として、女人として、誰が召し出されるのか。この作中に――。

言うまでもない。浮舟である。

浮舟。それは三人めです。

一人めと二人めは同時に出ました。姉妹でしたから。あの大君と中の君です。それでは浮舟は、さきに登場した二人の女人とは姉妹にならないのか。

なります。父親が八の宮ですから。大君も中の君も浮舟の異腹の姉だったのです。だとしたら浮舟は、この昔日の親王の庶出の子だと解説すれば単純にすみそうなものですが、当の八の宮が生前いっさい頑迷固陋に認知しなかったわけですから、庶出の女とは断じがたい。このことは繰り返しておきましょう。

繰り返したうえで、物語の女人たちは三人と、こう説き直しましょう。

そして三人めが浮舟なのです。

こうして語り手の私に呼び出されて、浮舟は第一声、なんと発するでしょうか。たとえば、

「お忘れでないでしょうね。この浮舟のことを」

と言うでしょうか。それとも、

「待たせたな」

と表面（うわべ）の丁重さなど排して——ゆえに交情深く——挨拶するでしょうか。あとのものも大変よい。なんとなれば、この私、藤式部の口上とまるっきり通ずるではありませんか。

私が、

「待たせたな」

とあなたたちに告げ、浮舟が、

「待たせたな」

と同じようにあなたたちに語りかける。ああ、私はこんな女を待っていた。そうです、私こそが浮舟の登場を待ち望んでいたのです。が、しかし、これはどんな女であるのか。八の宮の庶出だと記すのが憚（はばか）られるならば、中将（ちゅうじょう）の君（きみ）の子だと申せばよい。そうなのです。浮舟は、女（おんな）としてよりもまずは女（むすめ）として物語に現われた。中将の君の

それ」と。母がいて子の浮舟がいた。そして私は、——子の浮舟はその母を以て物語を動かした、とも語ったのです。そしてまた、こんな場面をも語ったのです。母からその女への訓戒のある場面です。産みの子に対する教えが、伝え授けることどもがある場面です。

ひと言、「お前は裏切られます」と言い、さらに「将来お前もまた裏切られます」と反復し、「だからお前自身は裏切らずに、それ以外の、お前ではない裏切る女たちを用立てなさい。『裏切る女たちには使いでがある』と学びなさい」と説き聞かせた。

それを熱心に、真剣に、まだ充分な成長もしていない浮舟が聞いた。

二つの補足がここには要るでしょう。語り手の私からの補足です。一つ、ここで母親の中将の君は予告というのをしています。たとえば物語の語り手じしんが何事かを直截に予告したとなれば、これは予言であると解せる。聞き手たちにそのように感悟される。そしてだ、母親が産みの子にさきほどのようにきっぱり打ち出した予告とは、この同類ではないか。的中必至の予言ではないか。事実そのように聞き手は解します。聞き手であった浮舟は悟ったのです。おのれの運勢を。おのれの宿業を。母同様のそれを。

私って、裏切られることが予言されているのだわ、と感悟したのです。この予言は当たること必定なのだわ。

そして補足の二つめ、浮舟は母親から与えられた訓戒を真摯に受けとめ、「学ぶべきことは、修めます」と応えましたが、この学修というのは了わっています。あの奥州での数年間と、ひき続いた東国は常陸で過ごした歳月の間に修了しています。

浮舟とはそんな女なのです。

そんな女が、晴れて一人の女となってこの物語に帰ってきたのです。

だから、こう挨拶するかもしれないのですよ。こう——。

「待たせたな」

そこにあるのは妖しの魅力です。

ああ、私はこんな女人を待ちもうけていた。しかし、後世の聞き手のあなたたちよ、その一例だけでは足りないのだとあなたたちは訴えるかもしれない。どのような女であるかはもっともっと情報を与えてもらわなければ困るのだと詰め寄るかもしれない。ごもっとも。なにしろ二十歳を過ぎたのだからな。これは女性として描かなければならない。たとえば美相を具えるのだと、こう説かなければ空かりがありすぎるのかもしれない。それどころか異腹の姉である中の君の語るところ、「亡き姉上に生き写し」なのだと、こう解説し返して強調しておかなかったら語り手として怠惰の極みかもしれない。そうだ、然もありなん。浮舟はかの大君にそっくりなのだと中の君は断じているのだ。そうして、たとえば、こうした事柄を認識する浮舟の——いま現在の浮舟の——様子というのを描出すれば、あなたたちは少しずつ満足するのかもしれない。これらを二例め、三例めと受け止めて。

「どうして私は桃顔（とうがん）なぞを具えているのだろうね」

と浮舟は言うのだ。また、

「どうして私は『形代（かたしろ）だ』と指摘されるほど誰かに似ているのだろうね」

と自問するのだ。いずれ。そして、どちらの場合も、そんなことを苦渋の面持ちでは言わないのだ。つねに片笑みながら言った。それは年来の口癖を発する時にも同様であり、その口癖とはむろん、こう——。

「私、いずれにしても裏切られますから」

にっこりとして浮舟は他人（ひと）に言うのだ。その様はあまりに妖しい。

このように浮舟は類型に分けられる女人ではなかった。さて、あなたたちはこの女人が歌をどのように詠むかも興味があろう。それでは一首。

　ひたぶるに嬉しからまし世の中にあらぬところと思はましかば

どうだ。これが成熟した浮舟を知る四例め、または五例めとなったか。ちなみにこの歌は母親の中将の君に宛てたものであり、これに母はつぎのように返した。

浮世にはあらぬところを求めても君が盛りを見るよしもがな

あなたたちよ、この返歌をきちんと熟せ。いま耳にしただろうが。浮世と。むろん浮世とは、憂き、世、だ。さあ、そうして憂き存在とは誰だ。この物語ちゅう、ほとんど「その男、憂し」と名指してよい人物とは——。

薫です。

今や権大納言に昇進してさらに右大将も兼任しているこの男君です。

そうなのです。いよいよ薫の出番なのです。

しかも所はどこかと言えばまさに宇治から。ほら、主役が戻りました。

匂いがする——匂いがする——あの男の匂いがします。えも言われぬ芳香だ。神妙な薫香だ。そのような体臭を生まれながらに纏ったこの男は、何歳で、今はいつか。齢二十六、そしてその年の四月の二十日過ぎが現在です。さあ、薫という人間はこの年、どこにいますか。

宇治の地です。

用向きはなんでしょうか。

御堂を建てさせていたので、その捗り具合を確かめに来ていたのです。

御堂——ありがたい御仏殿——その造営。

そして、これに続こうとする展開こそが、薫がいよいよ浮舟をその目でうち見る場面。私、藤式部はそこのところで語りを故あって足踏みさせ、浮舟の出生譚に移ったのでした。憶えておいででしょうか、前回はそのようであったことを。そして、当然憶えておいでではないでしょう、その光景の拵えの細部というのは。宜なるかな宜なるかな、それで結構なのです。これより語り直しますから、結構なのです。

橋を、出し衣をした優美な女車が渡ってきたのでした。

それは大勢の東男たちを随伴としていたのでした。

薫はこの場面に遇い、自らの従者を以て「あれは誰か」と尋ねさせたのでした。

すると、「常陸の前司の姫君です」との返答があったのでした。

この答えが指し示すところの女人は、浮舟です。

薫は驚歎し、息を吐き、「それこそ私の求めていた女人だ」と思います。

そして前回は、ここからの足踏みだったのでした。それ以上を私は物語らなかった。今回は違います。ここから接ぎます。そのためにも少々、状況の説明というのを付け添えましょう。薫は、かつての八の宮の山荘——旧八の宮邸——というのを解体して、ありがたい御堂の造営に入っています。薫の、仏道を生きようとする心持ちについては、これは当然あなたたちも憶えておいででしょう。しかし建てるのは御仏のためのものばかりではない。宇治には、ほら、弁がおりましたね。山荘の留守居役であった弁の尼君が。この弁のための住居というのも要ります。ですから薫は、旧八の宮邸のあったまさにそこには屋敷を新たに建てさせておりました。

この新築成ったばかりの寝殿に、女車の一行は、——すなわち浮舟は寄ろうとしていたのです。

それは初瀬詣での帰りでした。しかも浮舟とその一行は往きにもここに泊まっている。前年の秋、弁の尼君は薫から「中の君には異母妹はいるのか。すなわち、八の宮様にはその生前お認めにならなかった姫というのが、いるのか、いないのか」と問われています。また、もろもろの相談も受けています。ですから弁は、中将の君を介して浮舟との接触を遂げていました。

浮舟の母、中将の君は二昔前まで八の宮邸に仕えておりましたね。ですから、弁は二昔前まで中将の君の女房仲間だったのです。それも、実に親しい。こうして弁の尼君と浮舟はすでに面馴れた間柄となっていたのです。

さて薫です。

女車に乗るのが浮舟と知り、「それこそ私の求めていた女人だ」と思った薫は、つぎに何を決断するか。

その顔を確かめること、です。大君の生き写しだと説明されたが、これが事実であるかをおのれの目で確認すること、です。

つまり隙見を決断したのです。

——またもや隙見！

薫にとって幸いなことに、新築されたばかりの弁の住居には簾も掛けられておりません。これほど覗きやすい代物もありません。また、薫はここの主人も同然ですから、「ちょっと隠れるよ」とひと言告げれば、皆がみな口裏をあわせて薫の潜伏に協力します。窃視の支度はやすやす成りました。

さらに薫は万全を期します。

物音を立てないのに如くは無し、とばかりに堅い上着はわざわざ脱ぎ、直衣と指貫だけの恰好となります。すると、より強かに放散されるものがある。その人香です。あの神秘の芳香です。しかしそのことまでは考慮に入れられる薫ではない。もう、胸が高鳴って高鳴って、考えが及ばない。

ひたすら二間の間仕切りの襖の穴に集中するばかり——。

隙見です。

それに集中しているのです。

そして覗き見る時、物語は動きます。車から女房たちが降りてくるところから見ました。そしてお終いに姫君が、つまり浮舟が降りてくるのも熟視しました。しかし扇でその面輪は隠しています。ああ、もどかしい！　女房たちにせよ浮舟にせよ、警固する東男たちに護られて寝殿に移るのですが、そちらには薫は目もくれません。ただただ浮舟を凝望するばかり。いつ扇を下ろすか、いつ隣りの間にあがってきて、うち寛ぐか。

ああ、来ました！

薫が潜む襖の前には屏風があり、しかしそんなものは何のその、覗き見る穴の位置はそれより高かったものですから影響しません。薫は直立不動です。そして、室内は丸見えです。まだ顔の確認こそ果たせてはおりませぬが、浮舟がどのような装いかは詳らか。袿は濃い紅色で、それから撫子と思しい細長、小袿は若苗色。そして、そう、――あ

あ！

浮舟が、姿勢を崩しました。

寛ぎました。

見えました。

それは、「面影が偲ばれる」などという言い回しでは到底及ばない。まさに大君の分身でした。

これぞ生き写し。

薫は惘然とするよりも陶然とします。この刹那、薫は蕩けます。その直立不動の姿勢のまま――。

この場面での薫の心情は、解説するのも容易ですから後にまわしましょう。薫が立ちん坊をしている隙に説かねばならないのはもっと別のことです。たとえば、浮舟は匂いに気づいているのだということ。その匂いに。お付きの女房たちは「尼君の焚いてらっしゃる風流なお香かしら」などと話しているけれども、浮舟はほんの僅かもそうは考えていない。これは人の体臭である、と理解している。これは噂に高いあの公卿の、あの芳香だろうと察知している。それに、感じてもいる――殿方の視線というのを――覗かれていることを浮舟は確信する。そして声にはしないで言うのだ。

「いらっしゃいますね、薫様」

と。

しかしこれは前述のように心中の呟き。

他にもあります。たとえば、薫が浮舟にばかり瞳を凝らしているのではなかったら、たぶん見落さないでいられただろう事柄。女車には警固の男衆が随い、下人たちもおりました。問題は前者のほう、警固の者たちです。何度か説きましたがこれらは東男たちであって、一瞥、帯仗しています。矢でいっぱいの胡簶があり、佩かれる太刀がある。

そして、その太刀が異形(いぎょう)である。きっと通常ならばそのことを薫も認識したに相違ありません。東男たちの全員がそうだというのではない、しかし二人三人はそうです。どこが、どう、異様(ことざま)なのか。鞘の塗りでしょうか、――いいえ。では柄の金具でしょうか、――いいえ。なにしろ薫が実際に看過してしまったのですから、まだ答えは即急には示せません。とはいえ私は、ここで薫に苦言は呈したい。ひと言、呈したいものです。薫は権大納言に任じられると同時に右大将にも昇進したのでしたね。右近(うこん)の大将、すなわち近衛府(このえふ)の長官だ。内裏(だいり)の警備というのを預る武人にして、その第一の責任者が、こうした場面で目に留めて然(しか)るべき対象についぞ留めなかったとは！　大将当人からして野太刀(のだち)を携えていて当たり前の状況で、視認というのを怠ったとは！

私は、遺憾です。

薫という人物を、蔑みまではしませんが、やはり憐憫の情は催します。

ああ、薫はそこまで「隙見する」ことに思量のすべてを奪われていたのか、と。

――しかし。

作り物語であるのだから、しかしまあ、それも怫然(ふつぜん)と色をなすほどではないか。現(うつつ)の出来事ではないのだから、構わぬか。

もちろんこれが現実の事と次第であれば、私は「その体(てい)たらくは、何ぞ！」と罵倒しただろうけれども。

なあ、虚構ならぬ世界にある三位中将殿よ。そこな聞き手の、右近の中将殿よ。これは本物の大将ならば決して許されぬざまであろうが。本物の右大将、右大将殿であれば凝(じい)っともちらっとも観察したに相違ないだろうが。

そして、きっと、見たでしょう。

その太刀の異形さの拠(よりどころ)を。

二人三人の東男たちが佩用するものの、柄頭(つかがしら)を。

なんと、早蕨(さわらび)状だ。

なんと奇異な——。

しかし、薫はそのようには思わなかったのです。この仮構(つくりごと)の物語ちゅうの人物は、ただただ隙見に専念し、その隙見の衝撃に打たれていたのです。

　それは、こうです。

「——私は、大君の形見がほしいと思っていた」

「——人形(ひとがた)がほしいと思っていた」

「——それを宇治という山里の、本尊にして崇めたいと願っていた」

「——それが、いた」

「——いたぞ、形代(かたしろ)！」

以上を、薫は声にはしないで心中に呟きつづけたのです。

そして匂いは漂いつづけました。匂いは――匂いは――薫の身体より発せられるあの天然の馨香は。この場面は終いまで神秘的な異香に包まれているのです。見えない芳しさに。不可視の美に。ああ、匂いとはぜんたい何か。目には把捉できぬとの事実を以て、これは音楽の美と相通じます。楽の音と芳香と、――これらはどうして通じるのか。

しかし、その答えを私は用意しておりません。

ですから薫に戻りましょう。ついに亡き大君の形代を見つけ出した薫に。この時の深々としたあわれさは当然詠まれて然るべきものであり、一首を挙げるならばこうです。

　見し人のかたしろならば身に添へて恋しき瀬々の撫で物にせん

なかなかに酷い歌です。撫で物とはすなわち形代ですが、これは禊には川に流したりする類い。なんだか「慰み物にしますよ」と宣言しているだけではないですか。しかもこの歌は、中の君に送ったものでもあるのです。中の君もやはり、――なかなかに見苦しい歌ね、と思って、こう返します。

　御禊川瀬々にいださん撫で物を身に添ふかげとたれか頼まん

浮舟が感じるであろう念いを代弁しています。

ところでこの歌の応酬は、薫が二条院の西の対を訪れた際におこなわれました。すなわちここは、もう宇治ではありません。洛中です。かつまた浮舟も今は宇治にはおりません。初瀬詣でから戻り、それから左近の少将なる婿がね殿に裏切られるという事件が継父の常陸前司邸内で起き、――そう、それは成人前の幼い異父妹に男を横取られたも同然の顚末だったのですが、これを機に二条院に移っています。憶えておいででしょうか。要点のみをここで語り直しましょうね。

浮舟は、中の君の異母妹ですね。

中の君も浮舟も、父親は八の宮でしたね。

浮舟の母親は中将の君ですが、中の君の母親は八の宮の北の方でしたね。

八の宮の北の方の姪は、中将の君でしたね。

すると中将の君は、その続き柄というのは中の君の従姉です。

このように繋っているのです。その繋りの内側で、歎願と憐憫があり、浮舟という破談した若き女人は二条院に匿われる。西の対の、人目に立たない、廂の間の北寄りの部屋に――。浮舟は、そこに、秘め隠されて存るのです。

そして次の事件は、二条院で起きます。

しかし、その前にひと言。歌を交わし合った際に中の君は、薫に「この辺りにこっそり、そのかたしろさんは来ているのですよ」と仄めかしています。薫には、浮舟を身代わりとして宛がったほうが万事具合がよい、と最初から考えておりましたから。

そして、さぁて。

匂う――ああ匂う――匂うと言ったら。

いま一人の男もいる。

まさに「匂う」を通り名に得た男君がいる。

匂兵部卿の宮が。約めて、匂の宮が。

この男が顔を出さぬわけがないのだ。以降の場面に。それを私は前回手短かに語ったし、今しがたも予告した。――事件は二条院で起きる、と。そこは余人ならぬ匂の宮の屋敷。それも当代の親王であればこその豪壮邸宅。往代の光源氏邸との由緒もあり、一町分まるごとを占めるその巨きさがために主人が隅から隅まで目を配るなどあろうはずもなく、言わずもがな匂の宮は雑舎に足を踏み入れた例しはないし、ゆえに仕え人が幾人住まい、傭われているのかは把んでいない。

これが二条院という殿舎、そして二条院の主の男。

その日、昼間は左大臣家の子息たちを寝殿のほうに迎えて、交遊していた。左大臣とはかの夕霧、すなわち件の人光源氏の子であって、夕霧の息子たちは光源氏の孫に当たる。匂の宮も同じように光源氏の孫だったから、等しい続き柄の男君ばかりが集っていた、と説き直せる。囲碁を打ち、韻塞ぎの遊びをしていた。それから散会に至った。すでに雀色時が近い、匂の宮は愛する中の君とゆったり時間を過ごそうと西の対に渡った。が、生憎だ、中の君は洗髪の最中である。あなたたちもご承知の通り、長い美髪を澄ますには手間がかかる、何人もの女房たちが側に付いて世話している。

「なんだ、中の君は泔か」

　と匂の宮は残念そうに口にした。

「申しわけありません、宮様」と立ち働いている女房の一人が説明した。「今月はもう、他に吉き日がないので」

「つまらない。じゃあ、若宮は」

　中の君との間にこの年の二月初めにできた息男の様子を尋ねた。

「それがもう、すやすやお寝みになっておいでで。お目覚めを願いますのは、ちょっと」

「中の君どころか若宮とも遊べないんだ。無聊だなあ」

「重ね重ね申しわけありません」

「うん。私も重ね重ね、手持ち無沙汰だ」

と、無聊と同内容の文句を繰り返した。

そして、あなたたちよ。後世の人々よ。私はこうも予告しよう。手持ち無沙汰とさせては厄介なのがこの親王なのだ、と。

匂う——ああ匂う——匂うと言えば。

多情の男君として知られる匂の宮以外に、この作中にはいない。

その「好色漢(いろごのみ)」の匂の宮がそちらこちらと邸内を歩きまわる。

いや、邸内、などと曖昧にする必要はなかった。具体的に説けばよかった。匂の宮は——。

西の対を歩きまわる。

いいいい、いいいい、

二条院の、その西の対を、です。

あなたこなたを覗いて、です。すると見馴れない女童(めのわらわ)を発見する。少し前方(さき)のほうを行きすぎようとしているのを見咎める。この時に匂の宮のその目に留まったのには訳があります。何かを口遊(くちずさ)んでいたのです。その女童は、歩きぶりは実に慎ましいし汗衫(かざみ)などの装いにも奇異なところは皆無(げ)、ですから等閑(なおざり)にしてもっともだったのですが、しかし口にしている旋律があった。それが匂の宮の目を引いたのです。

旋律、すなわち歌です。

それも聞き馴染みのない類いではない。

そこには万春楽(ばんすらく)の句があります。そして「ばんすらく」という囃子詞(はやしことば)も。男踏歌(おとことうか)なのです。

なんと、場違いな――、と匂の宮は思います。

しかも、幾分はなんと幽寂(ゆうじゃく)な――、とも思います。

そのようにして注目していたのです。その童部(わらわべ)を目路(めじ)に認めていたのです。が、つらつらと惟(おも)うに私のこれは存外奇妙な説明でありますね。口遊まれる歌があったから、匂の宮のその目に留まった、すなわち口にされて、その目を引いた。私はこのように説きました。けれども、しかし、そもそも音楽は視界に映るものではない。目には把捉というのが不可である。あなたたちよ、そうではありませんでしたか。だからこそ、この事実を以てあれとこれとは相通じているのではありませんでしたか。すなわち、あれ、芳香と、これ、音楽とがです。けれども、けれども、しかし、現実に目は誘い導かれてしまった。匂の宮のその両眼が誘(いざな)われてしまった。

これもまた事実。

その事実が、あれなるは新参の女童なのかしら、西の対で誰かに側仕(そばづか)えしているのかしら、と考えさせた。

すなわち跡(あと)を追わせた。

と、「ばんすらく」は消え入るけれども、襖がある。女童はどこかに姿を消したけれども、襖は細目に開いている。

覗いてみる。

と、一尺ほど奥に屛風がある。その端には几帳が立ててある。それは御簾に添えられていたのだけれども、その一部が揚げてある。

そうして生じた隙間に目を凝らしてみる。

と、着物の袖口が出ている。どうやら当人には気づかれずに、紫苑色に淡黄を重ねた華やかな袖口が。

女人です。

そして、そう、このようにして匂の宮は覗いていたのです。すでに隙見をしていたのです。ああ、覗き見る時、物語は動き出す——。現に匂の宮はずんずん歩み出していました。なにしろ「好色漢」の性としてそうしていました。しかも、ずんずんと進んでいるのに不用意な足音は立てない。衣擦れにも留意する。そっと部屋に進み入るわ、いつのまにか襖は後ろ手で閉めてしまうわ、さすがその道の手練れです。それから何を為すのかといえば、狙いを付けたその女人の衣の裾を、片手で押さえ込んでしまった。

「まあ、何」

訝しむ声があがり、その女人はふり返ります。

しかし顔は隠しています。広げた檜扇です。両端に飾り紐の付いた美しい扇を絶妙に翳（かざ）して、面輪を秘めさせているのです。

「よいね。よき風情だ」と匂の宮は言います。

「これは、お殿方――」

「あなたは誰」

と問いながら、匂の宮はその謎めいた女人の、檜扇を持った手を把（とら）えてしまっています。

返事はありません。

「ふぅん、黙るんだ」と尋ねます。

これに対しても返答がありません。

「そうやって黙（もく）してしまうんだね」

と言いながら、これなるは新参の女房なのかしら、今さっき新参者らしい女童を目撃したように、新顔として勤仕しているのかしら、だとしたらこの二条院の主人たるは他ならぬ私なのだから遠慮は無用で手を付けていいよね、支障（さしさわり）はないよね、などと匂の宮は考えています。

その下心を読んだのか読んでいないのか、檜扇のその向こうで女は顔を背けます。

「それは、意地悪だなあ。そんなにも厭（いや）がって、私の目路（めじ）から隠れん坊をしようとするなんて。あなたは私を苛（いじ）めるの」

「滅相も」

「滅相なの」

「いえ」

「黙さないでいてくれることはうれしいよ。ああ、また黙った。困るなあ。そうした態度ならば、私はこれを奪ってしまうよ。あなたが見せない顔の前に広げた扇を、取り上げてしまいますよ」

「ご無体です」と女が応じましたが、その声の、なんたる艶な音色。匂の宮はより心をそそられます。

「そうだ、私は無体だ」と熱烈に肯定してしまいます。

「そのようなお殿方は、実に恐ろしく――」

「でもね、大丈夫」

ただちに応じる匂の宮は、今回は猫撫声です。

「無体はもう止したから。私、無理無体にはもう飽きたよ。だから安心をし。さあ、扇を奪うだのなんだのはしないから、せめて背けた顔を戻して。その額つき程度は私に眺めさせて」

「私も、眺めておりまして」

「何を眺めているというの」

「この首を外のほうへと動かしましたのも、それゆえで」

「背けたのに別の理由があるというの」

「壺前栽が、見事でして」

「この対の中庭の、植えられた草花がなんだというの。それよりも私は、この花様を愛でたい。まずはどんな名花なのかを確かめさせなさい」

そして、約束に悖る無体をしでかします。檜扇を、ぱあっと舞わせるがごとく取り上げます。優美このうえない没収の様です。この刹那、匂の宮は、――扇のあちらから現われるのはさていかなる類いの瓊花でしょうね、それとも妖花なのかしら――、等とやや道化て考えています。

現われたのは﨟たげな容色でした。

実に、実に。

はなはだ美相。

「え――」

と声を失わないではいられません。事前の軽薄な期待を数段越えて、そこには浮舟の顔があったのですから。

ところで、浮舟を浮舟と認めることができるのは以前に浮舟と対面済みの人物だけです。匂の宮はそうではない。それならば「大君の生き写しだ」と息を呑むかといえば、匂の宮はこちらとも面を向かった例しがありませんから、似ているだの酷似しているだのの連想も露もしません。いっぽうで大君の妹にして浮舟の異母姉である中の君とのそれは、連想というのは、します。匂の宮の北の方ではないにせよ――それは左大臣夕霧の六の君のほうです、世間はそう見做しています――中の君はその愛寵の対象、子まで儲けた間柄であり、似ていればそうとわかる。実際、

「ああ、これは中の君と幾分似通った美相だね」

と絶句しつつその心中にて思ったのです。そして、

「幾分、というよりも、多分にかな」

とも正したのです。しかしながら、

「――ということは、つまり私好みのあれだということだ。私の趣味の美人だ」

こう誤断したのです。花の顔のその特性を、血縁上のものとは推し測らず、別の要素群と認識した。すなわち「美女の諸条件」のそれぞれとして。たとえば眉という二点の雌蘂、唇という二枚の花弁、鼻という萼、目という二対の雄蘂なる具合に。

うわぁ、――いいではないか。

これが匂の宮の決した判定です。

年頃はおよそ二十歳、私好みの美女であって、その上またうら若い、この容貌は、

――無上にいいではないか！

ですから俄然声を出して、

「あなたは誰」

と再び問いました。初めの時より息急いて。

「そのように、頓、と問われましても」

相手はやんわりと返します。

「名前を教えて。私に」

「そう強強いに求められましても」

女人はゆるゆる去なします。

「求めているのは名前だけだよ。それならよいでしょう」

「よいですとか、悪いですとか、そうした是非もどきを尋ねられましても」

こう巧みに逸らかしながら拒みつづけているのは、もちろん浮舟です。

「ええい焦れったいなあ」と匂の宮は言ってしまいます。「あのね、私はあなたを口説いているんですよ。言い寄っているのです。それがわからないの」

「今しがた『求めているのは名前だけ』とおっしゃいましたが」

「あ、そうだ。私は俄かに思い出したぞ」

「何をでございますか」

「私は、無理無体にはぜんぜん飽いたりしていないのだった。飽き飽きどころではないのだった。それだからね、さあさあ、だからね――」

などと言い募り、浮舟に無遠慮に迫らんとした刹那、

「変なことはなさいますな」

と迫力に満ちた声が涌きます。見ると向こうの屛風が開いていて、そこに四十六、七の年配の女房がいるではありませんか。

「怪しからぬ怪しからぬ」

こう諌めて近づいたのです。

「何を咎め立てる」と匂の宮。驚いてはおりましたが飄と応じました。

「それを難じておりまする」

「というか、お前は誰なの。お前のような女房は知らないよ」

匂の宮は内心、やれやれ今夕は新参者三昧か、と倦んでいます。

「私めは」と問われた女房、「こちら様の乳母にございます」

「そうなの。乳母なの」

「さようにございます」

「こちら様の乳母ね」

「そうでございます」

「では、こちら様は、どちら様かしら」

「幼稚な策略を」

この応えに匂の宮はさっと気色ばみましたが、その時です。浮舟が、

——ふふ。

と咲いであるような咲いではないような声をあげました。それから乳母を助けて、

「私の名前、明かしてはならないわ」

と言い添えました。匂の宮の関心は断然浮舟に向かいます。この女人に集中します。そしてここから、優々しい一言一行で掻き口説くのですけれども、なにしろ部屋の隅には乳母が端座しています。「これこそ乳母の務め」とばかりにぎょろっと睨んでいます。匂の宮が「下がれ」と言っても頑として応じません。これでは障りが多すぎて、しでかしたいこともしでかせない。そこで匂の宮はごろりと横になって、睦言だけを纏綿と紡ぎます。どういう才能なのか、浮舟のほうもごろりと床に転がしてしまって、恰好だけは添い臥しです。

さて、その後の展開はいかに。

火点し頃となると、中の君付きの女房の幾人かも主人のこの「怪しからぬ」振る舞いを見て知り、また聞くところとなります。それでも匂の宮は懲りません。浮舟に、あなたの名前はなんなのかなあ、あなたはどちら様なのかなあ、と謡いかけつづけています。今では乳母との根競べも楽しんでいるありさま。と、事態を収拾させる使者が来ます。

これは御所より参ったのです。中宮、すなわち匂の宮の母親の明石の中宮が、胸の病患で苦しまれ出したとの由、そのために至急の参内が要請されています。さすがの匂の宮もこの急用を無視するわけにはいかない。しぶしぶ、腰を上げます。西の対の人目に付かない廂の間の北寄りにあるその部屋を去り、二条院より発ちます。

以上が、二条院で起こった事件なるものの顚末でして、匂いはいったん去ったのです。

匂いは去る。

匂いは——ああ匂いは——匂いは往ぬ。

で、次はなんだ。

匂いに追わせることだ。

それを考えているのは語り手の私ではないぞ。物語の人物だ。たとえば匂の宮との間に男子を生している中の君だ。男子、あの若宮を。とはいえここでの中の君の心頭にある「匂い」とは、夫、匂の宮ではない。それは理屈から言ってもありえない。その「匂い」は、着衣につねに焚きしめられる人工の薫物ではなしに、衣の下より立ち昇る天然の体臭、すなわち人の膚からじかに燻るものを指す。体臭でありながら超俗の、実に芬々たる異香——。

薫だ。

中の君には後見役にも当たる男君、それが「匂い」だ。

その匂いに追わせなければと考えている。浮舟を。

あなたたちよ。あなたたち後世の人々よ。この藤式部は先に解説したではないか。中の君の立場というのを、その思惑というのを。それは、こうだ。「薫様には、浮舟を実姉の身代わりとして宛がったほうが具合がいい」――。ほら、このことを私は今晩すでに説いていたではないか。

それなのに、だ。

西の対で中の君の側仕えをしている女房たちの報せは、なんたること！　夫、匂の宮がその浮舟にちょっかいを出そうとしていると、こう沙汰に及んだではないか！

中の君は色をうしなった。

あなたたちよ、ここで中の君の置かれている状況というのを、私とともにいま一度篤と思いやろう。脳裡に図でも描いてみよ。中の君をその数に入れて二人の女君がいる。また、二人の男君もいる。これらは両者ともに中の君に愛情を涌かしている。すると中の君こそがこの図の中心に置かれるはずだが、それがとんでもない、二人の男君はそれぞれにさらに二人の女人たちをこの図に招き入れてしまうのだ。どちらにも世間が「北の方である」と見做す妻がいる。薫は、今上の帝の女二の宮というやんごとない女性の婿である。匂の宮は、当世の一の上(いちのかみ)たるかの左大臣夕霧の六の君の婿である。簡単に言えば、図の男君たちには「正室あり」との註が付されてしまうのだ。この無様(ぶざま)な付註(ふちゅう)持ちの男たちに愛されても、所詮、中の君は次席にあり続ける。

それだけではない。

元来この図には女君は二人。すなわち中の君以外に浮舟がいる。男君のうちの一人、薫が中の君に横恋慕し、中の君はいま一人の男君の匂の宮を一途に想い、しかしながら匂の宮がいま一人の女君の浮舟に求愛するとなると、これはまさに始末に負えない。断たねばならないのだ、何かを。

そして、計算もしなければならないのだ、もろもろを。たとえば男君のそれぞれに北の方があり、中の君はどこまでも二番手の女だとして、しかし薫という男君は実姉(あね)の面影を追って言い寄っているだけなのだから、これは実質三番手なのではないか、と中の君は計算しなければならないのだ。そして匂の宮という夫が本気で浮舟にうつつを抜かしてしまったら、同じ危険がこちらにもある、と弾(はじ)き出さねばならないのだ。すると、つまり、どうしたって、薫と浮舟を縁付かせるに限る、と中の君は結論づける。

そして、これこそが一番の脈所(みゃくどころ)でもあるのだが、浮舟がとんでもないことに夫のちょっかいに応じてしまったら、薫が――

「なんだい、その程度の女人であったか」

とか、

「つまらない女性(にょしょう)だな」

とか、

「安っぽい」

と思ってしまう可能性が大いにある。それでは為(ため)にならない。浮舟は、あのかたしろさんは、近い将来この身を呪縛するやもしれぬ憂(うれ)いの図の連接というのを、夢にも断ってはくれないと中の君は考える。そうなのだ。憂(う)し、と思いながら中の君は思案する。ああ――、ようよう中の君も囚われはじめた。憂し！そこで中の君は定め切るのだ。浮舟をここ、二条院から他所(よそ)に移す。移して、それを匂いに追わせる。この「匂い」とは、先にも解説したが薫だ。夫の匂の宮ではなしに薫のほうだ。

さあ、あなたたちよ。ここまでの中の君の心情は重々理解したな。この女の気持ちだ。その推移の経緯(いきさつ)だ。きっと、しかと同情できただろう。そして「匂いに追わせる」と、そう考えているのは語り手の私ではない、とも。さらにひと言足そう。語り手の私が考えているのではなく物語の人物がそうしているのだと説明するのに、私は中の君というただ一人を挙げたに過ぎない。すなわち、わずか一例だけだ。このように挙例は限られていたのだと、あなたたちよ、心の隅にまずは留め置いて、それから失念するがよい。

で、中の君だ。

中の君は、具体的にはどうしたのか。

中の君は、浮舟の母の中将の君と談義した。

すこぶる妥当だ。引き受けた異母妹をいきなり「えい」と抛り出せるわけがない。しかし中将の君の同調、同意があれば物事は楽々進む。そして、同調してくれるであろうという公算はあるのだ。なにしろ中将の君は、宇治のあの弁、あの弁の尼君から「薫の、一方ならぬ浮舟への関心」を聞かされている。聞かされているというか熱心に説かれている。その薫は権大納言であり、右大将である。この縁談はたいへん結構である。なのに、そこに宮様の怪しからぬ悪戯が出来しては——。

まずい。

「ねえ、まずいでしょう」と中の君は直接言った。

「いかにも、宜しくありません」と中将の君は答えた。「浮舟の価値が下がります」

「薫様も、そうなると——」

「薫の大将様も、これをお耳に入れるような仕儀になりますと、母である私の思惑にも

「ですよね。それでは中将の君、ただいまから異母妹の隠れ家とできるような候補というのは、あるかしら」

「ございます。この母親が『真逆の時』用にと用意している家が」

「遠いのかしら」

「断じて。明かしますれば三条界隈でございます」

「それならば至急連れ出して、移せるわね」

談義はこうして落着する。浮舟は洛中においてその居所を、さらに移す。しかし、だ。

そのこと自体に戸惑っている浮舟ではないし、そしてまた、物語でもない。

この物語はそうではないぞ。

さあ——。

宇治の物語なのだった。これは。

宇治という土地が主役なのだった。

そこにどのような女人を据えるのか、が問題とされているのだった。実の姉妹の二人、大君と中の君に続いて、誰を、どう収めるかが——。

しかし浮舟はまだ宇治には移らない。それにだ、あなたたちよ、語り手の私はここで断乎言っておこう。浮舟はあの男の手でそこに据えさせねばならないのだ。宇治に、あの男君に運ばせる。それこそが本式の手順となるのだ。

わかるか。

そして、男君とは誰か、わかるか。

はは！——もちろん薫だ。余人を以ては代えられぬわ。

なにしろその男、憂し。

それでは先を急ごう。もう舞台は調っているのだ。そして、このことは宇治においてもそうなのだ。私が何を言わんとしていると思うか。薫が造営を指図していた御堂、旧八の宮邸を取り壊して建てさせていた、その山里のいわば「御仏の拠点」が、とうとう完成したのだ。実に見劣りのしない仏堂だった。それぱかりではない、併設の寝殿、すなわち弁の尼君の住居にと新築していた屋敷も設いはことごとく調った。ほら、舞台はこうした意味においても相調ったのだ。機が熟している。そこで薫だ。薫は落成した御堂を見るために宇治を訪れる。薫はその出来に感歎する。薫は一歎三歎して拝し、「これぞ御仏が御殿よ」と言う。薫は付設された寝殿のほうにも寄り、弁の尼君と語らう。弁は、「ここは上品の姫君をも迎えられるような立派な屋敷と相成りました。ああ忝し忝し」と言う。この弁の、姫君、との一語が薫を駆り立てる。薫は「例の女人なのだが」と話題に持ち出してみる。それが二条院に寄寓していることは承知なのだが、私はかの女の姉の、さらなる仄めかしというか手引きを待っていてね、云々と告げる。滔々「二条院という宮様邸から『女人を連れ去った』とあっては、露見の際に悶着も起きかねないのだよ」と諭じる。すると、これを受けて弁、「ところが身を寄せていた中の君のところからは移転されたと、先日、中将の君より便りが」と教える。すると薫は独り合点し、なに、それでは浮舟殿というのは養父の常陸前司殿が屋敷に戻られたのか、それはあまり結構だとは言えないぞ、この権大納言にして右近の大将を兼ねる上達部の私が、たかが受領級の者の邸宅に婿通いだなどとなっては世の物笑いだ、なかなかに辱だぞ、せめて浮舟殿の実父たる亡き八の宮様のお名前が表立っているなら別だが、ああしかし、と延々悩乱する。この心病みを断ち切って、弁、「物忌みがために三条辺りの隠れ家におられると」と言うと、薫、「なに、移ったと言っても方違え所か」と問い、弁、「そのような類いでもありましょう。文によれば粗末な仮住まいだとか」と答え、薫、「なに、それは実に便利そうだ」と言ってしまい、弁、「便利とは何がでございましょう」と尋ね、薫、「そこのところは聞き流してください。それでね、弁、あなたにそこを訪問してもらってよいかな。いやいや、『億劫だ』などと言わず。車は私がしっかり用意しますよ。牛飼いも供も、優秀で偉ぶりすぎていないのを。これに乗って隠れ家を訪ねて、それが三条の奈辺にあるかを確かめてほしいのです」と懇願する。弁に否やはない。薫はこの瞬間から早、心急く。崇める本尊がほしいのだから、この宇治には、と逸る。だから私も、さあ、もっと先を急ごう。二日後だ。早朝に牛車が弁の尼君を迎えに来た。これは薫が、都から遣わしている。険しい山道を抜けた弁は、日のあるうちに三条の、その隠れ家に到り着く。そして薫は、そうした一切の経緯と、それから径路とを逐次手の者に報告させている。そうだ、薫は急いだのだ。弁の尼君を先に訪問させておけば、これは正式の使いともなるし、必ずやこの使いは薫の気持ちを代弁する。男の、薫という男君の切々たる心情を。そして後は、と薫は思う、人目につかない場所はいろいろ事を運びやすいのだから、運んでしまえばよい。

その日の宵、薫は動いた。弁が「隠れ家」を訪ねてから一、二刻と経たぬうちに。最速の頃合いである。豪華さをあえて排した車と、除こうにも除きようのない特別な薫香とともに、ほら、薫は来た。

一等初めだけは、薫は落ちついている。

私はお忍びだからな、と自制している。

ほほう、さすがにこれは仮の宿だ、雑草だらけだな、前栽の花々はいずこだ、などと見渡している。

軒端からの雨垂れがある。そこだけ草が鬱々と濃い。

どこかで猫がねうねうと鳴いている。

「あわれあわれ」と、薫は強引に独り言ちる。

警衛の者たちが挨拶する。この「隠れ家」を護る武者たち、東国訛りにて話しかけもする東男たちが。

尋ねると「我らは夜詰めでして、常陸殿より配されているのです」と報答する。

その常陸殿というのが、常陸前司の北の方、すなわち浮舟の母親を指すのだと了察するのに多少の時間がかかる。

それはそうとしても、と薫は思う、この荒れすさぶ景色は狐火も燃えそうだ、これでは安寧無事を望むのに十幾名もの武士が要って当然だな。

そう思う薫は、この時ばかりは近衛府の長官としてその心を動かし、また事実、大将の目を以て武人たちを凝望する。

覿面、それらの気象烈しいであろうことをうかがい知る。射術剣術の力倆もさっと嗅ぎわける。――これほどの猛者たちが警衛か、もしや内裏より凄いぞと一驚を喫する。

間を置かず右腰に付けた胡簶や左の太刀にも注目して、ただちに薫は、佩かれた太刀が異様であることに留意する。見逃せないのは柄頭だった。それは一種面妖に折れ曲がり、曲がるというよりも巻いている。それは――。

「早蕨だな。あたかも」

「あなた様、これは早蕨の刀でございますから」と一人が鄭重に返事した。

「そのような名があるのか。名のある業物なのか。見たところ一振りのみならず、四人五人には佩かれているようだが」

「あなた様。もちろん早蕨の刀というのは東国では大方ならず知られた名刀。業物か否かと言えば、大業物でございます」と別の一人が返答したが、その言葉には東訛り以上の訛りが、もっと奥まった崩れがあった。

「むう、大業物」と薫は言った。

しかしながらそこまでだ。その後、家内に招じられるや薫は右大将としての眼力は忘れる。弁の尼君の荷担があり、南の廂の間にて遂に浮舟との対面が叶うと、薫は武人の資質のいっさいを見事に忘れ去る。

なにしろその目が、浮舟の顔を見ている。

言うまでもないことですが、それを見たら最後です。生き写しなのですから、最後です。「ああ、大君」と思いながら、薫は、「ああ、浮舟」とも蕩けます。そして宇治の、造営成った御堂に付置されているあの、設いもことごとく調った寝殿に移すために、隠し据えるために、洛中は三条の荒びた家からただちに浮舟を連れ出します。この折りの宇治へ向かう車中にて薫が詠んだ歌は、

形見ぞと見るにつけては朝露の所せきまで濡るる袖かな

それから漸う宇治に到着し、まずは感極まった弁の尼君がつたない手蹟で薫に贈った歌が、

やどり木は色かはりぬる秋なれど昔おぼえて澄める月かな

これに反応して、薫、

里の名も昔ながらに見し人の面がはりせる閨の月かげ

と詠います。この日は十三夜でした。

十三夜です。

世に言う「のちの月」です。

その明かりの助けを借りて人物たちを照らしてみましょう。宇治で照らすのもよいですが、浮舟を欠き弁の尼君を欠き、薫たちの陪乗となった女房たちも差し引いて、三条

のあの界隈にぼんやり取り残される「隠れ家」を覗いてみるのも味なことです。どのような人間が皓々たる月影に照明されるでしょうか。

おや、歌が聞こえてきました。

音楽ですね。

「ばんすらく」と口遊んでいます。濡れ縁に座ってこの囃子詞を低く繰り返しているのは、女童です。

もちろん、あの女童です。照らされれば確か。あの二条院の西の対におり、匂の宮の目を引いた女童です。

その歌は庭先へ庭先へと流れ漂い、滲透します。

一方、庭にはいまだ薫の残り香があります。驚いてしまうような芳しさです。そして、庭にはこの余香こそを話題としている者たちがいて、月明かりに照明してみればこれらは夜詰めの武者たちです。いったい、具に聞けばどんな会話でしょうか。

こう言い交わしています。

「馨しい殿であったな」

「香りすぎる殿でもある」

「訪い来った途端、これだとわかったわ」

「薫様だとな。我らのお目当てだとな」

「我らのそれであり、第一には姫様のそれである」

「さよう」

「さよう」と口を揃えます。そして、

「さよう。姫様は近付いた。薫様は、今や帝の女二の宮様の婿君。畏れ多くも北の方は内親王（ひめみこ）ぞ。その威勢、当代以降に昂（たか）まろう」

「ただし、姫様のお目当てはお一人ではないが」

「お一人のみの殿ではないが」

「すると我らのそれも一人ではない」

「こちらも香りすぎる殿だとか」

「残香（ざんこう）凄まじいとか」

「次代には確実に春宮（とうぐう）に立てられるとか」

「芳（こう）ばしい芳ばしい」

「いつも姫様は口にされているな。『もっと近付きますよ』と」

「『こうして護られていれば、もっと近付きますよ』と」

「我らに護られていれば、と。ありがたいありがたい」

「それと姫様はこうも言われる。『私はなにしろ、裏切られますからね』と」

「実に面白い――」

こうした会話が、おやまあ、月影に照らされて立ち聞かれました。まさに覗き見の醍醐味。真に味な体験です。そして十三夜は、この「隠れ家」の門をも照らし、そこで門迎えする人物をも照射します。

四十六、七の女です。

これは浮舟の乳母です。

あの乳母です。皓然たる月気に照らされるのですから確か。二条院の西の対のあの部屋に涌いて、匂の宮を「怪しからぬ怪しからぬ」と窘めたあの女です。さて、誰を出迎えたのでしょうか。その人物ももちろん照明しましょう。

中将の君です。

端然と車から降りてきたのは、浮舟の母、中将の君です。

ここを「真逆の時」用の家として、そもそも準備していた人物です。

警衛の東男たちが次々挨拶します。

中将の君はうなずき返します。

乳母より報告があり、「浮舟が連れ出された、薫に」と正確に知ります。

中将の君はうなずきます。庭の落葉を踏みます。

「斯くして」と言います。「わが女は盗みとられました。大変によい。これにて動き出す」

猫がねうねうい鳴きます。

「あとは、つぎなる次第柄」

その声はひそめられていて、屋敷の庭に幽寂と、幽寂と響きます。

「事によったら、私、中将の君も裏切るでしょう。その時は浮舟よ、そんな母を用立てるのよ」

そして静寂に沈みます。

さあ、このようにして私たちは十三夜の助けを借りて隠れる主を欠いた隠れ家を覗きました。三条に薄ぼんやりと取り残されていた荒びた家と、そこにある人物たちを。醍醐味をもって覗き見たのです。そして、その行為こそは天空からの隙見。それをする時、どうなるのでしょうか。

それをする時、物語は動き出すのです。

一息に行きましょう。

よいですか。ひと口で言いますよ。

そこに秘密がある時、その秘密を嗅ぎあてない匂の宮ではありません。そうです、匂の宮だ。この男君が宇治のこの物語の核に飛び込むのだ。正月、これは匂の宮が二十八歳の年だが、二条院の中の君宛てに宇治より手紙があり、それを匂の宮が読んだ。ほとんど盗み読むように読んだ。すると、これが宇治住まいの女人からの手紙であって、どうやらその女人こそがかつて逃した名前を明かさなかった姫、それ以降は西の対に発見できない謎の美姫だと推し測られる。しかもその女人の素姓を、妻の中の君はどうしても教えない、説き明かさない。おまけに薫が宇治の、今では主人なきはずの旧八の宮邸跡に繁く通っているとも洩れ聞く。どうにも怪しい。ここには秘密がある。だから探り出す。

あの逃した美姫は、浮舟といって、薫の手中にあり、宇治に隠されている、とわかる。

匂の宮は妬ましい。

「薫の持っているものは、私は全部ほしいよ。手を出さないと」

と口にする。これが匂の宮の動機のほとんどとなる。

薫香の調合術の極髄を究めて、薫のその天然の体臭に七、八割方等しい匂いを拵える。これを衣服に焚きしめて、匂の宮は浮舟のもとに、あの宇治の寝殿に忍び入る。匂い——匂い——ああ匂いの擬装。警固の武者たちも騙されて、仕える女房たちも「薫様である」と騙されて、夜陰に紛れた匂の宮はとうとう浮舟と一夜を契る。取り返しのつかない事態だ。そして、匂の宮はそれで満足するのか。まるでしない。薫の、浮舟への思い入れが想像をはるかに越えると知って、もっと悔しい。この同じ年に薫は二十七歳。

依然、匂の宮は妬ましいし、負けられない。完全に浮舟の心をわが所有（もの）としなければ！ 完膚なきまでに！ 二月の雪の日、匂の宮は宇治川の対岸に因幡（いなば）の守（かみ）邸を借りて、特別な逢瀬を演出する。小さな舟で川を渡る。常磐樹（ときわぎ）に託して永遠の愛を誓う。蕩（とろ）けるような二日間。

これで勝利したと匂の宮は思うのだが、こうした事態はじき薫の探り知るところとなる。周囲に、蠢（うごめ）いている者たちがいるのだ。策動もしているのだ。「次の春宮（とうぐう）に据えられる宮様に嫁していただければ、私たちは最高のご奉仕ができますわ。出仕にも等しい大躍進ですわ」と、薫を裏切って匂の宮を手引きしつづける女房たちが五人いる。他方、宇治の留守居役の時代にもきちんと養われ、最後まで自分の面倒をみてくれる貴人は薫以外にないと確信する弁の尼君は、もちろん薫にあらゆる協力を惜しまない。現状はっきりとは浮舟や中将の君を裏切っていないが、いつでも裏切りそうである。しかも中将の君はこんなことも言う。

「さて、弁が裏切るのを待ちましょうね」

と、浮舟に。

薫は四月十日に浮舟を、京の、新築した屋敷に迎えることを決断する。内密に事を進める。二度と匂の宮に見つけられないようにするのだ、浮舟を。

匂の宮はその内密の動静というのを、もちろん把（つか）んでいる。先んじて三月の末、浮舟を都に盗み出す計略を固める。そして薫から永久に奪ってしまうのだ。

二人の男君はともに浮舟を宇治から去らせようとしている。

この宇治の物語を、そちらに動かそうとしている。

ああ、――憂し！

そして三月末の幾日か前に、浮舟は、母の中将の君、乳母、ごく限られた人数の女房たちと女童、警衛の武士たちの頭を寝殿の塗籠の間に集めて、以下のようにひそやかに告げる。

「皆も知るように、私は二人の殿方より求愛され、寵愛を賜り、辱の極みであるところの両天秤の仕儀となり、ここに進退が谷まった。方途はただ一つ、この身を滅するのみ。とはいえ――

　歎きわび身をば捨つとも亡きかげに浮き名流さんことをこそ思へ

無念ではある。しかし、身投げ以外に手立てはあるまい。ほら、轟々たる川音を聞け。我らが宇治川のあれを聞け。そろそろ私は入水する。今晩にもな。――待たせたな」

しかし、そこで川の流れは二つに岐れるのです。宇治川の潭々たるそれは。

おや、なんだ。あの楽の音は。

女人たち

「なんだ、あの楽の音は」とうすきが言った。

その口振りが三人に、はっと心づかせる。物語の世界には外側がある、と。語り手たる藤式部の紡ぐ宇治の物語のその作中に浮舟も薫も匂の宮もいるのだが、作中あれば作外あり、そこに聞き手たる自分たち三人がいるのだと、あらためて気取らせる。

そして三人は音楽を探す。

ちどりが。

建明が。

紫苑の君が。

それぞれが鼓膜に「楽の音」を捉えようとする。なかば申し合わせたように、揃って。

初め、静寂以外に聞き取れない。

否、邸内での加持祈禱というのはこの夜も行なわれていたから、延々たる読経の声はある、往々打ち鳴らされる鉦もある、時にカッと誦される陀羅尼もあり、閑寂には程遠いのだが新手の音楽はない。

が、三人が揃って探すや、何かが涌出（ようしゅつ）する。

それも、なんだ、あの楽の音はとうすきに名指されたのを確かな合図に、歌として涌（わ）き出す。

歌、あるいは琵琶の弾奏にも似て――。

「む」と唸ったのは建明だ。そのように反応した時にはすでに、この右近衛府（うこんえふ）の中将は片膝を立てて腰を浮かしている。

病褥（びょうじょく）にある紫苑の君は唸らない。ひたすら身を固くした。

ちどりもまた唸りもせず呻吟もせず、しかし竦（すく）むというよりは大いに反応している。

今度は、何、と。

前庭に声があった。

そう、庭なのだ。母屋（もや）に南面する庭。そこから空気そのものが悸毛（おぞけ）を震ったかのように二種類の声が涌き立ち雑（ま）じっている。いっぽうは尋常の、しかし慌ただしい人声（ひとごえ）であり、他方は人ではない。その、人ではないほうが歌っている。

べう、と言った。

べうべう、と言った。

ひと所（ところ）からではなしに、幾つもの方角から、べうべう、べう、と鳴き罵っていた。怪異の琵琶、あるいは人類（ひと）ならぬものの音曲（おんぎょく）のように――。

　これに対して人声は、

「屋敷内に入り込んでいるぞ！」

「ああ、畜生どもめ！」

「二頭三頭ばかりではないわい。ええい、捕らえよ！」

「糞、尨犬どもめ！」

「追い払え、追い払わんか！　そこもと池に気をつけぇ。落ち――」

　等と騒いでいる。そして庭に掘られた池に人が転落する音もする。そうした叫きが右往左往している。

　しかし、べう、と、べうべう、は悠然としている。ひたすら歌い、弾じている。吠え声で。その獣類の音楽を。

　獣類のうち、ねうねうと鳴いたらそれは猫である。べうべうと鳴き罵ったらそれは犬である。

　庭に出ている家丁たちの騒動は、

「南無三宝！　湯殿の裏手に棲まうという鼬まで尨犬に恐れをなして出てきおった。巣穴から！　そこな透渡殿が下方、気をつけぇ」

　との警告を添えるにまで至っていた。

　建明はすでに、動いていた。

確認に走っていた。

その後方に紫苑の君を護る几帳の前から離れていた。廻らされた屏風の、そのひと枚分を脇に除けていた。描かれていた唐絵に添付された漢詩の、「夕殿蛍飛思悄然」の七言が畳まれた。

御簾を巻き上げていた。

廂の間との仕切りがそうやって消失させられるや、芥子臭が攪拌された。外気で。雨風を防ぐ戸である半蔀の上半分が開いていて、そこから前庭がうかがえた。

建明はしかし、うかがわなかった。

屋敷内に闖入しているという犬たちが、わっさわっさと毛を靡かせ、人に追われ、あるいは追いながら駆けるのは目撃しなかった。

もっと手前に目を奪われた。蔀戸よりも手前、そこから覗いている星月夜の明かりを背後から浴びて、南廂の、円柱の陰にいる人間に。

柱は、母屋と廂の間仕切りでもある。

そこにいる。

太い円柱から半身だけを見せている。左半身を。そして右は身隠れたままである。

べうべう、べうべう、と犬の歌を従えている。そのような印象がある。しかし尋常ならざる点は他にもある。仮面というのを掛けていた。それを男面か女面かと問うのは難しい、なにしろ彫られている途中、何かを象ろうとしている途上なのだ。そうした未完成の、粗彫りの面を掛けている。長身ではない。むしろ小柄である。そして烏帽子などの冠り物がないどころか、髪は長く伸ばされていて、着ているものは侍女の正装である。袿に紅の打衣を重ねている。腰には褶を巻きつけていた。

すなわち、女人がいた。

仮面の女人が。そこに。

建明は誰何せんとした。

しかし先んじて、うすきが口を利いていた。建明の後ろから——。

「おや、大君」

そのようにうすきは、宇治の物語の語り手として、藤式部として言葉を投げた。ただちに戦慄がその場に走った。建明とちどりと紫苑の君のあいだに。中でも紫苑の君に。褥で、紫苑の君の身軀はびくりと跳ねた。海老が躍るようだった。おのれの鼓膜が受けとった言葉を、外部に撥ね返そうとでもしたかのようだった。それから几帳に手をのばし、その垂れた帳を思わず横に払い、見んとした。

本当に来たのか、と。

大君の霊が。

その作中で死者となって物語を離れた宇治の姫君が、ここに来たのか、と。

とうとう作外の、ここに。

現の世界に、それも人界に——。

そして見る。愛人の三位中将建明が目撃しているものを目撃する。建明がその目を奪われている仮面の女人に目を奪われる。几帳と建明と円柱の陰に半分身隠れた粗彫りの仮面、しかし直線に並んだこれらの間にいま一人いて、それがうすきだ。端座したうすきの背中が紫苑の君の視界にある。視界の、手前にある。それが間髪を容れず第二声を投げている。「そこにおいでなの」と、藤式部の声で、仮面に。

返事はない。

しかしうすきはつづける。

「さては妹御の、かの中の君の行く末が気にかかり、ここに続きを聞きにいらしたか。大君」

仮面の女人は、右手を胸前にそろりと持ち上げて、そっと柱に添える。

そして太い柱をその掌で押すようにして、身を横につ、つつと移動させる。

ほとんど全身を現わす。

が、まだ返答はしていない。うすきの言問いに答えてはいない。

ただ見られている——。

質問するうすきに見られているのだし、建明にはかなり間近から見られているのだし、紫苑の君には几帳越しに見られているのだし、その直線から少々逸れたちどりにも見られていて、線上を外れて構図の隅にいるちどりは、その凝視ぶりはと言えばほとんど爛々たる眼光と形容しえた。

これら四人の視線をしっかりと受け止めてから、仮面は遂にかぶりを振った。

「違うのかい」とうすきが言った。

仮面の返事は、やはり瞬時には、ない。

「それは『聞きに来たのではない』ということ。それとも『大君ではない』ということ」

と、うすきは問い、これに重ねて建明がいよいよ誰何した。

「何者か」と。「言え」と。

毅然とその右中将が問いただした。

すると仮面は中将を見た。男面とも女面とも区別がつかない彫り入れの途上にある未完成の瞳が双つ、はっきりと建明を見据えた。正視するように動いた。それから仮面であるがゆえに動かない口の、両眼同様に造形は未了である口の、そのいいいいの口があるところから声は洩れた。

「──後世の人よ」

と言った。

息を呑んだのは建明だった。「な」と「ぬ」の中間の音を発して呻いた。

腕を慄（ふる）わせたのは紫苑の君だった。そのために押さえた几帳がカタカタ揺れた。

目を血走らせたのはちどりだった。眼（まなこ）は大きく、左右とも、開きすぎていた。

追い討ちをかける言葉はつづいた。

「──あなたたち後世の人々よ」

仮面の女人は、悠然、そう言った。その声に聞き憶えがない人間はいなかった、その場には。しかし、この事実を滑らかに咀嚼できる人間もまた、ちどり、紫苑の君、建明の三人のうちにはいなかった。むしろおのおのの認識は三人それぞれに即座に却（しりぞ）けられた。

そして、認識を否（いな）む衝動の強さゆえに、建明が一喝した。

「口が利けるのならば、さあ答えよ。何者か！」

すると仮面が応じた。女の声で。それも臈長（ろうた）けた、実に成熟した艶々しい声で。

「人さ」

「それは一目瞭然」と建明。

「そうであろうか、中将殿」

「ぬ」

名指されたことに建明は動揺した。

「なあ三位中将殿、私は人ではあるが、生きてはいない」

「物の怪だと申すか。死霊だと」

「いかにも死んでいる。かつ、身罷る前には女人であった」

「怨霊――」

「いかにも」

「ならば、貴様、名は――」

「越後の守の藤原為時が女、また右衛門の権佐である藤原宣孝が妻、そして大弐の三位こと賢子の母である、私すなわち藤式部」

「馬鹿な」と建明は言った。

紫苑の君もちどりも、胸中に同じ文句を吐いていた。

しかし、吐いた文句は退けられた。

おもむろに女人が仮面を外す。双眸を建明に据えたままに、彫りかけの目のある面は外す。すると現われるのは、この部屋にすでにいる少女子の顔である。うすきの顔である。

「また世人の呼ぶところ」とその顔が言う。「紫式部。それが我なり」

「おやおや」とうすきが言う。本もののうすきが。「今宵も直接の聞き手はいつもの三人。しかし語り手は、二人になるようだな。少々増えた」

紫苑の君が乱心地（みだりごこち）の悲鳴をあげた。

女人（にょにん）たち

ちどりは喚（おめ）きをあげたりはしない。

その両目をまだ爛々（らんらん）と輝かせている。

事態は怪異の極みに走ったのだ、とは感じていない。それどころか、予感は的中したのだと感じている。その両耳に犬の歌を捉えてすらいる。犬たちはまだ吠えているのだ、と感じている。べう、べうべうと言う獣類（けだもの）の音楽。そこに哀調を感じ取りながら、二人の藤式部（とうのしきぶ）を、あるいは人口に膾炙（かいしゃ）するように紫式部でもよいのだが、二人の紫式部を眼前にしている。どちらも人類（ひと）の生身というのを具（そな）えていた。にもかかわらず、ちどりは戦慄（わなな）かない。

待っていたのだ。

予感していたのだし、待ち構えていたのだ。

このように紫式部の霊は本当にいると証される時を――。

その証明を待望していたのだ。かつ、ちどりは、じきに証明されるだろうと期していた。これが予感である。

もちろんその予めの想像にほとんど肉付けはなされていなかった。具体性はまるで欠けていた。何事かは生じるのだろうが、いかに、どう、は皆目わからない。ちどりは、しかし、だからこそ待ちつづけたのだ。虎視眈々とうかがったのだ。すると増殖したのである。ちどりの見る前で紫式部が二人に増えて、絶奇の次第というのが証されたのである。

しかも、それは実に的確な肉付けでもあった。

普段はうすきに霊が憑いて顕われるが、それが今度は、霊に骨肉が付いて、うすきのほうの肉体が付随して顕われたのだった。筋道は通っていた。そして、まさに肉を付した。通らないのは「では、どうして一時に顕われて、紫式部が倍化しているのか」だったが、それこそ正真正銘のあやかし、真実の変化、とちどりがこれを歓迎していたから、恐怖も驚愕もあろうはずがない。

いわば、ちどりには一切合理的なのである。

合理的に悟れて、現前した事態に喰らいつけているのである。

しかし紫苑の君には予感はなかったから、慄えるしかなかった。

怪異の起こるのを待ち構えてなどいなかったのだから、動顛し、悲鳴をあげるしかなかった。

今もあげている。

が、それは順当な反応なのだと物語は擁護しよう。この物語は、紫苑の君は「紫式部とは、うすきが化けているだけ。演じているだけ」と信じ切っていたのだから、このように驚愕し恐怖し、裂帛の声をあげたのは無理もないと庇おう。それ以外の紫苑の君のその胸中の動揺は、のちのち詳細に語ろう。また、ちどりが紫式部の増殖という事態に何かは、どこかで思い当たっていたとは軽く触れておこう。これも後述する。

いい、いい。

まずは順々に説かなければならない。

こういうことなのだ、とこの物語は説明しなければならない。

三人の女がいたのだ。事の起こりに。

その三人とはもちろん、齢も身分もそれぞれの三人、すなわち有力公家の姫君である二十一歳の紫苑の君と、宮仕えの女房である二十九歳のちどり、そして最後に、紫苑の君の乳姉妹である十五歳のうすきである。

そして、初めの者が発注し、中の者が物語を編み、終いの者が口授された。

ひと息に――だが長々と――説き直してみよう。紫苑の君がすなわち発注者である。誰に注文を出したかといえば、ちどりにである。じき日本国第一の才女となるのはちどり、と紫苑の君は見立てた。もっと的を絞った語を用いれば、当代一の文豪となりうる見込みを持ったのはちどり、と目した。この判断の背景には、後宮に住まう異母姉の麗景殿の女御の存在がある。この異母姉は、たとえば世評に高い女歌人といった才媛ばかりに麗景殿への出仕を要請していた。文藻に卓越する女人ばかりでそこを固めようとしていて、これは後宮の価値を百年二百年前とは別の形で高めようと図っていたためなのだが、そこで一等頭角を現わしているのがちどりだった。それゆえにちどりが紫苑の君の注文を受ける者となった。すなわちちどりは受注者である。そして紫苑の君とちどりというのは、これ以降、共謀者である。二人は前々より意気相投じて、あらゆる秘事が守りあえる仲でもあった。だから計議して立案というのが叶った。しかも二人の欲は共通していた。紫苑の君は文豪となりうるほどの才能に力添えを求めていたわけだが、ちどりは、もっと直接に文豪になりたかった。麗景殿に出勤している女房仲間に出し抜かれないために、いつでも絶対の名声というのが要った。天下に周知するそれが。そのためには現在「歌人として一流どころである」程度の評判ではぜんぜん足りない。圧倒するものが、量感が必須。譬えるならば一首の歌よりも一帖の大巻、いや十帖の、はたまた五十四帖の大冊なのだ。発注者がいて受注者がいて、この二人が共謀者となって、周密な計算がおこなわれた。紫苑の君は、現代の感覚の具わった最上の作り物語を、と求め、ちどりは、武者たちも活躍する源氏の物語を、いかにも、と返した。思惑の完全一致があり、ここからちどりは物語を編む者となる。それは源氏の物語の続篇の捏造である。しかも正篇を語り直さずに利用し、「死霊の掘り起こした続篇」と謳う。だが時はいずれ満ちる、この続篇が流布し切り、面白がられ、その果てに、いや、作者というのは別にいた、在世の女房であったと公になれば私がこの大業を讃えられるのは必至。仰天した世間にこれこそ紫式部の転生だと認められる。すなわち本朝現代の文豪と。文豪の名聞。これを掴むためにお終いの者が起用された。うすきはちどりの編んだ物語を口伝えに授けられ、語る者である。また、うすきは紫苑の君とちどりの二人に指導され、演ずる者である。すなわちうすきは演技者である。誰に対してか。右近衛府の中将、建明に対して。

三人がいて、うち一人、紫式部と化して語るのがうすきである。

が、――この図が崩れ、あるいは綻んだのだと物語は言おう。発注者の紫苑の君を起点に、受注者ちどりへと続き、これらひと組の共謀者に任じられた演技者うすきに締められる因果図が、とこの物語は説こう。発注者は、それをもともと権勢家の出の建明と武家の新興勢力を繋げるために企て、演技者は、口授されたものを実体ある巻帙に換えるために語り切る。そして終点において、この巻帙は珍稀さによって建明に利し、計画を成就させるのだから、因果図は環のように閉じる構造でもある。

いいや、構造でもあった。

こう訂正しよう。

なんとなれば綻んだのだ。演技者として配されたうすきが、ちどりの創作した物語をそのままには語らないようになってから、崩れ出したのだ。

ちどりが歯嚙みする。

思い返し嚙み返し、ちどりが切歯扼腕する。

ちどりは、そうしていたのだ、とこの物語は説き明かそう。

最初のぎりぎりという歯嚙みの種は二夜めの結びにあった。憑坐を用いて紫式部の幻出した二夜め、書巻の二帖めの結尾に。ちどりは――想起する都度にぎりり、ぎりぎりと鉄漿付きの歯が鳴るのだが――この語りの締め方に狼狽したのだった。蒼褪めさせられ、周章させられたのだった。大君が死去するという筋運びは何ら問題ない。もともと手を加えていないほうの本家の物語でもそうなのだから、それはよい。ちどりの目論見というのは「そこから」にあった。ちどりとは、原作者に対して捏造者なのだ。私は、とちどりは思念のほうを嚙み返す。

大君が去ってからの展開に狙いを定めていたのよ。劈頭に予告された「登場する三人の女」のうちの一人が亡き者となり、すなわち欠け、そこからの筋書きをこそ思いっきり変更していこうとの算段だったのよ。

そうよ――。あれよあれよと、もとの宇治の物語が様変わりする。

むしろ、ほとんど転覆する——。

けれども転覆していることが瞬時には悟られないで、むしろ、教養第一の読み手や聞き手にも「これは実に大胆不敵な増補だ」だの「随分とばっさばっさ枝葉を剪り、作中の小事大事を削ったことよ」だのと感心させるに留め、その転覆する船からは誰一人も脱出させない。そして気付けば——。

その内容、鮮やかに豹変している。

それなの。

私はそれを狙ったの。

しかも、次から手掛けていこうとしていたの。

あの二夜めの次回、すなわち紫式部が幻出する三夜め、書巻の三帖めから。三帖めとそれ以降から——。

宇治の、憂しの物語の性質が変わる。私が変える。もちろん武士のあの刀は、別して注文があったように詳らかな描写も交えて出す。大事な大事な、もとの物語を傾覆させる道具とする。もしかしたら数百騎数千騎の武者たちだって出してしまって、それでもいい、いい恋物語であるとする。そうなのよ、私、この麗景殿の女房のちどりが、本朝最上の物語を——光源氏の物語を現代化するのよ。この趣向——これこそが紫式部を襲がせる。私に。私はこうした趣向を以て「現代の文豪、現われたり」と示すの。揺るぎない示唆

──。

しかし、この見定められた狙い以前に、すなわち三夜めに入る前に、具体的には二夜めの尻尾に狼狽したのだしさせられたのだった。ちどりは、──私はうろたえた、ああ、あの結びこそ皮切りだった──、と都度都度に歯軋りするのだった。大君が作中に死ぬ。その霊魂がどうなったかと問われる。登場人物には物語こそが現の世、そこを離れれば、魄霊はすなわち作外に脱ける、脱け出て顕われるとほとんど断じられた。断言に近い仄めかしをされた。

そうなのよ、されたのよ、とちどりは思っている。

うすきにされたのよ、とちどりは思いを嚙んでいる。

それが初手で、そして、あの第三夜が！

ここまで思い返すと、嚙んで切するのは歯となる。ぎりぎり、ぎりりと歯が鳴る。それも高らかに耳障りに鳴る。

三夜めはその全体が狼狽だった。蒼褪めつづける時間だった。ちどりは、それを証しているのが今宵のうすきの冒頭の指摘、紫式部となっているうすきの「第三夜の分は、下書きの原稿を揃えるのにやや手間どったな」との明け透けな言であったことを猛烈に怨む。それは実に実に当たり前なのだ。一字一句も違えないで原稿に落とすのに──ひとまずは「違えていない」と見える程度のものとするのに──どれほど難渋したか。

あの苦心惨憺！

ちどりの、その歯が根元から鳴る。ぎりぎり、との軋り音を超えて、がち、がちがちとまで鳴る。

私の用意した筋は、私が口授しておいた三帖め用の物語は、あちらこちらでその展開を裏切られた！

平然と筋運びを変えられた！

その不埒な変更！

堪らないわ、とちどりは思う。私はそのことを糺しもしたわ、とちどりは思い返す。「なぜ私が教えたように語らないのだ」とうすきに言ったわ。すると、責められたうすきは平然と、これまた平然と私に返したのよ。「憑いているのです。本当に」と。もちろん私は言った、「何を馬鹿な」って。それから、こうも言った。「もしも憑いているとして、そんなものは狐狸、その他の木っ端の類いだ」って。すると、言われたのよ。

「そうかもしれませんが、それは語ってしまうのです」

「勝手にということ。この私が用意した筋立てを捨てさせてということ」

「そうなのです――」

「何様――」

「その乗り移っている女人様の霊魂が、さように判断し、そればかりか滔々と語り、物語り已まないのでございます」

「小癪な」と私は言い、そうなのよ、この時に初めて人前で歯嚙みしたのよ。さらに小娘のうすきは、何の因果を含めようとしていたのか、二夜めの後にはこうも言っていたのよ。

「浮舟という、大君の『生き写し』を登場させるのは、多少ならず危険です」

「危険とは何。それはどのような気掛かり」

「うすきにも確とはわからないのですが」

「わからないことは言うでない」

「どう、どうと疼いているのです」

「胸中の疼きか」

「予感めきまして」

「憑坐を演ずるうちに真の巫女になったとでも！　いや、だから、あなたには演技者の資質があるのですよ。それはよいことよね」

と、私は笑ったのだった――。

この会話を、後でちどりは振り返る。さらに今宵は、この目下の場面では、意識の閾の上にはのぼらせないところで思い当たっている。生き写しは危険、もしかしたら語られる女人の相似形の増殖は語る女人をも同様に増殖させるかもしれないから危険――。

しかし、思い当たっていることには気付いていない。ちどりが暗示されたのは、あるいは明示に近い仄めかしをされたのは「本当に憑いている」の部分であって、これはちどりとうすきの衝突をうち消しも取り下げも解決もせず、しかし対立を潜在的な方向にはうやむやに向け、それから、ちどりの思弁に決定的に棹さしたのだ。

さて、その思弁をも順々に説かなければならない。

こういうことなのだ、とこの物語は説かなければならない。ちどりに作られうすきに語られる宇治の物語ではない、それを内側に含んだこの物語は。

三帖めは絶讃された。

ちどりが、それの語られるのを聞きながら蒼白となった随所随所に大の変更と小の変更を重ねられた宇治の物語の三帖めは、その夜、ともに聞き手となっていた紫苑の君に大いに褒められた。「さすがは、ちどり」と。

のみならず糸綴じの冊子に纏められるや、これを読んだ人物から、奥州の武門に繋がっていて紫苑の君のその謀図における後見にも当たっている人間から心底より感服された。「これは見事。作者は推挙の言に違わない才媛ですね」と高く、高く評価された。

そうであった、と紫苑の君がちどりに伝えた。

この賞讃。

全き讃美。

——なんたる屈辱か。

ちどりは、憤る。

ちどりは、嚇る。

そして、ちどりは、悔しいし苦しい。

あまりに痛悔である。完全に書き通したわけではないものを「完璧である。この作者はそれこそ天才である」と嘉賞された。それも、第一の読者から。あまりに苦い。

恥でもある。

ちどりは愧じる。

同時にちどりは、しかし、唸りながら勘考するのだ。

「天才の作を、しかし、うすきが紡げたというのか」

「あの十五歳の小娘が、私の才能を相手取り、口授したものを直して語り変えて、瑕瑾もつけずに傑作にしたというのか」

「ありえない」

「できない」

「不可能である」

だとしたら、なに、とちどりは思案し、推察に直感を積み重ね、そして思弁はさほど迂曲の路をたどらずに結論に至った。

いるのね、とちどりは思ったのだ。

憑いているのね、とちどりは思ったのだ。

思って、もちろん動揺したのだ。この刹那は愕然としたのだ。しかし、他に考えようがなかったのだ。うすきのような齢十五の少女が、君の、紫苑の君の乳母の子ではあっても公家邸に仕える家人風情が、自分に匹敵しうる文才を発揮できるはずがない。発揮云々以前に持っているはずもない。持っていると認めるのも愚か。だとしたら——。

だとしたら。

いるのだ、紫式部が。その霊が、本当に。

こう結論づけるしかなかった。ちどり自身の矜持のためにも。

あとはこれの証明を待つだけだった。

爛々と両目を開いて、証拠が転がり込む時を待ち望むだけだった。

私に対抗しうるなら、それは紫式部だけなの、と。

そうやって待ち構えつづける間、ちどりは飢えた獣類の雌に等しかった。しかも才知は確実に具わる文芸の女虎狼。

そして、証された。

そして、今宵は今しがた、ちどりはその視界に証拠を獲た。

とうとう獲てむさぼった。

しかも証拠は二人。眼前の紫式部は二人。これを見据えて、ちどりは何と思念を動かしたか。この状況をしっかと把握して、ちどりはどう念ったのか。

ちどりは、次のように考えたのである。

ほら、私のこの両目の前に本ものの紫式部が、死霊の語り手の藤式部がいるのね。だとしたら、――私は三人めとなってやる。私の物語る能力が百有余年前の死した文豪に及ぶかどうか、ここで、この場所で、いずれ喰らいつきながら試してやる。

試してやるのよ。

私が三人めの紫式部となるの。私は、そうよ、贋ものにはならない。

――私の才を、見せてやるわ！

この猛烈に展べ開かれる、ちどりの心理。

女人たち

そして紫苑の君にも展開する心理がある。

あげる悲鳴もあったのだが、その叫びのさなか、胸中は怒濤のように転変した。実は、さなかだけのものではない。叫喚を惹き起こされる間際に、精神の昂ぶりが――異様な緊張があったし、先駆けることひと歳ふた歳にも別様の鬱勃があった。紫苑の君のこの絶叫には——いずれは止むはずの中さば短時の悲鳴には、大いに長時が織り込まれていた。多種類の感情、感覚、思考の筋道が、もつれ、うねり、にもかかわらず直進していた。

そのような悲鳴は本ものである。

言うまでもない。なにしろ毒々しい怪異にまるまる晒されていると紫苑の君は思っている。乳姉妹のうすきは、もとからの一人が二人に、その体勢の座る立つの違いはあるけれども手前側とあちら側とで二人に増殖している。どちらがどちらの形代とも判別つかない相似形で。これ、著しい怪現象であって、事態がそのように推移するとは少しも予想していなかった紫苑の君には到底、受け容れられない。その精神が了解しない。紫苑の君の心がひそかに待ち受けていた霊異というのはある。が、これは別種の霊異であって、眼前に繰り広げられる事態ではない。そのために精神はまるまる軋んだ。のみならず肢体が裂帛の声に同調して震えた。がたがたと——。その、痙攣する、か細い、いかにも病み衰えて痩せた紫苑の君の腕が、几帳をひき倒す。がたりと——。病軀の一部である片腕が。

ところで、この病は贋ものである。

ここに紫苑の君に纏わる真贋がある。見分けなければならない問題がここにあり、前々から仕込まれ、含まれていた波瀾がここにある。それは真贋のその後者、贋もののほうにたっぷりある。

いま、場面には名付けうる三人の女がいる。ちどりとうすきと紫苑の君である。

このうちの一人が倍化しているにしても、それは「二人めのうすき」でしかない。また役割に照らしてもそうである。場面にいる女は三人。この三人に、それぞれ托されている役目がある。ちどりが秘められた創作に従事するのは注文を受けたからである。ちどりは、受注者である。うすき、すなわち倍増した女は演技者である。その注文をちどりに出したのが紫苑の君、換言して発注者である。受発注の関係を成り立たせたうえで、紫苑の君とちどりは共謀者である。

これらの役割が図を描いていたのだと物語は先に説いた。因果図を生んでいたのだと前章で解説した。だが、——それだけではない。紫苑の君のその病きというのが贋ものであるならば、すなわち「病は演じられたのだ」と言い換えられる。すなわち紫苑の君は演技者である。

しかもうすきには欠かせない演技者であった。

病褥にあって苦しんでいると熱演する紫苑の君の存在あってこそ、うすきはその褥のかたわらで紫式部の怨霊を憑かせているとふるまえるのであるから。紫苑の君の演技とうすきの演技、これらは相伴われる宿命にあった。

が、前章の解説はそこまでは及んでいない。なんとなれば、紫苑の君が演技者であるというのは因果図の要須とはならないからだ。そのため「本質的な要素ではない」と切り捨てられたのである。しかしながら、一夜めに至るまでの何日間かと、二夜め、三夜め、そして今宵、うすきという憑坐の活躍が提供されるところ紫苑の君は演技者だった。すなわち因果図のその削ぎ落とされたがゆえの機能は認めるとして、この図には、補完のためにと淡く重ねられる別様の層も見出せるのだ。あたかも夏の装束に用いられる薄地の生絹のように——。

そうやってうっすら透かして重ね合わせながら見れば、因果図の「演技者は、二人」である。

共演していたのだ。うすきと紫苑の君は。

この事実こそが最大級の波瀾である。

だとしたら共演は続いていると考えてここからの展開に備えなければならない。

一方の演技者は倍化した。

同じく、その一方の演技者の霊魂の憑依というのが演技の域を越えた。

こうした推移に、紫苑の君はどう共演するのか。いかなる形で追随するのか。共演者ならではの反応を示すのか。これを語るのに必要なのは、対比を探り、対比に戻ることである。共演者の二人、うすきと紫苑の君のあいだに「比うもの」を発見し、そこから歩み直すことである。

すると、うすきの側にあるのは仮面だ。最初に粗彫りの面を掛けた怪しの人物がその体を半分だけ丸柱の陰より晒して現われ、その後、二人めのうすきとなった。

対して紫苑の君の側にあるのは作られた病悩、演技のそれ、すなわち仮病だ。

仮面と仮病——。

うすきの側のそれ、仮面は、脱がれることで目下の怪絶の極みを出来させた。紫苑の君に紛いならぬ悲鳴をあげさせて、ただの演技者であったはずのうすきを「真の神秘を生む女」に変容させた。

紫苑の君の側のそれ、仮病は、それでは何を生じさせるか。仮病は、脱がれるとどうなるのか。事態そのものをどのような方向に変移させ、そして、誰人に——増殖した二人のうすきでもいいし、ちどりでもいい——何事をもたらし、因果図の「補完の層」の演技者であった紫苑の君を、いかに変貌させるのか。決定的に変化させるのか。

この新たな出発点において、場面には依然、べうべう、べう、との犬の歌がある。獣類の音楽がある。

倍増したうすきはどちらも確かに人類の生身を具えている。物の怪の力が支配している。ここを、場面を。これ以上はないというほどに席捲している。霊異の毒は隅々にあふれ、あふれて逆巻き、怒濤に加勢している。

そして紫苑の君が、いちずに喚いているのだ。

本ものの悲鳴をあげているのだ。病者を演じなければならないという務めを忘れ、放棄し、いまや演技は顧みずに号叫することに没頭しているのだ。仮病はすなわち、脱がれている。

もう脱がれている。

ならば一切はもう開始されていると説いてよい。そうなのだ、もう始まっている。物語がなすべきは、それを順々にかつ猛然と、展べ開かせるだけのこと——。

さて、事の起こりはあった。この物語は前の章段にて「事の起こりに三人の女人がいた」と説いた。しかし、——事の起こりのその起こりというのもある。本章段の冒頭、「先駆けることひと歳ふた歳」とこの物語は過去の数年来に触れる仕種をひっそり織り交ぜた。そのような長年こそ、事の起こりのその前である。すると、いるのだ。一人の女がいて、これは紫苑の君でもなければ、ちどりでもうすきでもない。しかもこの女には顔がない。

右近の中将建明の、正室である。

事の起こりのその起こりから紫苑の君が見据えていた女が、この愛する公達の正妻である。

見据えるのだが、顔はない。

会った例しがないゆえに。それで顔容を想い描けない。そこの部分——顔の様——はそれこそ薄靄に変えて凝視するだけである。言ってみれば、白い靄の仮面。そうした靄の面を掛けて、紫苑の君の想像しつづける女人は視線の先にいる。三位中将建明の、その二番手の愛人の、妬みの対象として在りつづける。

そう、妬みだった。

紫苑の君のその仮病の、源にあったのがそれだった。演技の、淵源となったのがそれだった。あらゆる心情、ことに怨情を奔出させていたのがそれだった。

ああ、私は、と紫苑の君は言う。内心に言う。

私は、繊細なのですよ。

傷ついているのですよ。

このような妬視——。自分でも、はっきり認められます。ひたすら妬みを抱いてあの人を視る現状に、この日々に、自ら大いに傷ついているのですよ。

しかもあの方には、あの、建明様の北の方にはお顔がない——。

当たり前ですわ。仮に、なみなみと怨みの視線を注ごうにも見えた体験がないのですもの。だから、お顔はないわ。持てないし、どうにも持たせようがないのよ。それに、願えば対面叶うものではないもの。それは、そうよ。それに、以前より交友がなかったのも事実――。

この憂き世には、家格がありますわ。

ええ。公家にもその門地の高い低いがありますわ。

むしろ清華と呼ばれる家々でこそ、それは過敏に、より敏感に問われていますわ。ええ、繊細に。

たとえば――。

当代のご主人が摂関とは言わずとも大臣位に昇られてらっしゃる家柄と、それ以下とでは、ご当主の女たち同士が親交を持っていたりはしません。

しないのよ。交わってもらえるものですか。

そして私のお二人のお祖父様はいざ知らず、お父様は所詮、普通の公卿ですから、あの人と友誼を結ぶなど、とてもとても――。

この、院庁にご威勢ある現代においても、その辺りの表層はどうにも揺るがず、変わらず、とてもとても――。

ですから変えねばなりませんね。

ですから、変えねばならないのよ。

ちゃんと下居の帝がその近臣を重宝に重宝していらっしゃる現代風に！

上皇を「下居の帝」と呼び、紫苑の君は、その内面の声を荒らげた。

それから、正妻とそれには及ばない二番手の情人の、その立場の——御立場の違いというのも、変えねばならないのよ！ と言った。

ああ、あの方の顔！ と言った。

北の方のお顔！ と言った。

その顔のないお顔に、私の顔容を嵌め込めば、私が北の方！ と言った。

変えるというのはそういうことよ、と。

これが一年二年と続いている凝視。ここ数年来の紫苑の君の視線。そして、今宵とこれに先立つ紫式部出現のその三夜め、また二夜め、また一夜めとさらに前に前にと連なっている数日来に感得されて紫苑の君を大変に驚かせているのは、ひと言で纏められる事実、——「病きの身となれば、これほど恋情を示されるのだ」との事実だった。

その期間、紫苑の君は物の怪に祟られていると演じた。

高熱を発していると演じた。悶えた。

譫言を言った。

これらを力演するたび、建明は心底この二番手を案じ、情愛を注ぐのだった。

それをただの言葉や文詠む歌の類いで表わすのでなしに、行動で証すのだった。

心配ならば、公務を擲っても三条邸に来る。紫苑の君をじかに屋敷に訪ね、ひたと寄り添う。死霊が無礼ならば食ってかかる。

かほどに愛は証明されて、しかも日々高まると見えた。

これを受けて紫苑の君は思った、演技とは最高であると。そもそも紫苑の君のその演技は、愛する男、建明を騙すことを第一義に行なわれていたのだ。それを果たしてこそ第二義の「世の中のすべてを騙す」が成算を持つ。そして——騙したら私、建明様の寵愛を得たのだわ、結局はそうなったのだわ、と紫苑の君は驚歎する。騙すことの快楽が生じ出す。日々芥子の臭いに包まれていると、嗅ぎつづけていると、実際に気持ちが病む。最上等の演技をするために食事を減らし、果物の柑子も摂らないできたから、実際に窶れる。腕なども細りに細る。そのか細い腕は、発病の結果ではなかったのだが本当に肉を落としてはいたのだ。こうするうちに、紫苑の君は物語のその作中の——語られている宇治の物語内の、一人の姫君の心理がわかる。大君のそれがわかる。いや、わかった気がする。どうして「憂し、憂し」と繰り返し言い、絶食もし、死の床に就いたのか。もしかしたら、そうしたら関心を惹けると思ったのではないか。薫の気を惹くことができる、と。本当は押し倒されて契られたかったのに、仏前であるからとそうしてもらえなかったこと等の怨みを晴らす、その唯一の手段に賭けたのではないか、と。

もちろん、そんなことは語られなかったけれど——。

あの藤式部、作者だと宣言する紫式部は、「大君はただ絶え入ることを望んだのだ」としか言わなかったけれど——。

そして途中で、ともに烏羽玉色の六尺の髪を持ち、ともに病褥にいて、ともに若い女人の私と大君のまずは同じところと、それから相違するところを挙げるために物語を止めて言葉を挟んだのだけれど――。

それでも大君の気持ちは私のほうがわかっている気がする。

「ええ。作者よりも、私のほうがわかっている気がするのです」とある時、紫苑の君は口に出して言った。

その大君は、二夜めの物語の結びに死んでいるのだった。

その亡骸がさっさと荼毘に付されるところまで語られているのだった。

それから「作中に居所をなくした」と作者に冷厳と告げられているのだった。

「物語という現世を離れた」と、こんなにも奇妙な宣告をされた。

そして紫苑の君は、その霊に怯えた――。

直後には、宇治の物語から脱け出た大君が自分に重なりにきた、憑きにきたと怖気立った。しかしこうした恐懼があったのは、この直後の数瞬だけだった。以降は理性がありまた理屈があり、もっと別様のことを想うだけだった。

紫式部という強力無比な怨霊を憑かせたことで、――と紫苑の君は考えた――、その憑霊を演じることで、私は大いに建明様から愛情を与えられて、健やかに病むことができた。

怨霊の女人が一人あるだけで、そうだった。

いっぽうで、私はまだ、あの顔のない北の方よりも盤石な位置にいるのではない。そうなるように謀(たばか)っている最中だけれども、もしかしたら愛情の大きさに関しても、まだ引けをとっているのかもしれない。わからない。

せめて、愛寵(あいちょう)の度合いだけは現在でも大盤石となりたい。そう、即座に。

即時に。

ならば、憑いている女人が二人となったらどうかしら。

しかも紫式部に優るとも劣らず印象強烈な、中有(ちゅうう)の道に迷う霊魂であったならば。

どうなるのかしら。

それを見たいものだわ、——と紫苑の君は思った。

これは、ある意味では理屈で考えたのである。そして「さらに演技をする」という筋道において思弁したのである。宇治の物語の、作中人物でありながら作外に逐(お)われた大君を利用しよう、と。ある面、じつに悧発(りはつ)であった。これを活かせる時を待ち、紫苑の君はいつでも心中の用意を調(ととの)えていた。心構えしていた。

大君には、いつでも憑いてもらおうと思っていたのである。

大君には、いつでも化けて出てもらおうと思っていたのである。

この女人の霊(すだま)のことをいつでも思っていたのである。

そして今宵の、ここに至った。この場面に。犬どもはべうべうと歌った。稀有なる楽の音を母屋の前庭に奏でた。仮面の人物は登場して、これがうすき――にして紫式部――から「おや、大君」と呼びかけられた。出た、と紫苑の君は思った。戦慄した。その霊異の出来には準備ができていた。そういうふうに起きるとは予期せずとも、その出現そのものは待望していないわけではなかった。わけではないから、即座に事態を受けとめたし、受け容れかけた。

だが、仮面の人物は大君ではなかった。

女ではあったが、大君ではなかった。

口を開いたらそれは「私すなわち藤式部」と名乗った。

犬は、べう、べうべうと歌って、今も歌っている。

仮面が外されるとうすきが――うすきの顔が――そこに現われて、これらの受け容れられるはずもない事態は今、起きたばかりである。

今、この場面に起きている。

そこで紫苑の君は考えるのだ。考えるというよりも、直覚と思弁が入り組んでうねるのだ。その裏側なり表側なりに多種多様な感情、感覚が混じり、もつれ、渾一に推しながら理解がひた走るのだ。その道程のところどころに帰結がある。そうした類いとしての、思念その一。眼前には骨肉を具有するうすきが二人いて、これはもはや単なるうすきではない。尋常な十五の少女子は増殖しないものだ。これらのうすきたちは人間とも呼びがたい。そして、思念その二、そのように顕われているうすきたちは「藤式部である」とともに言い、「語り手は二人になる」と告げ、これらの宣言はほとんど雄弁であり、信用できる。信用できるとは、つまり、うすきたちは双方紫式部である。ならば、思念その三、紫式部の呼び起こす霊怪霊異の極みがここにあるのだから、ここに、百有余年を経て化けて出た紫式部の死霊はいる。その霊魂は、実在する。すると自分も以前はその霊魂に憑かれていた。

実在するのだから、憑かれていたのだ。

こうして「あれは演技ではなかった」という結論が出る。すると演技は捨てられた。やはり仮病は捨てられ、脱がれた。そうした洞察は意識の深いところでなされて、思念の何番めともならない。ならないが承認された、――私は本当にこの紫式部に取り憑かれ、害されていたのだと。これは真にあるものであり、よって語りもまた真正のものであると。それから、ある大変な真実が察知される。――それならば大君の魄霊というのは、実際に作中を離れて、さまよっているのですね。

いるのですとも、との察知。

そのように本物の紫式部に物語られたのですから、いないわけがないのです。そうですとも、との確信。

そして紫苑の君は笑う。あの大叫喚をいまだ発しつづけながら、蒼褪めた頰の左右それぞれの一部が薄笑むように持ちあげられた。

二人であれば強力です、と確信した。

紫式部がどうこうは別にしてもいいのですわ、私がいて、ここに大君が宿り、私がこの私のままに二人になってしまえば、それで強力無比なのです。それで存分、建明様の北の方に太刀討ちできるのです、と照察した。

　これで思念は結着した。

「さあ」と紫苑の君は頰笑みながら、必ずこの場面のどこかにいるはずの大君に呼びかけた。その呼びかけが悲鳴に雑じる。「いらっしゃい、大君。あなたは宇治の物語の続きが知りたいし、なにより『聞きたい』のでしょう。物語という現のその作外にいて、こう欲しているのでしょう。その欲心がわかりましてよ。ですからこの女の人身に、この肉塊に、いらっしゃい。あなたは私に入ってしまってよろしい」

――この瞬間、悲鳴はやんだ。

紫苑の君はもともとは物語の作中人物であった大君を附憑させ、一人の女人でありながら二人となった。

宇治その後

あな、めでたや。

尨犬どもの愛らしき音曲に合奏していた悲鳴も、ようよう絶えた。これで本来の楽の音が戻った。ほら、実に心地好い鳴き罵りばかりだ。とはいえ、これとて程なく弾じ終わろう。尨犬どもが演奏しだしたのは霊異を請ずるための露払い、呼び迎えんがための道払い同然だったのだからな。

そうであろうが。後世の人よ。

あなたたち後世の人々よ。

そろそろ、次なる条りだ。そろそろ神に登場願わねばならない。神仏のしんのほう、――なんとなれば薫の話には仏が多すぎる。神仏のぶつがな。やれ仏像だ、仏具に仏画だ、宇治に建立したのは仏殿だ、と。私たちは末梢のぶつの描写はこれまでも割愛してきた。あえて語り落とし、削いできた。が、それでも多すぎる。辛気臭いにもゆきすぎだ。なあ、薫のその人品をそのように評した中将殿も、同意するだろうが。そこな近衛の中将殿も、なあ。

どちらを見ている。

どちらだ、三位(さんみ)中将殿。

私たちは私たち、どちらを向いたところで藤式部(とうのしきぶ)だぞ――。神だった。ここよりの大事は神仏のしんであり、諸仏菩薩は顧みないでよい。すると登場を乞われたのは天神(てんじん)か、地神(じしん)か。実は、いずれでもないのだ。実は、その神はもう登場しているのだ。私たちの語りにな。今宵に至るまでの三夜、すなわち第三帖までの内にな。打ち明けるならば一帖め早々に現われていた。名は橋姫(はしひめ)だ。この名前で知られる女神(めのかみ)だ。薫が、宇治の女君(おんなぎみ)たちに贈る歌にこれが編み込まれた。もちろん該当の一首をふたたび挙げるのは野暮に過ぎるというもの。代わりに古今集から、こう引こう。

　さむしろに衣(ころも)かたしき今宵もや我を待つらん宇治の橋姫

これは神ではない。名指されたは人の女である。とはいえ女神の橋姫も、もとは人間の女性(にょしょう)だったのだ。それが祀られて後(のち)、神となった。宇治には川があり、これこそかの宇治川であり、宇治川には橋があり、これこそかの宇治橋であり、その、世に聞こえた橋を護る女神となった。しかしながらそもそもは人であったという橋姫は、二人いる。一つになる前、一柱(ひとはしら)の女神として祀られる以前、実は二つの人生がある。前代と当代とに膾炙(かいしゃ)しているものだけでも二つだ。無名の伝承ならばさらにもあろう。が、私たちはゆき亘(わた)る二つを語ろう。私たち、藤式部は。

　あなたたちよ。

　もしや怖気立(おぞけだ)っているか。私たちがこうして倍したことに、さすがに紫式部は大怨霊、魍魎鬼神(もうりょうきしん)の眷属(けんぞく)だなあと戦慄しつづけているか。しかしだ、物の見方というのを少々変えれば、どう感じられる。たとえば私たちというこの事態を、神社と較(こう)したらどうだ。一柱の神が持つのは一つの社(やしろ)に限られたか、否か。十の社というのはざらに見出され、それどころか百も、また、全国に千社(せんじゃ)を誇る明神(みょうじん)もある。そうだろうが。そして、あなたたちはそれを不思議とは感ぜぬだろうが。神は、勧請(かんじょう)されることで分霊(ぶんれい)して、幾つもの地に分社(ぶんしゃ)を生む。それを無気味とは思うまい。

　違うか。

　だが、しかし――。

　これより私たちが物語らんとしているのは、そうした分祀(ぶんし)で釈される類いではない。橋姫の二つの人生とは、まさに別々の二つである。これら全き別人の女が、奉祀以後、一柱の神と化した。すなわち由来のどちらが正しいということはないのだ。これを頭に入れよ。

　入れよ、あなたたちよ。

　その正偽(せいぎ)不問の態度を、努めて貫け。

私たちは「橋姫は二人」と言った。

私たちは「人間であった橋姫は二人いた」と言った。

そして一人は、夫を龍神に奪われる。また、一人は、生きながら鬼に変身する。その変化が成ったところで人をやめる。神になるのはその後だ。女神の橋姫となるのは。

まずはその名前がもともと橋姫であった女人だ。宇治に、夫と暮らしていた。子を身籠り、つわりとなり、わかめを欲した。それも長さ七尋のわかめがほしい、食べたい食べたいと願った。橋姫の夫は、この望みを叶えてやりたいと思う。つわりが苛烈なのに心を痛めて、どうにかしたいと思う。七尋のわかめを求めて海にゆく。宇治から難波へ、歩いたのか馬を駆ったのか川船の艜に乗ったのか、いずれにしても下り、旅してゆく。汀に至れば、そこでは必定、歩いてゆく。わかめを求め、探しつづけて、歩きながら笛を吹く。すると、その音は見事で、海中にあった龍神を感じ入らせ、吹奏を被うように風と波が立ち、夫は消えてしまう。龍神がこの男を婿に取ったのだ。

いま一方の女人は最初から橋姫という名であったのではない。宇治にはおらず、洛中で公卿の娘として暮らしていた。夫はいた。正式の夫はいたのだが、この夫には情人もいた。しかも、夫はそちらの情人の女にばかり足繁く通っていたのだ。ゆえに大いに妬み嫉み、いずれ橋姫という名前を得るこの女はひじょうな瞋恚にとらわれ、あげく、相手を取り殺したいと欲する。魘魅しうる鬼に化けたいと心願する。それでは悪鬼に化身する作法とは何か、と、これを貴船大明神に伺う。一日二日のみならず、六日七日と伺う。すると神託はついに下り、「その姿、悍ましい様に装い成し、宇治の川に二十一日の間、ひたれ」と告げられる。むろん女はひたった。その髪、その衣、その膚、無気味さの極致にあらためて、宇治川の急流に身を沈めた。

ところで前の女人だ。すでに橋姫との名を得ている宇治の橋姫だ。難波にむかった夫は龍神に囚われてしまって戻らない。だが、そのような事情を知る由もない。そこで、女は歩き出す。戻らない夫を求めて、時には馬にも乗せられたか艀に乗り込んだこともあったのか、いずれにしても海辺に夫をたずねて探す。すると、とある汀で、一人の老女の家に至り着く。この老女こそは龍神と係わりのある者である。

いま一方の女人は水中にひたり続けている。二十日を耐え、さらに一日、すると満願の日を迎えてたちまち鬼に化身する。異類である。その公卿の娘は純粋な人類であることをやめて、形相も恐ろしい鬼女である。人呼んで、宇治の橋姫。この鬼女が都に上る。むろん、憎き夫の情人を食い殺すために。

ところで難波である。老女と遇ったこちらの橋姫は、いよいよ仔細を知る。老女の語るには、夫は今や龍神の婿。しかし、龍神の火で煮炊きしたものを厭い、実はこの老女の家に通って毎日食事を摂っているのだという。そこで宇治の橋姫は待つ。待っていると、確かに来る。夫は龍神の玉の輿に乗って現われて、老女の支度したものを飲み食いする。宇治の橋姫は、感極まってこれと物語りし、いったんはいやいや別れるが、しかし夫はついには橋姫のもとに帰ってくる。

さて鬼女の橋姫は、京の都にいる。憎き女を食い殺して、しかし満足できない。そこで女の縁者という縁者を襲って、まだ飽き足らない。女に心を移した夫の縁者も殺し、その又縁者も鏖し、それでも充足せず、ついには見境なしに人を襲い出す。洛中を恐怖に陥れる。そこで、名高い武将が退治を頼まれる。この武将の配下の強者たちがとうとう橋姫を討つ。その最期に、鬼女は宇治川の流れにその姿を消す。

このようにして――。

宇治には二人の橋姫がいるのだ。女性が二人、いたのだ。愛しい男を待つ女、戻らぬからと探す女と、不倫を怨み、妬みすぎて狂れたに等しい女が。その両人とも生前に、または誅伐の以前に、水の神――龍神および貴船大明神という二様の御神――に関係した。それゆえに歿後、祀られた。ああ、この宇治橋を護りたまえ、と。ああ、この橋を鎮護する女神となりたまえ、と。そして事実、なる。その女神とは一柱だ。いずこに祀られているか。橋の東詰めの「橋寺」、――聖徳太子に仕えし秦河勝が創建した、宇治橋の維持管理に当たる古寺のその境内の出離れにである。そこに、神、橋姫の社はある。

そこを浮舟に極々近い者たちが詣している。

あなたたちよ――。

浮舟なのだ。その物語の続きなのだ。しかも浮舟は、前段の終いに「そろそろ入水の頃合だ」と言ったのだ。薫および匂の宮という二様の男君に求愛されて、また実際に寵愛されて、是すなわち二股をかけるという始末に相成って、「これは自死する以外にないぞ」と親しい人間たちに告げたのだ。ひそやかに。その親近の一団とは、母の中将の君、もう二十年以上も共にいる乳母、厳選された数の女房と女童、そして警衛の役を担う武士たちの頭。この武者はもちろん、口にする言葉に訛りがある。東国の、いや奥州の崩れがある。そして柄頭がくるくると巻いた早蕨の刀を佩いている。

さて、橋寺の外れにある橋姫の神社を参拝したのは――。

母の中将の君であり、この中将の君を「常陸殿」と呼びならわす武士たちの頭であり、他に数名の、頭分と同様同種の太刀を身に帯びた男たち。

なにゆえ、中将の君以下のこれらの一行は参らねばならなかったか。援けを乞うためである。加護を求めるためである、宇治橋の女神に。そうなのだ。仮に入水を演じる浮舟がまことに溺れでもしたら、――溺れ死にでもしたら、これより以降の展開はない。肝はただ一つ、浮舟が宇治川に身投げをしたとわからせることだけ、鮮烈に印象付けるだけ。証人が多数あるように配慮して、「川に入った」と知れわたらせる。しかも、溺死体というのは無しに。そのためには念の入った膳立てがもろもろ要る。周到な支度が要る。神霊の援助も、言わずもがな。この後の展開は入水の失敗にあるのだが、その失敗が失敗してしまっては浮舟は助からない。それでは困る。誰もが困るのだ。だから祈るのだ、無事と安全を。

浮舟の入水宣言を受けたからこそ――。

それに、困るのは母ばかりでも、早蕨の刀を佩いた武士たちばかりでもない。物語もだ。この宇治の物語も要（かなめ）たる浮舟をうしなってしまっては、続かない。それこそ究極の憂（う）し。あなたたちもそうだろう。宇治の物語と同様に聞き手のあなたたちも困るだろう。違わないか。浮舟がここで命を落とせば、物語は途絶だぞ。それは承服しかねようが。以降はいっさい展開せず、浮舟の義父が「陸奥（むつ）のえびす」の資格で白河（しらかわ）の関（せき）以北を襲受（しゅうじゅ）したことを証したという宝剣と、それに類する、坂東（ばんどう）八カ国では「えびすの後ろ楯」を示す印鑰（いんやく）とも見られたという何振（なんふ）りもの早蕨の刀が、さて、どうなったかも語られない。そうした物語の切り上げられ方をあなたたちは歓迎しないだろうし、するとあなたたちも祈るだろうが。

浮舟よ、死ぬな、と。

まだまだ退場には早いぞ、と。

浮舟よ、もっと生きて、約束に添うて裏切られるのだ、と。

もっともっと裏切られよ、浮舟よ、と。

その運命を成就させるために、あなたたちよ、後世のあなたたちよ、聞き手の身であるあなたちですらここでは加護を求めるのだ。念じよ。立願せよ。そして同様に浮舟の母親も、この母親を「常陸殿」と敬慕する奥州出自の武士たちも心願し、社に参る。その女神、橋姫の加護力を求めるのだ。

このようにして、物語には神が登場した。

この憂しの物語には。

神仏のいしんだ。薫よ、その頭を垂れているか。

さあ、私たちはここまでを語った。

語りましたとも。私たち、藤式部が。

相共にです。私はこのように二人でありながら一様に語るのです。

しかし、これとは異なる語り様も採れる。

別々に、すなわち二様に物語ることもできます。それはこのようになりましょう。まずは——

私が話す。

私は藤式部だ。憤怨に衝き動かされる乾闥婆のな。私は、浮舟の入水劇を成功させるために母の中将の君や武士たちは橋寺の境内に参詣したと言おう。橋姫という、実に名高い女神に安全無事を祈ったのだ。今しがた談じたとおりだ。

しかし、そうではないと疑う向きもある。

そうなのです。

それを私が引き継ぎましょう。私、藤式部が。

こちらですよ、中将殿。こちらを見てくださいまし、三位中将殿。私、このお馴染みの乾闥婆の藤式部は、ああ、こちらに視線をお向けになりました近衛の中将殿よ、このように語るのです。祈念した御神というのが宇治の橋姫だったというのは本当なのでしょうか、と――。これは、見様によっては正鵠を得た疑問です。宇治川とはなんですか。ただの近江の湖を源流とする大川のように思われますけれども、これはやがて巨椋の池を経て木津川と桂川の両つの大川と併さり、名前も変え、下流では海に注いでいるではありませんか。ほら、人の女性であった橋姫の物語の片っぽうで、夫が宇治から難波に下ったように、いずれは潮海に至るのです。しかも、それほど大々的に距離があるというのでもない。すると、どうなりますか。もしも入水した浮舟が流されて流されて、磯や浜も過ぎ、海まで漂い出たとなったら、川の神に祈願したところで詮ないということにはなりませんか。すなわち海の神の出番なのではありませんか。

さあ、こうした次第です。ですから私は、かく談じましょう。浮舟の入水劇を成功させるために、母の中将の君と武士たちは住吉の神社に参りました。この神こそ、実に名高い海の神。私、藤式部は「常陸殿」の一行がここに参詣したと告げるのです。

物語が岐れたな。

しかも、宇治橋の守護神、川の神に対して海の神が出た。さらに説明を加えれば、橋姫は女神だが住吉大明神は言わずと知れた男神。二様に展開する物語はおのずと均整をとった。が、恣にというのでもない。人間の女から一柱の神――女神となった橋姫に、以下の噂があるのは承知だろう。衆口の言うには「宇治川が荒れるのは、前夜、住吉の神と橋姫が逢瀬の一夜を過ごした証しなり」と。これらの神々は夫婦だと考えられているのだ。

かくゆえに住吉大明神は現われた。

どうだ、納得がいったか。

いくもいかぬも。

物語のこちら側、私の紡ぐこちら側の分流では常陸殿たちが住吉の社に事実参り、願を起こしているのですから、かような説明は蛇足というもの。そのうえ私が、「宇治川は急流で知られているけれども、いつでも奔っているわけではない。流れの緩い折りもあって、そうした時には蛇が泳いでいるのも目撃されるのですよ。岸から岸へと渡るのです」と説けば、これまた蛇足というもの。私、藤式部はむしろ約まやかに以下を談じましょう。中将の君と奥州出の武士たちの一行は、海の守護神である住吉の神に浮舟の無事を祈り、御幣帛も奉りました。これは一行の皆の衷心からの願立てでした。それゆえに――。

海の神こそは浮舟を護ります。

川の神こそは浮舟を護る。

私、藤式部はそう断じよう。これこそはこちら側の、私の分流だ。しかも、それだけではない。庇護のためには浮舟ならぬ身の女人の上にも奇瑞を起こす。が、まずはこの場面を見よ。浮舟が沈む。沈む前には「私、浮舟の心は惑っております」と言う。「お二方の、どちらも当代に比を見ない殿方たちの間で」と言う。誰の前でこのような不敵なことを口にしたのか。幾人かの女房たちの前で、母親の古同僚の前で。具体的には、前者であれば厳選のその選からは洩れる側仕え、そして内心に「お姫様は匂の宮様に嫁していただいたほうがよいわ」と考えている五人の女房であり、後者は「浮舟様はなんと言っても薫の大納言様にさし上げるのがよいのです」との信念も固い、あの弁の尼君である。合計六人のこれらの前で、あるいは真ん前ならずとも御簾越し屏風越し几帳越しに、歎息しつつ独語で、浮舟は言う。洩らして聞かせる。あとは、合計六人のそれぞれに任せればよい。なにしろ宇治のそこは、例の御堂とこれに併設する屋敷は、薫の随身たちの監視下にあった。そしてこの監視団を偵察する匂の宮の側近たちがいた。薫は、二十七歳のこの年の四月十日に、洛中に愛人の浮舟を迎えようと準備している。匂の宮は、二十八歳である同年の三月末には浮舟を盗み出そうとしている。これまた同様に、都のいずこかに。おまけに匂の宮の第一の側近である左衛門の大夫などは、この偵察の日月に浮舟の女房のうちの一人――あの五人に数えられる側仕え――と恋仲となっていた。御簾、屏風、几帳越しに洩れた言葉はこうして密偵のもとにまで筒抜けとなる。

そして、不敵な浮舟は、このような環境にあって最後のひと言を言葉に出す。ふと零すのだ、この宵の口。

「宇治川が呼んでいます」と。

または歌を詠むのだ。このような――。

からをだに憂き世の中にとどめずはいづこをはかと君もうらみん

この一首が止めを刺す。浮舟の入水の場面とは人に知られぬ忍びやかな場面のはずだが、実は多くに見張られている。多数の目撃者がいる。または、実際には沈むところを目にしておらずとも、その場面を絶対の確信をもって予見し、ために想像し、ああ沈んだのだと証言する。

これらの生き証人たち。

さて、続いての次第柄――。

これは私が引き取りましょう。私、藤式部が。

再度蛇足ともなりそうな解説ですが、仕組まれて沈むことは溺れることを意味しません。まして溺れ死になど。そうならぬように、手筈は幾重にも調えられていたのです。それこそ十重二十重に。そのうちの七重、いえ八重は、薫側の忠臣または匂の宮側の手の者が食いとめに入った場合を前提としており、それはそれで物事を加速させるだろうと前向きに目されていたのです。その助命が、奏功するにせよしないにせよ。すなわち救助はならなかった時にも。

浮舟は、この十重二十重の道具立てと想定を踏まえて、宇治川にいよいよ入ったのです。

いよいよ入ると、百全の準備は堂々たる心組みにこの女人を導き、その眉目姿は凜然、美しく浮舟は水に沈んだのです。

最初に、結われていない黒髪が、ふわり、水面(みのも)にひろがり——

大輪の青墨花(あおずみばな)が咲いたようになり——

それを、あえて仕込まれていた対岸の篝火(かがりび)が照らし——

じきに川(かわ)の面(おも)が下に没しながら、現世のものならざる球(たま)に変じつつ、変容しつつ、さながら一輪の水中花に様変(さまが)わって——

ひろがり、ひろがり、咲いた——。

あな、麗しや。この情景にはありとある存在が魅入られました。岩も樹木も、風も、禽獣も、夜そのものも、魔性のものも。すると、浮舟の入水を失敗させる策が失敗します。あらゆる策が、その前提から成り立たずに、し損じられます。たとえば薫の随身たちや匂の宮の配下である大夫は、光景に魅了されることによって竦(すく)んでしまうのです。それぞれの場所に凝(こご)り、動けないのです。いっぽうで風は、蠱惑(こわく)されたからこそ狂い、一瞬の陣風(じんぷう)となり、篝火を消します。それによって駄目にされた手筈は二つ三つ、それから少しばかり下流(しも)に控えて浮舟を川の中より引き揚げ、そして消息を絶たせる連繫の最重要の任を負っていた奥州出の武士に至っては、「ああ、なんと！　早蕨の刀をこの身に帯するのを忘れていたわい」と唐突に思い違(たが)えて、鵜飼(うか)いのものに擬装した小舟を岸に戻してしまう始末。こうした一切がもちろん場面に宿った魔力の為業(しわざ)に他ならず、何人(なんぴと)にも思いがけなかったのです。

そして浮舟はといえば、依然、美しさを際立たせています。沈んでもです。すると、水は抱擁します。水は、溺死せよと責めるのではなしに綏撫するのです。その抱擁には邪思が微塵もありませんから、浮舟は夢を見そうです。幻の四つ五つは見ましたし、幻の声も聞きました。浮舟は、歓びました。なにしろ空音は「裏切り、裏切り」と歌い、「その裏切りの大きさ、天の下に及ぶぞ」と先触れていましたから。天の下、すなわち国土。この日の本の全国土が言及されていたのです。沈みつづけることに恐怖はありませんでした。沈み、流されても恐慌は来しませんでした。浮舟は宇治川の渦の中にいて、その渦は夢の浮橋だったのです。心地好い夢と、まだ見られてもいない夢の余韻だったのです。姿を消さなければならないことを浮舟は悟りました。それは死を意味してはおりませんが、調えてあったどの手筈、どの工作にも入りません。そもそも夢には、陸上に所属する夢があり、海上に湖上、池上、江上といった水上に所属する夢があり、しかしながら水中で見られる夢は「どこ」と帰属を明らかにはしません。水面よりも下にあっては、通常、人は夢を見られないからです。呼吸もできぬ場所には睡夢はないのです。そして「どこ」と説けぬのですから、暫時、消える必要が浮舟にはあったのです。

流されて。その宇治川の水に流されて。

けれども、その身の無事は確保されます。なんとなれば、海の神の加護力があるのですから。住吉の明神の。

そして船が一艘現われます。何刻もの後、夜が明け離れて後、もはや周囲に川霧もなく、巨椋の池も通過し、木津、桂の両川との合流を終え、その名を淀川と改めた大河を漂流し出して後に。

それは、そちら側の展開だ。

沈む場面を過ぎて物語は再び二様となった。よって急ぎ、私は別様に語ろう。私、藤式部は。

こちらでは、もちろん、奇瑞は川の神の霊験によって生じるのだ。しかも、夢というのもまだ続いている。しかしそれは浮舟の見る夢ではない。

陸上にて、臥せた女の見る夢だ。

いずれにしても翌朝、宇治には浮舟の姿はない。浮舟を捜す者たちの姿は多々ある。宇治川の風物の柴舟も、いまや往き交うたびに尋ねられた。これこれの姫を見なかったか、漂着する女を知らぬか、と。こうした捜索の指図をするのは中将の君で、そこには母の執念があった。もちろん執念に先立ちもし、執念を蔽い、打ちのめしもする感情も諸々あった。最初はひたすら狼狽した。十重二十重の策が蹴散らされて我が娘が溺れるとは！ しかも、目路に浮きあがり、あるいは岸辺に泳いで着いたと報せが届く気配もない！ 卯の刻を迎え、それでも生きているのかいないのかを把握する手掛かり一つない。そして、生きては「いない」とは何を指すのか。死――水死、と想い到り、浮舟のあっぷあっぷを想像するや中将の君は卒倒した。想いがそこに及ぶたびに卒倒した。ただし、十重二十重の策がことごとく破れるとも、二十一重めがあったことは寸時も忘れなかった。なにも二十一など数える必要はない。数など超越していたのだし、そもそも策と名指すのも不埒。そう、それこそが加護だ。宇治川の女神の援助。中将の君は、あっぷあっぷを想い描いたがための昏倒の十数度め、ついに病みついた。臥せて、しかしそこでも橋姫に祈りつづけ、すると霊夢はあったのだ。

何人も奇蹟には抗しがたい。中将の君の意識は、白々と薄濁し、一方で濃く黒々と濁り、怒濤のような感覚に荒らされていたのだが、問答がはじまるや霊性に撃たれた。これは神霊が顕ったのだなとただちにわかった。祈願は届いたのだ。しかし、そもそも何を祈願したのであったか――。

「告白をしろ」と声が命じていた。

「いかなる類いの告白でしょうか」と中将の君は返した。これは夢路で、心中の声として返したのである。

「繰れ。中将の君よ、正直一遍にここに繰れ」

「これまた、何をでございましょうか」

「感情の巻紙をだ。それをいま繰るのだ」と声は命じた。ここまで神には御声のみがあって、しかもそれは女のものである。あらゆる女の、女たちの、愛情と怨憎を食った声である。しかも幾百年間の長きにわたり喰らいつづけ、むしろ捧げつづけられてきた、太い、極太の強力そのものの女性が声である。

それが中将の君に命じた。

それが中将の君を叱咤した。

それが中将の君を奮い立たせた。

「おう、おう、おう」と中将の君は夢路に唸った。それは否か応かのおうでもあった。感情の巻紙をくるくる繰ればよいのだ、告白すればよいのだ、かつては歌にも詠めなかった心の奥底を、ついに吐露すればよいのだ。ここに——。

「橋姫様、橋姫の女神様、聞いてくださいまし。この見栄えのしない元女房の望みを叶えんがため、私の憤怒をひきずり出してくださいまし。私の憤りを、それも積年のものを。おう！ 私は、いかにも元女房、では誰にお仕えしていたのでしょうか。私がお邸にてご奉仕しておりましたは言わずと知れた宮様、あの八の宮様であり、これは私が援助を願っております娘、浮舟の、父親なのでございます。が、それを誰が認めたのか——。

おう、父！ あの父め！

橋姫様、宇治の橋姫様、私は愛したのですよ。私は宮様に契られてしまい、それは叔母の面影を見出せるという単にそれだけの理由ではあったのですが、それから深々と愛したのですよ。しかしこれが、罠でした。私の、女としての生涯に仕掛けられた陥穽でした。私は相思相愛だと思っていたのです。八の宮様の愛しびは本もの、永遠のもので、それは子宝という形をとっても当然だと信じていたのです。愛の種は、幾年間、私の胎に蒔かれつづけたのですから。

そうだというのに！

相愛などはなかったのです。そうだと見えた恋情は贋ものだったのです。いかにも、おう、贋物の愛着！しかも、しかも、しかも、私だけの窘みならばまだよい。それならば、どうとでも縮こまり凍りつき、騒がずに果てもしよう。私一人の辱ならば、そうしよう。耐え、傷つき、あげく今生より掻き消えもしよう。しかし私に愛着を示さぬのみならず、子にも、種より生じた娘にもしないとは。徹底してそれをせず、冷淡で、認知もしないとは。

おう！

『宮の子ではない』などと嘘まで吐かして！

あの贋ものぶり。そして私の、この裏切られぶり。そうなのです、橋姫様、宇治橋の女神様、私こそは初代の裏切られた女なのです。娘、浮舟もすでに幾度も裏切られておりますし、生まれ落ちて間もないのに父親より『子ではない』と断じられたことこそ先ず第一の裏切りであったのですが、それでも浮舟は二代め。私こそは初代。

おう、ここから始まったのだ――。

ここから、ここから――。

おう、偽りの色恋なぞ！

女神様、橋姫様、なんとお答えですか。私の、その愛情の濃さと深さも、怨みから発した瞋恚のありさまも、ひじょうに相応しいとお答えですか。人として、そうであると。人間の女性として、実に適っていると。あたかも二人の女をその一つの生涯に含み、孕み、それも実に理想的に包含して、これより一柱の神に変化するのにぴたりと適合しているではないか、と。

すると立ち顕われますか。

この夢中を越えて、もっと。もっと。

憑きますか。

私を、宇治の橋姫様、あなたという女神様の憑坐として、憑いて顕われますか。

そうなのです。

おう、そうなのだ――。

私はそれを願い、望む。私が橋姫であれば――私が橋姫となれば、浮舟を援け、浮舟を護り、浮舟を生かしつづけられるのだから、それを望む。そもそも浮舟とは何者であったか。あの父、八の宮より認知もされない子供なのに、同じ宮より鍾愛されたという大君の生き写しであり、二十年以上を経た今以て人形だという現実は何を意味するのか。何を。そうなのだ、分身は無意味に生まれなぞしない。わが娘、浮舟には役目があり――。

おう！

だから私は、支度に努めてきたのだ。陸奥の守であり常陸の介であった夫の近習たち、奥州時代に土地の武門の長者より授けられた、いや貸し与えられた選り抜きの武士たちの真意というのを読み取り、中央の政界との繋がりをつける足掛かり以上には夫を見ていない一党の奥意を読み取り、同じ『踏み台』ならばこちらのほうが将来も拓けようと私を慕わせ、禄もおりおり別口で食ませ、見方によっては手懐けて、なにしろ夫の常陸前司はそこ――東国――はむろんみちのくに戻る見通しは微塵も持たず、欲してもいないのだから足りなかろうと諭した。野心に足りなかろうと。いっぽうで、私はどうだ。私と浮舟はどうだ。このひと組ならば、なあ、事欠くどころではないぞ。野望は、あふれる。それを言い諭して、するとこの武者の一群は私をこそ『常陸殿』と呼び、娘の浮舟を『姫様』と心底からの敬慕で呼びかけ、私たちにこそ仕えた。さもありなん、現状を見よ。浮舟は右大将兼任の大納言殿に求愛され、この大納言殿は将来性というものでは朝廷で群を抜く。近い未来の財力でも勢力でも、人臣のうちで誰がこの薫大納言に及ぼうか。その一方、浮舟は当代の親王に求愛され、この匂の宮様の兄上であられる二の宮様は先頃式部卿に任じられて、いよいよ匂の宮様こそが次の春宮候補としての地位を固めた。さあ、こうした次第なのだ。ここまで来れば、早蕨の刀を佩いたあの武者たち、——否、奥州のあの武門は次代の最高権力者と結べる。その権力者は、人臣どころか天子に類するご身分かもしれぬのだ。奥州は私の夫にして浮舟の養父、常陸前司からそれに、そのいずれかに乗りかえられるのだ。

これほどの可能性！

しかも私は、浮舟があの大君の生き写しであること、また、いま一人の八の宮の認知した娘である中の君の夫が匂の宮様その人であることを利用して、この状況を拵えた。そうだ、利用したのだ。これぞあの浮舟の父への、復讐！

おう！

そして、もっとだ。もっと、もっとだ。娘、浮舟のその面容を以て為せることは、ある。まだ、ある。さらに武者たちの手を借りて、力を借りて、奥州とこの『常陸殿』が現に結んでいるように、東国でも現にできたように、その他の諸国諸州でも多勢の武士たちの力を借りて。武将、——否、草武者たちの力を借りて。

なに、結集させればよいのだ。

その結集のために印鑰が要るとなれば、なに、与えればよいのだ。出せばよいのだ。

出せぬはずもなかろう。私を誰だと思っているのだ。私は、中将の君ではあるが、併(あわ)せてこの女人に憑いた橋姫なのだぞ。

その時、早蕨の刀というのは奥州がどうのと限定された神宝(しんぽう)になるのではない。

その時、この刀というのは浮舟を手助けする男であれば全員が携える、そうした宝器(ほうき)と変じるのだ。また、これらの武者たちに担がれる浮舟は、この国を——日(ひ)の本(もと)という国家を「裏切りによって動かす最初の女となるのだ。

それも、裏切ることでそれを為すのではなしに、裏切られることで成(な)らせる女に。

おう!」

と唸るや——。

中将の君は目覚めたのだった。あらゆる吐露をし了(お)えて、神域そのものの夢、その霊夢から。覚醒したのだった。

この奇瑞、究極なり。そして神は、神仏のしんは、さらに一入(ひとしお)顕然と物語のこちら側に登場した。物語の分流のこちらに。

さあ、気をつけるがいい。この神は祟(たた)るぞ。

もちろんですとも。

神仏のしんなのですから、祟りますとも。慈悲の御(み)仏ではないのですから。とはいえ私のほうでも必要なのは、神仏のぶつではなしに御神。私、藤式部のこちら側の分流でも。

やはり物語はおのずと均整をとるのです。

物語には均衡というのが要るのです。そして、そちらには霊夢があったのですから、こちらにも同種の驚夢がありましょう。こちら側でも夢は、驚夢は続きましょう。しかし、そちら側では浮舟ではない女が一人で見たとあれば、こちらでは浮舟ではない男たちが幾人かで見ましょう。陸上にその霊夢が顕ったのがそちら側であれば、こちらは、夢は必ずや水上にありましょう。これぞ均衡です。均衡こそ、二通りに語られている様に根拠を与えるのです。展開が別様に、このように二様に岐れるためには均衡を、と私は告げましょう。

私、藤式部は。

しかし申し立てたい苦情もありますよ。いま少々、約まやかには語れませんか。そちら側とこちら側とで、以前と同じような嵩をもって宇治の物語を談じつづければ、それこそ長い、長い。まさに憂しです。二種の分流があるのだから簡略を旨としなければなりません。約めて、約めて、可能なだけ簡潔にすること。それこそ橋姫の生前譚です、あやかるべきは。二人の別々の女人の生涯を、交互に、実にさっ、さっと説いていった、あれです。あれに倣って私は語らねばなりませんし、そちらの藤式部もそうなのではありませんか。

ねえ、藤式部。

まあ、笑まれるのね。嫣然と笑まれて。肯定されるのね。ほら中将殿、ご覧になって。藤式部のたいそう機嫌よろしいこと。その表情。ぜひ、お目を向けになって。三位中将殿——。

そう、そちらの藤式部を。

それから、こちらの藤式部を。参ります。一艘の船がありました。淀川を遡上しておりました。淀川は、その名前の由来である淀の津で桂川と木津川、それに巨椋の池を通じて宇治川に岐れます。まだ淀の津には到らぬ朝、数人が夢裡に龍を見て目覚め、驚歎してさざめき交わしました。これらの水手たちと梶取は、龍を見、また神をも見たのです。神は、川にもんどり打って溺れるような龍を見つけ、それを指していたのです。なにゆえ、龍は龍であるというのに没溺などしかかり、川に流され、なにゆえ神はそれを指点していたのでしょうか。船上の老いた智慧者がこれを判じ解きました。曰く、「龍はすなわち流に通じ、行く手に現われる流木を予示する。神はこれを拾え、救えと申しつけている」と。いかにも、寸刻の後、大蛇のごとき巨木が流れ漂ってきました。しかも枝々が右に左にともんどり打つ中に、一人の女が搦めとられているではありませんか。この女は生者でした。幹に摑まり枝々に挟まり、呼吸を絶えさせることなく上流より漂泊してきたのです。この流木にして龍木を梶取と水手たちの一同は水面より懸命に拾いとり、ついに板子の上で巨木から女を解放したのです。それはもちろん、浮舟でした。

なるほど――。

そうやって浮舟は救出されたか。海の神に。中将の君たちが祈願したという男神に。しかし、そこまでで私の側に転じようというのは無謀、多少ならず軽忽で、なんとなれば物語として均整がとれぬ。等量とすべきは嵩ばかりではない。筋の進行の程度も同じでなければ、謳われた均衡など、とてもとても。第一、こちら側ではいかにも特段に顕然と女神は登場したのだぞ。早、人間である中将の君に憑いて合一しているのだぞ。なのにそちら側はどうだ。そもそも霊夢のその神が邪霊や鬼魅の類いではないと審判されたのか。龍はよい。龍が出て、それが浮舟を救命するというのはよい。龍神はたしかに橋姫の縁、一柱の神となる前の橋姫の一方はその夫を龍神に奪われていたからな。しかし、その龍を、龍木を指す神とはいったいなんだ。龍神が海の神であり、住吉大明神の化身でもあるならば、夢に顕った神はどの神だというのだ。たとえば人間に憑いていて、こちら側の中将の君と橋姫に伍されるというならば得心もゆくが、そうした互角さもなければ、とてもとても。

そも、何を以て海の神だと断じた。淀川を遡航するその船の者たちは。

そもやそも神の幾つかの相を以て断じたのです。西国(さいごく)の海の、これらの類族たちならば、誰もが判じるのが容易な点から断じたのです。

審判は、さても、難事では一向なかったのです。

その諸相とは、こうです。神は、川にそのもんどり打つ龍を指した神は、面を掛けていました。要するに容顔はあらわではない。これが神の特徴の、よく知られた一つでした。仮面という徴(しる)し。しかし体付きはといえば、尋常な人でした。ただ人(びと)の体軀なのです。手足の数も丈(たけ)も、いかにも人間、異様(ことざま)さはなき人間。そう見えることも神の重要な相でした。けれども前からは看取しえないある一点に目を向けるとどうでしょう。横から、斜めから、その掛けられた面のむこうを眺めるとどうでしょう。その頭(つむり)は、徴しを有するのです。ひと目見て、尋常でないのです。大きい、並外れて大きいのです。後ろ側が――ころりと。ごろりと。髪頭(かみかしら)の後部が、そうした様相(ありさま)なのです。

このころりこそ、海の神の第一の相。

そして神威。

そう信じる者たちがこれらの類族で、水手たちも梶取もみな、鮮やかな霊夢にころりを見ていたのです。

それゆえに神だ、と証言したのです。

西国の海にはその内海だけを統べる神がいて、この海神はいかにも顕然と人間の男の生身をもって現われるのです。淀川の水は、半分は潮海の味わいがしておりましたゆえ。

女人たち

「涵しましたぞ」と三人めが言った。

「——ぬ」

「なんですか」

「なんであるも、なんでないも」とこの三人めは応じた。「この身をたっぷりと物語に涵されました。しかし、その程度か」

「これは、これは」と一人めが言った。

「茶々でしょうか」と二人めが言った。

「思えば静かなこと」と三人めは話頭を転じた。「この屋敷のお庭よりあの『べう』が、『べう』が、絶えて久しい。鳴き罵りのあの楽の音、懐しいほどです。もはや暮夜ではありませんね。時はどんどんと経過した」

「語っていたからな」

「物語っていたからですよ、私が」

「そちらも藤式部、あちらも藤式部。さて、二人に倍してなお凄い語りというのはよいものです。しかし弁えるべき物事が弁えられていない気がする。その程度か」

「それはもしや、貶みの言」

「侮蔑ですね」

「どうしてどうして。ただの実務でありますよ。事務」と言ってから三人めは藪から棒に哄笑した。「ははは！」

「――これは」

「いったい、これは」

「失敬。借りてきた女房の奇矯なふるまいと、これはそう見えましたね。麗景殿より派されてきたちどり風情の、ひどい乱暴だと。しかしながら、事務、この語を思うと笑わずにはいられない。あなたたちよ、語り手のあなたたち、藤式部たちよ。どうお考えか。約めてこれとは。私は、語るに要した時間ばかりを言い及んでいるのではありません。切り上げよ、などと乞うて容喙してはいない。そもそも作り物語にとって、涵泳しえること、耽溺しえることは美点ちゅうの美点。聞き手もそこには至福を見出すだけでございましょう。しかし、語り手のあなたたち、藤式部たちよ、読者というのはどうなる。

これらは読むのだぞ。すでに第一帖を読み、第二帖を読み、第三帖を読んだ。流布する冊子を読んでいる。が、今夜のこれはどうだ。今宵のこれはなんだ。私は、事務、と言ったのだ。これは大部の四帖めに纏まるのか、それとも中ほどで分けて四帖め及び五帖めとなるのか、しかし分岐というのはどうするのか。あなたたちよ、そうした点を考えて語ったか。あなたたちよ、落としどころ、すなわち始末というのは顧慮していたか。ははは、――浅慮！　浅慮千万なり！　本になるのだぞ。原稿に書かれ、専門の書家に清写され、整えられ、綴じられ、冊子本へと変わるのだぞ。そのための造本の工房、複数あるのだぞ。いまや三条のこの邸外にも設けられている。そして書家は幾名もおり、世に弘めるための作業が急がれるとして、しかし発端におるのは何名だ。初めに書き取るのは。本にする下書きを準備するのは。一人だぞ。私だぞ。そして、――あなたたち語り手の藤式部たちよ、かような落としどころも惟ずにただ二人で談じ合うとは、倍化したところでそこまで」

「ほう」

「ほほう」

「そのように口を揃えたところで、だが駁するは不可。巷間に滲み入らせるためには本、本、本にしなければ！　そして、そうした原稿を書けない私とお思いか。四帖めに纏めるという事務、五帖めに話をひき渡すという実務、できない私とお思いか。私は、たとえば、四帖めを双子と成すこともできるのだぞ。書物の双子、それから例の別様をもっともっと豊饒とすることもできるのだぞ。たとえば、たとえば、――そうだ、聞け。二様に語って宇治の物語を双子とした時、その果てにあなたたちは言うのだろう。今宵、すでに説いているように断じるのだろう。『正偽は問うな』と。『二つに岐れた挿話の、いずれが正しいか等は不問に付せ』と。ああ、あなたたちは確実にそう言うのだ。それもよかろう。あなたたちがそうしたいのならば、大変によかろう。だが、ならば三様はどうなのだ」

「――三」

「別様の、三様」

「そこまで増えれば、本には分裂というのはない。単純に双子になって、二種類の四帖めが産み落とされるような顛末はな。なに、先が読まれやす過ぎるのだ。川の神と海の神、女神と男神、そして東国に奥州と語られたから次は西国――」

「おかしいか」

「西国が出るのはおかしいですか」

「よい均衡だ。それは認める、さすがは『源氏』を世に出した紫式部殿、と。しかし、終いには、一方が薫の大納言の側を担い、他方が匂の宮を担うだけだろうが。そのように展開するのだろうが、この二様は。ほら、もう読まれてしまったぞ。それに果たして、たかが二人の語り手で幾つの裏切りを仕込める。その数を」

「数」

「数とは」

「裏切る女の数だ。それも浮舟（うきふね）を裏切る女人（にょにん）たちの、その数だ。それがなければ今後の物語は動かぬ。十人や二十人では足りぬぞ。四十人や五十人、さらに七十人でも。あなたたちよ、それを二人で用意できるのか。わずか二人ばかりの紫式部で」

「おもしろい」と一人めは言った。

「なんとまあ」と二人めは言った。

「百人。私は裏切る女を出すぞ。まずはあの弁（べん）の尼君（あまぎみ）にでも一番槍を持たせて、破約に走らせて。私にはそれができる。私は本に仕立てあげる原稿に加筆もできるのだからな。そして、それでも物語は改竄にはならない。贋（にせ）ものに堕すことはない。なぜならば、私もまた憑かれているからだ」

　ふいに波濤が起きた。

　その場の空気が残らず波と化した。

　ちどりだけが口を利いた。

「私が憑坐（よりまし）に変わったのが、わからぬのか」

　そう言った。

「憑いているのは人の死霊だぞ」

こうも言った。

それから、

「女人の。世間ではこう呼ばれている女の。すなわち、――紫式部」

波濤は鎮まらなかった。そこには一人めの紫式部がいて、二人めの紫式部がいて、三人めの紫式部がいた。そして、ちどりのこの名乗りを受けるや、「あら、まあ」と頓狂な声をあげる姫君もいた。

わずかな間を置いて、全員の視線が紫苑の君に集中した。

「私もなのですよ」

このひと言に、言問う人間はいなかった。

「憑かれてしまって。それも死霊に。ですが、ええ、もともとの物の怪由来の病悩のほうは大丈夫ですわ。なぜって、ほら、式部様の怨霊が宇治の物語の本ものを先へ先へと語ってくだされば、進めてくだされば、私は刻々、全癒に向かって前進する理。その紫式部様が、なんとまあ今ではお三方に。これは、やはり、順調な快復も当たり前の仕儀ですわね。それで、新たに私に憑いた女人の霊ですが」

――まだ誰も物言わない――。

「大君でありますの」

平然と言い放った。紫苑の君が。刹那、澎湃たる波濤と沈黙の場にいる五人のうちの、ただ一人の男君の、箍は外れた。とうとう外れた。あらゆる事態が不可測であり過ぎた。紫式部が実際に二人いるだけでもおかしいのに、その異しさはどんどん極まり、語りの最中には幾度となく翻弄され、嬲られ、ついに「右を向いても式部、左を向いても式部、顧みても式部」のありさまに至って、それから愛人、紫苑の君の決定的な名乗りがあった。憑霊したのだ、大君が。とうとう憑いたのだ。だとしたら、と右近衛府の中将建明は思うともなしに思い、決断するともなしに決断したのだった。俺にも憑こうぞ。憑かねばならぬ。

武人がよいし、中将よりも大将がよい。

薫になろうぞ。あの大納言、兼右大将に。

建明は乱心した。

海賊たち

川をさかのぼる時、海賊は何になるのか。

川賊か。

しかし未だ、いかなる盗みも働いていない。一人として、一艘として。湊からのその途次、掠奪行為のために泊まった船はなかった。むろん、岸には、乗員たちは上がっていた。曳船のためにだった。船は平底、これらは渡海船ではなしに河川交通用の艜である。これらは上陸した水手たちに綱で曳かれて、遡上するのである。順風時には――言わずもがな――帆走した。それを期し、莚帆を掛ける柱は常時立っていた。しかし、その追手の風が遡航の間ずっと吹くはずもない。つまり、つねに、どの舟航でも上陸する人手というのが要った。それが中型から大型の艜、たとえば「二つ瓦」と称される長大な船種ともなれば、十人を超える水手が陸側の要員となった。さかのぼる川の、片岸を足で踏みつづけた。

同時に、さ走ろうとする勢いだった。

速やかさを旨としていた。

どの一人もどの一艘も。そのために脇目をふらず、偸盗には励まず、川賊にはならなかった。それよりも、――川上へ、川上へ。そうやって幾十艘にも分乗して目的地も違えて、否、目的も若干違えて短時日のうちに遡上する海賊たちは、しかしながら巨きな単一の企みには奉仕していて、その意味では大的は違えていなかった。また、その大目標は、盗みの範疇に強いて納めようとすれば納められた。

強いてここで明確にするならば、海賊たちは淀の津を盗もうとしていた。

その津を無人化しようとしていた。

永続的にではない。わずかな期間、たとえば数日から十数日の間、占拠しようと図っていたのである。しかも、力には頼らないで。武威の類いはいっさい揮(ふる)わないで。

そんなことは可能か。

言うもおろかな難業だが、神が祟(たた)れば可能だった。淀の津のその巷に悪神(あくじん)が横行するならば。誰の目にも明らかに闊歩するならば。

その横行し闊歩する「悪い神」にひと度(たび)、疫神(えきじん)、との名前が付されたならば――。

多種の禍(わざわ)いの中でも疫癘(えきれい)をもたらす神なのだと認識されれば、である。

そして、実際、淀の津にはじき、死人(しびと)たちの船々が漂着するという未聞の騒動が涌(わ)いたのである。

その地理を説けば、淀は、海賊たち及び瀬戸内海水運に係わる者たち皆(みな)がみなにとって「海の、延長の果ての終点」である。終点であって、かつ淀川の起点である。ここで木津川、宇治川、桂川の三つが沼沢地も経由しながら落ち合い、初めて淀川が生まれるからだ。すなわち淀川は、淀より川上にはない。そして合流点に展(ひら)ける淀の津の役割を再度(ふたたび)説けば、その機能というのを、以前の章でも述べたところに重複を厭わず説けば、西国(さいごく)の内海を経由した諸物資の陸揚げ地点である。運上米(うんじょうまい)をはじめとする年貢類のその大半がこの津に来た。この「海の、延長の果ての終点」に到達して、陸(おか)に移し運ばれた。それから北都、すなわち京か、南都、すなわち奈良に送られた。主軸はむろん、京である。北方に向かう運搬路である。しかし陸上が二手に岐れる以前に、つねにここがある。その次第により、数多の倉庫がこの津にはある。米のみならず、豆、大麦、その他の保管所が軒を連ねて建ち、年貢運送の管理者とその轅下の人間がひしめき、むろん宿所があり、その経営陣もいる。塩であれば、これを販う市も立っていた。すなわち淀川水運が隆盛であるがゆえの賑わいが、必然、ここにあった。

その淀の津に、禍々しさは着いたのである。凶変の極みが捨て小舟じみて漂い着いたのである。

二艘、三艘、四艘と、しかし方々に、続々。

生者が乗り組んでいないがゆえの空し船、捨て小舟だった。寸法は大小さまざま、空の船とはいっても一部に積み荷はあり、たとえば柴、炭俵、薪、等であったが、その運送を担って当然の梶取や水手らがいなかった。生きていなかった。一人残らず斃れていて、そのさま無惨、死臭もすでに放っていた。すなわち「乗り込んでいるのは死者ばかり」という幾艘もが、川合の淀に順々、流れ着く――。

これはぜんたい、なにごとか。

物語はすでに解説したが、曳航の人手なしに川をさかのぼれる艜はない。すると、この死人の船々というのは全部、下ってきている。ならば起源はどこか。木津川なのか宇治川なのか、はたまた京都に通じる桂川か。が、調査の人員を川上に――巨椋の池と三川の上流に——遣っている余裕が淀の津にはなかった。七艘めまでの漂着が確認された翌日の朝には、往来に、殭というのが発見されたために。一人、というのではない。四人。それから八人め、九人め。午までには二十七人めが算えられた。横ざまに果てていた。うつぶせに果てていた。仰むきに道端で息絶えていた。どれも死化粧を施したように疫病の徴しを顔の皮膚に、腕に足にとあらわにしていた。どれも一律、淀の津のその巷の人間たちに極度の戦慄をもたらす穢さがあった。

戦慄が、宣告した。

悪神は猖獗した、否、し出す、と——。

種を明かせば、あたかも死化粧のように見えたものは死化粧だった。死者に、それがいかにも疫病の痕跡だととらえられるように、となされた化粧だった。種を明かせば、淀の津のその往来に斃れた死者など実は一人もおらず、死屍は近在で前以て蒐められていて、例の死人の船々に乗っていた——乗せられていたのも同じ手順にあった。そのために海賊たちは幾十艘に分乗し、おのおのの目的地である隣邑の各所、淀川より上流の各地に入り、工作に勤しんでいた。実は、死人の船々の起源も唯一の川上ならず複数あり、穿鑿されても困惑させるだけの手筈になっていた。しかし、死屍というのを得るのに、手を下した海賊は一人もいなかった。誰も打物には訴えなかった。実は、死体は買ったのである。海賊たちは偸盗行為を働くどころか、対価を支払って購入したのである。

協力者がいた。

いなければ死体など蒐集できない。しかも鮮度の高い死体など。海賊たちが欲したのは「刺し傷切り傷のない、腐爛が進んで骨が覗いたりもしていない、病み死に直後を演じられる」肉身であって、これを一定数準備するのは容易ではない。

海賊たちは、それでは、何者と力を協せたのか。

身分の上中下で言えば下層民、それも下人というよりも下賤の、数々の土地の勢力である。ひと括りにはできない。出自はさまざまで、いずれにしても現状は国家や荘園等の制度の束縛からは解かれている。言葉を換えれば自活集団だ。盗人の一群もここに入る。落ちぶれた中流も。こうした多様な勢力が、賤と通称されている。ひと括りに。

その賤たちとの縁を作った。淀の津の、近在の各所、各地で。計略に対して加勢させた。そうすることで事前には目立ちすぎぬようにと図ったのである。顔立ちと言葉の訛りとから露呈する「他所者」との正体を、まずは秘したのである。求める種類の死屍を効率よく得るために、しかしながら、薬種――くすりと称される魚毒、海毒は渡していた。

そのようにして、死の領域を作りあげた。

贋もののそれを、淀の津に。

「悪い神」の横行闊歩がはじまったのだ、と演出した。

京都というか畿内での疱瘡の流行はわずか四年前で、人々はその恐怖を想い起こした。さらにまざまざとした喚起に至らしめるために、幾重もの入念な工作があった。重い病人たちを、賤たちに買わせてきて、これを海賊たちが買った。いずれにしても家族から見限られて棄てられる寸前の重篤者に疫病の化粧――じきに死化粧――を施し、さらに二、三の囈言も仕込んだ。往来に放り出されると、これら大患の人間たちは薄れる意識と戻る意識の境界のおりおり、謎語を吐いた。事実として瀕死であるがゆえに、「神、おわし」と言っても、「神、過きり」と言っても、「夢路に神、顕ち」と言っても、予言と断言の重みを持った。耳にした者の口を通って、妖言と化した。この迅速に蝕まれつつある巷に、今度は白布の覆面衆が来た、涌いた。女たちだった。それも穢れを祓う専門の、神事の作法を身につけている、いかにも経験豊富な年若い女たちだった。幾人かはまだ女の子と呼んでよい。それが、不浄を、死穢を始末するのである。淀の津の「贋ものの死の領域」を、いかにも疫神に襲われた町として扱うのである。本ものそれとして。

種を明かせば、賤たちの繋がりでこの専門職は招かれた。具体的には陸上の賊の紐帯というのがあって、北都――京から招請された。特別な死屍の禁物の清掃を願われた。種を明かせば、四年前の疱瘡の流行時に洛中で罹病の犠牲者を実際に報酬をもらって処理していた一派だった。その所作、すべて実が伴っている。しかもこの女たちは、人の屍骸を発見する専門の犬というのを連れてきていた。この白布の覆面衆は、「死人の犬」と言われている犬たちを従えてきていた。それらの犬は全頭、尨だった。

幾重もの工作とは、これだけではない。

さらに変事があった。

淀の津に来襲した。

ある夕べ、数えあげた者の言によると実に十九頭もの猪が、突如町中に現われて大路小路を疾走したのである。唸りながら、哮りながら。聞く者の耳にはその咆哮を「疫神！ 疫神！」とも聞き取らせながら。——これは、賤たちを介して宇治の山中で捕らえてあった擒の野猪を、いっせいに解き放ち、奔らせただけである。種を明かせば。しかしその大挙しての猛進は破壊的で、事実、一大変事だった。

この夕べというのが、不穏な事態が起きはじめてからわずか四日めの暮れ方に過ぎなかった。

巷間の恐慌は熟れ切ったように弾けた。

みな逃亡した。散った。家財道具を携える者たちは携え、脱出した。翌る朝にはもう街路を往き交っている人間は、分限職業、老若男女を問わずいなかった。

淀の津は、公式な機能を停止した。

津は、無人になったのである。

疫神の跋扈が確信されていたためか、そこには神聖な気配があった。「信じる側」の人々を欠いても、濃厚に跡をとどめていた。地上を鶏たちが走っていた。鳶は、十羽二十羽三十羽と中空に旋回していた。そして乱鴉。ぎゃあぎゃあと騒いでいた。にもかかわらず清幽さがあって、刻限は辰、巳、午と続いた。

それから神は来た。

生身を具えて、それを大型艜の二つ瓦に乗せて、川をさかのぼり、多数の供とともにその海の大神は来た。

西国の複数の「海域」を一つに束ねて、瀬戸内海を産み、だからこそその内海唯一の大神と目される海神、海龍神が。

逃げ出した者たちに予期された「悪い神」ではなかったが、海を引き連れる神が来ったのである。それも、人神として顕ったのである。――その世間での字はいまや悪冂太、海道の悪冂太。強力なる者の謂いとしての悪を冠した人神。――そして、その名は由見丸。

盗みとった淀の津に、その正午、由見丸がいよいよ上陸した。

前後をいかにも武士といった面々が固めていた。両肩に鉄板製の杏葉を付属させた腹巻を着け、箙を帯し、大小の二刀を佩く。粗野な海賊との雰囲気はなかった。一見してひと廉の武人であって、これらは海神にしてシ頭の由見丸その人の配下というよりも、西国にて最大規模になりつつある武門の長者の麾下だった。すなわち陸に根を張った武家の出だった。そうした剛の者たちが神の護衛を担当していた。

前後を、そしてさらに左右をも矢をつがえる武士たちで衛り固められつつ、二つ瓦を下船して陸上に移った由見丸は、そのまま大股にためらわず進んだ。ずんずん歩んだ。足が踏むのは往来であり、人けは全然ないのに禽獣がのびのびとしている往来である。鶏群はゆきつ戻りつ彷徨いても、馬、人、車は往還しない、轍のみの往来である。しかし路頭の屍骸というのはあった。そこでは馳走をのびのび啄む鴉たち猛禽たちのみならず、虫類ものびやかで活潑だった。――黒山青山に集った数種類の蠅。――そして蟻。これは一種類の、黒い、大型の蟻で、屍骸の手足に群がるのみならず地面に行列を描いていた。幾筋もの幾筋もの、黒色の、それは無人の往来に塗り重ねて作られた「蟻の大道」だった。

それを由見丸は踏まない。

立ち止まった。ひと筋めの手前で。

前方を固めていた二、三人の武士が、気づき、踏みとどまる。振り返る。すると、認めるのは黒蟻の列を見下している由見丸である。同時に見るのは、由見丸の片腕が懐中にやられていることである。また、引き抜かれたことである。続いて、何か異様なものが握られていることである。生きているもの、ざわざわ蠢いているもの。陸の虫に対する海の虫——。

蟹である。

一匹の蟹。それを懐より出した。

由見丸と武士たちとその他の海賊たちの乗った二つ瓦には、潮水の桶、すなわち生け簀が積まれていた。魚介類が同乗していた。蝦、蟹の類いも。二つ瓦を下りるにあたって、由見丸はこのうちの一つ、一匹を懐中していたのである。そして、今、護衛を務める武者集団が前方より振り返り、また右からも左からも、後方からも注視する中、由見丸はそれを投じた。

蟻たちの行列に。

投げ入れた。

蟹は、裏返って落ち、直下に、体勢を立て直そうとし、直下に、大ぶりの黒蟻数匹が集り出していて、蟹は悶え、螯と脚をてんでんに振るい、蟻は攻撃し、咬めるならば咬み、仲間を呼び、直下に、蟹がとうとう横に駆ける。すると「蟻の大道」の、その一本は切れている。ひと筋が迷い惑う数筋に。

「面白い」

とのみ、由見丸は言った。

その声に霊威があった。

武士たちが四、五人、気圧された。

夜を迎えるまでに、続々、先発していた海賊たちが淀の津に召集された。順々、それらは到着した。川賊(かわぬすびと)にはならなかったシ衆たち、由見丸に十日ほども先立って淀川を遡航し、さらに三つの川や沼沢をさかのぼり、それぞれが淀近在の各所、各地に入って、各自の目的に添って行動し、たとえば新鮮である死体の蒐集、たとえば重病人の買い取り、たとえば野猪の捕猟のために渉(わた)りを付けること、等に精出していたシ衆たち、海道軍を構成する海賊たちが命(めい)に従って結集をはじめた。

命、シ頭の。

しかもそれぞれ、各所、各地の協力者をともなって集まった。各自が縁を生じさせた勢力を、すなわちひと括りに呼ぶならば、賤(あやし)たちを。もてなすためである。宴(うたげ)に与(あずか)らせ、ねぎらうためである。そのために設けられた饗応(きょうおう)の場だった。その夜を迎えるまでに、淀の津が「死の領域」であると演出する不浄は、あらまし片された。路頭からは掃かれ、川に——淀川に——流された。その夜までに、無人の津は無人であるのをやめた。その津は、海運物資の陸揚げ地点であるとの見地からすれば、京畿(けいき)の臍(へそ)である。そこが、賑わいを取り戻すための支度を調(ととの)えた。ただし本来の賑わいではない。まるっきり別様である。

夜、そこは淀の隣邑(りんゆう)に数えあげられる種々(くさぐさ)の土地からの賤たちと海賊で満ちた。立派な武門の出も少々はいたが、この夜から数日、十数日間の「京畿の臍」は、現代本朝の制度外の人間ばかりに門戸を開いていた。

そして宴会である。海賊たちは、掠奪行為はしなかった。摂津国は川尻の泊より川をさかのぼり出して以来、していなかった。しかし招かれた賤たちの内にはもともと陸上の賊の一派もおり、倉庫の類いをつぎつぎ開けた。海賊たちは淀の津をこれら賤たちに開放したが、賤たちはその津に留め置かれている年貢類を開放した。海賊たちは生け簀で運ばれた海の幸をふんだんにふるまい、酒も、西国のものを樽よりふるまったが、五穀や塩はふるまわれる賤たち自身が続々調達した。保管場所より放出した。

いずれにしても、さまざまな賤たちの勢力がこの昂ぶる宴席の津に会していた。一堂に会していた。

以降の三晩、いや昼日中も勘定に入れて二日三晩、シ衆とその頭目が——シ頭の由見丸がしたことは、情報収集である。企まずに多方面のそれが集まった。北都に南都、その北都であれば洛中洛外、また、下々の層に限定されず上流、公家に武家といった貴人層に関する情報も。なにしろ三本の川から、流域じゅうの便りが集まる。木津川、宇治川、桂川、しかも桂川というのは川上で賀茂川と分岐する。それに沿えば、もう京都である。賤たちは、繰り返しになるがこの時代の制度外に生きていて、その制度外に生きるを全うするために情報を糧にしていた。——それぞれの一派一群専門の情報を。必要な世間沙汰であれば、それをむしゃむしゃ食んだ。そして、「企まず」とは言ったがシ衆は柄杓で樽の美酒を汲み、じかに、または瓶子を回して、もてなし、呑ませつづけたし、それに由見丸だけは、じかに訊いた。

「天が下の噂はどうだ」

と。

「畿内で起きていることは、なんだ」

と。

「秘められながら出来していることは、なんだ」

と。

そのようにだけ問うた。あとは口を利かない。軽々しい多言はない。しかし物を言わない口の数でいえば、それは多かった。由見丸の——その人神の胸前には五つも六つも「口」があった。五つめまでは歯の揃い方が完璧で、六つめは若干欠けていた。歯欠けだが、どの「口」も笑っていた。それらの歯は、勾玉だった。幾種類もの宝玉を各々素材にしていた。瑪瑙、水晶、翡翠、その他。紐で通されていた。それらの玉の緒が六本、神の、由見丸の胸前には垂れ下がっていた。その「口」の数の多さに、賤たちのほうが雄弁になった。また、軽々しく物言わないこの神には特異な頭があり、それは後ろ側がころりとしていて、ごろりとしていて、夢をそこに湛えて夢境にただちに誘いそうで、賤たちを魅了した。魅入らせ、饒舌に、おしゃべりに変えた。

神威に反応したのである。

また、その神の噂は、これもまた噂なのだが、山城、大和両国の賤たちの一部にとうに届いていたのである。もちろんシ衆のそれも届いていた。だから協力した。その名前、時には悪の冠付きの悪門太となる、まさに一種の悪名が遡上してきていたからである。西海より——、その海の延長である淀川より——。噂をさかのぼらせるのも水運だった。淀川水系の舟運だった。瀬戸内海に制海権を持つシ衆あるいは海道軍は、無名ではありえなかったし、その神もまた。

正統ではない諸仏諸神に反応する社会階層に、知れ渡らないではいられなかった。

では、当の人神、サカイの神である由見丸は何を探っていたか。

由見丸は淀の津の占拠を続けようとしていたのではない。そんな狙いは寸毫もない。永続的な占領、それは不可能であり、術数として機能しない。つまり、結論より説けば、その津は「標」にはなりえないのだ。十七番めの「標」、瀬戸内海の鬼門用のそれには。だから、候補地を検討するのである。

探るのである。

万鬼の出入りする東北という方角を封じるために、その鬼の門を閉じるために、由見丸はここに上陸したのだった。畿内に、淀川の起点に。そして吟味しているのだった。

上流に岐(わか)れて続く三本の川を、その流域を、巨椋(おぐら)の池を、その池上の島々を。そう、島。必要なのは海城(うみじろ)を築くことだった。又(また)の名、島城(しまじろ)を用意することだった。そここそが「標」の地となる。

特別な島――。

鬼門を鎮(しず)める、霊的に鎮める島である。

だとしたら、島であることが一番の要件なのではない。先んじて検討されるべきは、防備された場所、すなわち要塞、すなわち海城の確保。そのために地形、地理面の戦術的価値こそが問われていて、「水に囲まれているか否か」は当面どうでもよい。そんなものは、のちに囲繞(いにょう)させればよいのだ。

由見丸は、

「まずは海城、それを作る」

と自らに表明していて、そして、

「そうすればそこまでが瀬戸内海になる」

と見通していた。さらに、

「その後に配するのだ。女たちを。シの斎女(さいじょ)を」

と道筋をつけていた。この神は、手順を過(あやま)たなかった。

そして候補地の探求である。そのための情報収集、ありえないほどの賤たちの諸勢力を一堂に会させての二日三晩の饗宴である。風聞はつぎつぎ吟味された。噂は、同じ話材をあちらの賤にもこちらの賤にも、洛中側からも洛外側からも、階層の上から流出したのも下からのもと語らせることで、信憑性がおのずと炙り出された。全く、それは検非違使庁の尋問を幾百倍も効率的にしたような情報の集積ぶりだったのである。そして由見丸は、そして海賊たちは、誘導尋問というのをしなかった。「要塞化するのに相応の土地はどこだ」などと訊いたら、まず失敗する。ろくな候補は出ないし、偏り、そして裏切られる。そこまで計算に入れて、由見丸たちはただただ数百人には達している賤たちを饗応したのである。すると、その話題が出た。

何度も、何人もの口から出て、真に受けられた。

しかも、聞き手が神——由見丸である場合は、そもそも虚言はないのだった。

むしろ、有用豊饒な噂を伝えようとする時、それらは祝詞の断章の連なりのようなのだった。神に捧げられる祝詞の。

「本なのですよ。公卿に殿上人どころか地下連中も熱をあげている、本なのですよ。作り物語の。ええ、武士の一門にも歓迎されていて、どうやら、まあ、暗中飛躍する者があるんですよ」

「怨霊の本なのだなあ。作者がほれ、死んでいるのです。死んでいるのに書いているのです。その『死んでいるのに書いている』ということも書かれているのだというのですわ！」

「へえ、熱狂のことは聞いておりますぜ。そして、五条に商売の拠点を持っている、金屋が黄金色の糸を引いている、っても。さらに黄金といったら奥州だとも。ひひ、砂金やなんだでしたら、ここなる蚤の無頼衆が――」

「憑いているのを見た、と申す人間もおるのです。三条東洞院のお公家のお屋敷、そこで賤女をしている奴が、まあ色々と証言しているのです。なにせ姫様が物の怪どもに襲われて、その調伏に大騒ぎ、高僧ども招かれていて。そして憑坐には、なんとまあ！　作者が憑きまして。これを件の賤女が隙見をしたとかしないとか。いえ、したのでございます」

「大変な本らしいですぜ、ええ。そうして、大変な本の作者であるらしいですぜ。女人だ。わしも、わしすら名を、知っておりました。紫式部――」

「歿後百有余年、怨む、怨むと申しているとか。それが本に書かれています――」

「それも本に書かれています。いまの『源氏の物語』は贋ものだから、語り直しに来た、と。別人の作がゆきわたっているのが我慢ならず、化けて出たぞ、と。はい、あの『源氏の物語』、『光源氏の物語』でありますよ。あの物語書。その続きが、ただいま流通され、しかも人気を博しているということで、まあ珍聞、怪聞でしょうか。だが事態は真。あの式部、文豪の紫式部は百歳を楽々と超える歳月にも成仏せずに――」

その話題は出た。

四日めの朝は雨である。あらかた酔い潰れた朝の、雨である。賤、海賊を問わずに酩酊して横になる者たちは屋内で横に寝るのであって、往来に人気色はない。三日と三晩を経て淀の津はふたたび無人の様相を呈した。それどころか今回は鶏、鳶、鴉も二羽と群れなければ馬、牛も路上から消えたままで、蠅すら飛ばない。無人にして無畜生だった。

しかし由見丸がいた。

雨をついて屋外に。

水が、天と大地との間を縫いつけている。

綴じつけている。

そこにいた。

ただなかに佇っていた。片時の間。

それから貝殻を撒いた。二枚貝の殻を、七枚か八枚。

阿古屋貝の殻だった。少し膨らみ、形はどれも方形に近く、裏返っているものだけ光沢を放つ。

それは真珠の母貝だから、真珠色に照る。

照りながら、裏返しの数枚が雨滴を溜めた。海と真水が混じる。雨が銀色に包まれる、海に保護される。その母貝の、子となる。

由見丸が手をのばした。

裏返しの一枚を拾った。

水に右手の、塩嘗め指を入れた。さし入れた。阿古屋貝の殻の内面の、艶やかさに触れた。

その途端、由見丸は眠った。

立ったままの入眠だった。そして、立ったままの夢路入りだった。夢こそは由見丸を神と保証し、大いなる夢こそは由見丸を比類の神々から頭抜けさせ、至高の夢こそは由見丸に四方を見渡させていた。四つの目が見る夢を、由見丸は見られた。ところで、神は夢にどのような対象を見るのか。人がその夢に神を見ることはある。だとしたら、神はその夢に神は見ない。あるいは神の神を見ない。そうした対象を欲してしまっては、その存在は神ではないのだ。すなわち神が夢に見るのは、大概において人である。祟れる世界、その下僕たちである。しかし、この時、由見丸は祟ろうとしているものを見んとしていた。それは神ではない。人といえば人の範疇には属していて、そして怨むものである。この瞬間にも怨みつづけているはずの存在である。人の霊である。

神の由見丸は、紫式部の怨霊を招こうとしていた。

かき集められた噂が真正のもので、その、本朝随一だという「源氏の物語」の作り手が、煩い悶えて怨害し、現代の洛内で、続きを、続きをと物語りしているというのならば。

御霊のそれを召そうとしていた。

この夢境に。

神には、人の死霊を操るなどたやすい。それは由見丸に確信されているところである。由見丸はムラサキシキブムラサキシキブよムラサキシキブ、と呼んだ。これは夢裡に呼び招いたのである。前方を見、後方を見た。右方を見、左方を見た。これは、四方を同時に見霽かしたのである。すると女はいた。巨大な顔があり、しかしその顔は烏羽玉色の毛髪のみで出来、その後ろに小さめの顔があり、これも毛玉と看て取れて、さらに後面により小さな顔が位置した。そのように顔、顔、顔の連山がのびていて、まさに重畳としていた。髪頭のみの顔が遠離るのだった。さては紫式部とは、四肢が蝕まれ喪われて黒髪の成育にこれらを代用させている、その類いの魍魎か、断じかけた刹那、かたわらから声がした。

「こっち、こっち」

そこには顔のない女がいた。

「なんだ」

と由見丸は言った。かたわらを向いた途端、大から中、小と連なる顔の山脈が霧消したのが直覚された。

「顔は」と女は答えた。「ありましてよ」

言われると、確かにある。だが、それは仮面である。素顔というのは隠れている。ない。

しかも掛けられた面は、男面。

「どうして、シの斎女を真似ている。しかも少年面か、それは。お前は、ムラサキシ――」

「人です」

「人」

「骨身なき単なる霊などでは」

「いない、ということか。ムラサキシキブの怨霊は」

「招かれましたので、顚ちましてよ。それで、わたしはどんなふうに見えるのかしら。あなたの夢に」

風が轟と鳴った。

海風のようなものが轟々と鳴った。

少年の面は、その端麗さを、美艶さを、前面に呈示した。

「鞠姫」

「お答えになって、海道様」

「こんなところまで碁を打ちに来たか」

「ご期待の悪霊などないのですもの。それでですわ」

「棋戦に来たか。おれの夢中に」

「御夢の、御ただなか！」

きゃきゃっと歓声を出した。

「お前は」と由見丸は言った。「いつもながらの鞠姫に見える」

「ここでも」

「まずは、その声音が」

由見丸は思った、独得の響き、と。

独得の作用、と。

独得の演奏、と。

歪つな調子で、鞠姫は何かを唱った。

節が、轟々、轟々と不安定に鳴った。ただちに渦巻いた。

「しかし人はあるのです」

「どういう人だ」と由見丸は訊いた。

「紫式部を、騙る人」

「人は実在する」

「人々」

「策謀だな」

「わかるのです、わかるのですよ。ああ、女人たち！　わたしにはお見通しの、あれらたち！　ああ、何をしているのかしら、何をしているのかしら。産んでいましてよ」

「産む」と、言葉を由見丸は咀嚼した。

「そうですよ、海道の門太様。あれらは新しい女を、産み落としているさなかでしてよ」

「女人が女人を産むのか」

「わたしは誰だったかしら」

「囲碁だ」と言ってから、由見丸はにいっと笑った。そこに顕ちあらわれた少年面の少女子に、挑発的に一粲した。「碁打ちだよ。わざわざ夢にまでお出なさった、あの『父上』の姫じゃないか。お姫様」

「そうよ！」

「だろう」

「そうなのよ！」

「そして、おれは――」と由見丸は、にやにやし続けた。夢路にもその神の歯は皓い。

「――同じ『父上』に護衛を賜り、つまり、西国一番って武家の長殿に何人も何人も軍陣の装いをした練者を付けられて、周りを固められた。きっちり鎖し固められて畿内に、淀に上陸と相成った。これは、なんだ。碁だよ、碁」

「たいそう安心なことでありましょう」

「陸ではおれが、この身が武家側の人質だということだよ」

「まあ」

「愉快だぞ」

「でも、こちらも愉快なのよ」

「何が」

「産み出されている女人。その名。これは、門太由見丸様、人の言う悪門太様、この夢の鱗として役立つわ。役立ちましてよ」

「教えろ」

単刀直入、由見丸は言った。

「浮舟です」

と、鞠姫はさらりと答えた。

「ウキフネ。あの浮舟か」

三水にちなむ浮舟、シ來にちなむ浮舟、との以前耳にした鞠姫の解説が、急激な勢いい。

「あの」と由見丸がもう一度言うと、それは浮上し切って、夢境の堤を決潰させた。シ覚醒し、そして四日めの昼過ぎ、雨後となってより由見丸の下知は様相を変えた。それ衆とその頭目、由見丸が以後着手したのは、的を絞った情報をより詳らかにして、それから噂を、集めるのではなく返すことだった。集積してきたあらゆる道筋を逆に辿らせて、返す。それは一挙に行なえる伝播だった。あらゆる方面、諸勢力に滲みる工作だった。この、今の淀の津に、近在の賤たちが一堂に会しているというのは、そういうことでもあったのだ。この恐るべき装置。そして由見丸は、由見丸たちは何をしたのか。以下のような内容の噂を流したのである。噂というよりも依頼を流したのである。

――「源氏の物語」に、浮舟を護る海賊と、その海賊の神を出せる者はいないか。

――つぎつぎと写本が制作され、公家、武家の間に流通しはじめているという怨霊作の「光源氏の物語」に、そうした新しい浮舟の挿話を紛れ込ませられる者はいないか。

――その「紫の物語」を、海賊のためのそれに変えてしまえる者はいないか。報酬は凄いぞ。

すると、反応はあった。応答は即、あった。桂川をさかのぼり、川船を操っている一派を仲介に、右京からあった。右京は、洛中と言えば洛中だが、百年も前から寂れている。半分以上、荒跡になっている。盗人の類いの巣窟となっている。桂川は、その河川敷が、牛馬の放牧地となっている。それらを飼う者たちも、左京の四条以北というよりは地方と、淀と繋がっている。七日八日ばかり応答と交渉があり、成果はたちまち、出た。

その時点で由見丸は、「標」の候補地を吟味し尽くしている。すなわち――島であるかどうかを問われない島、海城の。

右京だ。海の神というよりも海の夢がこの上洛を望んだ。それから、そこに配されるシの斎女も希望した。七十二番めのシの斎女、十七番めの「標」のための。加えて、最低でもあと三人の、さらなるシの斎女たち。女人たち。

蝦夷たち

国家はこんな形で覆される。国家――その五畿七道が王威で治められた天下国家は。代表する一例を、北陸道は若狭の国、遠敷郡に見ることができる。この事例は「若狭今昔」一巻にも載った。ひじょうに大まかに、また大らかに語られているが、ここでは、ひとまずそれを踏襲する。こうである。

南都の大寺院の所領がその郡に置かれていて、山林の開墾は百年、いや二百年もの間に及んでいた。ただし二代にわたって悪人の荘司が続いたため、経営は若狭国内の名士に一時預けられることとなった。その名士が「難を救ってほしい」と本所に求めてきた。半年来、在地勢力がこの名士に叛して行動し、ついには大いに武装、寺領のその荘園にも狼藉に及んでいたのである。南都はただちにこの求めに応じ、法師武者四百人、軍馬八十騎余を送った。このうち四騎が指揮官を跨らせ、これら四人は語塞がる異相だった。

対するは「おにゅう党」を名乗り、郎従を含めてその数、一千と五百騎余。どう見ても悪僧の側に勝勢はないと見られたが、実際の合戦はそのようには進まなかった。むしろ武芸鍛練に精励していたのは南都勢だと、ただちに判然させた。みな、強弓である。放たれれば連射である。長柄の湾刀で斬ったかと思えば尋常な太刀でも斬るし打つ。その、長刀、らせん状に鉄蛭巻とした柄を持った長刀のみならず太刀も腰刀もと駆使する戦法が意外の第一だったが、悪僧の類いに属しながら騎馬多数というのも続いた意外、その第二だった。しかも駆けさせてみれば駿馬揃い、比較すると「おにゅう党」は駄馬、悪馬揃いだった。騎兵力はその意味で、桁違いの数量差でありながら匹敵してしまった。のち、語られ調べられたところでは、南都勢の馬は一頭残らず奥州産である。世評に高い名馬が若狭国内に馳せたのである。すなわち北陸の若州があにはからんや合戦時には第二、第三の奥州なのだと言わんばかりに群れ走った。

ただし、匹敵は匹敵、いかに法師武者が騎射術に長け、「これは殺人の上手ではないか」と相手方を驚歎、戦慄させても、ただちに形勢を圧勝に向けたわけではない。難局もあった。そして、この時、南都勢に対して神慮は示されたのである。苦境にあったのは悪僧の指揮官の一人で、「あれぞ大将」と目されて、実に三百騎余の敵方に囲まれた。異相のこの指揮官は、馬上より振り向きざまに、後ろを射、後ろを射、また味方の掩護もあって二百人までは斃したが、じき配下は総崩れとなった。十数騎で一軍を形成し、陣形戦術も巧みに運用していたのだが、もはや叶わない。追いつめられる恰好となった。だが行く手に謂れの古い神社があった。若狭の国でも明神の一つに数えられる御神の社であり、しかしながら、それは前夜、合戦を前にして一部が焼けていた。その一部とは、本殿である。伝聞されるところでは雷火によってこの社殿は焼けたのである。そして、落雷そのものが神意であった。その明神の古社に奉安された神物の数々は、折りも折り、焼け跡の殿内から救い出され運び出されて、これから仮の間に保管し直そうと日の目を浴びていた。それら神物の数々は、跨っていた一騎も射られて落馬し、谷まった悪僧の指揮官の前途にちょうど、あったのである。

　その古社の境内に、走り込むや、目えられたのである。

何種かの神宝、――神服、鏡、鈴、その他と、それから武具が。しかも防具の鎧兜ではなしに刀剣、――異形の一振りが。

　異形のそれを異相の指揮官は拾った。即下に振るった。すると、その姿はまさに神将であった。薬師如来の守護神である十二の夜叉大将のうちの一神の如し。忿怒形で、斬りに斬った。薙ぎ伏せ、敲き据えた。しかも飾装華美な鞘から抜き放たれた刃には、錆がない、実に鈍らの逆を極めている。往古に奉納されたはずであるのに、新物さながらである。そのように拵え立てであるも同然に出現し、異相の指揮官を佑けた。その刀身は特徴的に幅を持ち、反らず、その柄頭は特徴的に屈曲していた。

くるくると。

以後、合戦のその形勢は転じた。二時と経たず、南都の派した悪僧たちの側が勝ちを手にしたのである。ひとえに神助あっての顚末だった。その経緯を載録する「若狭今昔」は、――コノ国ノ名神ガ、仏敵ハ瞭ラカ、没セヨト示現シタレバナリ。コノ後、南都ハ彼ノ神火ヲ生ジシメタル社殿ニ奉財シ、コレヲ加修シ再興シタ、ト語リ伝ヘタルトヤ――、と、あっさり簡潔にまとめている。ここには神仏習合の信仰が著しいが、もっとも書き落としてならないことは、以下に続ける載らなかった語りにある。口にしているのは四人、その各々に言わずもがな名前というのはあったが、それらは物語にとってあまりに小さな名前である。また、四人には軍の指揮官との肩書きもあったが、これも小さい。この物語が大の名前だと認められるのは、ただ一つ、蝦夷である。四人は四人とも蝦夷であり、顔貌が示すように純血種であり、僧形であり、戦塵がおさまるや件の古社の境内に集っている。そして、語らうのである。ただちに打ち語らうのである。物語を食むのである。現出したばかりの事態を素材とするその物語を――。

「刀は顕われた。これは」

「顕われたのだそうな」

「ここに顕現したのだそうな」

「そして窮地を救った。言えるのは、僕たちはここまでいたということだ。僕たちの祖の、その祖たちは、古、若狭の国にまでいた」

「北陸道にまで」

「その西の端にまで」

「僕たちはいたのだそうな。逆島に渡らせられた僕たちの祖のその祖たちは、北方の蛮夷として貶められ、奥羽の二国にばかりいたように言われているけれども、そうではなかったのだそうな。ここにも奥州はあった」

「奥州ではない国に」

「だとしたら、ここ以外にも」

「僕たちはいたのかもしれないのだそうな。奥州は諸国にあるのかもしれないのだそうな」

「だとしたら」

「だとしたら」いい
「全国がここまでとなるのだとしたら」

「日本秋津島は、もと、蝦夷の国土なり。そんな古代があるのかもしれないのだそうな。その時、本朝はただの異朝になるぞ。僕たちは純血だけれども、僕たちの半分、四半分、濁らせながらも血を継いだ者たちが、これを挙って認めるかもしれんぞ。この縁起を」

「あるいは、僕たち以外が」

これこそ載らなかった語りである。物語られた歴史であり、「若狭今昔」には載りようのなかったそれである。僧形の蝦夷たちが胎動させている二つめの歴史であって、一つめを完全に塗り替えんとしている。

そして、この語りが、国家の起源というのを転覆させている。天下国家を、もう、ひっくり返している。異人とは誰を言うのか。

女人たち

これも女人である。

鞠姫がいる。面を掛けている。いつもの顔立ちの少年面を掛けているからこそ、他ならぬ鞠姫であるとわかる。座している。片手を、何か、丸いものに差し入れている。それは容器である。碁笥、囲碁用の石を入れる球形の器である。黒石ばかりが入っている。その黒石を鞠姫は凜と数えている。黒い、黒い、黒い髪を麗色の少年面の前に、右に、左に垂らして。揺らして。髪は艶々と、平生以上に染めたように黒い。この場面の今、そうだ。

四つ、あるいは五つ、碁笥から取り上げると床に置いた。

時には、ちゃっ、と投げた。すると黒石は鞠のように跳ねた。

碁盤を前にしているのではない。ただ数えた。七十に達した。すると、碁笥にはあと幾つの黒石が残っているのか。取り出したのと同数か、それ以上はあるように見える。

「七十は」

と鞠姫は囁いた。その声は十三歳にも十八歳にも十一歳にも聞こえない。そうした年齢の若い男に、鞠姫を見せかけない。

「男面の数」

囁いている鞠姫は、死に瀕した褥の女の声を発していた。明らかに女声。しかし——何歳の女性が臨終の床にあるのか。二十なのか五十か、あるいは八十か。それとも死に瀕するとは、年齢を返上する局面なのか。

さらに一つの碁石を取り上げる。すると、黒い石の総数は七十一。それが座した鞠姫の前に置かれた。鞠姫は、

「わたしだわ」

と言った。

さらに、

「他の七十を束ねているわたしだわ」

と続けた。それから取り出した碁石分の空間のできた碁笥の、しかしまだまだ多数が残る内側を、ジャラ、ジャラ、ジャラン——、と掻き回した。扱(こ)き混ぜた。何かを念ずるようにそうしていた。

やがて、言った。

「女たちが碁石だとしたら、贋(にせ)ものは黒いか、白いか。どうなのでしょう」

その声からはいかなる感情も汲みとれない。

武士(もののふ)たち

これは棋譜ではない。

もちろん対局はあるが、盤面が一つでは収まらない。あるいは、盤面は一つなのに、そこで行なわれているのが一局ではない。同時に二局、三局。あるいはもっとか——。そんなものは現世(うつしよ)の一巻には記録できない。しかし記録はできずとも、物語ることはできる。

たとえば犬百(いぬひゃく)を物語ることで、制約から逃れられる。

このように解説することもできる。犬百は、棋戦の制度を無視した百ほどの手を打っている、と。なんとなれば、時代の趨勢を刻々嗅ぎ、凡夫には嗅ぎ出せない物事をつぎつぎ嗅いでいるのは、その通り名に犬を含み持ったがためであり、同様に百も含まれているのだから対策はこの数にちなんで講じられる。応手は百ほども打たれるのである。

時には一度に二手も三手も打つ。

それは囲碁ではない。もはや。あまりの逸脱である。

ただし――、碁石の色は入り雑ぜない。そこは誤らない。その点、定まり事に従う。ただし、――それは白でもなければ黒でもなかった。奥州色である。勝負の間は、そうである。これが何色であったかは終局してから明らかとなる。――初めて、そこで、わかる。

奥州色とは、そのような色目。

さて百ほどの手である。犬百は時勢をゆうゆう瞰下ろしていたのではない。地を這うようにして、打っていた。百ほどの手を打っていた。見事な獣類ぶりを以て。奥州の武士たちを従える時、あるいは奥州の武門の府に返書する時、その口癖書き癖は「まつろわないにも根拠が要る」だった。そしてこの根拠が、その一の手、その二の手、その三の手と大きく打たれている。それらに付き随って多数の小さな手があり、しかし、小さく打たれているものは完全に大きな手に従属するのではない。時宜を得ては自立し、あるいは他の手と繋がり合う。

その一に諸国の古社があり、その二に南都の大寺院が、その三に捏造される書物があった。それら三つを通じて早蕨の刀が鍵の、印鑰の働きをしていた。犬百は、流布用の造本工房を一つならず運営しながら、本の内側に現われる刀が現実に登場する、そうした事態の興趣というのを見通して、ぶるぶる胴震いした。「僕ですら愉快なのだから、俗世はさぞ、騒然となるなあ」と笑った。現時点においてすら、それの話題性は抜群だった。それ、紫式部が作者であるという物語、すでに存るものは改竄されているのだと断罪し、続篇を語り直している源氏の物語。世に弘めるための作戦を練るや、たちまち多数の読者を獲得した。犬百には、これが、「この現在の世の中など贋もの、あらゆる権威が作りもの」と感じている、身分の上中下を問わない世間の心情ゆえだと了知できた。なにしろ国政を担っている機関も、当代、二つあるのである。増えたとも分裂したとも見えるのである。何が不動の権威なのか！　その世情がそれを歓迎させていた。捏ちあげの続篇を。

武士の擡頭には根拠が要った。時勢も根拠の一つだったし、何者の裔か、もそうだった。そのために一族の呼び名、「氏」というのが物を言った。この物語は、ここまで「氏」を出していない。歴史書ではないのだから、武門に某氏と付すのを避けた。東国の勢力然り、西国然り。しかし、奥州はどうか。新興のその武門、平泉に拠点を築いた勢力がそも、どの天皇の子孫とも堂々は名乗れず、ゆえに「氏」も有効には機能しないとしたらどうか。

根拠を捏造しなければならない。

まずは「氏」を改めた。平然とそれを改め、藤原とした。略するところ、藤氏である。それから、服従をせぬ、まつろわぬための史実以上の根拠作りに着手した。権威の由って来る点をわざと二つに置いたのである。分裂させたのである。それは、この時局にふさわしい。いっさいの汚濁を見透かして適切だった。

百ほど打たれる犬百の手が二つでも三つでも奏功すれば、それが大きい手であったら院――院政を執る上皇――の権力と奥州が結ぶことも、同じ権力に圧力をかけることもできる。たとえば強訴、南都の大寺院のあの悪僧たちに数百人数千人規模の蜂起を頼み、北都に対しての示威行動に出てもらえば、これを抑え込めないと院庁の威勢はただちに墜ち、また反対に、これを鎮圧できた人物は大いに評価を上げる。旧来の検非違使や近衛府に属しているか、それとも院の近臣であるのか、等を問わず。そして、犬百は鎮圧も演出できる。

その人物に早蕨の刀を持たせれば、それだけで、できる。

「藤よ、藤よ、藤式部よ」と犬百は唱うように言う。「お前という女人の作り物語をもって、本朝の現代史は変わるぞ。その時は、この続篇、光源氏や源氏のというよりは他の氏の物語にも目されよう。藤よ、藤よ、藤式部よ。たとえば『藤氏の物語』とも、謳われようぞ」

謳わせんがために、黄金を扱う商売人、犬百は策動した。地を這うようにして、商人の力を存分発揮した。棋戦の制度外での攻めだった。いずれにしても奥州は、その本を欲した。

しかし、顔となる人物とともに、欲した。

そして若い公達と対面した。この午後にである。大内裏の何町か北、洛北の、築地塀に囲まれた宏大な地所内の寝殿に迎えて、である。この二人は初めて対面する。犬百は、公達の愛人とは幾度もの謀議を重ねてきた。人を派し、時には自ら動いて、相手方に出向いて。しかし、公達その人とは面識がない。公達その人は、これら仕組まれた謀を仕組まれたことだと知ってしまうと、愛人への情、感謝をうしなう虞れあり、と見られていたためである。

近衛府の中将だった。

右近の。

位階は三位だった。

犬百の掴んでいる情報によれば、大将への昇進も間近い。ただし、その家格に往時の勢いはない。

犬百は、これからこの若い公達との交渉に入るはずだった。

ちかごろ都で噂の、源氏の物語の続篇、その贅(ぜい)を尽くした美麗な原本が、殿、あなた様のお手もとにあると伺いまして――、と切り出すはずだった。

それを購(あがな)わせていただければ、僕が仕えます奥州の殿とその一門、あなた様と臣従の契りを結べるやもと思いまして――、と続けるはずだった。

いかにも、あの物語は大事ですぞ、あの早蕨の刀というのは奥州に事実、伝世しているのです――、とも告白するはずだった。

そして、実際にしたことはしたのだが、それは百ほども用意した犬百の手の、そのどれとも違う打ち方となった。なぜならば、公達は匂っていたからである。霊妙不可思議な薫香を、その身より放散していたからである。その芳香はほとんど神秘だったからである。人工の薫物(たきもの)ではあるが、しかし。

この公達の名を、藤原建明(ふじわらのたてあきら)という。

右近の三位中将建明が「氏」とは、それである。世に言う藤氏。

藤氏(とうし)たち

薫(かお)る君(きみ)が誕生したのだった。

この物語は、現代の日の本に薫る君である藤氏が生まれたのだ、とはっきり認める。そうした人物にひと息で呼べる名前を与えるならば、なんとなるだろうか。この物語の内側には「光源氏の物語」の続篇が脈搏っている。そこに照らすのは実に順当である。続篇に先立った本ものの正篇には主役に光る君が登場していた。もとは皇族だが臣籍降下して源姓を賜った、一世の源氏であるところの光る君が。ゆえにその名前は、光源氏。この次第に倣うならば、当代に生まれた人物はこうなる――。

薫藤氏。

それが最適の呼び名である。書名に冠するにも恰好のものであり、そこも手本に倣うならば、この物語の、この章は、「薫藤氏の物語」となる。

あるいは、その文脈を踏まえての「藤氏の物語」と。

また、「紫の物語」とも。

なぜならば薫藤氏――藤原建明――の恋愛する女たちの筆頭が紫苑の君に他ならぬから。ここには紫という色彩の縁がある。

この「薫藤氏の物語」の主役は、いずれ栄達する。目下の位階は三位、官は中将である。本来ならば中将は四位に相当する。が、先年までの権家の出であることから特別待遇を受けている。その権家とは、藤氏一門の諸流の一つを指しての家である。ひと昔ふた昔前までで全盛期は終わったと見られている門流である。この主役は日頃、宮廷の内外で藤中将と呼ばれ、その存在を知られてきた。が、主役じしんには足りないのであった。「中将様」だの「藤三位の中将殿」だの言われて、建明は今、不満足なのだった。

ゆえに、いずれ栄達する。現時点ではしていないにしても、必ずする。

なんとなれば、薫とはそういう人物であるから。

作中、そのように描かれているから。

建明とは薫であるから必然昇進するのである。華やかに。そうした状態に必ずや至る。書かれているところを裏切ってはならない、と薫藤氏の建明は思っている。女人たちは確かに裏切るし、裏切られよう——その宇治の物語内で、憂しのそれの内側で——しかし男が意図も持たずそうしてしまっては、物語に叛く。だから俺は官位を必定昇るのだ！　このように考える建明は、それを理を以て考えているのではない。条理はまるで立っていない。俺は薫だから、そうなのだ！　と筋道をひとっ飛びもふたっ飛びもして断じている。矛盾も、あふれる頓珍漢さも、申さば非理のいっさいが無視されていた。頗る付きの前進力だった。薫藤氏の建明は、この実世界において実現していないところの実現に向かった。

実現とは、読んで字の如し。

現にて実となすこと——。

怒濤の前進は大柄な背景ばかりに沿わんとしたのではない。もっと細部の、しかし欠かせない特徴も押さえた。薫の特徴である。作中で描写されているその為人である。薫藤氏であるところの建明は日ごと夜ごと、「釈迦牟尼仏弟子」と名乗ってから経をあげるのだった。もろもろの勤めに励むのだった。そして、そばに女房たち家人たちなどがいれば、時にこれらに問うのだった。

「どうだ、俺は辛気臭いか」

と。

やや愉しげに。

仏道に、かように精進していた。

これもまた前進力となる。御教えに通じようとの姿勢がそのまま推進力となる。深く通じるためには、京の、その内外の寺院の事情にも通じなければならない。名のある大刹であれば、動向を摑めていなければならない。もしもそうではないのならば、通じるために探りを入れなければならない。深く通じるために、深い探りを――。

奈良、すなわち南都には藤氏の氏寺というのがある。当代、同じ藤原でも門流ごとの私寺造立が流行りだしていたが、とはいえ一門揃って帰依する氏寺、との権威は揺るがない。よって建明は、当たり前に暮らしていても南都にはひととおり通じた。南都には、また、犬百が食い込んだ一角もあった。そこからの耳打ちが、対面以降の建明にはあった。南都に関しては、その消息はうかがい得た。では、南に対して北はどうか。その北が北都であれば、洛中の諸寺はどうとでもなった。しかし、北都をも越えたらどうか。いわゆる「南都北嶺」と言いならわす時のそれ。

京から見れば、東に寄る。

すなわち方位名にいう艮、――東北。

そこに山があった。比叡山が。その比叡山に大寺院があった。延暦寺が。これは、京の東北、換言すれば鬼門に当たる土地を鎮めんがためにそもそも開創されたのである。凶方にあえて開山されたのである。

これが北嶺。南都のその南に対しての、北。「うむ、鬼門か」と建明は言うのだった。藤氏独言したのだった。「そこの内情にはどうにも通じていないから、まさに鬼門だ。いただけたる俺の鬼門。俺は、南に比すれば北には甚だ疎い。いかんぞ。これは、甚だいただけない。となれば、導かれる答えは一つのみ。間者を放たねば」

仏の御教えに深く通じようという姿勢を推進力にしての、これが建明の「深い探り」の実践だった。薫る君となった建明であるからこそ、この発想に至ったのである。また、近衛府に職を得ているからこそ、やすやす間諜も派しえたのである。さればこそ、犬百のさる献策をうける場面においても、

「それはどうか。もっと上策があるぞ」

と返せたのである。

犬百と建明、この二人は短時日の間に密会を重ねた。二度会えば、二度ぶんの耳打ちがあり、四度会えば、四度ぶんの耳打ちがある、その「御耳」を貸すのが建明の側であるという、そうした面会であった。拝借する犬百の側からすれば、それは紫苑の君と重ねてきたもの――謀議――の、相手を代えての新局面に過ぎなかった。初め、その腹積もりだった。より踏み込みはするが、羈を握るのはもちろん自分、金屋の側、と犬百は目していた。そして犬百の希望を建明という藤氏の公達はおおむね容れた。ひと口に言えば、建明は奥州と結んだ。平泉にその本拠がある一門、武士としては新興勢力であり、しかし黄金や大型馬といった特産によって財力の大なるを誇る、その氏が藤原である武家と。「よいよい、同じ藤氏ではないか」とどこか嘯きながら二つ返事で結んだ。そして大いなる巻帙と大いなる宝剣の往き交いもあった。その授受は、さながら印鑰と印鑰の交換だった。それは、よい。そこまでは大変よい。臣従の約定はここに成ったのだ。平泉の藤氏――奥州藤原氏が中央政界の先年までの権勢家の子息と結びついたのだ。これを現関白の筋よりも有望なのだと、犬百、及び平泉の武門の府は見ていた。が、購いえた「源氏の物語」続篇の原本は、全部ではない。料紙から装幀、書跡と美麗を極め、本朝一の珍稀な冊子本となっているはずの、その全冊ではない。もちろん犬百は、それが完結に到っていない事情は承知している。それが宇治十帖の語り直しであるとして、語り手たる怨霊藤式部が言うところの贋もののの、内容においては六帖め七帖めまではたぶん押さえられていようが、本ものの作成はそうした帖数にまだ到達していないことも悉知している。が、第四帖にはゆきついたはずだ。下書きを揃え了えるまでは造本の工房に――特に流布用の工房には――原稿が回されないのだとしても、原本と称される特別な一冊は着手ずみのはずだ。それを建明は、出せない、まだ売れない、と言った。今のところは、まあ、一帖めから三帖めまでの購求であってもよいではないか、と言った。もちろん当面はそれでもよい。第三帖のその後段に早蕨の刀も奥州の武門というのも、この武門の系譜に連なる蝦夷という条りも出ているのだから十分である。

が、

「この本もなあ、この憂しの、物語もなあ、もっと太くなるのだ。もっと巻いて、巻いて、生い育ち、いわば蕨になるのだ。なあ、この柄頭の象った早蕨の、いずれ迎える初夏に盛夏、晩夏を想い描くとよいぞ。茎は太く、背は高く、葉はみな大きい。その葉は飛禽の羽のように裂き分かれている。これが蕨だ。その長じ方を想うがよいぞ」

と、購入の対価――砂金――と併せて犬百側より進上された刀剣一振り――装飾華麗な早蕨の刀、「まつろわぬ刀」――を愛でて鞘ごと摩り摩りしながら説かれると、何か、不穏な感じがした。何かが犬百の鼻に臭う気がした。獣類の水準にある嗅覚に。しかしながら実際に嗅がれたのは、現前する建明のその、ほとんど驚異の薫香である。最上等の薫物の、満身からのさながら綺羅に紛う美々しい燻り満ちである。これは単純に、この藤氏の貴公子の将来、やはり有望！　と謳っているようにも思えた。

　こちら側の所望をおおむね容れて、むしろ歓迎して、しかし思わせぶりな発言をぽんぽん繰り出す、この藤中将の真意は奈辺にあるのか。犬百は、印鑰がたしかに交換されたという点については疑っていない。この若い殿は、奥州に涌いた藤氏――武士たち――を臣下につけたいと希い、真摯に契ったのだ。この三位中将殿は、行為の意味するところを知って早蕨の刀を受けたのだ。それは、わかる。僕にはわかるぞ、と犬百は自らに証した。建明は犬百を指して「金屋殿」と呼んだ。面前にして「使者殿」とも「陸奥の国のお使い殿」とも言った。しかし「犬百殿」とは名を呼ばず、「奥州の犬殿」とは戯れても口にしなかった。犬百は、おのれが手玉にとられているなどとは毫も思わなかった。もちろん建明は、犬百を相手方に手玉、足玉にとろうなど望んでいなかった。寸毫もなかった。しかしながら、――この物語のここなる建明は薫藤氏である。「薫藤氏の物語」における主役の、薫る君である。その人に、たとえ当代に一等抽んでる面妖な男であっても、犬百という一介の脇役が比うはずはなかった。見通すことなど、不遜である。

「上策が」

　と、建明は言った。

「これはこれは」と、ひと先ず犬百は応答した。「――でありますれば、あなた様、殿、お聞かせ願えれば僕はさいわいに存じますが」

「金屋殿のさきの提案を斥けるのではないぞ。そう思われたら寛恕せよ。南都の悪僧らが蜂起を、それも千人二千人を駆り出しての大規模な、この洛中に迫るものを、仕込むことも矛収めを演じさせることも可なりと言われたが」

「申しました」

「それは趣向として見事なのだが」

「ありがたきお褒めのお言葉です」

「しかし、演技はしょせん演技。一人二人の名手ならいざしらず、あるいは数人単位で組ませる術計ならともかく、千人の坊主が演技は感心せぬ。なあ金屋殿、それでは襤褸も出るぞ。『演ずること』を甘く見るな。だが、だ。奥州の使者殿、御仏というのは七万三千おわしてなあ」

「は」

と訝しげに犬百は応じた。

「多かろう」

「はあ」

「どうだ、俺とこれより『法の友』になってみるか。勤行のあれこれに関してなど一しきり語らい、経典をともに勉強してみないか」

「そうですね」

答える犬百は後込(しりご)んでいた。

「本当か」

「もとより虚言(そらごと)ではございません」

「おお、そうか。ちなみにな、俺は俗世にある優婆塞(うばそく)にあたうかぎりの厳しめの修行が好きだぞ」

「それは――」

「辛気臭いだろうが」

「ご立派であられます」

「そうかそうか」

「はい」

「北にさしむけておいた問者がな、金屋殿、そのうちの一人がな、戻ってきた」

「北とは」

と、ふいに建明が本題に転じたらしいことに対し、犬百は敏に反応した。

「御仏の最多なるは天台教学であろうかなあ」建明は言った。

「北嶺」とずばり犬百は的確に返した。

「そこな北だ。比叡山」

「それに、あなた様は問者を――」

「幾人か派した。つい先達ってだが、入れるべき探りは入れ、もう利となる報せは得た。北は遠からず強訴の挙に出るぞ。三塔の僉議というのも、まず、じきだ。一山の勢力となって上洛の途につき、院の御所にも迫ろう」

「延暦寺がそこまで」

「圧力をかけたいらしい。まあ、実際にそこまでやるかは事局しだい。せいぜい西坂本にうち集い、たまりたまって、その屯で熄むやもしれん。が、その数は千を超す。まさに千人二千人の規模となる。して、この強訴は作り事ではない――本ものだ。仕組んで演技させるものとは訳が違うぞ。これが南ならぬ北より、来る」

犬百は、しばし黙った。

無言を経てから言った。

「で」

と。

「殿、あなた様の、上策とは」

建明は片笑み、するとふわっと立った。

「鎮めればいいではないか。これを」

「これを」

「芝居の強訴は要らぬではないか。金屋殿、この、北嶺より発する強訴を鎮伏するのだ。奥州の使者殿よ、俺とそちらとでな。工作するならば、なあ金屋殿よ、これに工作するのだ。演ずるのに巧みな奈良法師がいるというのなら、それら全員、山に忍び入らせよ。北嶺に、比叡山に。裹頭の装いを以て、延暦寺が衆徒会合の評議に紛れるに、間に合わせしめよ。そののち、さらに武芸を練りに練った一流どころを参じ込ましめ、暗躍させよ。そして、なあ金屋殿よ、陸奥の国のお使い殿よ、この先も大仕掛けだ。俺は、この蜂起を邀える武士たちの布陣がほしい。それも洛中にほしい。目立つ大路に配して、また、北の武者法師どもには必ず入京してほしい。賀茂川の手前で屯しつづけるなどではなしにな。俺は、衝突してほしいのだ」

「衝突、と。それも入洛前ではなしに、洛中で、と」

「そこまで仕込め」と言った。

薫藤氏は言った。

できるか、とは問わなかった。

この物語は繰り返す。畿内の名立たる大寺院であれば、この時代、斉しく国家からの自立を図っていたのだと繰り返す。国の政を担う機関も二つあるこの時代、朝政に、また院政に伍しうる権力たらんと欲していたのだと説き直す。比叡山のその強訴に至らんとしている訳はなにか。とある御願寺——天皇や女院により建立された寺院——の灌頂の師の任命について、不服があったためだった。その不服は、院庁に、すなわち上皇に向けられていた。それがゆえに直訴しようというのである。比叡山は言いたいのだった、――仏教界には干渉させない、と。些事はともかく、守るべき聖域は守らせてもらう、不可侵のままにさせてもらうと。その仏教界も一つではなかった。毛頭なかった。同じ条件のもと、同じように国家内権力たらんとしている大寺院は、南都北嶺以外にも複数あった。むろん、皆、仏法保護を唱えて武装していた。武力を擁していた。その武力――悪僧たち――は国政機関への異議申し立てのために頻りに立ち上がっていたが、それだけではない。競い合う他宗、他教団に対しても「通すべき主張、あり」となれば行動を起こすのだった。それを厭わないのだった。むしろ宗派間での開戦を望んでいる僧徒というのが、どの寺にも一様に現われていた。

この時代の仏教界の趨勢とは、こうである。
犬百はやすやす策を仕組める。

この物語は裏頭についても再度解説する。袈裟で頭をつつむこと、それを言う。顔をつつみ、両眼だけを覗かせること、それをこう言う。なんのための扮装か。人の見分けというのを、あえて不明にするためである。次いで、聞き分けも意図的にそうした。というのも、裏頭の装いにある悪僧は、その習いとして作り声で話したからである。鼻をつまんで、わざと声を変えたからである。特にこれは寺院内での会合の際にそうだった。

評議に臨んで、一々（いちいち）が誰の発言であるのかを問わない、問わせない――。意見の平等、これがあった。僧位の上下のなさに踏み込ませるための機能があり、それを以て一団の集まり内部に解放感をもたらす働きがあった。ここから醸されるものは異様な、駆動力に充ち満ちた武威である。ゆえに騒動は多発したのだとも言える。

そして裏頭衆になれば、その裏頭の装いの一員となれれば、どこまでも紛れ切れるのだった。

平等に口を利け、高僧にも反駁（はんばく）できるが、それだけではない。

煽りもできる。

流言も飛ばせる。

そうした係を、犬百はやすやす仕込める。

この物語はかように万能の活躍を見せる犬百を、伏せられた名前が奥偉奴人百成（おくのいぬびとももなり）である人物を、しかし主役ではないのだと説き直す。ここな「薫藤氏の物語」においては一介の脇役なのだと繰り返す。今、犬百はいかに達才（たっさい）であるにしても薫藤氏たる建明の発案し命じるところを実行に移しているだけである。しかも犬百に見通せないのはこの方面――一方向――だけに限らなかった。他の方面にも犬百を翻弄するものがあった。

「薫藤氏の物語」は、また、「紫の物語」とも呼びうる。この時に焦点を当てられるのは作中の主要な女人（にょにん）、紫苑の君であり、翻弄というのはすなわちこちらから来る。

それは原稿である。原稿が来る。

普段より些かいささ遅れてだが、犬百が宰領するところの流布用の造本工房に届けられる。「源氏の物語」の続篇の、清書用にと揃えられた下書きの原稿が。

しかし、その量が——。

犬百は度胆どぎもを抜かれた。七帖分、来たのだった。一挙に七帖に纏められる分量が。その嵩かさにあぜんとし、かつ、付された指示にあっけにとられた。まず第一に、それらはあの宇治の物語の第四帖から第十帖ではないのだった。完結に到らんとしたのではないのだった。それらは、第六帖までしかない——。

どういうことか。

四帖めが、二種ある。

五帖めが、二種ある。

六帖めに及んでは、三種ある。

犬百は少しく戦慄に襲われた。続いて驚きに至った第二、紫苑の君はその指示において、今後、頒布を二つに分けよと言った。重ならぬ経路に弘ひろめよ、と。重ならぬ層に滲しみ入らせよ、と。この指示が対象としているのは「源氏の物語」の続篇の四帖めと、五帖めである。二種類ずつ用意されている巻々である。これらはわざと二通りに流すように三条東洞院ひがしのとういんのこの姫君は犬百に求めていた。

——作戦です、と伝言があった。

——物語が岐れたことを明らかに、高らかに説きながら、しかし一方しか与えぬのです。当面、その片方しか読ませぬのです。そうすると読み手はどうなりますか。そうなると読み手は、餓えるでしょう。目を通していないほうを「どうしても」と欲しがるでしょう。そうすると、どうなりますか。写本というのがたちまち、勝手に弘まる。そちらを持つ者とこちらを持つ者が互いに書き写した模本が出回り、今日まで以上に疾く流通する。前代未聞に迅速にです。これを狙うのです。

——流行です、と紫苑の君は言い伝えてきた。

——そしてこれを待ってから、後、六帖めを出すのです。三種類ある「宇治の物語」の第六帖というのを。語り手の紫式部が三人いるから三冊に岐れてしまった巻を出し、いよいよ多数の読み手を生み、そして本ものはどれかと煽り立てる。その本ものに武門がいて、奥州の武士たちがいて、早蕨の刀が颯爽と顕われればよい。そうでしょう。

犬百は唸った。その作戦が見事であるために唸った。「宇治の物語」の四帖めというのは、ほとんど同内容で、しかし結尾が違った。二体の怨霊、すなわち二人の紫式部がいるのだと明かされて、その片側の式部だけが語り出し、それぞれに巻を閉じるのだった。これが「宇治の物語」の五帖めになると、まるで異なる筋を辿り出し、しかし結尾は同じなのだった。紫式部は三人いる、今や怨霊は三体であると説き明かされて、しかし同一のひと言、「これより物語は三つ子となる」で終わるのだった。双子から三つ子へは予言されている。

強い、強い刺激だった。

世間への刺激だった。

「なるほど、噂になるわ」と犬百は呟いた。「殖える怨霊か。しかも本ものの『光源氏の物語』の続きを二つも三つも並存させながら、さらに本ものを探させるか。読者それ自体に探求させるというのか。ちどりという麗景殿が女御の女房、やはり天才か。これを仕掛けたとあってはな。巷間、じき大騒ぎとなるは必至。僕には声が聞けそうだ。続きを、その後の展開を、と連中は言うだろう。そして、これと同時の展開を、とも読者連中は言うのだろう。本ものが三つで煩悶するのだろう。そうだ、僕だって煩憂しそうだ。これはこれは、憂し」

犬百は至急の造本に入った。火急の制作に入った。流布本には絢爛さは要らなかった。書かせ、綴じて、出す。巷に。

事は進んだ。

そして主役が、その前進力にて推し進める別方面の事態も。建明は人に一歩先んじて強訴対策を院に申し出ていた。院庁に。比叡山にその企てあり、じき大音声をあげるはず、と証拠を添えて建議した。院の御所で開かれる議定において応手の練られることを直截に求めた。下手をすると山法師が数千人あまり示威行動に出る一大事となる、これをどう捉えるか、どう応ずるか。いかに対えるのか。言わずもがな、選択の第一は鎮圧である。下手な折衝は無益どころか有害である。それも百害である。幾らかでも北嶺側の訴えに耳を傾けんとする態度を見せれば、即下、院――そして院政――の権威が陰る。また、そのために専用の院司がいた。その名も「北面の武士」という、かの武官たちがあった。

院その人の武力組織である。

院という、すでに譲位した天皇の私的なそれである。

鎮圧はこの「北面の武士」が担いうる。

が、建明はまた人に一歩、あるいは半歩先んじた。中将建明は、挙手したのだった。

「建白したのも私ですから、右近衛府の中将のこの建明が、その務めも担いましょう。藤中将建明、しかと対処しうると自任しております」と言った。すると、「だが藤原朝臣」と敬称付きで下問された。

「陣容をどうするのか」

「整えられます」

「近衛府の官人たちか。あれらは、実力はどうか」

「この建明には私兵がおりまして」

「初耳だが」

「強者をたいそう動員できます。射術剣術の力倆、第一級の武将以下を」

「武家か」

「詳細は、いずれまた、お耳打ちにて」

と、建明はすでに声をひそめて言上した。すでに耳打ちに近づいていた。なぜならば院議に臨んでは、同じ一ところに競合相手がいたからである。院司のうちの武者たちがいたからである。「北面の武士」に任用されており、一族の棟梁格といった人間もいたからである。そして院の近臣には正規の高い官位を持つ者はほとんどおらず、三位中将の建明というのは嫉視を浴びて当然だったからである。

さらに詳説するならば、「北面の武士」には殿上人は一人もいない。四位五位の諸大夫がいて、あとは六位以下が揃うばかり。

だからこそ、力――兵威だけで成り上がらんとしている。

そこに建明である。すでに特別扱いで三位に昇った右近の中将である。これは、何か。じき、参議を兼ねた宰相中将にのし上がらんとして、しゃしゃり出てきたのか。我らが院の御前にまで――。これは、なんたる不埒な強欲漢か、等と仇視されてもしかたがない。

が、内情がこうであったにもかかわらず、建明のその挙手は容れられた。院、そして院庁全体に対しての建言の説得力は、そこかしこの嫉視の類いに勝ったのである。院の御所内のそこかしこの。とはいえ、「北面の武士」が比叡山の強訴を鎮めるのに用いられないということではなかった。なにしろ院が私有の、自前の軍事力である。その誇示のためにも総動員はかけられる仕儀となった。しかしそれは、中将建明の指揮下の軍勢との扱いだった。武将として陣容に迎えられるにしても、藤原朝臣――藤氏のもとにある次第。

これは歴史書ではない。これは物語、すなわち物語書である。しかし藤氏という「氏」はもう出た。前章、奥州にあった武門を具さに語るために書き認められた。そして書物には書物なりの誠実さがある。ひとたび曲げられた節は、以降も曲げつづけられるのが真摯なのだと思われる。そこで、先ほどから言及している「北面の武士」である。そこには武家の統率者がいた。時代に頭抜けるほどの戦略的思考の持ち主だった。西国に基盤を定めていて、じわじわと策を講じて勝利に到達せんとしていた。俺の武門は当代にこそ擡頭するのだと覚悟の臍を固めていた。この男が夢見る勝利とは、武士として最高の栄達だった。できれば氏族揃っての。そのために上皇側との距離をちぢめた。旧来の朝政ではなしに院政に賭けて、巧みに「北面の武士」に登用されるにも至った。他にも道はつけていた。院宣をいただこうとしていた。たとえば西国の内海に大海賊というのを誕生させて、それの追討の宣旨を受け、以て、正式に西国の頂点に立とうとしていた。それなのに挑発を受けた、——今。西国以外の、いずれかの勢力と結んだらしい公家から。それも齢三十にも達していない、比すれば十歳二十歳と若い藤氏の公達から。後ろに控えて頭を擡げようとしているのは、東国か、あるいは奥州の武家か。それにしても、こうした折りに俺が一歩、いや半歩、先んじられてしまうとは。まさに戦場で、後塵を拝する順番にさせられるとは。

ぬかった、とその男は思った。

西国に根を張るその武門の棟梁は、髭面のその壮夫は、思った。

さて、そして誠実さである。奥州は平泉に本拠のある武門の「氏」は藤原だった。略して藤氏だった。だとしたら、こちら側のそれは何か。この髭の人物は某の「氏」の棟梁なのか。

平氏である。

平氏たち

あらゆる語りが真摯さをつらぬいている。それがゆえに章から章と跨いで「氏」は出た。二つめの章段には二つめの「氏」が出た。しかし、それは物語の中心人物を変えるのだと宣言しているのではない。この物語は、そこまでの告知はしていない。たとえば藤原建明は依然ここでも薫る君である。依然、前章段や前々章段からひき続いて「薫藤氏の物語」を生きようとしている。あの、理ならぬ非理の、時にはあふれる矛盾と頓珍漢さの、あの狂瀾の前進力をぜんぜん捨てていない。

その一方、平氏はどうか。この氏族から物語と一体化しようと欲する人間は出てきているのか。棟梁は現代の日の本というこの国家の揺らぎに鋭敏に反応している。しかし、そのことが熱烈に物語を求めることには繋がっていない。まして狂れるにいたる域ではない。棟梁以下、男たちはそうである。女たちに関しては、とりわけ「お姫様」と人より呼ばれる者たちの間では、その事情は別である。が、男たちは作り物語というのを単なる嗜みとしか見ていないのだ。この氏族の男たちにとって、それは雅びな教養の一種でしかないのだ。その程度の求め方では――生ける作中人物になど到底なれぬ。たとえば棟梁を再び例に出す。この、黒々と濃い髭を持ち、存在感の非凡な、この武者にあっても主役級の通り名は持てない。光源氏という前例に倣って薫藤氏が生み落とされたような、これら前二者に倣って髭黒平氏と称されるような見込みが、ぜんぜん、ない。この物語のこの章は、決して「髭黒平氏の物語」とはならないのだ。

また、「平氏の物語」とも。

その筋道に置かれた「紫の物語」とも――。

いまだ建明こそが出来する諸事の中心にいつづけようとしている。

中心、――中心人物。

薫藤氏の建明は、主役の座を譲らないで章から章を跨ごうとしている。

他には何が跨いだか。あるいは、前章段または前々章段以前からこちらに胯越えようとしているか。これは、「光源氏の物語」の本ものの続篇と謳われる宇治の、憂しの物語の、流通の計画である。多分に奇っ怪なそれである。第四帖が二種類あり、第五帖が二種類あり、第六帖となると三種類ある各篇が、それぞれに滲透を果たさんとしている。

それぞれに――。

そして、いかにも、どんどんと巷間に流布した。

ゆき亘る――。

いかにも、各篇がそれぞれに他篇に強烈に作用するのだった。四帖めのお終いに、紫式部は二人いるのだと同じ帖の二冊が明かす。続いた五帖めのお終いには、語り手はこのさき三人になると予告されて、すなわち同じ帖の二冊にそうと予言されて、実際に次の帖の三冊を招び寄せる。聞き手ならぬ読み手の興味は掻きたてられて已まないのだった。読者の関心が刺激されること、止まらないのだった。そして読者をも頒布の実行力とした。流通させた側の目論見の通りである。自発的な筆写というのが多方面で起き、この式部の語る一冊とこれではない式部の語る一冊、とが贈り贈られ、交換され、「回し読み」された。こちらを読み了えればあちらを、またそちらを読まねば気が収まらないとの心理が生まれた。読者たちの集団心理が。その集団に属するや、諸本のうちの一つの読書体験が得られぬとなると本気で身悶えた。他篇を求めることにおいてこれらは切実なのだった。熱烈なのだった。

物語にものを言わせれば、これらは非常にけっこうな読者である。

その、実（げ）にけっこうなる一群（ひとむれ）の存在を心に置いて、宇治の物語のその外側なる現実をここに眺めているこの物語は、まずは建明に寄り添って先を紡（つむ）ぐ。中心人物たろうとする藤氏のこの若公達（わかきんだち）は、あらゆる局面で私が主役なのだぞと証し立てんとしている。薫藤氏の建明は、ある状況を贏（か）ちえんとしている。そのための第一、早馬（はやうま）を受けて遠路奥州から遥々（はるばる）のぼる三百騎を建明は待っていたのだが、これを待てた。北嶺（ほくれい）内の情勢を操って、実際の蜂起までの時間を調整することで、建明には騎馬武者三百とその従者、じき自軍となる郎等郎従の千人以上を待つことができた。時間を塩梅（あんばい）するのはこれだけではない。第一のその次、薫る君たる建明は宇治の物語のその三帖分のゆき亘りというのも心にかけ、わけても三種ある第六帖の滲透を、強訴（ごうそ）の洛中に及ぶ前に徹底したいと望んだが、その望みも叶えられた。情報を逐次巷（ちまた）より上げさせ、遅すぎぬように遅すぎぬように、しかし時には、たとえば第五帖の両方が滲（し）み入るのを待たずに第六帖の諸本を出したりせぬように、また、ある特定の経路にだけは現状に照らして早目に流すように、等の指図をした。これを実際に金屋犬百（かねやいぬひやく）に向けて指示しているのは、紫苑（しおん）の君（きみ）である。

しかし、この紫苑の君にはちどりが耳打ちしている。時間の調整のその加減を、合図している。そしてちどりには薫藤氏が、――建明が合図している。そうした事の次第を、犬百は露ほども知らない。

そして、ところで、読者たちがそこにいるのならば世には二種類があるのだった。この世とそれから物語の世と。そのうちの前者に属するのが実在の人物、また現実の、読者たちが眼前にする事件なのだった。しかし、そうしたこの世の側があたかも物語のように展開する一日が、いよいよ来る。

まず裏頭衆がいた。

例の、「強訴を、強訴を！」と比叡山にあって嗾けている勢力だった。一大勢力だった。その数は結局、二千と三百。すでに山を下っていた。延暦寺別院の置かれる西坂本にうち集っていた。「いざ入京、入京！」と逸っていたが、「いや暫し、暫し！」との忠言が筋道を立てて屯営のあちこちに涌き、二日三日とその足を留めていた。血気に逸る一派をどうどうと宥めるのは、沈静した一党を理詰めで煽るよりは容易である。かつ、無理にどうどうと牛馬さながらに禁められ、抑え込まれた昂ぶりは「いでや進発、進発！」との決定の声あれば幾倍とも化してボッと膨れる。

それはもちろん見通されていた。

裏頭衆に忍んでいた演技派の、手練れ揃いの南の――南都の裏頭衆にも。

そして時間の調整、その匙加減は万全に成った。西坂本を、屯する二千と三百人の悪僧たちが発った。都の内側をめざし、飛び出した。

その京の都は、それではどのような土地に収まっているのか。あらまし以下の通りである。その三方が山で、これは西から北、東にかけてに当たる。その西手と東手の裾には川、この西のものが桂川であり東のものが賀茂川、そのように想定すると都の両端というのは二つの大川に画されている。換言すれば、これらに挟まれる地に置かれたのが京である。朱雀大路は大川の流れを真似て北から南に、都城の中心に走り、その西側――いわば右岸――に設けられたのが右京、東側――いわば左岸――が左京。現今、発展しているのは左京ばかりである。地形は事件に道をつけるのだから、再度、ここに解説を挿入すれば、比叡山はこの都城の東北に位置している。艮に、すなわち鬼門の方角に聳えている。そして西坂本というのは、この聳える山を下りはしても依然、まだ東北に位置している。まだ鬼門である。

この先に京の都に入らんとすれば、どこに、何に至るか。

川である。

東の、建都の思想から言って平安京の東端の、川である。

洛内と洛外を截然と分ける賀茂川である。

その一日、まず裏頭衆がいた。帯仗して起ち、「この西坂本にて今少し粘るか」との異議を断ち、慎重派を根絶やし、軍馬も交えて第二の鬼門より飛び出した悪僧たちの兵勢があった。次いで、禦ぐ側の兵勢があった。前日夜までには総軍が到着して、この払暁からは布陣に入り、辰の刻の早くには完了した洛中防禦の軍勢がいた。これが裏頭衆に続く者である。その総大将は建明である。しかし最前線は、建明の陣取るところにはない。どこにあったか。

むろん川である。

賀茂川である。

その右岸の、要所要所となる河原に戦陣が布かれている。三条河原にも四条河原にも、六条河原にも七条河原にも。しかし奥州武者たち――奥州藤原氏の武士たち――の姿はそこにはない。一騎もない。では、何者たちが布置されているのか。

「北面の武士」および、これらの私兵――。

その主立った者は平氏である。

騎兵だけで九百を超え、千にも迫らんとしている平氏たちが、端然と配置につき、その邀撃の態勢をりんと調えていた。

このように賀茂の河原が防備されると、続いて第三の者が涌出した。一が裏頭衆、二が洛中防禦勢、そして三のこれは見物勢である。

一と二の闘諍を「見逃せん」と欲する人間たちがいた。

端的に言えば群集である。都の内側に涌いたのだった。そも都人である。しかも階層の上中下を問わぬ、数多の老若男女。さすがに最前線には近付かなかった。その剣呑さは避け、つまり賀茂川は避けた。しかし事件を目撃したい、争乱を能うかぎり眼前にしたいとの欲望は、抑えがたかった。最前線は難しくとも最前列にはいたかった。可能ならば、そうしたかった。そこでどうしたか。洛内に布かれている陣にひっ付いたのである。賀茂川の、北から南にかけて幅広に置かれたのが一番備え、洛内は二番、後衛となる。こちらを誰が率いたか。

総大将その人、建明である。

建明が専属の兵勢。一つの「氏」に纏めれば、是、藤氏たち——。

後衛のこれら藤氏たちは院の御所が控える洛南、九条以南の方面より発って卯の刻に朱雀大路を威風堂々と行進、そして右折、洛内を東西に走っている七条大路に陣取った。東西の大通りというのはもちろん一条からあって、五条、六条界隈までは公家百官の邸宅が連なる。が、こうした六条以北への配兵はない。ただ七条大路のみ固められた。作戦があるようだった。その布陣は、詳細に描出すれば、朱雀大路同様に南北に走っている西洞院大路をいちばんの奥まった箇所とした。七条大路の東端となる賀茂の河原側から西に数えて、ちょうど二坊分である。この二坊——すなわち距離にして八町分——をびっしりと固めた。しかしそのびっしりは道を埋め切るのではなかった。基本、軍兵は路辺から守る。その途中の東洞院大路の交叉は、左折も右折もされぬよう厚めに守り固める。それから西洞院大路の手前、ここそびっしり兵馬を配して埋める。その様、あたかも七条大路が内側に、細い、長い凹地をこしらえたようである。

布陣は以上で終わるが、七条大路はこの先、すなわち西にさらに進んで大きな市を擁していた。公設市であり、また、朱雀大路を挟んだ右京側にもあって、それらが西の市、こちらは東の市と呼ばれていた。東の市では、五十一種の品物のそれぞれの、一品ずつの専門店が軒を並べる。その東の市は、卯の刻にはまだ開いていなかった。辰の刻でも同じだった。だが閉められている市の大門の前に、早、群集はいた。そこにもいたのである。第三の者たちが涌いていたのである。そして、大門前に限らない。起こりうる合戦に昂揚して、立てるか座れるかの余地のある道端に、みな、ひっ付いていたのである。「見逃せん」との欲に順って見物勢はそうしていた。桟敷こそ設営されなかったが、祭り見物も同然だった。

この争乱——濃厚な争乱の気配は、齧りつく価値が十分あった。

そして、馬がいなないた。

備える馬たちはあちらでいななき、こちらでいななき、時には呼応もし、唱和もした。誰も、いなないきの数は算えなかった。正確に足さずとも累積して、それがただちに時の経過だった。

そして、馬糞もぼたぼたと落ちた。

駿馬(しゅんめ)であれ、戦闘に臨んだとの自覚をする良馬(りょうば)であれ、尻はその必要あれば糞を放(ひ)った。音も立てた。当たり前のことと誰も気にかけなかった。時間は過ぎた。

七条大路はこの日のこの朝、距離にして二坊分は人馬が満ちる道である。じゃらじゃらと鉄製や革製の札(さね)を鳴らす鎧の連なる道である。藤氏たちが主役の道である。この道が、そして、七条河原に抜けても続いた。

ただし河原以東にはのびなかった。東には。

もっぱら北へのびた。

主役は藤氏たちではなかった。

もっぱら平氏たちだった。

そしてそこが最前線だった。道ならぬ道、南から北にかけての、竹の柱や莚(むしろ)の壁などでできた粗末な小屋小屋が押し倒され、もうもう繁っていた河原艾(かわらよもぎ)は踏み散らされ、人馬に満ちるし甲冑にも刀槍にも満ちる道が、二坊の距離を何倍か超え、連亘(れんこう)とではないにしても続いていた。都にとっては要(かなめ)の橋を、併せて三条大路やら六条大路やらの大通りの入口を守る、河畔の道にして人馬勢だった。

そしてそこが最前線なのだから睨み合いはもう起きていた。巳(み)の刻を待たず、賀茂川の向こう岸に、もう一つの道もできていた。道ならぬ道、二千と三百人の、その進発地から眺めれば北から南にかけての――。

この物語は、そして、これ以降はそちら側から眺める。まず一の裏頭衆がいて、二の、建明の指揮下となる洛中防禦勢がいて、三の、都人たちの見物勢がいて、これらが順々に登場して順々に描写もされたのだから、再び一に戻るのは理に適う。事態はそこでどのように生起し、どのように継起するか。一の側に就いて集団の内部に交じってみれば、これは猛っているし、事実、哮りを上げていた。「それ入洛！　それ入洛！」と騒いでいた。時おりは地鳴りそのものの大音声となったが、ただし川を挟んで対い合う武者勢からの応答はない。「入洛！　入洛！」の声に、「させじ！　させじ！」とは返してこない。想定内である。二千と三百人の裏頭衆は、その数、その大叫喚で京洛を威圧できればいいのであって、武者勢との対話は期待していないし望んでもいない。京の都、その全体に圧力をかけられればよいのであって、それの目的はただ一つ、院庁に要求を通すことである。院の主張を枉げさせることである。この返事は、即下に対岸からあるはずもないし、そもそも返事というよりは返書となる。書である。

まずは圧力あり。

威しあり。

そのことの理解は、双方、十全だった。

いきなり戦端など開かれないのだった。

しかし開いた。

「させじ！　させじ！」の疾呼代わりに対岸の武者勢は鏑矢を返した。わずかに二本、三本、射込んできた。同様の威しである。それが証拠に、わざと裏頭衆の陣取りというか固まりからは外して、ひゅうひゅう唸らせるに留めていた。河原でいうと、四条河原の一帯でのことである。それは開戦の布告ではなかった。そうした合図に用いる鏑矢もあるが、ここでは違う。そのことを、猛る比叡山勢もわかっていた。「まだだ」と理解していた。しかし目配せがある。幾つもの目配せがこの時、ある。誰が誰やらの裏頭の装いの、しかしわずかに覗いているにしても炯々と光りすぎる眼光同士の間で、ある。

すると一騎が、卒然、出た。

新造したての四条大橋に飛び出す。鞍上はもちろん法師、もちろん裏頭の法師武者、その腰には猪の毛皮に包まれる箙を帯び、腹巻鎧を着用、長刀は持たずに大小二刀を佩いている。その裏頭ぶりは完璧で、まさに眼を見せるだけ、――仮に、高い鼻梁があったとしても隠された。――仮に、張った頬骨があったとしても隠された。

異相があったとしても見られない。

あれよ、あれよと進む。

洛中防禦の側に、平氏の武将が統率するところに突進する。

この無謀の単騎は何に恃んでいるのか。掩護の射撃であり、これも事実、卒然とあった。

数本ならぬ数十本、次々、電光じみて飛ぶ。しかも川向こうの敵方の一ところ、集中して射かける。

のみならず、四条大橋を駆け抜けるその単騎が、また、騎射している。

ツッ。

ツッ。

それは前方の、待ち受ける武士たちの馬を射ている。

暴れさせ、騎手をふり落とさせ、陣形を崩させるためだけに射ている。

突入している。寡勢も寡勢、単身で。

しかし猛攻である。

速い。

それを見て、こちらの岸から声があがる。「渡れ、渡れ！」と山を揺する声があがる。煽動は言葉ばかりではない。数人、すでに浅瀬に踏み込んでいる。賀茂川の流れは滔々としているが、舟までは要らない。じきあちらの岸――。

その向こう岸で、猛然と一騎が闘っている。一、二の傷も負っていないのに返り血は大量に浴びている。周囲に侍らせる従者がいないのに掩護はどうしてだか、どんどんある。用意万端の戦術が数十人の間で共有されているかのように、連繋がある。

しかしこちらの岸でもあちらの岸でも、目を走らせるかぎりでは一人の悪僧の異様な奮闘と映る。

速い。

事実、そうでもある。

あろうことか、常套を無視して馬を下りる。すでに太刀は抜いていたが、空いている手で無反りの腰刀も鞘より抜き、その払う刹那に馬の尻を斬りつける。自らの馬の。その馬、たちまち蹄で三方の平氏軍を蹴散らす。白刃はひき続き閃いていて、腰刀は軍兵の喉しか狙わず、征矢には狙われぬ間合いに身を置き、長刀はやすやす躱し、おのれの太刀でその間、二人三人と斬り結ぶ。

血が迸る。

平氏が軍勢の血ばかりである。

これは凄まじい殺人の上手である。

裏頭衆は、その士気、絶大に鼓舞されている。一等奮い起こされたのは渡河する一派で、もう渡り切った。依然として煽る者たちがいるのだ。突入を仕掛けた者たちがいるのだ。

それればかりではない。

今では橋上をこちらからあちらへ馳せる馬が、さらに二騎、三騎。

それぱかりではない。

同じことが三条の仮橋でも、六条大橋でも――。

速い。合戦はまだだと思っていた比叡山勢のほとんどの人間の躊躇い、動揺を無視して、速い。それがゆえに誘導しようとの企図があれば誘導できる。ものを考えさせず、流れに乗せられる。

しかも導いている者たちは鳥のように獣のように走った。速い。

四条河原では、例の、一番駆けが平氏側の人馬をつぎつぎ殺傷していた。馬は措き、人だけで七十人は害していた。完全に仕留め、殺めていた。ここを担う平氏の武士たちは愕然としていた。

「なんだ、こやつは」

と言った。

「単騎で敵陣に入り、早、七十人だと。いっさい名乗りもあげずに」

と言った。

「しかも、もっと仕留めるぞ。偉業をなすぞ。己れが誰だとの名乗りもあげずに」

と言った。

「出自そのほかを黙したこやつ、一人当千か」

と言った。

平氏の将は言った、――「ええい、勢いにやられるな。押し返せ！」

そこからの事態も、速い。何が起きたか。大局を捉えれば、したたかに圧倒されていたはずの平氏勢、のみならず広く「北面の武士」たちが率いる賀茂の河原の防禦の勢力が、これを押し返さんとした途端、裏頭の悪僧たちは確かに押されたのである。全部ではない。しかし、「ひとたび退け」との声が内側にあったし、「入京だ、まず入京だ」との声も自軍のどこかから大声で上がったし、「こちらは駄目だが、多勢で六条か七条なら」との的確な指示も音太く発されていた。それは北から南への誘導だった。三条河原では、四条河原へと言う。四条河原では、手薄なのは以南なりと言う。六条河原でも七条と言う。

俄然、七条大橋が北嶺の悪僧たちで埋まる。

埋まる。

橋板の下も川越えの兵勢に埋まる。

七条河原にはこちらからあちらへの裏頭衆が殺到する。

押しとどめられたものではない。

入洛はついに、そのまま成る。事態はそのように推移する。ついに一群が大路に突入している。その数はおおよそ百、この約百人中、十人の眼光が炯々としすぎている。七条大路を突き進むこの一群は、知らず識らず整然と隊伍めいたものを組み出すのだが、しかし「組め」と滑らかに進みながら促されていることに気づかない。十人以外は。興奮し、沿道のあれこれも目には入っているのだが咀嚼できない。そこにも洛中防禦の騎兵やその従者たちがいて、どうして仕掛けてこないのか、排除に動き出そうとしないのかを考えない。

考えられない。

考えるよりも突進の勢いのほうが速い。

速い。

距離にして二町進む。三町進む。

東洞院大路との交叉を過ぎる。これで一坊分。

さらに貫入する。それは、まさに、貫入というのに相応しい。長い長い、細長い凹地を奥に奥につらぬき入るのに似る。

六町。七町。じき二坊分。

すると待ち受けている。何かが。誰かが。敵方の、その、全軍の統率者が。武人たちの総大将が。馬上である。八寸を超える栗毛の大型馬の鞍上である。兜も鎧も、片籠手も脛当も着けていない。立烏帽子しかかけず、麗しい狩衣姿。しかし太刀は持っている。それも鞘に収めたまま、横にして、琴でも撫でるように持っている。優雅に――。

約百人は、止まっている。魁が徐々に足を止めたので、つんのめらずに止まっている。

すると匂いが、嗅げる。

摩訶不思議、馨しい芳香が二十人か三十人の鼻に嗅げる。

それは、どういうことなのか。

考える暇はない。馬上のその公達——武家というよりも明らかに公家——が次の挙措に出たからである。太刀を、鞘から抜き、しかし振るわんとするのではなしに翳す。それも握りのほうを上にしてさし翳す。

柄頭を目立たせて。誇示して。

その意味するところを読み取る余裕も、約百のうち十人を除いた側には、なかった。そして直後に起きたことを理解しようとか、多少の部分は把捉しなければと判断する時間も。除外された十人以外には、訳のわからない崩れが起きていた。崩れである。どうと後ろ側に、その一群は倒れ込みはじめたのである。まさに七条大路の内側よりは外側に向かって、洛外のほうに向かって大崩れを起こしたのである。隊形が整っていたぶん、この崩壊は際立った。

この時、地鳴りのような声が涌いた。

少し前に賀茂川の東側で「それ入洛！　それ入洛！」と唱えていた坊主たち以上の大音声が涌きあがった。見物勢から。

裏頭衆を一、この日の洛中防禦勢を二としての、三、の齧りつきの見物勢から。

その間から。

実際に起きていたのは、こうである。先刻まで突進していて、馬上の総大将――建明――の前で止まった一群は、忽然、身内に組み討たれた。当て身である。いきなり急所を、顔面ならば顎、そうでなければ腹、腹巻で鎧っていれば股間を拳、肘で狙い、そうでなければ足を払った。これをいきなり振り向いて、振り返って、仕掛けたのである。総崩れは当然だった。しかも、味方に襲われているのだと悟るには、昏絶する輩も見えない足技に転倒する者もあって、ほとんど無理だった。そして、じかに襲われていない崩れ出した隊伍の殿のほうの三十人四十人は、事情がわからず、わからないからこそ後退り、ぶつかり、倒け、倒け切る前にはと集団から逃れ出していた。

その一群から、離れて後ろへ、散りぢりに後ろへ――。

敗走である。

あとは、いっきに動いた。建明の直属の騎馬武者も動いた。その、藤氏たちが。しかし単純に攻勢に入るのではなかった。追撃に向かう前に、まずは一斉に刀を抜いた。揃って異様の太刀、しかも指揮官と同様に握りのほうに特徴のある太刀を。抜いて、やはり尋常ではない態でさし翳した。おおよそ七十人がそうした。折れ曲がった柄頭が誇示された。

くるくる、くるくると折れる。巻いている。

早蕨の刀は、約七十振り、あった。

あって、見られた。

合戦の帰着はここからは単純である。そして速すぎるほどでもない。建明の手勢は七条大路の出口まで追うが、しかし刃をあえて釁りまくろうとはしない。河原に出ると、この藤氏たちは残りの始末を平氏たちに托す。もっぱら平氏たちに托す、「北面の武士」たちとその私兵たちに。すると、この者たちは滾っている。先ほど「一人当千」さながらの殺人の上手に攪乱され、これに続いてさんざっぱら友軍の血を流させられていたから、実に刃、釁り切らんとする報復に出る。帰趨は、速すぎはしないにしても午には明白になる。あるいは巳の刻のうちには見極められている。

裏頭衆は退却する。

要求を撤回して、帰山する。

この日、薫り高い貴公子は強訴を鎮圧した。相当な数の軍勢を指揮して、見事にそれをした。この日、午後、七条河原から三条河原と戦場を北に見て回って、累々たる死屍を検して回って、「殺生はいかんなあ、殺生は。仏道仏道」とも唱えた。優美にかつ、滅入ったようにそう言った。薫藤氏の建明は言った。

物語から出てきた人物だった。そのことに見物勢の幾十人かは気づいた。争乱の最前列にして結局は最前線となった七条大路の、そこに読者はさほど多くいたわけではない。群集のその身分は満遍なく上中下にわたっていて、このうち中のほとんどと下は実物を読んではいない。また、読もうにも識字の能力がない。しかし噂ならば中も下も聞いていた。その珍聞、奇聞を耳に入れはじめていた。そして上の身分に属していたり上のそれを主家とする仕え人（つかびと）であれば、目にしていた、読んでいた、熱をあげていた。怨霊の本――三種類ある怨霊の本、三人いる紫式部が作者の稀代の物語書（ものがたりぶみ）。そこには神秘的な芳香に包まれる薫（かおる）という公達が登場する、あるいは登場するというのである。柄頭がくるくる巻いた早蕨の刀というのが出現する、出現するらしいのである。それは浮舟（うきふね）という女を助け、保護し支える男たちばかりが持つ宝剣らしいのである。

その公達は、いた。

その宝剣とそれを所有する武者たちの一党は、いた。

いたというのは現実にいたのである。世を、この世と物語の世の二つに分けた時に、前者のほうにも実在していたのである。

そして世間は最前列で――洛中が最前線の、最前列で――何を見たか。世人たちは何を見て、何を言ったか。具（つぶ）さに、嘘をまじえずに次のように言った。早蕨のその刀の、印鑰（いんやく）としての威光は示されたわい、と。その不可思議に薫る若公達（わかきんだち）が、鞘を払い、燦然とそれを掲げただけで、百人、いいや、もっとの悪僧どもが地面に薙（な）ぎ倒されたんじゃわい、と。奇蹟だったんじゃわい、と。じき尾鰭は付いたにしろ、最初の証言は真実を述べんとするからこその並ならぬ説得力に満ち、霊験は確かに顕ったのだと印象づけ、納得させ、そのまま尾鰭の一々にも同様の迫真性を授けた。

当初、見物勢のうちの何十人かだけが「よもや、こんなことが」と大いに息を呑み、その理解に衝撃を受けた事実は、三日と経たずに洛内の読者のほとんどが知るところとなった。巨大な尾付き、鰭付きでそうなった。弘まったのである。

すでに宇治の物語の、第四帖と第五帖は言うに及ばず、三つ子となっている第六帖まで読み了えている読者たちの間に。

爾後に区別がうしなわれた。作中と作外の絶対的な区別というのが。読者たちが現実感覚を喪失したというのではない。しかし、――物語中より、人物が、また道具が、抜け出てくること然もありなん――、と否応なしに是認されてしまった。そして、そこからである。さらにこの先である。宇治の物語の読者は、京中に大勢いる。その作者は、目下三人いる。物の怪視すれば三体、顕われている。それがゆえに第六帖というのは三つとなった、三つの筋が出回って、三篇が並存するのだった。どれも本ものなのだという。

しかし、そうなのか。

こう疑義が呈されたのである。

優劣や強弱は、その三つの間に、見出せるのではないか。

なるほど正偽不問だとは言われていた。第四帖の結びでも第五帖のさなかにも、どちらが、どれが正しいなど考えるなと釘を打たれていた。読者は、それを、作者の紫式部に打たれていたのである。だがどうなのか。実世界に薫さながらの貴々しい人物が現出して、霊妙至極に早蕨のその刀を揮うのみならず、同じ刀を身に帯びる七十人ばかりの偉丈夫を従えていたとの目撃譚と風聞は、ただただ驚愕である。付した大尾に大鰭はさておき、薫、早蕨の刀、同じものを佩いた武者集団、と芯の部分を抜き出しただけで、大波瀾である。なぜならば、宇治の物語のその作中、ついに薫は奥州の武士たちと結んだからだ。中将の君の働きかけ——というよりも策動、しかも橋姫が憑坐となっての神策縦横——でこれを果たし、早蕨の刀を持つ者たちを打ち具しているからだ。

そして、こうした展開となっているのは、三つのうちの一つだけでしかないからだ。第六帖が三篇あって、他の筋ではそうなっていない。

このことは何を意味するのか。

加うるに先日、七条大路に布陣して異様の太刀を誇ってみせた騎馬武者たちは、世説に奥州は平泉から遠来したと言われている。この主張を否む情報もない。

まさに作中と作外のその埒が薄ぼんやりして、現の側に物語中のものが滲み出てきている。しかも三篇のうちの一篇だけが、この奇しを為している。三人いる作者の、紫式部の、ただ一人が紡ぐ筋だけが。

だとしたら、これが正しいのか。

しかる後、人気の差が出る。三篇のあいだに、そうしたものが生じる。読者たちは「正偽は問うな」との作者たちの警めを忘れるか、失念はせずとも傍にやった。贋ものもあるのではと疑い出し、一読者としてはどれを推すか、を考え出した。語り出した。この形勢を煽る者もあった。しかも、第五帖の流布のその頃から、隠れて煽るのである。しかも、頒布に直接に携わり流通の経路なども拓きながら、併せて人知れず煽り立てるのである。「どれを推すか。それか、これか。どう見定めるか」と。

裏にいるのは犬百である。

黒幕となり、——いずれが人気だ、なあ、そして不人気となるのは何だ、さあ、どうなるのかなあ——、と焚きつけながら、ある種の宣伝的な効果を狙っているのもこの非凡の商人である。

しかし犬百の裏にもいる。何人かがいる。

そうしなさい、と指示した紫苑の君がいる。

これに耳打ちした、ちどりがいる。

これに糸引いた、建明がいる。

そう、建明がいる。この非理の人は依然、涌き立つ諸事の中心にいつづけんとして、主役の座を譲らない。それどころか、この徹底して理外の人はなおも前進を企てる。これがために求めたのがちどりである。ただの宮仕えの女人というのではない、これら一連なりの場面においては一介の脇役というのでもない、ちどりである。

何が特別なのか。

ちどりは作者だった。

「現世に滲みました。私の書いた筋のとおりに」とちどりは言った。

「ああ、人の世にな。作り物語の世から」と薫る君は答えた。

「嬉しゅうございます。これぞ作者冥利」

「冥利、冥利。御仏がおかげだ。俺も嬉しいぞ。ああも奥州武者どもが揃ってな。この俺の麾下に、ああも打ち揃ってな。あれらは、頼もしいぞ」

「そうでございましょう」

「気象が違うわ。むろん言葉もな。期待どおりに俚言で話す。東訛りよりもっと北に寄った、奥まった里言葉でな。ああ、本ものだ、そうなのだぞ」

「と、おっしゃいますと」

「俺が、宇治の物語の、その第四帖の、中将の君が三条辺りに用意した『隠れ家』の、その、庭で耳にしたそのままだということよ」

「あの、『隠れ家』が警衛の武人たちの」

「そうよ」

「なるほど」

「懐しい、懐しい」

「そうでありましょうとも、薫様」とちどりは言った。

「そして、頼もしい、頼もしい。間近に接すればいよいよそう思うぞ。屈強ぶりに驚くぞ。俺はな、おとつい酒宴を張ったのだ。あやつらを接待したのだ。強訴鎮圧に急ぎ馳せて参ったことにな、感謝してな。ああ、それと、馬どももな、奥州特産のあれら三百余頭もな、厚遇だ。わざわざ馬場も開いたぞ。は！」

「歓びのいななき、発しておりましょう」

「連呼だろうなあ。陸奥の国風歌でも唱っているか。駿馬流のな。は！　それとな、俺は院の上のお褒めにもあずかった。当然ではあろうが――は、は！　ありがたい、ありがたい。しかし、一点」

「なんでございましょう」と、間髪を容れずちどりは問う。

「あやつらは、滾っているな。まだ」

「奥州武者らが」

「滾りつづけるままだな。その血、煮えて滾らせて鎮めずに、『まだか、まだか』と言っている。いや、口にはされていないが、わかるぞ。先日の合戦、俺が無用の殺しを禁じたためだ。洛中は七条大路に布陣させたが、あの山法師どもの追い討ち、させなかったからだ。それは目途に適ったわけだが、さて、しかし、あやつらに鬱憤はある。それを散じさせてやらぬとな」

「発散でございますね」

「そうだ、発散させるのだ。いかが思うか、式部」と建明は言った。

式部、とちどりに問いかけた。

「近々それが成るのはよろしいですわね」

「よいか」

「よろしいですわ、薫様」

「それもこの現に、実と、滲むか」

「二つの筋は、ともに西国の海賊に関わっております」とちどりは説明をはじめた。

「こちらの筋ではない、あちらの二つは。よい傾向です。どちらにも川の神ならぬ海の神というのが登場して、浮舟をその、男神の化身が助け、しかし軸はそこに置きながらも話の展開は分かれております。海からは大勢の無頼が遡上し、というのは通じますが、しかし前景に出るのが、匂の宮派となった海賊か、まるで違うか。一つの筋では、比叡山から横川の僧都というのも下りてきました。比叡山というのはまた、今様今様。しかし肝腎なことは、浮舟を求める匂の宮が『他人の持っているものは、欲しいよ』とわがままに口にされていることですし、それを、あなた様、薫様を第一に念頭に浮かべて言っていることです。これが内容の面での大事、しかしその外の大事があり、これは私の他の藤式部たちが、均衡ばかりに執着する愚かしさを棄てたことです。一人が川の神を語れば残りは海の神を語る、一方が東国やその以東以北をとれば他方は西国をとらんとする、こうした単純過ぎる図の描き方をやめて、ともに海の神に就き、ともに西国に就いたのです。私の挑戦に、あの者たちは応えたのです。この私、三番手として現の世に参った藤式部の挑発に、あの先んじた二人、同じ顔貌をした藤式部たちは！」

「は、は、は！」と建明は大笑した。好意的な応答だった。

「私に『その程度か、お前たちは』と揶揄されたのも利いたのでしょう」

「そうだろうな。俺とて、そこまでの嫌味は斬って返すか語って返すな」

「語って返してきているのです」

「で、海神が化身の物語は二つとなり、均衡の消えた一、二、三の筋のあいだで勝劣が競われている、と。これは、面白いぞ。俺はどこにいて、俺はどうなるのだ」

「最高のところにおられますよう、私が」

「式部、お前が」

「最善を尽くして、書いております」

「俺が勝利する筋を」

「薫様の人気の出ます筋を」

「その筋書き、さらに俺の威光を補うか」

「補います。しかも、さらに武威の側面で、深めて。あちら二つが西国のその内海より賊党どもまで呼び寄せてきたのですから、そして、その貴顕層のみならず賤しい勢力にも語り及ぶところが『さすが当代、この平安ならぬ末法の世の味わい』と幾らかの読み手に歓迎されているというのですから、こちらも出せばよいだけです。出して、深めればよいだけです。すでに書き入れられてはおります。その名称、種々に挿れられております。我らが宇治の物語のその三帖め、何度めかの隙見が東国も奥州をもと覆った折りに、かの地ならではの『夷』が出たではありませんか。蛮夷、また蝦夷と言及されたではありませんか。これは現在が奥州の武門と繋がり、系譜に連なっているのだと。さて、蝦夷と言えばひじょうに賤しい」

「化外だな。化外の民」

「北の蛮夷、とひと口に通称されるものだったとか。私、そう教え示していただきまして。ええ、ご要望がありまして。流布を担われる方面から『こうしろ、ああせよ』とのご注文もありまして。そして教師に、お聞きしました。歴史でございます。それも化内、この国家というのの外にありました、それでございます。まあ、それにしても、どうして北と言うのでしょうか――」

「北の蛮夷というのの、北か」

「はい」

「白河(しらかわ)の関(せき)より北方だからだろう」

「いかにも、とは思いますが、私は北と聞けばただちに北陸道を想います。北国(ほっこく)と連想します。あれは、奥州は、東国と関八州(かんはっしゅう)の以東にして以北ですのよ。すなわち、東国でもなければ北国でもない。東でも北でもないのですのよ」

と、「おお」と建明が唸った。

「まあ、何か」とちどりが訊いた。

「だとしたら艮(うしとら)だぞ。その方角」

「うしとら」

「東北。鬼門(きもん)だ」

「これは。これはこれは。私は、京の都の鬼門は延暦寺ばかりと思っていましたが——」

「俺もだ」

「王化する、しないの国家の規模で眺めれば、延暦寺の遥か彼方に、遥かに巨(おお)きなそれが」

「巨大だな。どれほどの鬼どもが出入りするか」

「使えます」

「使える、とは」

「薫様、あちらの二つの筋はともに海賊を担いでいて、こちらは蝦夷の物語をそうしているのですよ。私は、巷間への流布というのを負われる方面から、南都の大刹のこれこれという、武芸のための学寮の縁起も書き、その物語を宇治の、この憂しの物語に接いでほしいとも求められておりますのよ。そのために、いろいろと、さらに奇譚も教えていただいております。いえいえ、真実の、たとえば北国であるところの北陸道やら東山道、山陰道での奇瑞も知らされております。どれも、早蕨の刀にまつわる瑞験です。それらが南都の古い、古い大寺院に連なり、この由来端緒がまた、奥州の古代に繋がるのです。まあ、たまらない！　そこから全国の古社に再度連なり返して、これはなんですの。御仏が御神々を統べますの。薫様、そしてそのために、蝦夷は詳細に語られるのです。蝦夷の古事が、巨大な巨大な、最大の鬼門をもって『源氏の物語』に連接されるのです。『源氏物語』のその本ものの続きが、あなた様の物語が！」

「それを、お前が書くか」

「私が書きます」

「お前という式部が認めるか」

「他の二人ではない、私という紫式部が認めます」

前進する者はかくのごとく、専属の紫式部を持っていた。

かくのごとく、相談しうる作者を持っていた。

この現実の世界こそが物語の形代なのだと、薫藤氏である建明の目には、そう映っていた。

そして、言うのだった。

「形代は焦がれて求めんとな」

と。

この男は——依然——どこでも主役である。作り物語のなかでも主役であり、この現世でも主役である。いわばいるだけで現実を物語化している。誰がまともに張り合えるというのか。平氏たちはどうか。今、この章で平氏たちは無惨である。それこそ焦がれ求めれば「平氏の物語」を得ていたかもしれないのに、相変わらずこれが「藤氏の物語」なのだから哀れである。ひたすらに、ああ由々しい、由々しいと呻吟させられるばかりである。とはいえ、平氏たちを圧迫しているものは二つ。一つは「薫藤氏の物語」の主役が与えているのだが、もう一つはそうではない。

こちらは主役のまるで与らない要素、局面であって、にもかかわらず平氏たちを悩ましている。

そうした次第を一体いかに捉えて嚙むべきか。

そのための方途として、この物語は仮に「平氏の物語」はあるのだと定める。一時、そうしてみる。平氏たちの棟梁を主役にと用いた、髭黒い君の、「髭黒平氏の物語」を仮定してみる。するとこれなる髭黒い君は、実際、時おり「むう」と呻いている。実際、悩みの種を二つ抱えている。そして主役であるのだから、これら二つを等しい比重で眺める。

譬えるならば、右目に一方を見、それと同時に、左目に他方を見る――といった状態で。

その譬えの、右の視界。

まずはそこに建明がいる。薫藤氏ならぬただの建明、藤中将がその視野に置かれている。この若公達の近況やいかに。件の強訴鎮圧において最高最大の栄誉に浴していた。総大将ゆえに、である。その合戦の勝利が見事であったがゆえに、である。しかし主役には、「平氏の物語」の中心人物には納得できる展開ではない。奮迅の活躍というのは自軍、平氏たちの兵勢にあった。むろん緒戦は問題を含んでいた、が、その後は大逆襲に転じたのであったし、刃はみな釁りに釁った。

それが評価されない。

少々はされても、十分にはされない。

院にも。そして天が下にも――。

「俺の、俺たちの面目が」と主役は呻くのだった。『北面の武士』となるまでに贏ちえていたそれが。そして俺は、戦略家であったのとは違うのか」

こうした歎きと呻吟が右側の視野にはある。視野に入るものにもたらされて、ある。

そして本来の「薫藤氏の物語」にも収まりうる要素、局面としてある。

だが「髭黒平氏の物語」は仮定されて、この主役は、左目のほうにも関与する。

その、左の、建明不在の視界。

海賊たちがいる。公家と武家の策動はなく、あれとそれとが結んだとの顚末とその波紋もなく、しかし大本をただせば武家であるその人こそが策を廻らして誕生させていた、西国の内海の——瀬戸内海の——海賊たちがいる。これらの近況や、いかに。極めて不穏である。このことに平氏の棟梁は憂懼している。近頃の動向、これは一体なんだ、と。あの人神の、真の思惑はなんだ、と。

悪門太と世人の呼び出した門太由見丸のことである。

海道軍、俗称シ衆を率いるシ頭の、海神、生身の海龍神のことである。

その動きが妙すぎた。かつ危うすぎた。

「淀の津を盗んだ一件は」と髭黒い主役は反芻するのだった。「あれは、どんな工作だ。わからぬ。しかし、なぜに広げる。なぜに盤面を広げる。前々から寸法が変わるのではないかとの懸念はあった、あのサカイの神が勝手をするのではとの、だが——今度は畿内だと」

眉間に深いしわを刻んだ。

「そこまでが、膨らんだ一面の碁盤だというのか」

さらに、他人（ひと）には聞かれないように心中に嚙み反（かえ）した。

「そうして『右京を西海（さいかい）にする』とは、何を、何を意味する。どういう妄言（でたらめ）だ」

しかし妄言（でたらめ）なのか。そんなものが新たな要求を告げるのか。海賊たちは――と言ってきた。その頂きに君臨する人神は、平氏よ平氏よ、おれたちは城を作るぞ、島を作るぞ、と言ってきた。地上に初の海城（うみじろ）を生み、十七番めとなる「標（しめ）」を設けるぞ、と伝えてきた。そうなったら、平氏よ平氏たちよ、シの斎女（さいじょ）に誰を出す、と訊いてきた。人神――海道の冂太由見丸は、平氏たちよ平氏たちよ、男面（なんめん）は四つは用意しているぞ、そのうちの若者の、少年面の候補には誰を推す、と強く言ってきた。

またもや、人質の要求である。

またもや、白衣（びゃくえ）を纏わせる「お姫様（ひいさま）」の強請（ねだ）りである。

主役は考えた、俺がまた出すのかと。もう**鞠姫を出した**のにと。

主役は考えた、もちろん第一の本妻腹の女（むすめ）たちというのはいるが、それでも、もう**鞠姫は出した**のにと。

そして「髭黒平氏の物語」のこの中心人物は、人質がさらに人質を要求するとはこれ不遜な、と思うのだった。神を難ずるのだった。

主役は、由見丸の身辺を護衛との名目で手下に鎖し固めさせている。畿内に上陸した由見丸は、その生殺どうするかの権をこれらの武士たちに握られている。

由見丸は、それを認識していないはずもない。屈強の護衛はたちまち刺客に転ずる、と。

しかし、平然とシの斎女の追加を求めた。

平然と――。

おまけに少年の面の候補に触れる段では、こうも言い添えたのだ。

「浮舟を推すと、もっといいぞ」と。

その意味、皆目不明である。

平氏の棟梁が仮定でも――一時のそれでも――物語の主役である以上、これは尋常人ではない。そも深甚微妙な戦術を駆使できる、この一門の系図のうちでも傑物である。その傑物は、今、ここで何を判断したか。俺はもちろんあの海神にふり回されているのだが、と傑物は思った。俺があれとあれらを、有史以来最大の海賊衆というのを西海に出現せしめた事実には変わりがない、この事実は揺るがない、だとしたら奪われてはならぬ、とこの主役は思った。これだけは横奪されること罷りならぬ。たとえどのような人間が――武家が、公家が、その他の諸家が――栄光の横取りを仕掛けてこようとも、させぬ！　俺は、これ――「大海賊がいる」というこれだけは死守するのだ。そう、屠(ほふ)るにしてもそれを為(な)すのは俺であるために。公に、院宣(いんぜん)を得て公に、平氏の棟梁たる俺であるために。

平氏たちが栄誉に浴するために！

こうして髭黒平氏は、神の、冂太由見丸の意味不明さの側(かたわ)らにあり、可能なかぎり付き合うと決断したのである。悩まされつづけても、と。

そして、主役に薫藤氏ではない者を置いた仮初(かりそ)めの措置はここまでとする。この章はやはり以前の章に続いて建明を推進の力とした。しかし、だからといって平氏たちが最後まで無惨であったというのでもなかった。一時的な「平氏の物語」は、なんら希望を語らなかったというのでもなかった。本来の主役の建明は、一つの筋を勝たそうとしていた。宇治の、あの憂しの物語の競い合う三つの筋書きのうち、一つを以て勝利せんとしていた。いっぽうで平氏は、その棟梁は、この現実において海賊の側に立たんと定め切ったのである。

三つの筋のうち、二つはともに西国の海賊と深く、強(したた)かに繋がっていた。

その二つの筋にいるのは、現実から物語の内側に入っていった人物だった。

人物、または神。

作中から現のほうに抜け出るのではなく、現の世から作中へと滲入した者に、平氏の棟梁そして平氏たちは与したのだった。

事情をほとんど知らず、そう選択した。

かくして紫式部たちの紡ぐ物語には「氏」の明かされた二つの武門が、この段階までに、関係する。さらに物語は——それらの物語を内包するこの物語は——ここでも真摯さを揮ってみる。並行する三つの筋に二つの武士たちの「氏」が関わる現在、本朝のこの現代、その他に音に聞こえた武門はあったか。

こう問うてみる。

すると答えは返るのである。この物語じしんが応えるのである。——いた、あった、と。世に言う坂東武者たちだ、と。

そして、これは某の「氏」か。

源氏である。

源氏たち

神が以前これほどまでの神ではなかった頃、神が以前は数十柱いるサカイの神々の一柱でしかなかった頃、首に下げる勾玉が瑪瑙製の一つぎりであり、いまだ異形の「口」

などは生じさせる気配もなかった頃、この神由見丸は国家の一と二と三というのを聞いている。さながら節のつけられた唄を耳にするように聞いている。それによれば一は東国であり二は奥州、そして三が西国だった。「これが日の本、これが日の本」と拍子をとるように言い、「この国家の、一二の三」と締めたのは他でもないその三の西国の、最有力の武士たちの勢力を統べる長者だった。平氏の棟梁、その人である。

すなわち平氏たち――物語上で二番手となった武門の「氏」――の念頭にかねて東国は筆頭扱いで置かれていたし、神すら早々聞き及んでいたのだし、国家の一の武威なのだと認知していた。

源氏たちは――いるのに参加しなかった。

この物語に参入せず、外部にとどまっていた。

この武門の源氏とは、何か。

もちろん源の姓を持った氏族である。その点では、親王でありながら源姓を与えられ、臣籍に下った光源氏と変わりがない。「源氏の物語」で主役を演ずる一世の源氏と、始祖の来歴はいっしょである。が、作り物語の内部においては堂々政界に羽搏いていることの氏族も、現実のほうではそうではなかった。史実では違った。最初に源朝臣たちが誕生した弘仁五年から百年、さらに四十年五十年ばかりは朝廷政治に重きをなしていたのだが、藤原摂関家の擡頭以後、状況が変わった。手短かに言えば藤原一族のその門流

——「氏」ならば藤氏たち——に逐われ、勢い衰えていったのである。すると、諸源氏のうちの幾つかの系統は地方に下った。政界ではないところに基盤を置き出した。それが、たとえば東国への進出、土着である。軍事的な力によって勢威をのばし、たとえば前九年の役や後三年の役で戦功をあげることとである。

永承六年にはじまる前九年の役、永保三年からの後三年の役とも、源氏たちが攻めたのは北の勢力だった。東国から見やっての北方、二百と数十年前までの化外の地に続々涌き出している素姓確かならぬ、まさに氏素姓の知れぬ武門ばかり。これを攻撃した——というのが二つの合戦の核心だった。源氏たちは、藤原摂関家の興隆後の時流では貴顕層内の下流と踏まれていても、由緒は実に、大いに正しい。

これが源氏である。

武芸の家柄を誇る東国の源氏、この物語に呼び招かれた三つめの「氏」である。

その源氏たちが、凝視している。用意も綿密周到に、観測している。もともと北に向ける視線は鋭く厳しかった。二つの合戦の経緯があって、奥州の動静というのは一々摑むか、摑まんとしていた。わけても後三年の役ののち、陸奥と出羽の二国を押領使の肩書きのもとに束ね支配することとなった武人の一門が、あろうことか藤原姓を名乗りはじめた——藤氏となった——以降は、あらゆる消息を怪しんだ。源氏たちは、生起する諸事の前面には一度も出ずとも、後ろにぴたりと付いていた。奇異な動きを見出すや尾けに尾け、張り付いていた。いわば薄皮一枚の外にいた。いちばん「内側に近い外側」にである。

そうして、何が起きたか。源氏たちは何事を捕らえたか――。

藤三位の右近中将と奥州の手の者が接触し交渉するのは、他の何者にも先駆けて諜し、その内実を捕捉した。

諸国の古社への働きかけを、東海道、東山道、琵琶湖の北岸で探知した。

一名、刀剣の飾りの拵え屋というのを捕獲し、もろもろ情報を得た。口を割らせた。

早蕨の刀というのを知った。実物はさすがに手に入れられない。

早蕨の刀の縁起というのを書いている者がいるのだとも知った。しかも女だと。

ここに至るまでに、もちろん、怨霊の語る物語書というのを知った。その流通を。

それに纏わる奇譚異聞も。

なにやら特徴的な奇しさだった。出所には黄金の煌めいているような徴しもある。

以上、こう挙げただけでも源氏たちは着々成果を獲ていたが、事をなせたのはどうしてか。鋭い、厳しい視線があったからである。観測し、凝視していたからである。それも内側には参じ入らず、薄皮一枚を隔てる外側でしていたからである。

外側にいる者だけができる、これは何か。

――隙見である。

透垣の間から目を凝らすようにして行なう、例の覗き見に他ならない。源氏たちは隙見に努め、むしろ隙見というものに徹したからこそ、これほど大きな収獲にも浴せたのだ。

そして、依然それは続いている。続いているままに第三のこの武門の「氏」はこの物語に請じ入れられた。それは隙見の途絶だと言えるし、隙見する現実の勢力をも物語が呑み込んだのだ——いいや途絶させずに——とも言える。後者のように説明する時、この物語は、源氏たちを使役できる。源氏たちは隙見をし続けるのだが、それはこの物語に覗けと命じられているからだとも説けるのだ。

いずれにしても、源氏たちは「源氏の物語」の続篇を手にした。本ものだと謳われながら、同じ帖が中途で二つに、さらに三つにと岐れ、複数の筋が並存してしまう「源氏の物語」の続篇を入手した。揃えた書冊を前に、源氏たちはこれを複数だとは考えなかった。源氏たちは、第四帖から第五帖までを二つだとは目さなかったし、第六帖を三つだとも見做さなかった。

三つの書と捉えてよいものを、そうは考えなかった。

源氏たちは、一つだと考えた。

——これは一つの書だ、と考えて談じ合った。

――どのように一つかといえば、当代の源氏たちを裏切っているという面で、そうだ。

――これは源氏たちを裏切る源氏の書だ、と語らった。

――この作中、どこにも東国の我々は出ないに等しい。せいぜい「坂東武者は慄かされた」と触れられる程度。作中、東男たちはほとんど東男ではない、仮にそうであっても中心にはいない、「宇治へと、初瀬へとお伴をしたぞ」程度に描写されるだけで、肝腎な箇所で前に出るのは陸奥の出だ。奥州の武門というのの郎等ばかりではないか！

――要するにこれは、単に奥州武者のための「源氏の物語」ではないか。

――書名に冠される源氏とは、名ばかり！

――そして、そればかりではないぞ。それどころではない。

――これは、西国の賊党たちのための「源氏の物語」でもあるのではないか。作中、浮舟というその女は武者たちに保護されない筋にあっては海の賊らに護られる。この展開に向かわずとも、西海の者たちに崇め奉られる神、その、人間の男の生身を有した海神というのが別の、岐れた筋でも躍出する。それこそ主役さながら、頭がころりの君とでもいったふうに。

――これが「源氏の物語」か！

――そもそも光る君はどうしたのだ！

――いや、続篇だから出ないと説かれるのならば、それもよい。それに、当代にはそもそも光る君は要らぬ。我々は、当代の源氏は、武勇を以て聞こえればよい。色恋ではない。

――そうだ！

――いかにも、そうだ！

――いずれにしてもこれは、その作中、何をどう眺めても源氏たちを裏切る源氏の書である。どのように大冊となって幾篇に分かれ裂けようともそうである。ひじょうに、ひじょうに厭わしい一書である。憂慮すべし。

――いかにも、すべし！

――憂し！

と言った。源氏たちは落ちつくところに落ちついたのである。

もちろん源氏たちは、談じ合うばかりではない。行動もする。当たり前だが、それは正真正銘の源氏たちの憂しの物語にして宇治の物語の、裂けた三つの筋のどこにも書き記されていない。そこには含まれていない。また、物事を前進させる動きに出たからといって、源氏たちがこの物語のこの章段の、中心の役回りになるというのでもない。その語らいの内側で、源氏たちは「光る君は要らぬ」と宣言した。そして、続いて釁る君だの逸る君だのを求めるのでもなかった。それでは一門ちゅうから薫る君――の薫藤氏、建明――に立ち並ぶ人物は誕生しないし、仮定であってもこの物語が髭黒い君に比う人物を担ぎ出すのもむずかしい。主役を、源氏たちはこの時代にと換言してもよいのだが、擁立できない。しかし行動する。三つの筋書きを持った一書の、その、どこにも含まれずに、いよいよ動き出す。

　奥州勢のもっとも新しい動向を追い、探り、すると源氏たちの活動の主なるところは京中となる。そこは隅々まで風聞と巷談に彩られている。世に、その物語——憂しの一書——の第六帖までは弘まった。以後の帖はまだである。巷の、数多の読者たちは「第七帖というのは今から編まれるのだ」と囁き、「いや、今のいま編まれているのだ」と異を唱えながら囁き、「亡霊たちが物語ることで競り合う第七夜というものがあるのだ」とも耳語き、「その亡霊たちというのは言わずもがな、百歳よりも昔の大文豪の紫式部たちで、三人がじかに顔を合わせているのだ」と耳から口、口から耳へと噂の数珠をつらねてゆく。しかも途中、「第七夜はきちんと数えるならば七番めというのではないのかもしれんぞ。いまだ六番めの夜やも」と読みの深さをもって訂しを入れる読者もあり、「その夜に参座するのは紫式部たちばかりではないやも、それ以外にも女人がいるやも」とまさに新情報といった意見が加わると、その見解の提供者は巷間にもて栄やされ、たちまち他説、他の証言というのが涌く。それら曰く、「そうなのだ、作中の人物なるはさらに、もっと、この世の側に抜け出てきているのだ」、「滲みてきているのだ、現世に滲みてきているのだ」、「しかも作者にあらずしてその夜に参座する女人は、数えておるというぞ。裏切りの数を十、二十、三十、四十と指折り数えておるというぞ。紫式部たちがそれぞれに物語る筋立てのうちに、裏切っている女の数を！」等。こうしたものは、後出しの主張となればなるほど、真に「覗き見た」との信憑性、説得力を満々湛えた。読者たちが競うのだった。

新説、そして新奇な情報を噂の数珠に添える者こそ、読者として上等――誉れある読者、物語の受け手ちゅうの貴人――と認められるため、洛内の数多の読者たちもまた競うのだった。競争するのは、作者たちばかりではない。情報は売られ、買われた。

世間、坩堝である。

ここに源氏たちが立ち入った。

風説の混淆の床である。

隙見せんとする武者たちならずとも、現下の京の都では物語の争闘というのが行なわれているのは、わかる。が、視線鋭い源氏たちだからこそ見通せたのは、これが、俗世を大規模に捲き込んでいるこれがほとんど霊的な争闘でもあるとの実相、かつ、発端では「霊たちが衝突し、物語を紡ぎ合っている」のだから必然そうならざるをえないとの機序だった。

さて、では霊はいるか。

もちろん「源氏の物語」やその続篇等の世界にはいるとして、この世に、現実の側のいる、とこの物語は断じる。なんとなれば、超自然的な力は実際に人々を動かしている。神仏の信仰もしかり、そこから発する神威、仏威しかり。いないのならば加持祈禱はない。唯に人類のみならず獣類の霊も——もちろん——いて、だからこそ物の怪たちは祓われる。死者の霊がいるからこそ、弔いの法会は催される。社会は、事実、そのように回っているのだ。ここに現に存る社会が。

ゆえに霊は仮構ではない。

霊はいるのだ。

源氏たちは世間を索り、霊的な紊乱も探索した。目をつけたのは巫女である。洛内の大中小さまざまな神社で、ひそやかにだが異変が報告されていた。神に奉仕するこれらの女たち、巫女は、ただの憑坐ではない。死霊も狐狸も一切憑けない。その神社が祀っている神、普通その一柱だけを乗り移らせる。巫女とはその神専用の憑坐なのだ。巫女たちは処女だが、その浄らかな肉体を他には藉さない。口を藉さない。なのに紊れはじめていた。口からの託宣が濁り、夢と真の神託とが混同され出していた。問わず語りも多々。しかも、その夢というのが単なる夢ではない。ある巫女は「憑る夢だ。離れぬ」と言った。ある巫女は「物語るのだ。それが困るのだ」と言った。ある巫女は「異なる御神に侵されている。この夢で。この夢が」と、瀆そのものの、社じゅうを寒気立たせる発言をした。神社の格式を問わず、また、京洛のいずこに敷地を有するかを問わず、こうした由々しい事態は起きた。もちろんこれは物語の、その霊的な争闘を感じとり、反応しているためだと源氏たちは見通す。

力——荒れすさぶ力は用捨なく、神々の処女たちにも作用していた。変事を生じさせたと知られたのは十幾人だったが。

その一人を源氏たちは訪ねた。

縁あって訪ねた。八幡宮の巫女である。その神域は洛内にある。石清水ではない。よって大社ではない。しかし八幡神こそは源氏たちの氏神であって、信頼、信仰は篤い。中社小社であろうと篤い。だから報告も得られたのだし、当の女神子と接することも叶った。


八幡神は、軍神、武神である。

それに奉仕するのは、だが十数日来の狂れ巫女である。その身に変事を宿して以降、そう見られている。


この狂れ巫女が言った。

「いるのである。いるのである。視えるのである。傷ましいのである。傷ましいのである。この夢が傷ましいのである。疼いた。疼いた。『いかん』と疼いた！　しかし視えるのである。視えるのである。女である。だが、その前に、夢が勝手に漚らせられるのである。この夢が、別の夢に！　視えるのである。海松である。『海人ならば、海松をだに、引かましものを』の海松である。ここは水底か！　このような夢を目にするとは、このような夢に没められるとは、やはり材料が悪かった。当今の俗間、大流行の、あの巨篇の物語などに触れるのではなかった！　しかし私は、三月後、この神人の職を退くとは決まっていて、それは婚儀が控えているからであり、要するに未婚ではなくなるからであり、身辺の皆がみな、これに備えている。世間を、私は知る。世間は、私に知らせる。滲みるのである。滲みるのである。手を出さずにはいられず、耳を藉さずにはいられないのである。しかし口は、どうだ！　悲惨なのである。悲惨なのである。水底、海底なのである。うみまつの海松である。しかし、夢路にも外があり、いるのである。三人、いるのである。その睡郷の外側の三人が、視えるのである。目障りである。その訳か」

はい、と源氏たちは言った。

「三人いるのだが二人だから、目障りである」

これはどのような謎語でしょうか、と源氏たちは訊いた。

「三人が二人である。そして女、女、女である」

女は産むのでしょうか、産出するがゆえに御睡郷が外という者たちも、女なのでしょうか、と源氏たちは説明を求めた。

狂れ巫女は求められるものを返した。

「物語である。物語なのである。女たちは物語の産婦なのである。それが紊す！　ああ、紊されたいとは願わなんだ！　海中、没められたいとは思わなんだ！　三条大路の近傍に嫁するのを待ち、それまでは『知らず、知らされず』にして『聞かず、読まず』でいればよかった。しかし、知るぞ。知ったものは告げるぞ。これ、神託の濁りではあってもそうするぞ。二人である。三人なのだが、二人である。その顔、ふた通りしかないから、三人にして二人が視えるのである。物語の産婦らは、そうである。そして女、女、女であるが、これは長じた女と、少女子、少女子である。三人である。二人である」

はい、と源氏たちは言った。

二人は、その少女子と少女子と、でしょうか、と源氏たちは訊いた。

「然りである。夢界の外に立ち、生身を具え、顔は一つである。二人である」

十分な情報だった。源氏たちには。

もろもろ駆動する霊告だった。

双子を追えばよい。

源氏たちは、もちろん垣間見ているのだが、垣間見ているだけではない。以前から隙見に徹していて、現在もそうだが、それがこの第三の「氏」の目的ではない。この物語の要求、要望のありようにかかわらず、隙見するだけでは手を拱いているのも同然となったら、隔ての薄皮一枚を食いやぶる。むしゃむしゃ喰らい、内に入ることを厭わない。奥州の策動は、阻んだほうがよければ当然阻もうとしている。奥州藤原氏が基盤強固な何事かを構築するならば、それを切り崩さんとしている。あるいはむしろ、奪わんと。横奪を仕掛けんと。それはたとえば紫式部をさらうようなことであってもよいのだ。

双子を洛中に見つけ出すのは難事ではない。そもそも双子というのがこの時代、この日の本の現代、少ない。まして女の子となれば、表立っては非在に等しい。源氏たちは、もちろん、「双子はいるか。この近辺に、いるか」と無闇にあちこち尋ねまわったりはしない。奇談を漁る。幻談を渉猟する。「同じ顔容の二人の年若い女が、二ところに出没したという怪談はないか。そうした幽霊の話はないか」と、こう訊いてまわるのである。

それは、霊というのが実際に「いる」世界で、贋の、作りものの生霊を——真相を洗い出し洗い直しし——狩り出さんとする業だった。

成果はじき、あった。

源氏たちが漠とだが八幡宮の巫女の霊告から期待したように、三条大路に北面する左京の四条界隈の生霊譚として、網にかかった。

たとえば「犬が涌いているところに生霊が顕つ」というのだった。

「屋敷内にいる齢十五の女が、おんなじ丑の刻限に、尨犬どもを引き連れて大路小路の辻々に出る。化けて出る。西へ西へ指しつつ、夜陰に融けて消える」というのだった。また「男の子に変身する」ともいうのだった。

源氏たちは見張り、見出し、跡を追う。双子をひと揃いで発見したのではなかったが、また追跡の相手が途上いきなり男に変化するということもなかったが、年のほどは確かに十五前後の少女、眉目は整うのだが下品の者特有の冷然にして荒々しい気を纏い、尨犬七頭を率いている。しかも図体の大きな成獣ばかりを手懐けて従えている。源氏たちは、こちらは直垂姿に大小二刀を帯びる男が四人だったが、慎重に追尾した。どうにも犬に警戒する必要があり、拐かすには鞍を置いた馬も籠も檻も準備が足りない。だからまずは尾けつづけることだった。

依然、隙見だったのだとこの物語は言おう。まだ実力を乱暴に行使する段階にはなっておらぬ以上、その一歩手前にとどまり、薄皮はむしゃりとは食まないでいる以上、この晩もそうだった、と物語は言おう。そして、執拗に隙見をおこなうことで――すでに梗概のあらましは知ったと思っている事態にさらなる覗きをおこなうことで、その間隙から顔を顕わすものはなんだったか、と問おう。

この物語が内包している宇治の物語に綴られるところに照らせば、あの、藤式部の語りに再度耳を傾けるならば、それは不思議のはずである。

思いもかけない不思議が、顔を出すのだ。

すなわち源氏たちにとっての未知が――。

それは出た。今までも早蕨の刀というものの密謀を知るだの中央政界の雄たらんとしているらしい右近中将に平泉がその遠謀からか臣下の礼をするのを見るだの、隙見は未知ばかりをもたらしてきたのだが、さらに大きな、大物の不思議が出た。

源氏たちは右京を発見した。存在はもちろん頭にあったが日常足を踏み入れず、関わらず、「右京などは王城の滅んだ片半分」と蔑する程度でしかなかった右京に、知らぬ右京を発見した。この時はまず四人、甲冑どころか矢の一本も携えない軽武装だったし、時刻も深更だったから調べを徹底することはできていない。がしかし、それでも、双子の一方だと目した女と尨犬七頭を追跡しつづけ、もともと群盗の類いの巣喰うという土地に入り込み、話には聞いていた物凄まじい荒跡ぶりを現前に捉え、さらに用心怠らず奥へ奥へ――詳細に説くならば西南へ西南へ――と進んでいくと、何者かが根を張っているのが歴然と摑めた。はっきり感知できたのである。そして、年若い女と犬たちは前方へと歩を運びながら地面を下り坂のように降ったし、橋も渡った。その、大地の降下とは何か。橋が架けられているとはいかなる状態か。その前方にも何かがあり――源氏たちの四人は鎮座している威容を感じた、建物だと感じ取っていた――一人の女と犬七頭はそこに消えた。建物ならば入ったのである。合図のように弦打ちが響いた。一帯の暁闇に。追尾する四人はひとまず足をとめ、身を忍ばせられる物陰を近辺に探し、潜みつつ夜明けを待った。それから見たのである。

掘られていた。

前方というのは掘られていた。

源氏たちは揃って目を疑った。一町どころか四町には及ぼう地面が掘削されている。その内側に水がそこかしこ漲っているらしいことは、空が白み切る前にもわかった。水面にその天の虚空が映るからである。刻一刻、転変する色彩も反映するからである。橋もある、確かに。そして、橋があれば渡れる島もある。その造成は、右京の深奥——左京から見ての秘奥の境域に深々とした窪みと人工の大池を生んでいて、中心には島を築いていて、この島の側に立ってみると大池は四囲に繞らされる濠だった。島は水濠に護られるのだった。そして、島そのものに、土塁があり物見があるのだった。もちろん居住用の建造物もある。櫓には、もう人間が立っていた。同様に番をする武者たちの姿は橋上にも認められた。それは砦である。軍事的な要塞である。

源氏たちは、海城を発見した。

源氏たちは右京を、海城を嵌め込んだ右京として新発見した。

この不思議の衝撃は甚だしい。まさに不思議の大物である。偵察は、この夜明けから数刻後には四人から四十人と桁を増やして敢行され直し、その晩も翌日もと続いた。いったい己れたちは何を隙見しているのだと源氏勢は唸った。大池には鵜の鳥が飛来する。

放たれた魚(うお)もいるのか、と唸った。もともと右京のその辺りは「出水(でみず)」「大出水(おおでみず)」の地名を持っていたと調べあげて、あれは涌き水なのかと妙に感心した。あの大地の穿(ほじく)り返しは、水脈(みお)を打ったのか。さらに島というか城塞の警固(けいご)の人員というのも審(つまび)らかにせんと調査して、現地から離れる武者がいれば尾行し、これが「平氏の武士(もののふ)である」と突き止めて、仰天した。

どうしてなのだ、と呻きを洩らした。

どうして平氏たちが、右京のそこを守備しているのだ、とうーうー歎息した。

奥州平泉の策動のその先の突先(とっさき)に、その氏(うじ)藤原ならぬ平氏が現われるのは、どうしてなのだ！

源氏たちはほとんど動顚(どうてん)したのだった。理解の埒(らち)というのを超えている。藤氏たちが平氏たちと秘かに結んだのかとも怪しむのだった。あまりに筋道立たないのだった。監視を——偵(さぐ)ることを——続け、平氏の武者たちがその人数を増やし、まるで「ここに布陣する」ふうであることに多少戦慄し、大池に、ただの橋ならぬ舟と舟とを並べて板を渡した浮橋(うきはし)が設けられて、そこを使用するのが例の尨犬たちばかりであることに驚愕し、今、目撃したものは夢の浮橋であろうかと盗み見をする源氏たちの一人ひとりがぼそぼそ独語し、精緻だが大胆な計画を立てて大池のその水を手桶いっぱいに汲み、その際、底を浚うようであったことから手長の川蝦(かわえび)も併せて汲み、そうか草蝦(くさえび)までが、ああ沼蝦(ぬまえび)

までがと唸り、その手長の川蝦ごと瓶子(へいじ)に納めて、八幡宮を再訪した。狂(たぶ)れ巫女(かんなぎ)をである。

再び霊告に頼り、事態を解釈できぬかと思ったのである。

本来、八幡神に奉仕する女は言った。

「この水、いかがか。この水、いかがか。この水、いずこより来(きた)るものであろうか。仮にも『聞いた、読んだ』身なれば透視しうるぞ。かつまた『知った、知らされた』女の身でもあれば、たちまち気取(けど)れようぞ。神域！　物語の神域！　三人の産婦たちがいて、それをお前たちは追ったのだろうが。三人なのだが二人でしかない物語の産婦たちがいて、二人で一つの顔(かんばせ)のほうを追躡(ついじょう)したのだろうが。それは少女子(おとめご)である。お前たちが『獲たい』と齧(かぶ)りついたのはそうである。お前たちはお前たちで夢の材料を食(は)むのである。夢！　この紊(みだ)れる夢！　そして、おお、海松(みる)はいないというのに川蝦は捕らえられる池の水か。それが何かと問うのか。尋ねるか。味わいは潮海(しおうみ)の、神域である。物語の産婦が帰るところにして、物語の神域である。これが睡郷(すいきょう)の外側に現われた。お前たちは着到(ちゃくとう)したのだ。じきに神人(みこ)の職を離れる私は、もっと視(み)たいぞ。もっと視たいぞ。じきに濁ることも許されて、水中に遊(す)べようぞ。海中か！　そこにはおられるぞ。三座一体の八幡の御神(おんかみ)ではない、物語を統べられんとしている男神(おのかみ)がおられるぞ。しかも二つの筋を統べられんとしているし、いかにも支配した人神(ひとがみ)だ。私は、そう知る。私は、生身(しょうじん)のこの神を夢に招来し招来し奉る。おお、頭ころりの御神。そうなのだ。そうなのだ。おるぞ。海松の視られる夢路にはおるし、物語の神境が現の世にあるならば、そこにもおるぞ。おられるぞ。ああ、以前は紊乱されたいとは願わなんだが、今や、早ここまで！川蝦の捕られて、もったいなくも御八幡がその神前に供えられるまで！　以前は鹹味があろうとなかろうと水中に没められたいとは求めなんだが、夢のその都度都度に頭ころりの御人が、顕つまで！　波濤がこうも及んでおるなら、現存するこの洛内にも海は現われようぞ。それ、海だ。鱗――」

と神託しつづける途中で、ぷつり、言葉は絶えた。

途絶えた。巫女が昏倒した。

失神していた。神、あるいは神々を失い、倒れ臥す。

誰かが鱗を取ったのだった。

元来、自分のものであった鱗を剝いだのだった。これにより、源氏たちのその氏神に仕える女は、以後、二度と夢を憑らせない。以後、そのまま職を退く。

鱗を取った誰かとは誰か。

この物語は源氏たちはここで退場すると告げる。ひとまず退場する、と解説する。源氏という「氏」の主役を擁立しようと奮励せず、それどころか早計にも光る君は要らないのだと語らい合ってしまった勢力は、いよいよころりの君が肉薄する局面を迎えては、無力である。この物語のこの章段の主役は綺麗さっぱりこの人物に譲るしかない。しかも人神である。これは人物にして神である。

その神が鱗を剝いだ。

鱗、と八幡宮の狂れ巫女の夢中、霊告ちゅうに確かな名称で示されようとしていた何事かを剝ぎ取った。

もともと「それって、おれの一部だから」と収め獲らえて、自分に付けた。付け直した。

「心地好いぞ」と言った。「爽快だぞ」

神は、しごく当然なのだが感知した。人々の夢路に出るとか立つとかすると、たちまち「おれがおれ以外の夢に顕われているぞ。おれは人類に、見られているぞ」と覚知した。その出るや立つに不自然さはない。神は重々理解していた。読まれれば出る。また、自ら冊子や巻子を紐解かずとも他人より読み聞かされるだけで、夢裡には立つ。神は「おれは大量に同時に、見られているぞ」とこの状況を愉しんだ。ただし、神が見られっぱなしを放置するというのではなかった。そうではなかった。神は贖いというのではないにしても、ある行ないを為した。

鱗を回収した。

人類の、一人ひとりの夢界にも生じはじめた鱗である。

剝いで回って、自分自身に付け直すと、海龍神のその身がさらに強靭化するのが感じられる。

神は大いに高笑んだ。

一夜に百の、千の鱗が――今や――獲られた。

神は右京の地を開拓するのにも、もちろん剛堅な夢を利用するのだった。随意に入眠すれば、たちまち洞察がある。島があるのは海であると夢に問えば、夢は陸に島がありえるならば、それ逆しまであると答える。すると「掘ればよいのである」と答えが出る。

「島は、掘るのだ。鬼門の地に」と神は言った。

「海面に突き出る島に対して、地面に陥ち入る島なのだぞ」と神は言った。

「これ、冂の一字の逆転だぞ」と神は言った。

夢寐にもろもろ見極めたのである。

城塞の機能は、掘り出してから添える。現実的なあれやこれやは掘削に着手して後、検討すればよい。現場の意見をまとめればよい。「これは特別な『標』になるぞ」と、神は、その率いた勢力に――俗に呼ばれるシ衆の海道軍に言い、作業を担わせるために雇傭した諸人に宣べ知らせ、後者はそれを「ここは賤の聖地になる」と解した。選ばれた境域はその地中に水源を孕み、穿りはじめはじゅうじゅうと、それから滾々と水が涌いた。倒立する冂は、どうやら沼湖をもたらすらしい。ならば、その事実に敬意を払う。

地下水脈の深さが測られ、どこまで掘り下げるか、誕生する大池の水深をいかほどとするか、そして、何を以て海城の「城」とするかが諮られた。結論はあっさり出、四囲から掘っていって真ん中を掘り残せば「島」である、多少削りとれば、建物をもろもろ築いても周囲の地平よりは低い、監視の櫓はもちろん別だが、と相成った。

神の、そもそもの発想、その神言を穢す結論ではない。

計画は進行したし、なし遂げられた。

携わった賤、数百人。

神は夢を強靭にし、回収する鱗の肥大を愉しんだが、思索もした。こうやって人類の夢に出ることと、物語の、その作中に出ることはどう異なるのか。前者においては、どう見られるかを馭することと不可能である。「まさにまさに。おれは実に勝手に見られるな。勝手も勝手、気儘も気儘、弄られているも同然だ」と神は現状を釈いた。少々嘲いもした。「いっぽうで物語は優秀だな。それはおれの神威のもとに進行している。二つの筋がどちらもだ。おれは、たかだか人類の夢見の内側に立つように物語の内側に立つのではない。『どう読まれるか』『どう読んで聞かされるか』をおれは知悉しているぞ。いわば、握った韁がもう手中にあるようなものだ」と言った。馭せると結論したのである。

「大きすぎる違いだな」と神は言った。

「しかも、気分が違う」と神は言った。

「物語の、その作中に、しかも別々の二つの内容に物語られて現われるというのは、ほとんど一柱で一人のおれが二柱で二人に――いいや、この『おれ』も数に入れて三柱で三人に増えたって感じだよ。あるいは、本当にそんなふうに三裂三裂して増えているのかな」と神、海道の冂太由見丸は言った。

その後頭部を都じゅうの読者が知る、憂しであり宇治の物語の作中人物が言った。人物にして神、しかもその生き神の祖型であるというのが正しい存在が。

「どうだ」と神由見丸は答えられるに違いないと見込んだ者たちに訊いた。

女人たちに訊いた。

神は迎えていた。海城の、その居館に、二人めも迎えていた。一人は常時近いところにあり、城塞内にも出入りし、ほとんど側にあるにも等しかったが、二人めを迎えるのは初だった。すでに説明に事前に描かれていたとおりの生き写したちだった。一つの顔が揃っていた。恰好は違った。なにしろ片方は男に身を窶している。目立たぬ水干姿で、萎えた烏帽子まで掛けている。しかし顔容は同一である。

神はこの特別な女人たちを迎えていた。

「増えているでしょう」

「そうでしょうとも」

と女たちは言った。

「おれの、作中に出ているう気持ちっていうのは、謬りないか」

「むろん」

「作中でも、生きておりますゆえ」

「増すのです」

「私たちが最初から増しているように、とは言えませぬが、作者が増したように、とは言えましょう」

「ですから私たちは、わかるのです」

「請け合えます」

女たちは立て続けに言い、これに対して神、由見丸が、

「そうだろうとも。紫式部」

と応じた。

女人たちの特別さの訳はそこにあった。その双子は作者たちだった。「源氏の物語」の未曾有の流行ただなかにある続篇の、二つの筋を受け持つ紫式部たち、だった。

「が、祖の心持ちというのもおれにはある」

そう由見丸は続けた。

「まあ」

と声をあげたのは装束が男のほうだったから、これはうすきである。うすきは十五歳。

「あれだよ、生い立ちを見守るってやつだ。それを気にするっていうかな」

「親心」

とひと言で返したほうがむくである。むくは十五歳。

「どうだ。おれは人気があるのか」

と、直截に訊いたのが由見丸、神である。

十五歳と十五歳と神。その三者がいて、室内には犬の匂いが立ち籠めている。犬そのものはいない。

「ありますとも」

「私の筋では、あります」

「そっちで、あるのか」

「匂の宮にお味方として就きましたほうでは、もちろん、もちろん。しかし、横川の僧都と法力の合戦に入られている筋でも、大いに人気ですのよ。こちらは、海賊衆は後ろに退いているにしましても、御神徳ふるわれていますのはあなた様。海龍神様。浮舟を囲い、強いて出家に追いやらんとしている輩に、それも弁の尼君とその手の内にある二十と二人の尼僧たちの裏切りの連鎖の果てにですが、そうした徒輩に罰を下し、まさに祟らんとしているのが海の男神。川の女神と逢瀬を果たした翌日のあなた様なのです。

いえ、あなた様ではないのですが、あなた様なのです」

「おれではないが作中のおれだ。三柱のうちの一柱。三人のうちの一人」

「いかにも。人間の男の生身を具えて、ご活躍でありますゆえ」

「一柱、にして一人――」と女。これは男装であるからうすき。

「しかし、どちらの筋立てにあっても、あなた様は西海の賊たちというのに畏れられ讃えられ篤く篤く信仰され、その信心をもって作中の宇治にも都にもお顕ちあそばされたのですから、これらは等しく海賊のための『源氏の物語』です。あなた様のお求めどおり」とむく。

「どちらも」とうすきが念を押す。

「それが肝だな」と由見丸が言った。「海賊のためではない一つに、他の二つが勝ってしまうというのが」

「勝利」とむくが言い、獣類の野性をわずかに滲ませて微笑した。

「三つの筋のどれに一番の興があるのかという、その面での勝劣」とふいに異様に知的に、むしろ異類めいて明晰に男装束は語り出した。うすきは語り出した。「勝ちましょうとも。裏切るのは作中だけにして、卑怯な手段は用いません。ただただ内容で勝負して、それで人気を獲得する。奇術など行なわずにですよ。小賢しい刀、その刀剣を揃って帯する武者軍団など現世に出さずにですよ。しかも、私たちは三番にならねばよいだけです。この藤式部とそちらの藤式部とで競い合い、また談議し合い、筋と筋とで切磋(せつま)し合って、興の一、二番を出しつづければよいだけです。それができないとは、私には思えない。ふふ」とうすきは薄ら笑った。凄まじい自負の噴出だった。「私は、私という滑らかな舌の少女子(おとめご)は、物語りたいのですよ」

「あんたならできる、姉さん」とむくが保証した。

「そして姉さん、あんたも」とうすきが返した。

「姉さんと姉さん。式部と式部。頼もしいぞ、むく。うすき」と神は言った。

もともと現実の側にあって、そこから物語の内側へ、作中へと参入していった神が。

作者たち二人に、恃(たの)んでいると告げた。

この神に専属する紫式部めいめいに。

内容についての応答は続く。作中人物――にして神――の祖型、祖(おや)である由見丸にも、もはや挿話の細部の一々がどちらの筋に属しているのか、分別(ぶんべつ)はできない。しかし二人で一つの顔(かんばせ)の作者が言い切るように興趣というのがあればよい。匂の宮が、恋の争いを武の争いに発展させてしまう。挙兵する者たちが出てしまう。これを「その恋愛は政(まつりごと)の制度を変えます」と由見丸の紫式部たちは語り、動乱を物語る。面白い。宇治川に橘(たちばな)の繁茂する小島があり、「これが海城と呼ばれましてね、兵(つわもの)たちに鎖(さ)し固められるのです」等の展開が仕込まれる。痛快である。由見丸は、まさに物語というのは鱗さながらだな、字海道の冂太たるおれの夢の鱗も同然、ひっ付いて神力を揮う、これでは人類の夢があれよあれよと変形、変化するのももっとも、おれに幸いしているのももっとも、鞠姫がおれに「そのようなものなのです」と説いたとおりだな、と鞠姫を思い出す。シの斎女を想い、支度してある新たなそれら用の四つの仮面を、室内調度の打乱の筥より出す。取り出された男面は完成している。これを、むく、うすき両人に示す。以前、桂川の川船衆を介してこの二人——の一人、まずは尨犬引き連れたむく——に初めて接触した折り、仮面を求められていた。粗彫りの未完成のものでいいから、と調達を乞われた。あると愉快なことになる、と。依頼されているように「源氏の物語」に海賊たちとその神を登場させるなら、語り手の紫式部を二人にすることが必要で、浮舟がどうなるかを二つに岐れさせることが必要で、それをどんと仕掛けるには顔のない仮面があったらいい、と求められていた。もちろん由見丸は応じた。それもあり、また、作中での自分が——二つの別々の内容に同じように現われ、しかし別々に活動する海の神二柱、二人が——その神相、まずは徴しとしての仮面を掛けると描写されていることから、その四つの木彫りの面を二人に見せた。当然、むくにもうすきにも興味はあり、その一級品の仮面の観察は物語の内側に反映、反響するだろうからと。

偉丈夫の面である。

少年の面である。

古翁の面である。笑っている。

鬼神の面である。朱漆が頬も鼻柱も彩る。

うすきが、

「見事。まあ見事」

と一つひとつ手にとりながら称美する。むくは、手にするよりもまず眺める。わざと少々距離を取る。やはり、獲物との関係を量る獣類に似る。犬に似る。と、うすきが「彫り方、達人ね」とちょうど少年面を把持し、その男の子の装いと妙な相性を見せている時に、犬が鳴いた。

鳴き罵った。べう、べうべうと。

尨犬たちが。

それは歌として涌いた合図だった。順々に弾じられる吠え声だった。この物語は、そんな獣類の音楽というものが忽然と現出するところ、たとえば一度、一人が二人になり一人が一人のままで三人めの紫式部となり、さらに一人がその三人めの紫式部と同様に生身は一人のままで二人になったのだと解説する。人々の拠って立つところが大変化したのだと改めて語る。一度そうであったのなら、二度めはある。世界そのものが乱心地の悲鳴をあげるような事態は起こりうる。そして、尨犬たちのそれは、悠然と演奏される楽の音だった——やはり。武者の訪いを知らせていた。平氏たちの一門であるが、普段から海城を護り固めている、そうした由見丸の居城詰めの人間ではない。すなわちいつもの平氏たちの一人ではない。その武門の頂点にいて統率する者の代理、平氏の棟梁の使いである。いったい、どうしてそのような使者が訪問したのか。二種の報をサカイの神、海道軍の頭目、冂太由見丸にもたらすためだった。その一。現在よりも徹底して、その城、その島、その「標」を守備することを平氏はここに約する。完全なる掩護、それ用の陣容であって、入用とあらば馬も出す。騎馬武者数百から一千は調える。その二。浮舟は見つけた。少々、工作する。しばし待たれよ。

何かが動いたのだった。事態が。しかも激動に近い。

動きは連鎖する。一夜を挟んで八刻か九刻後。右京のその海城に、矢が一本射込まれた。鷲の羽を使った切斑の矢。宣戦布告だった。藤氏たちからの。——否、前章段前々章段と主役だった薫藤氏からの。

「さあ、海賊を攻めんとな」と薫藤氏は言った。

「おかしな物語を二つも産む、その発生する源泉を攻め落とさんとな」と薫藤氏の建明が言っていた。「この現世にても」

そして平氏たちの動きを見、もちろん先取って先取って藤氏たちの動向いち早く察知して、源氏たちが動かぬはずがないのだった。退場をいったんは告げられているとはいえ、ここで再び登場せんと望まぬはずがないのだった。しかも強く、熱烈に、猛烈に望まぬはずがないのだった。こうして、出揃う、それらは。
この物語は今、真実「氏」の物語である。
いい
うじの物語。
宇治の物語。
憂しの物語。
物語と現実は融解した。ただ一つに融けた。

憂しその一

さあ、この藤式部の語るのを聞け。

あなたたちは、私という作者の顕われを待っていたのに違いないのだから聞け。

あなたたちよ。

あなたたち後世の人々よ。聞き手たちと、その向こう側の読者たちよ。

読者たちよ。

いいか――ここにも主役がいて、ここにも主役がいるのだ。前の「ここ」とは私が物語るところだ。後の「ここ」とは物語る私がいるところだ。作中の人物、否、人物にして神はそのどちらにもいる。御座す。

二つの「ここ」に御座す。ちょうど百人めの女が裏切った時に、私、この藤式部が担った筋がどうなっていたかを告げておこう。私は、疫病を語っていたぞ。流行りの疫病が拾われるという趣向の段を物語っていて、そこに女を出したのだ。百人めを。

もちろん私は、そんなふうにぴったりの数に当たるなどは気づきもしなかった。口を挟まれて、「そうか。達したのか」と悟ったまで。

それよりも語ることに熱をあげていた。なにしろ、一頭地を出る描写には自信がある。読者たちよ、読者のあなたたちよ。読めばわかる。疫病なのだぞ。これについてはどの藤式部よりも私は心象あざやかに、生々しく、本当らしく描けるのだ。

はは！　は！

蒼褪めよ。かたずを呑み、慄えよ。

その悪しき神は京に来た。疫神は、ああ、なんとも呪わしいことに権大納言の薫におもねらんとする——権大納言兼右大将の薫の一大勢力に取り入らんとする低劣な地下の公卿の手に拾われたのだ。

賀茂川からな。

賀茂の河上の、捨て小舟の母子の屍骸からな。拾われて、取り出されたのだ。

して、息を吹き返す。洛中、猖獗する。その契機となるのが女の裏切りだった。もともとは薫側にいて、奥州武者とかいうのに食事を調えていた御厨子所の女房の。これが百人め――。

京は危機となる。

しかしだ、あまりに不用意に案ずるな。ここには疫神に抗しうる神がいるのだぞ。私の受け持った筋には。そうだ、海神が御座すのだ。その髪頭の後部、ころりともごろりともした海龍神が。

この神こそ京を護る。

この神が「悪い神」疫神と対決する。

あなたたちよ、それを読みたいと思うだろう。読者のあなたたちよ、この主役を応援したいと思うだろう。心底、念ずるだろう。だが、待たれよ。私には憂慮がある。主役のいる「ここ」が二つあり、作中となる一方はよいにしても、現実であるこちらはどうだ。この作外で、主役はどうだ。この作外でこそ薫の軍勢に攻められるというぞ。

なんという事態。憂し。

ために読者たちよ、私の再び顕われることを待ち望んでいた読者のあなたたちよ、私はここに予告しよう。私は、「標」を完成させるために動く、と。この藤式部は語り手であり、その語り手、作者じしんが予告するのだから、これは予言である。

私は仮面を手にとろう。男面の一つを掛けよう。私こそが。

どれにするか。

私は、名を藤式部というのだが、また、その口を藉す少女子としてはむくともいう。尨犬のむくであり、よって人類よりも獣類の側にあり、異類にも近づき、――ならばあれだ。

犬には鬼神。

私は鬼神の面を掛ける。

憂しその二

なんと、これほど多い裏切り――。

私も百人めの女を出したのですね。百人めの裏切る女を。

指摘されるまで気づかなかったのだ、と正直に私は語りましょう。この私、藤式部は。

すっかり失念していたのです。裏切りの数の勝負というのをうっかり忘れていたのです。

もちろん「百人、裏切る女をこちらは出す」と挑まれたのですから、それが一方的な挑戦ではあれ、応じる構えはできておりました。折節、いかに裏切らせるか誰に裏切らせるかと、そんなことばかり思案する具合でした。ですが、物語りながら指を折るというふうではありません。八十二番めだの九十八番めだの、そうした勘定はしておりません。

それでは集中を欠いてしまいます。

語ることに没頭しかねます。

ゆえにしなかったのです。

足して、算(かぞ)えあげるのは、それを担当する女人(にょにん)に任せればよいだけのこと。だから私は、そうしました。

「到達した」と告げられるまで、まるで気づかず――。

なんと、私は一人で裏切りを百、仕込めたのですね。

はは！

は！

この藤式部にも、できたではないか。

そしてあなたたちよ、あなたたち後世の人々よ、その瞬間に私の物語る筋がどうであったか、どのような途上であったかを語ろう。ここに語り、あなたたちに聞かせ、また読ませよう。あなたたち読者よ。

私はまさに、天下大乱を作中に起こさんとしていたのだ。それも、きっかけに匂(にお)の宮(みや)の乗る船の転覆を置き、ここに相当な才物の女の裏切りを絡めて、この次期春宮(とうぐう)の七、八人はいる供回(ともまわ)りが実に一人残らず薫の一派内での出世を約されていて、早蕨(さわらび)の刀の印影をその巻首に置いた巻子本を懐に秘めている、これを作成し手渡した者こそ他ならぬその「才女」であると描き出したのだ。これは最高の趣向である。「才女」はそこに、捏ち上げた奥州の武門の由来というのを書き、早蕨の神刀の縁起を説き、もって薫大納言の未来の華やぎを予言していたのだから！　ああ、裏切る女性がその文藻を駆使して生まんとしている作中の作！　と同時に、奇策の中の奇策！

語れば語るほど、どこまでも語れるのだぞ。内側に——。

しかし私は、そのような小賢しい才気には身を置かない。走らせないし、走らない。語りの眼目はただちに一艘の転覆に置いた。匂の宮は溺れるか。否。なにしろ私の担うこの筋には、海賊がいる。海賊勢がいるし、この西海の無頼たちによって崇められ讃美され、また、人神だからこそ現実界に顕われてもいる海神がいる。

いい。

ころりの海神！

匂の宮が救出されぬはずがないのだ。

後、匂の宮はその跡をくらましたままとし、「溺歿なされた」と噂の、わざと流れるがままとし、薫の私兵として養われる武士たちの挙兵を待つ。これも、わざと待つのだ。その後にいっきに潰さんがために。

さあ、大乱です。

天下大乱です。

その時機、到来するのか否か。

そこまでを私は語ったのです。私は、作者として準備したのです。そしてあなたたちよ、読者たちよ、知りたいでしょう。この後をこそ知りたいでしょう。ころりの海神を主役と見て、その活躍はどうだ、どうなるのだと続きを望むでしょう。しかし、私には煩憂(はんゆう)があります。この主役が、私の作中にいるばかりではないからこその憂(うれ)いがあります。あなたたちよ、作外にもこの神はいて、この神にして人はいて、私は「どうなるのだ。どうなるのだ」と思っているのです。語りの途上にある私、藤式部も「続きを。続きを」と思っているのです。あなたたちと同様に。主役は、どちらでも、守らなければならない。作中でも作外でも。それが私、この藤式部の務めでしょう。ですから私は、いえ私も、私の語った百人めの裏切りの女に劣らぬ予言をしましょう。劣ることはない、作者ならではの的中必至の予言をここに語って記しましょう。

私は、「標(しめ)」を完成させるために動きましょう。

私は、時に男装もする少女子(おとめご)ですが、どの男面(なんめん)がよいのか。

機会あれば男の子(おこ)に化けるのですから、眉目(みめ)うるわしい少年の面がよいのか。

つまらない。

そんなふうに調和して、面白味があるものですか。

だから私は、——ほら。

この老いたる男の笑い顔を掛ける。

古翁。

憂しその三

ははは！

ここにも主役がいて、ここにも主役がいる。

物語っても主役がいて、物語らない私の側らにもほとんど常に、生身を具えた主役がいる。私に相談なさる。薫様が私に、あれこれ「源氏の物語」の筋で頼られる。

私に。この藤式部に。

ああ、なんという喜び！

作中では薫の麾下の諸将がいよいよ暴れる準備を調えた。早蕨の刀を帯びる粒揃いの奥州武者たちが。作外では——ここでは——薫様麾下の諸将が計画を練り終えた。早蕨の刀を佩いた錚々たる武士たちが。同じだ。どちらの「ここ」でも宣戦は済んだ。

私の担う筋にも、西国の勢力は登場した。

私が登場させたのだが。ははは！

洛内に、この、害毒の勢力は根を張った。しかも浮舟を捕らえる――捕らえた。契機となったのは一人の女の裏切り。かつては宇治で浮舟に仕えていたのに、匂の宮の側近ちゅうの側近である左衛門の大夫と恋仲になれたことから境涯一転、二条院に勤める身へと躍進した女房の、その旧識を利用しての裏切り。

さあ、これを奪還しなければならない。

作中の「ここ」ではそうだ。そして作外の「ここ」でも、同じく洛内の海賊たちの巣窟というのは襲われるのだ。

ははは！

わかるか。

わかりますか。私ではない藤式部にも。秘かに海賊の頭目と結んでいて、それで報酬を得ているらしい見苦しき紫式部たちにも。

調べがつかないとお思いですか。あれほど、――あれほど海賊の習俗というのや海神、海龍神の信仰というのの実際を巧みに、委曲を尽くして描けるのであれば、これは実物に間近に接していないはずがないと私はもちろん睨んだのだし、その見通しに寸毫の誤りもなかったのだし、薫様には調査する手立てなど実に山ほどあったのですよ。

そして「それでは暴れさせましょうか」と私が問えば、薫様はえも言われぬ芳香も芬々と、

「そうだね。仏の御心に適えば、なんでも。どうとでも」

とお答えになるのです。

ああ善哉！

そして私は、二つの「ここ」におられる主役に、「それでは戮しましょう」と言うのです。

しかし——しかし。

この喜びのうちにも憂いがある。

数だ。もちろん数だ。その数だ、裏切った女の。

私の百人めは前出のあれだった。浮舟の女房だったのに二条院勤めとなり、その裏切りで物語に、筋に、大きな飛躍をもたらした女だ。私は、この藤式部は、きちんと数えて仕込んだのだ。見事な流れに仕込んだのだ。それが、私ではない紫式部たちも達しただと。しかも二人が力を協せるのではなしに一人が百人ずつ、達しただと。

憂し——憂し——憂し！

とはいえ、私は認めはします。

その藤式部は百人を出した、と。

また、その藤式部も百人の裏切る女を出した、と。

互角か。

私はその一人ひとりと互角なのか。

それぞれに証人の姫君による加算があったのだから、そうなのでしょう。ああ、この大きな心の憂い。ですが、だからこそ、残るは人気の勝負となります。巷間の読者たちが「いずれを推すか」次第だと。

それは、よい。

それは、とてもよいですね。

ですから現世(うつしよ)の殺戮に向かわねば。作中と作外の区別をさらに消し、さらに奇瑞(きずい)とされるだろう不可思議を顕(あら)わし、ついでに——そう、本当についでにですが、私の産んでいるのではない筋二つを産み落とす、その、物語の根源をも消し去るのです。

憂(う)しその四

私は物語ったりはしませんよ。

数えるだけです。

しごく簡単だと思えるかもしれませんが、どうしてどうして。私は判別しながら数えあげるのですから、大変です。私は、それが「裏切った女か、そうではないか」を見極めながら、かつ、それを一つの筋ごとに分けて足し、算(かぞ)えますから、これはどうにも面倒です。そうは言っても、もともと私は口を出すために参座しておりましたから、本音では「面倒だ」などと思ってはいないのかも。

私は、ほら、宇治の物語の続きが知りたいからって霊になったのです。「源氏の物語」の続篇である「源氏の物語」の続きを言っているのではありませんよ。「源氏の物語」の続篇である宇治の物語の、私が身罷（みまか）ってから後の出来事という意味での続きを知りたいから、聞きたいから、作外に脱けたのですし、そこに居所を——新しい人身を——見出したのです。以降、私はくちばしは容れています。それというのも、筋は三つもあり、三つもあれば興はどれかで——どれかのどこかで——殺がれますもの。その際には文句をつけなければ。

逆もあります。趣向がすばらしければ一々褒めます。

そして、それもあって数えるのです。

感興の競い合いは、その、「百人の裏切る女を出すか、否か」にあると私は見ましたゆえに、証人の役を、列座して裁きの役になるというのを買って出たのです。

それで数えるのです。

数えたのです。

その筋が百人に達し——。

この筋も百人を達成し——。

あの筋でも百人に到達するのを。

並びましたね。そして、語る側からすれば単に伯仲したと感ぜられるだけかもしれませんが、聞いている側であり、興趣をしっかり判じようと努める側であり、もともと作中にいて語られていた側としては、違います。

これは三百人ぶんの興趣なのです。

これはたっぷり三百の裏切りなのです。女人たちの。達成を味わう今は、筋と筋の境界を、その埒を越えて足されます。

百人足す百人足す百人で、三百人。

また、私ですが――。

一人足す一人で、二人。

ご承知ですね。私は紫苑と、紫苑の君と呼ばれていましたが、作外の「ここ」にあっては二人、大君でもあります。元来、宇治の物語のその内側にいた大君でもあります。私は作中の人物でありましたし、現の世界の「ここ」でも、作中の人物のままです。

さて、あとはご承知ないでしょう。

お聞きなさい。

私は物語りはしませんが、説き明かしましょう。ここからの行動というのを。もしもそこに訝しむべき謎があるならば、その不審の由って来るところを。

私は、紫苑の君ですが、また大君です。

大君は、異母妹を持ちます。

それが浮舟です。

浮舟は、亡き姉に生き写しです。

亡き姉の形代です。

その亡き姉とは、私です。

ですから私は浮舟の形代です。浮舟はすなわちこの世にいるのです。――この現世に。

さて、それでは私は、現世に顕われた浮舟としても考えねばなりません。浮舟の身となって考えて、行動せねば。私はもちろん紫の縁につらなる女、紫苑でもありますから、建明様のおそばにあるのは殊のほか幸せです。ですが、建明様とは誰ですか。右近の中将建明様は、昨今は薫様でもありませんか。この作外の現実にあっても、そうではありませんか。

建明様は薫様――。

そして私は、浮舟――。

もしも筋が一つだけでしたら、これはこれで心安らぎました。作中の主役の男君と、作外でもごいっしょなのでありますもの。ただ――ただ、筋は本当は三つ。そして私、浮舟は、もう一人の男君との間で裂かれていなければなりません。私は、匂の宮様のおそばにも参りませんと。すなわち、三つのうちの二つの筋立てにおける海の男神(おのかみ)が拠点にです。

それは「現実のこの京にある」と、もう耳にしましたゆえ――。

しかも浮舟の私を求める武家の方々の、そちらからの働きかけもございますゆえ――。

それでは、ここからは予告となります。私の行動のその予告です。物語らない私ですから、予言となるかまではわかりません。ですが、私も「標(しめ)」のために動くでしょう。きっと、そうするでしょう。実はすでにいろいろと委細をうかがっているところもありますから、選べばいいのだと存じています。木彫りの仮面の一つを、選んで我が貌(かお)に掛ければいいのだと。そして、あちら様が望んでおられるのは少年の面でして、それをこそ掛けることだとも。

しかし、私は浮舟ですよ。

お二人の男君がいれば、とりあえず一(いっ)ぺん迷ってみせる、さらには両天秤の仕儀にもなる浮舟ですよ。表向きの憂悶にも至る女ですよ。

ですから、求められたものなど選び取らず、そうですね、年若い者であるという条件にわざと反して、逆にもっと男盛りの、偉丈夫の面とするのです。

憂しその後

浮舟の形代ならば生まれていると父に教えたのはわたしだ。じき、十七番めの「標」に据えられよう。

わたしは父を掩護している。平氏という武門を束ねる驍勇の男を。

わたしはわたしで女たちを束ねる。一番めから十六番めの「標」にいるシの斎女は、みな束ねられた。わたしは見えぬ連絡の経路というのを持つ。わたしはそれを父のためにしているのではない。わたしは父の代理で碁石を打ちはしない。わたしは、鱗をも生やした珍稀の巨夢を「標」が護り固めているのならば、事によっては乗っとろう、横合いから奪い、その利に与れるようにしておこう、と望んだまで。

夢は物語の母だ。

作り物語の母胎だ。

まあ、種を授ける父と解しても障りはないが。

わたしの父は、もう動いた。藤氏の三位中将の愛人でもある女人を、平氏の棟梁がその采のもとに扱うのは面倒も多かろうが、これで形勢は劇烈に変わる。

十七番めの「標」をわたしは見通す。

騙り、演じ、また真実それに変容した当代の者たちがつどい出す。

今や、何が贋もので何が本ものか。

おもしろい展開をわたしは見続けている。この感興——永の歳月を踏まえなければ到底、賞味は不可だった。わたしは思わず、一首の下の句を咀む。ずいぶんと昔に口をついた歌だ——

憂しと見つつも永らふるかな

わたしの仮面がカタカタいう。わたしは笑っているのだろう。彫り込まれた口唇は依然、微動だにせずとも。また、きゃきゃっと歓声をあげずとも、黙してそうしているのだろう。

今や、少年の面とは——それも容顔美麗な若者とは。

これも興致極まりない。

わたしは一人の女を思い出し、これを心中に見据えて、この女の物語を語り出す。あっさり、約まやかに、わたしは自分をも聞き手にして語り出す。もちろんわたしは物語る人間、物語る女なのだ。だから——

男に、三人の妻があった。

その中の妻に、悲劇をもたらす血筋があった。

十人二十人と子が生まれれば、一人二人はそうなった。

男は懼れていて、授かる一女めで早、恐懼は的中した。

天寿八十年とすれば、ただ二十年ばかりでそれを全うする女だった。

男は、大いに歎き、しかし世話係を二十人三十人四十人とつけて、抛たずにこの女を養い、教育させた。

女は、産み落とされて十五年を経る頃には凡人の六十年を生きていた。

そうなのだ。生き存えてはいるが数奇である。この女は、その薄幸を、血脈への呪いをどう埋め合わせたか。取り引きすることによってである。その夢に、就褥して見る夢裡に数々の霊たちと交渉することによってである。この女は自らの意思をもって変種の憑坐となったのだ。しかも、何を附憑させるかを選ぶ、夢見つつも醒めたままに。変種、とわたしが添えたのはその謂いである。

生きようと思えば魄霊の側を生きられる。夢路にそうして、また夢を越えても、また三日三月、三年と及んでも。仮にそれを求め切れるのならば。

そして、この女はわたしである。

わたしだが、わたしはこの女である。

この女が、父に、浮舟の形代がそこに存ると伝えたのだ。囁いたのだ。掩護したのだ。

これも一つの、父思いか。

その浮舟は、それではいずこより生まれたか。何物の内側から誕生したのか。書物である。それも、今はばぁらばぁらと解けて見えるが、実のところは一つに束ねられるもの、——そう、「女たち三百人が裏切った一書」から来ったのである。

ああ。

それでもわたしは、あなたたちよ、とは言わない。あなたたちよ、とは呼びかけない。

なぜならば、あなたたちはわたしの読者ではない。

女人たち

女たちはずいぶんと語った。物語られることで主役たちも守られた。建明はちどりに守られて、由見丸はうすきとむくに守られた。また、出揃った三つの「氏」は建明と由見丸をそれぞれに担うか、凝望するかして、続々と右京のそこに集結した。集結して陣を張るか、いつでも馳せつけられるように軍装を調えていた。この展開に、以前一介のい脇役とされた男は関われなかった。語れることが山ほどあるのに、いったん脇役に逐われて以降、何も仕組ませてもらえないも同然だった。犬百は叫びたかった。女たちと主役たちにばかり前景を奪われるのは、なぜだ、と喚きたかった。僕は主役になれないのか、と犬百は言いたかった。犬百には蝦夷たちがいた。蝦夷たちは「まつろわぬ」者の裔で、ついに特別誂えの古事を持ち、すなわち神話を持ち、そこで本朝日の本の歴史を転覆させていた。すでに「元来は本朝こそが、異朝」と変えてしまっていた。それを読ませようとまでしていた。犬百は、僕は主役になれないのか！　と今度は大音声にて言う勢いとなった。語塞がる異相のその殺人の上手たち、勇猛二十七騎をこの戦場に率いてきた。この戦場に、投入した。

蝦夷たちは逆しまの門の一字をその土地に見た。逆門のそこに建つ海城を望み見て、「――逆山」と口々に言った。

二十七人の眼中、それぞれに炎が顕われた。海城に、逆門に、突き入った。

その強弓は、あらゆるものを射る。その強弓は、二十七人の勢揃いとなれば神をも射る。瀬戸内海の鬼門に置かれた「標」はこの時、未完成だった。鬼神の面は掛けられた。古翁の面は掛けられた。偉丈夫の面は掛けられた。しかし少年の面は手つかずだった。

神の、由見丸の額は居城の内奥で射抜かれた。

この物語は神の死ぬところなどは見たくない。だから数のこと、数字のこと、齢のことに関してだけ描写する。それはどんどんと減っていった。神の齢は流血のその様にあわせて由見丸が生身より失われていった。年齢の減算、そのものだった。途中、由見丸は三十歳になった。三十歳とは十五歳と十五歳を足した年齢だった。その後、由見丸は十五歳となり、すると生命はことごとく少年の肉体から流れ出していた。

そしてどこかの島に、西国のその内海の島に少年の面を掛けた女がいて、これを外した。仮面が脱がれると、現われるのは媼の顔貌だった。齢五十か八十か、いや六十か。老いた女人がそこにいた。染めた黒髪を持っていた。齢重ねた声を偽れる業を持っていた。幼少期から成長するというよりも老化をし、一年で凡人の四倍ほども年をとらねばならない奇病を生き、ついに憑霊の体質を自ら獲得するに至った鞠姫がそこにいた。さらに、直後に口にされた言葉によって、年齢の加算はもっと進んだ。

「わたしは、何者か」と鞠姫は言った。「越後の守の藤原為時が女、――世人の呼ぶ紫式部」

野間文芸新人賞受賞記念
〈対談　保坂和志×古川日出男〉

全身で書く小説

■全身で書く小説の増幅

保坂　「おめでとうございます」から始めるんですか。それ、なんかイヤだなという感じがするんだよね。今さらだし（笑）。「おめでとう」より古川さんとこうして対談できることがうれしいです。
受賞が決まって、対談するので二度目を読んだんだけど、二度目のほうが面白かったんですね。小説って、一回読んだぐらいではわかんないほうが絶対面白いし、いい小説なわけですね。四百ページ（編集部注　以降ページ数は単行本のものである。）を過ぎた「蝦夷（えみし）たち」のところぐらいからガガガガッと面白くなるんだよね。今までがいろいろ伏線というより……。（編集部注　この「蝦夷たち」は文庫五百三十六ページに該当する。）、
古川　伏流ですかね。
保坂　そうそう。そうだったものがブワッと出てきて、「本朝はただの異朝になるぞ」

というところで高揚するんだよね。ここから五十ページぐらいの間がちょっと異常な感じで。

昨日ここを読んでいたときに思ったのは、本というのは、感じない人が読んでも何にも感じないものなんだよね。本自体は、いろいろなものを内包しているんだけど、読者がそれをきちんと響かせないと、その本が持っている力が表にあらわれないわけですよ。

古川　言ってみると、本に読者のほうが読まれているわけですよね。

保坂　そうそう。だから、「橋姫（はしひめ）が憑坐（よりまし）となって」というところで、あ、そうか、読者がこの本の憑坐になるんだと。この中で読者によって増幅されて、読者がアンプになって大音量を出す、そういう感じがしたんですよね。

こういう経験というのは、普通の小説でも高揚するときは高揚するんだけど、今まで憑坐という言葉を繰り返し書いてきてくれていたおかげで、ここで憑坐という言葉に出会ったときに、「あ、読んでいるこの私、ここにいる私こそが憑坐になるんだ」という不思議な感じがしたんだよね。

古川　普通のメタファーだと、本が楽譜で読者が演奏者だみたいな話になると思うんですよ。でも、今の保坂さんの話は、演奏者じゃなくてアンプになると。演奏は誰かがしていて、それを自分の中でイコライジングもかけて、ここを増幅するとか、ここを減らすとか、自分なりの音像をつくって大きくしていくという話をされていて、それって結構新しい本の立ち上がり方と体験の仕方のような気がして、とてもうれしいですね。

保坂　この本では、本のことも執拗に繰り返すでしょう。

古川　はい。

保坂　だから、本と自分の関係というのを自然と考えるわけね。ここで本当にいい小説とそうでないものというのがわかるんだけど、作者が書くのは言葉という記号なので、それ自体は音も厚みも色も持ってないわけですよ。読む人が自分で妄想的にそれを感じた時点で、ようやっとそれがリアルになってくる、物質化してくるわけだから。

この本で言っているくらいの力がないと、ただ概念的なことで、通り一遍の知識だけで、ああ、そういう考え方があるのねで終わっちゃうわけよ。ところが、これは考え方じゃなくて体験にまで持ってきているので、やっぱりすごい本だなと思いましたね。

古川　いや、ありがたくて、恐縮です。僕も肉体化だと思うんですよね。普通のメタフィクションみたいなものと構造だけ取り出すと同じなんだけども、頭では書いてない。もちろん頭も使うけれども、全身で書く。全身で書くときに、五感というのを入れる。

そこまで何とか入れて、それを動かない形で活字で定着させたから、読むほうはそこから肉体を再生するとか、自分の五感に合わせて、自分の五感のサイズでアンプリファイするとか、そういうことがうまく行われたのかもしれないなと思います。

そこでは読者がアンプなので、やっぱり読者自身が問われるという保坂さんのお話はすごく大きく本質を突いていると思うし……ただ、読者を問うてしまう本というのはどういう存在なのか、まだ僕もちょっとつかめてないんですけど。

保坂 下北沢に高い蓄音機を扱っているアンティークショップがあるんだけど、今のデジタルというのは全部記号にして、それを音というものにする。でも、昔の蓄音機の音のつくり方というのは、演奏したまんまを溝に持ってくるんですね。

古川 溝の形に「在る」と。

保坂 それがまた演奏したまんま、ラッパから増幅される。今の古川さんの話を聞くと、古川さんが書くときの気持ちと、筆圧と、体の動きというのが、この本の文字に蓄音機の溝のようになってきっと入ったんだよ。それが読者の中で蓄音機的に再生されてくる。読者を問うことをためらっていたら絶対そこまで行けない。

古川 本当に初めて長篇を丸ごと手書きで原稿用紙に書いてみて、そういうときは自分の体のフォームですよね。あとは、紙と万年筆の先っぽが接触するとか、必ず相手となる対象物があって、それに押し返されながら書いている。それってレコードに音が鳴った現場とか、その瞬間というのを刻んでいくのと、相当に似たようなことはやってきたのかなという気がします。

だから、活字になったところで、書く段階の作者の姿勢とか体のあり方が結局は小説に反映し得たのかなという気がします。

保坂　僕も全部手書きなんですね。
古川　横書きですか。
保坂　縦です。横なの？
古川　いや、縦です。
保坂　ただ、僕は万年筆じゃなくてサインペンなんですね。万年筆は面倒くさいでしょう。
古川　大体十枚でインクが切れますね。そこで中断することで、早く原稿に戻りたいという気持ちが出てくるんです。わざわざ万年筆のインクを仕事場から一フロア下に置いといて、階段をおりて補充して戻ってくる。その間に、続きを書きたい気持ちが昂じるというふうにする感じでやっていますね。
保坂　俺の場合、必ず猫で中断するから。
古川　そのタイミングが訪れるからですよね。
保坂　というか、基本的に中断しかない。中断しかない中の中断で書く。だから、始まりから終わりが仮に三時間あったとしても、実際に原稿を書いている時間は、僕の場合は二十分ぐらいだから。それ以上書いてない。
古川　どっちにしても、一旦離れないと、もう一回入れないみたいな作業の繰り返しのような気がします。集中はしているんですけど、とり憑かれているとか、書いているときに何かの憑坐になっている感じが、なれてきちゃうとだんだん無くなってくるというか、自我が勝っちゃうので、そこをやり直し、やり直し、リセットをかけている感じがしますね。

■知識と体験

保坂　その自我の話なんだけど、選考会でも、古川さんの自我が前面に出ているので、それで退くというか、自我につき合わされるけど、小説はちょっと違うんじゃないかみたいなことがあった。

ただ、これは大事なんだけど、「自我」って一言で言うけど、自我も大きさとか強さとかが全然違うわけですよ。本当に短い、女の子の詩みたいな、ちょっと私の気持ちを書くような短いものの私の自我と、この本みたいに必ず千枚を超えるような原稿を書く古川さんの自我は、全然別種のものなんだよね。単語では「自我」という二文字なんだけど、それが持っている内実というのは全く違っていて、自我がものすごい巨大で迷宮化している。僕は、それは自我とは思わない。

人生全体の広がりとか、生きてきた土地全体の広がりまで、今の自分に込めようとか、今の自分のペン先に込めようとしたら、自分の知っていることとしか書けないし、自分の中に出てくるものや自分の中を通り過ぎることとしか書けないけど、それはもう自我じゃないよ。それはただ、「私」を通った的な、そこの「私」が強く出るだけのことだよ。例えば、巨大なスーパーコンピューター並みの規模の人工知能があったとして、その人工知能が自我を語り出したら、それは普通の自我と比べ物にならないじゃない。そういうふうに考えると、自我と一言で言っちゃいけない。

だから、ここで「本」とか「物語」と言っているものも、僕はよくはわかってないんだけど、この小説を読んでいって印象がすごく変なのは、っていうか動的なのは、国と地方、現実と書物というふうに分けたときに、国と地方というと、普通の社会的なイメージでは、国が大きくて地方が小さくなるし、現実の中に書物があってというふうになるんだけど、四百ページに至るまでに、その大きさのイメージが逆転しつつあるんだよね。

僕がもともと考えていることとしては、例えば東北地方はスコットランドのように独立運動してほしいとか、中国って漢民族の中国の周りにウイグルとかチベットというのが山ほどあって、面積からいうと、そっちのほうが断然大きいんだよね。それを考えると、今は中国がいろんな民族を支配しているけど、中国自体はちっちゃい。地方のほうがずっと大きくなってくる。地方国だって、国は政府なんだと考えれば、地方のほうが大きくて、地方の集合の上に政府という国がのっているとか、膨大な歴史、いろんな歴史がある中で一つだけ正史と呼ばれるものがちょこんとのっているだけで、危うい均衡を今に振りかえる。そういう現代性を、この小説は持っているんだよね。

古川　結局、僕たち、自分で現実を認識していると思っているけれども、それは今まで蓄積された言葉を介して自分で世界を構成し直しているという作業でしかないわけで。明らかに自分で体験した現実よりも書物を通してプロセッシングしてきた現実のほうが大きいと思います。

日本で言ったら、平安時代までさかのぼったところで、京都という大きさ、あるいは五畿内という大きさよりも、その外側のほうが大きかったわけだし、ちょこんとのっているものを支える土台である部分、あるいは周囲を包囲している部分のほうが大きいんだということは、真っ当に社会で生きていると「それは考えちゃいけないぜ」と言われちゃうんだけど、もともと考えたところで「あんたが持っている考えは、大体誰かの考えを教え授けてもらっただけなんだよ」みたいなところからスタートしないとダメで。多分、僕はそれを一冊の本の中で徐々に体感できるようにしたくってしようがなかったんだと思うんですね。

保坂　もろ、そうなってますよ。

古川　ありがとうございます。ただ、これができるかどうか、最初はわかんなくて。デビューしたころからすごく悩んでいたのは、もともと持ってる専門的な知識で書いているんでしょうとか、自分は書けると思っているでしょうとか、みんな僕に関して相当な先入観があって。僕、大体どういうものも、思いついたとき、「これはすごいけど、誰が書くの？　俺かよ……」と絶望しているんですよ。

保坂　本が一冊あれば、本を書く前にプランの青写真があると思っているんだよね。書きながら、書く行為を通じて、それがつくられて立ち上がってくるということが本当にわかられてない。世間の人たちは何度言ってもわかんないんだよ。びっくりするよね。

古川　しかも、たとえプランを持ったところで、つくり始めちゃうと、その細部は絶対にプラン全体を変容させちゃう。それで、もともと見えていたビジョンと齟齬ができてきたのを、どこまで齟齬に自走させて、どこまで齟齬を統御するかという、そのやりとりの過程が書くということだと感じているんですね。

　そこで引きずられたり引きずり返したりしている中で初めて、あ、俺、この世の中のことを全然わかってなかった、やっとわかってきたという感じで、一冊書くごとに、やっと幼稚園児になれたみたいな感覚がありますね。

保坂　そういう感覚からの歴史観とか日本観とか国観という感じのものが、ここでは本当に立ち上がってきている。でも、ここでこう言っても、それをまた知識として理解するだけの人は、読んでみてもわかんないかもしれないし、忘れちゃうんだよね。

古川　頭で理解した気になると、結局、体験・経験はしてないんで、体に傷が残っていかない。恐らくその傷をつけるのが、本を読むとか、音楽を聴くとか、映画を見るとかって行為で「体感」することであって。現実には傷つけられてないはずなのに明らかに本物の傷が浮かんでくるみたいな表現物を、僕はつくりたいし、読者やリスナーの自分も受け取りたいと切に思っているんですよね。

保坂　本当に知識じゃなくて体験だよね。だから、僕は基本的に作者の意図を斟酌するとか、作者の意図は何かとか、題名の意味するところは何かで始める書評というのは嫌いなわけだよ。それだけですごいくだらないなと思うんだけど。といいつつ、わかんないところを聞いたほうがもっとわかるので、幾つか聞きます（笑）。作品内の事実関係を把握するのが僕はダメだから。

後半、比叡山の僧兵と院の北面の武士たちが賀茂川べりでにらみ合っているところで、異形の単騎飛び出す人がいますよね。似た人がトータル十人らしいんだけど、これはどういう人なんですか。

古川　これは最初に逆島から連れてこられた連中ですね。

保坂　僧兵だから、この人たちは比叡山の側にいたわけですか。

古川　いや、違いますね。南都側のスパイというか潜入部隊として比叡山に侵入して、裏頭に変装していた。

保坂　ああ、そうなんだ。

古川　僕もストーリー的には記憶がだんだん薄れ始めてきているんですが、そうです。
保坂　それは百人じゃなくて十人だったんですか。
古川　それはきっとその先頭にいた連中ですよね。
保坂　「約百人中、十人の眼光が炯々としすぎている」とある。
古川　その十人が蝦夷の連中ですね。
保坂　じゃ、南都側になるわけ？
古川　南都側が潜入していて、頭を隠して僧兵の格好をして扇動する。要するに、デモ隊の先頭に実は左翼の過激派がいて、「このバリケードを破っちゃえ」と誘導して国会に突入したみたいな話ですね。市民デモだったはずなのにそうなっちゃったみたいな。いや、ドキドキしますね、ストーリーって、ストーリーで聞かれると（笑）。本当に何度も捨てるんですよ。すぐ浮かんだストーリーって、大体全部ダメで、もう一個の展開を考えると、それは反対のことをやろうとしているだけで、そんなのはただ頭で捻り出してる。すると、それを否定するとまずは何にもないんです。何にもない果てに浮かんでくるっていうか掴みとれるのは、それまで一度も考えもしなかった展開で。そんなんだから、本当に、終わると「やり切ったけど一体何をやったんだかよくわからない」という感じになるんです。
保坂　その感じって、僕も全く計画性がないから、その都度、選ぶ道が二つとか三つぐらいずつあるじゃない。これって、将棋に似ているなと最近思った。将棋って、その都度、こっちを選ぶか、あっちを選ぶかという道じゃないですか。僕は古川さんと違って同じようなことばっかり書くけど、その都度、違う印象を与えられるとしたら、それは将棋が毎回違う勝負になるように、分岐点で一々考えているから違う形になる。きっとこのイメージが人に一番伝わるかなと思ったの。分岐点ごとに分かれていって、将棋のように分かれるんだという。

古川　なるほど。あの、将棋と小説、特に自分が書く小説が将棋に近いなと思うのは、将棋って結局、最初に指して、一手目というのがあって、最終的には勝ち負けあるいは投了だ引き分けだみたいな、何かゴールがある。小説も、どうしても我々は一ページ目から読むし、最後のページはエンディング。未完の小説でも、それがエンディングだと……そういう大きな一つの枠があって、それが究極の「大局」なところで、あとは、次の手をどう指すかという目の前の情景とか登場人物の動きとかせりふをどう書くかというのがあるのと、つまり超近視眼なところと、でも相手が持ってくる戦略に合わせて五手、六手先までの絡み合いという中間の局面みたいなものがある。勝手に名づけると「中局」ですね。

僕、千枚規模の小説を書くときには、常にその三つの距離を考えて進んでいるんです。特に、どう手を指すかというのが将棋的だというのは、今、保坂さんから言葉をもらって、ああ、なるほどなと自分ですごく納得できる部分はありますね。

保坂 後半の「武士たち」の冒頭で、「これは棋譜ではない」と書いてあるね。

古川 この記録が棋譜ではないということですね。「盤面が一つでは収まらない」と。

保坂 棋譜ではないというのは、それがあふれ出ているということでしょう。

古川 あふれ出ているというか、現実Aがあると、ほかはフィクションとか幻想になるのに、現実Aに対して現実Bも現実Cもあるという重なっている状態を、多分ここで僕は書こうとしたんだと思うんですね。

■時空体の本

保坂 残り五十ページについては、収束しちゃうように僕には見えるのね。ただ、これだけの話をとりあえず収束させたという解釈でいいんだろうかというのがためらいなんだよね。誰かが誰かの軍門に降る的な、建明の計略にはまって思いどおりに由見丸の一団が下に入ったみたいなことだけで、それで犬百は野望が潰えて的な。これは別におしまいのところを言っても……。

古川 いいです。

保坂 それでネタばれだとか、結末を言っちゃ読む気がしないみたいな人は、もともと読まなくていいんだ。犬百も、そんなにあっさり終わっちゃったということでいいのかなというのがあるんですよ。

古川　二つ、答えられることがあります。一つは、さっき保坂さんがおっしゃっていた、大きな国の中にほんのちょこっと政府がのっかっている、それって逆でしょうというポイント。そこに、この本を読むと気づく。あるいは巨大な現実があって、本というのはとても小さいと思っているんだけど、本のほうがどんどん大きくなって、ほら逆でしょうと。

多分これと同じことなんですが、一番最後のこの本の結末は、生々しい現在というものが目の前にあって時間的にそれが一番大きいと思っている人は、ほら、エンディングで過去に乗っ取られたでしょうと。これを物語内で実現させられれば三つ目の転換が起きて、三つって政府、書物、現在ですね、そこで初めて空間だけの転換じゃなくて時間の転換も起こるから、これは本を超えて時空体になるみたいな。そこに持っていきたかったんだと思うんです。多分書いていたそのときは。

保坂　本を超えて時空体になる？

古川　それが本なんです。僕が考えている本というのは現実と拮抗（きっこう）しているものだから、現実になるためには時空体にならなくちゃいけないというところまで本を持っていきたかったということなんです。

保坂　それが結末というか、終わりのほうのページ？

古川　一番最後の数行で起こしたことは、やってしまったことは、そういうことかなあと思いますね。

あと、ストーリー的にはこの続きはこのまま『平家物語』に接続するし、この話の前には『源氏物語』があるから、この本は終わらないという前提がそもそも正しくて、終わってないという言い方もありうるんだろうなと思います。

保坂　『平家物語』*って、今、どこまで書いているんですか。

古川　都落ちが始まりました。

保坂　それはどこのこと？

古川　維盛(これもり)とか、忠度(ただのり)とか、あの辺ですね。

保坂　最近は僕は何でも源流が一番すごい、スタート点が一番すごいという考えで、戦国の武将なんていうのは保元の乱とか平治の乱のずっと下流だから、全然大したことないと思っているんだよね。戦国武将なんてサラリーマン化していた。

この本がよかったのは、武家社会ができる前の貴族の時代の武家がにおうんだよね。武家らしい人はちゃんと出てきてないし、建明だって、立烏帽子(たてえぼし)だから、武家じゃなくて公家だと言っているんだけど、ここに武家の源流があって、僧兵とかも武家の源流になった。あのころの話を一冊通して読んだことないけど、いろいろなエピソードで聞くと、面白いんだよね。平のなんとかって、名前は僕は全然憶えないんだけど、それを殺して家を焼いて戻ってきたやつが、だからもう大丈夫ですと首領に報告したら、「首は取ってきたか」と。「いや、死ぬところをちゃんと見たから取らなかった」と言ったら、「きちんと首を取ってこないとダメなんだ」と。そしたら死んだはずなのが本当に生きていて、次の日に攻められて逆に滅された。メチャメチャ肉食というか、荒々しい。人間離れしている。

古川　武士って、呪われた人たちなんです。本当に差別の対象みたいなところをやっていて、人殺しはケガレそのものですからね、それによって権力を握った人たちで、その後、ちゃんとエスタブリッシュメントになってからは、僕は全く興味がないですね。

保坂　そうそう。人間離れした毒々しい、まがまがしい感じがここに出てきている。そういえば、ここで源氏の話と聞いて源氏の侍たちが『源氏物語』に関心を持って、「何だ、俺たちのことじゃないのかよ」と言うシーンが好きです（笑）。

■小説の量

保坂　特に僕は読むのが遅いから、今回、二度目にもかかわらず、十日ぐらいかかって読んでいるわけね。五百ページだから、一日五十ページずつ読んでも十日かかるからね。

それがずっと続いて、次の日も読むということは、どんな無責任な読者でもという言い方は変だけど、途中までしかいってないということは、次に読むまで、少しはそのことを考えているわけです。そういう時間がずっと続く。

空間にしろ、時間にしろ、大きさというのは、質よりも大事なことなんだよね。質より大事なのが小説の量なんだよ。とにかく量というのはすごく大切。僕はそれを小島信夫の小説体験から教わった。うまい食い物を食って、どれだけ美辞麗句を並べるよりも、おかわりするのが一番いいって、そういう人生観だからさ。

僕の十歳くらい上にバカな従兄(いとこ)が二人いて、一歳違いで高校生ぐらいのときに、俺のほうがカレーが好きだ、俺のほうがカレーが好きだと言い合いになって、二人でカレーの食いっこしたんだ（笑）。俺のほうがカレーが好きだという言い方が既にバカなんだけど、どっちがたくさん食うかといって食い合いして、五杯か六杯ずつ食べて腹が苦しくなって、二人で廊下を転がり回ったっていう（笑）。

古川 愛情は大きさで見せることができるということでしょう。

保坂 そうそう。あと、構えの大きさというのは、国のイメージまで飲み込む、書きかえるということ。でも、それはやっぱり百ページじゃ無理だよ。五百ページで、しかも、地ならしが四百ページずっとあって、伏流がずっと来ていて、こっちの中でも感じていたことが四百ページ過ぎたあたりでボーンと炸裂(さくれつ)して、ガンガンガンガンと鳴り出すわけよ。で、古川さんって、一日何時間書いているの。

古川　書いているのは五、六時間です。ただ、その前後も全部小説の時間だから。

保坂　原稿にして、大体一日何枚ぐらいなんですか。

古川　十枚ぐらいですか。

保坂　すごいよね。一日十枚って、一ヵ月で三百枚。

古川　でも、結構捨てますけどね。

保坂　僕も捨てるので、捨てるという話が将棋の読んでいる時間なのかなと思う。将棋の読んでいる時間というのを反故紙をつくっている時間と考えると、すごくリアルなんだよね。ゲラは直しますか。

古川　あんまり直さないですね。その前にそれこそ反故紙とかはいっぱい出ますけどね。

保坂　僕も直さない。書き終わって離れたここにいる自分は書いてる自分じゃないんだから、ゲラを直せると考えるのはおかしい。

古川　ゲラを直す時点では、著者というよりディレクターというか、そういうものに変質しちゃってるっていう感じがあるんですよね、僕。とにかく著者というのとは作品の向き合い方が違う。「作者」であることって、相当しんどくって、もたないです。

これを書いている間は体が壊れたんですよ。机に向かっている間には三十八度以上の熱が出るとか、じんま疹が出るとか、まさに保坂さんが面白くなってきていると言ってくれた後半ぐらいからは、著者が体を持っていることを本が許さないんです。本が体になれと言っている。机に向かって書いていると、突然おなかの前がきつくなるんです。どうしたのかと思うと、おなかが膨らんできちゃって、机と体の距離が詰まるんです。

保坂　気でおなかが膨らむらしいんだよね。気が充実している人って、赤ちゃん体型なんですって。朝青龍が、その一番典型的な体型だったそうです。

古川　やっぱりそうですか。妻が愕然として、「どうする？」と言うので、「でも、書けないからこうなっているわけだから、書くしかない」と言って、この会話のときは問題のシーンを書き上げるまでに三日かかりましたけど。これは最後の三十日間はまったく人と会わずに書いていたんです。とにかく自分の体を消して、本しかないところに持っていこうと思って。

保坂　体に悪いよね。

古川　体に悪いです。命を賭けるってこういうことか、死んだらどうしようと思いましたけどね。

保坂　俺、そこまでしないことにしたんだよ（笑）。

古川　保坂さんもおなかが膨れたことがあるんですか。

保坂　そうじゃなくて、僕の場合は、一番空気が張りつめておかしくなったのは、『残響』という中篇の後半ぐらいだったんだけど、あれを書いたために、猫のチャーちゃんが死んじゃったと、いまだに思っているんだよね。あれで周りの気を歪めて書いちゃったからって。チャーちゃんは俺に一番なついていて、圧倒的になつき方が違っていたんで。

古川 受けとめちゃって吸収しちゃうみたいな感じですね。保坂さんとチャーちゃんとの皮膜がすごく薄くて、出したものを一番入れちゃったということですね。

保坂 そうそう。猫って、もともとそうだから、病気の人に飼われていると早死にしたり、変な死に方をするんですね。だから、そういうことをして周りに迷惑をかけるのをやめた。もっとダラダラ生きるようにした（笑）。

（二〇一五年十一月十八日、講談社にて）

この対談は「群像」二〇一六年一月号より転載されたものである。（新潮文庫編集部）

＊編集部注　古川日出男による新訳で、二〇一六年十二月に単行本『平家物語』、二〇二三年十月に文庫『平家物語1』、同年十一月に文庫『平家物語2』が刊行された。なお、文庫版は『平家物語4』まで続刊を予定〈いずれも河出書房新社より〉。

この作品は二〇一五年四月新潮社より刊行された。

関裕二著

藤原氏の正体

藤原氏とは一体何者なのか。学会にタブー視され、正史の闇に隠され続けた古代史最大の謎に気鋭の歴史作家が迫る。

関裕二著

蘇我氏の正体

悪の一族、蘇我氏。歴史の表舞台から葬り去られた彼らは何者なのか？ 大胆な解釈で明らかになる衝撃の出自。渾身の本格論考。

関裕二著

物部氏の正体

大豪族はなぜ抹殺されたのか。ヤマト、出雲、そして吉備へ。意外な日本の正体が解き明かされる。正史を揺さぶる三部作完結篇。

関裕二著

古事記の禁忌(タブー) 天皇の正体

古事記の謎を解き明かす旅は、秦氏の存在、播磨の地へと連なり、やがて最大のタブー「天皇の正体」へたどり着く。渾身の書下ろし。

関裕二著

継体天皇
—分断された王朝—

今に続く天皇家の祖でありながら、その出自をもみ消されてしまった継体天皇。古代史最大の謎を解き明かす、刺激的書下ろし論考。

梓澤要著

捨ててこそ 空也

財も欲も、己さえ捨てて生きる。天皇の血筋を捨て、市井の人々のために祈った空也。波乱の生涯に仏教の核心が熱く息づく歴史小説。

梓澤要著　荒仏師 運慶
中山義秀文学賞受賞

ひたすら彫り、彫るために生きた運慶。鎌倉武士の逞しい身体から、まったく新しい時代の美を創造した天才彫刻家を描く歴史小説。

梓澤要著　方丈の孤月
―鴨長明伝―

『方丈記』はうまくいかない人生から生まれた！　挫折の連続のなかで、世の無常を観た鴨長明の不器用だが懸命な生涯を描く。

佐藤賢一著　日蓮

人々を救済する――。佐渡流罪に処されても、信念を曲げず、法を説き続ける日蓮。その信仰と情熱を真正面から描く、歴史巨篇。

垣根涼介著　室町無頼
（上・下）

応仁の乱前夜。幕府に食い込む道賢、民を束ねる兵衛。その間で少年才蔵は生きる術を学ぶ。史実を大胆に跳躍させた革新的歴史小説。

三好昌子著　幽玄の絵師
―百鬼遊行絵巻―

都の四条河原では、鬼が来たりて声を喰らう――。呪い屛風に血塗れ女、京の夜を騒がす怪事件。天才絵師が解く室町ミステリー。

三好昌子著　室町妖異伝
―あやかしの絵師奇譚―

人の世が乱れる時、京都の空がひび割れる！　妻にかけられた濡れ衣、戦場に消えた友。都の瓦解を止める最後の命がけの方法とは。

井上靖著　風林火山

知略縦横の軍師として信玄に仕える山本勘助が、秘かに慕う信玄の側室由布姫。風林火山の旗のもと、川中島の合戦は目前に迫る……。

池波正太郎著　真田太平記（一～十二）

天下分け目の決戦を、父・弟と兄とが豊臣方と徳川方とに別れて戦った信州・真田家の波瀾にとんだ歴史をたどる大河小説。全12巻。

司馬遼太郎著　関ケ原（上・中・下）

古今最大の戦闘となった天下分け目の決戦の過程を描いて、家康・三成の権謀の渦中で命運を賭した戦国諸雄の人間像を浮彫りにする。

司馬遼太郎著　花神（上・中・下）

周防の村医から一転して官軍総司令官となり、維新の渦中で非業の死をとげた、日本近代兵制の創始者大村益次郎の波瀾の生涯を描く。

司馬遼太郎著　城塞（上・中・下）

秀頼、淀殿を挑発して開戦を迫る家康。大坂冬ノ陣、夏ノ陣を最後に陥落してゆく巨城の運命に託して豊臣家滅亡の人間悲劇を描く。

安部龍太郎著　信長燃ゆ（上・下）

朝廷の禁忌に触れた信長に、前関白・近衛前久の陰謀が襲いかかる。本能寺の変に至る一年半を大胆な筆致に凝縮させた長編歴史小説。

安部公房著　**他人の顔**

ケロイド瘢痕を隠し、妻の愛を取り戻すために他人の顔をプラスチックの仮面に仕立てた男。――人間存在の不安を追究した異色長編。

安部公房著　**壁**

戦後文学賞・芥川賞受賞

突然、自分の名前を紛失した男。以来彼は他人との接触に支障を来し、人形やラクダに奇妙な友情を抱く。独特の寓意にみちた野心作。

安部公房著　**R62号の発明・鉛の卵**

生きたまま自分の《死体》を売ってロボットにされた技師の人間への復讐を描く「R62号の発明」など、思想的冒険にみちた作品12編。

安部公房著　**箱男**

ダンボール箱を頭からかぶり都市をさ迷うことで、自ら存在証明を放棄する箱男は、何を夢見るのか。謎とスリルにみちた長編。

安部公房著　**友達・棒になった男**

平凡な男の部屋に闖入した奇妙な9人家族。どす黒い笑いの中から〝他者〟との関係を暴き出す「友達」など、代表的戯曲3編を収める。

安部公房著　**カンガルー・ノート**

突然〈かいわれ大根〉が脛に生えてきた男を載せて、自走ベッドが辿り着く先はいかなる場所か――。現代文学の巨星、最後の長編。

星野智幸著

焰

谷崎潤一郎賞受賞

予期せぬ戦争、謎の病、そして希望……近未来なのかパラレルワールドなのか、焰を囲んで語られる九つの物語が、大きく燃え上がる。

千葉雅也著

デッドライン

野間文芸新人賞受賞

修士論文のデッドラインが迫るなか、行きずりの男たちと関係を持つ「僕」。友、恩師、家族……気鋭の哲学者が描く疾走する青春小説。

梶井基次郎著

檸檬（れもん）

昭和文学史上の奇蹟として高い声価を得ている梶井基次郎の著作から、特異な感覚と内面凝視で青春の不安や焦燥を浄化する20編収録。

大江健三郎著

同時代ゲーム

四国の山奥に創建された《村＝国家＝小宇宙》が、大日本帝国と全面戦争に突入した!? 特異な構想力が産んだ現代文学の収穫。

小山田浩子著

小島

絶対に無理はしないでください——。豪雨の被災地にボランティアで赴いた私が目にしたものは。世界各国で翻訳される作家の全14篇。

金原ひとみ著

軽薄

私は甥と寝ている——。家庭を持つ29歳のカナと、未成年の甥・弘斗。二人を繋いでしまった、それぞれの罪と罰。究極の恋愛小説。

檀一雄著

火宅の人

読売文学賞・日本文学大賞受賞(上・下)

女たち、酒、とめどない放浪……。たとえわが身は〝火宅〟にあろうとも、天然の旅情に忠実に生きたい――。豪放なる魂の記録！

島尾敏雄著

死の棘

日本文学大賞・読売文学賞
芸術選奨受賞

思いやり深かった妻が夫の〈情事〉のために神経に異常を来たした。ぎりぎりの状況下に夫婦の絆とは何かを見据えた凄絶な人間記録。

遠藤周作著

キリストの誕生

読売文学賞受賞

十字架上で無力に死んだイエスは死後〝救い主〟と呼ばれ始める……。残された人々の心の痕跡を探り、人間の魂の深奥のドラマを描く。

井上ひさし著

吉里吉里人

(上・中・下)

日本SF大賞・読売文学賞受賞

東北の一寒村が突如日本から分離独立した。大国日本の問題を鋭く撃つおかしくも感動的な新国家を言葉の魅力を満載して描く大作。

村上春樹著

ねじまき鳥クロニクル

読売文学賞受賞(1〜3)

'84年の世田谷の路地裏から'38年の満州蒙古国境、駅前のクリーニング店から意識の井戸の底まで、探索の年代記は開始される。

小川洋子著

博士の愛した数式

本屋大賞・読売文学賞受賞

80分しか記憶が続かない数学者と、家政婦とその息子――第1回本屋大賞に輝く、あまりに切なく暖かい奇跡の物語。待望の文庫化！

女(おんな)たち三百人(さんびやくにん)の裏切(うらぎ)りの書(しよ)

新潮文庫　ふ－42－7

令和五年十二月一日発行

著者　古川日出男(ふるかわひでお)

発行者　佐藤隆信

発行所　株式会社新潮社

郵便番号　一六二―八七一一
東京都新宿区矢来町七一
電話　編集部(〇三)三二六六―五四四〇
　　　読者係(〇三)三二六六―五一一一
https://www.shinchosha.co.jp

価格はカバーに表示してあります。

乱丁・落丁本は、ご面倒ですが小社読者係宛ご送付ください。送料小社負担にてお取替えいたします。

印刷・大日本印刷株式会社　製本・株式会社大進堂

ISBN978-4-10-130537-0　C0193